WIE GOED DOET

Van Dean Koontz zijn verschenen:

Het Franciscus komplot*
Motel van de angst*
Weerlicht*
Middernacht*
Het kwade licht*
De stem van de nacht*
Het koude vuur*
Fantomen*
Dienaren van de schemering*
Onderaards*
Het masker*
Monsterklok*
Ogen der duisternis*
Mr. Murder*
Wintermaan*
Duistere stromen*
In de val
Het Visioen*
IJskerker*
Eeuwig vuur*
Tiktak*
De sadist*
De overlevende*
Duivelszaad*
Vrees niets*
Grijp de nacht*
Verbrijzeld*
Het Huis van de Donder*
Gezicht van de angst*
Geheugenfout*
De deur naar december*
Gefluister*
Schemerogen*
Schaduwvuur*
Schemerzone*
Verblind*
Huiveringen*
Verlossing*
Bij het licht van de maan*
Spiegel van de ziel*
De gave*
Gegrepen*
Tijd van leven
De nachtmerrrie
De vriendschap
De echtgenoot*
De broeder
Wie goed doet*

Dean Koontz' Frankenstein:
Boek 1 De verloren zoon (met Kevin J. Anderson)*
Boek 2 Stad van de nacht (met Ed Gorman)*

Over Dean Koontz is verschenen:
De biografie* *(door Harrie Kemps)*

* In POEMA-POCKET verschenen

DEAN KOONTZ

WIE GOED DOET

POEMA POCKET

Eerste druk oktober 2007
Tweede druk mei 2008
Derde druk augustus 2009

Oorspronkelijke titel: *The Good Guy*
Vertaling: Jan Mellema
Omslagontwerp: Edd Simons

ISBN 978 90 210 0836 3
NUR 313

www.boekenwereld.com
www.poemapocket.com
www.watleesjij.nu

Aan Mike en Mary Lou Delaney, voor jullie vriendschap en omdat we zo veel lol hebben gehad, zelfs als jullie vaak niet wisten waarom we om jullie moesten lachen. Mét jullie moesten lachen. Mét jullie. We houden van jullie.

Ik ga u een groot geheim verklappen, beste vriend.
Ga niet zitten wachten op het laatste oordeel,
want dat oordeel wordt elke dag geveld.

Albert Camus

Deel een

De juiste plek
op het
verkeerde moment

I

Soms vliegen haften zo laag over het water dat ze een ragfijn spoor over het oppervlak trekken. Door zich vlak over het water te bewegen proberen ze buiten het bereik van vogels en vleermuizen te blijven.

Met zijn 1,90 meter en zijn 95 kilo, met grote handen en nog grotere voeten deed Timothy Carrier nu niet bepaald aan een haft denken, maar hij deed zijn best. Hij droeg zware werkschoenen en liep als John Wayne, iets wat hem natuurlijk afging en wat hij moeilijk kon veranderen. Toen hij de Lamplighter Tavern binnenstapte, liep hij zo onopvallend mogelijk door naar achteren. De drie mannen bij de deur, aan het begin van de L-vormige bar, keken niet op of om, net als de twee stelletjes die bij de tafeltjes zaten.

Toen hij aan het eind van de bar op de laatste kruk plaatsnam, buiten het schijnsel van de spotjes die de mahoniehouten bar deden glimmen, zuchtte hij tevreden. Vanuit de deuropening leek hij de kleinste. Als het voorste deel van de Lamplighter de locomotief was, de plek van de machinist, zat hij in de personeelswagon, het laatste gedeelte van de goederentrein. Wie hier op een rustige maandagavond als deze aanschoof, was naar alle waarschijnlijkheid op zijn rust gesteld.

Liam Rooney, de eigenaar van de kroeg die vanavond als enige achter de bar stond, tapte een biertje en zette dat voor Tim neer. 'Als jij hier ooit nog eens met een vriendinnetje binnenhuppelt,' zei Rooney, 'weet ik niet of ik de schok ooit te boven zal komen.'

'Waarom zou ik me met een vriendinnetje in deze tent vertonen?'

'Kom je dan wel eens in een andere tent?'

'Er is een donutzaakje waar ik graag kom.'

'Tuurlijk. Dan neem je zeker eerst tien geglazuurde donuts, en dan ga je bij zo'n chic restaurant in Newport Beach op de stoep zitten om te kijken naar de parkeerbedienden die al die dure auto's van de klanten wegzetten.'

Tim nam een slok van zijn bier. Rooney veegde met een doek over de bar, hoewel alles al schoon was. Tim zei: 'Jij boft maar met Michelle. Zo maken ze ze tegenwoordig niet meer.'

'Michelle is achtentwintig, twee jaar jonger dan wij. Als ze ze zo tegenwoordig niet meer maken, waar moet ze dan vandaan zijn gekomen?'

'Een compleet raadsel.'

'Om kans op de hoofdprijs te maken, moet je zo nu en dan een kansje wagen,' zei Rooney.

'Ik waag wel eens een kansje.'

'Een kansje wagen doe je niet in je eentje.'

'Maak je om mij maar geen zorgen. Vrouwen heb ik bij bosjes op de stoep staan.'

'Ja,' zei Rooney. 'Maar ze komen altijd met z'n tweeën en willen dan over Jezus vertellen.'

'Daar is niks mis mee. Ze bekommeren zich om mijn ziel. Heeft iemand je wel eens verteld dat je eigenlijk een ontzettend sarcastische eikel bent?'

'Jij, ja. Tig keer. En elke keer vind ik het weer heerlijk om te horen. Ik had hier laatst nog een vent van rond de veertig, nooit getrouwd geweest, en nu hebben ze zijn ballen weggehaald.'

'Wie hebben zijn ballen weggehaald?'

'Gewoon. Dokters.'

'Geef me hun naam maar even,' zei Tim, 'want anders loop ik daar misschien nog eens per ongeluk naar binnen.'

'Die vent had kanker. En nu kan hij dus nooit meer kinderen krijgen.'

'Waarom zou je kinderen willen als je ziet wat voor toestand het in de wereld is?'

Rooney had het voorkomen van iemand die graag heel goed in karate wilde zijn en die, hoewel hij nooit op les was geweest, geprobeerd had met zijn kop een stapel betonblokken doormidden te slaan. Maar zijn ogen waren blauwe ramen waar warm licht doorheen scheen, en hij had een goed hart.

'Omdat het daar allemaal om draait,' zei Rooney. 'Een vrouw, kindertjes, iemand om je aan vast te klampen als de wereld uit elkaar dreigt te vallen.'

'Methusalem is wel negenhonderd jaar geworden, en zelfs op het eind van zijn leven gewon hij nog kinderen.'

'Gewon?'

'Zo heette dat in die dagen. Ze gewonnen.'

'Dus wat ga jij nou doen? Ga je wachten met kinderen krijgen tot je zeshonderd bent?'

'Jij en Michelle hebben ook geen kinderen.'

'Daar wordt aan gewerkt.' Rooney zette zijn armen op de bar en bracht zijn gezicht vlak voor dat van Tim. 'Wat heb je vandaag gedaan, Deurman?'

Tim keek hem fronsend aan. 'Zo moet je me niet noemen.'

'Wat heb je vandaag gedaan?'

'Gewoon. Een muurtje gezet.'

'En wat ga je morgen doen?'

'Weer een muurtje zetten.'

'Voor wie?'

'Voor wie me betaalt.'

'Ik sta zeventig uur per week in de zaak, soms langer, maar niet voor de klanten.'

'Dat is je klanten niet ontgaan,' verzekerde Tim hem.

'Moet je horen wie er nu de sarcastische eikel is.'

'Jij spant nog steeds de kroon, maar ik ben een goeie tweede.'

'Ik werk voor Michelle en voor de kinderen die we gaan krijgen. Je hebt iemand nodig om voor te werken, naast degene die je betaalt, een speciaal iemand, iemand waarmee je een toekomst kunt opbouwen.'

'Liam, je hebt echt prachtige ogen.'

'Michelle en ik – we maken ons zorgen om je, jongen.'

Tim tuitte zijn lippen.

'Van alleen zijn wordt niemand gelukkig,' zei Rooney.

Tim maakte zoengeluidjes.

Rooney boog zich nog verder naar voren, tot zijn gezicht dat van Tim bijna raakte. 'Wil je me kussen?'

'Nou ja, je leek zo veel om me te geven.'

'Ik zal met mijn reet op de bar gaan zitten. Kun je die kussen.'

'Nee, dank je. Ik wil mijn lippen liever niet hoeven afsnijden.'

'Weet je wat het is met jou, Deurman?'

'Nou doe je het weer.'

'Autofobie.'

'Nee hoor. Ik ben helemaal niet bang voor auto's.'

'Je bent bang voor jezelf. Of nee, dat klopt ook niet. Je bent bang voor je eigen mogelijkheden.'

'Je bent je carrière misgelopen. Je had mentor moeten worden op een middelbare school,' zei Tim. 'Ik dacht dat je hier altijd gratis zoutjes had. Waar blijven mijn zoutjes?'

'Een of andere dronken vent heeft eroverheen gekotst. Ik heb het er al bijna weer afgeveegd.'

'Mooi. Maar ik hoef ze niet als ze slap zijn geworden.'

Rooney haalde een schaaltje zoutjes van achteren en zette dat naast het biertje van Tim neer. 'Michelle heeft een nichtje, Shaydra heet ze. Een heel lief meisje.'

'Wat is dat nou weer voor naam, Shaydra? Heet niemand dan tegenwoordig meer Marie?'

'Ik ga een afspraakje met haar voor je regelen.'

'Heeft geen zin. Morgen laat ik mijn ballen weghalen.'

‘Doe ze dan maar in een potje, dan kan je ze meteen op je eerste afspraakje meenemen. Een leuke binnenkomer,’ zei Rooney. Hij liep naar het andere eind van de bar, waar de drie levendige klanten druk doende waren het collegegeld voor de toekomstige kindertjes van Rooney bij elkaar te drinken.

Een tijdje probeerde Tim zichzelf wijs te maken dat hij genoeg had aan bier en zoutjes. Hij fantaseerde over Shaydra: zo stom als het achtereind van een varken, met doorlopende wenkbrauwen en lange neusharen waar je met gemak vlechtjes in kon leggen.

Als hij hier zat, kon hij zich altijd heerlijk ontspannen. Hij had niet eens een biertje nodig om de spanning van de dag van zich af te laten glijden. Het was al voldoende om hier te zijn, hoewel hij niet goed snapte waarom hij zich in deze kroeg zo thuis voelde. Want het rook er naar verschaald bier en versgetapt bier, naar het zoute vocht uit de grote pot met worstjes, naar boenwas waarmee de bar en de sjoelbak werden opgewreven. Uit het kleine keukentje kwam de geur van hamburgers die op de bakplaat lagen te spetteren, met uienringen die knapperig in de hete olie werden gebakken.

Het voelde allemaal aan als een warm bad, de geuren, de verlichte Budweiser-klok en het gedimde licht rondom hem, het geroezemoes van de stelletjes aan de tafels achter hem en de onsterfelijke stem van Patsy Cline die uit de jukebox schalde. Alles voelde zo vertrouwd dat zijn eigen huis haast onbekend terrein voor hem leek.

Misschien voelde hij zich hier juist zo op zijn gemak vanwege het onveranderlijke karakter van de kroeg. De wereld was constant in beweging, maar in de Lamplighter bleef alles al jarenlang bij het oude. Hier hoefde Tim niet beducht te zijn voor verrassingen, iets waar hij ook niet de minste behoefte aan had. Nieuwe ervaringen werden altijd schromelijk overschat. Door een bus overreden worden, dát was nog eens een nieuwe ervaring. Liever hield hij alles bij het oude, bij routine. Hij zou nooit het gevaar lopen van een berg te vallen, simpelweg omdat hij niet van plan was ooit een berg te beklimmen.

Soms kreeg hij te horen dat hij te weinig avontuurlijk was. Tim deed in zo'n geval nooit de moeite de ander uit te leggen dat je weliswaar exotische oorden kon bezoeken en onbekende zeeën kon doorkruisen, maar dat hij dat ontdekkingen van kruipende peuters vond, vergeleken bij de avonturen die er te beleven waren in die twintig centimeter tussen het linker- en het rechteroor. Want als hij dat zei, zouden ze hem geheid voor gek verklaren. Per slot van rekening was hij maar een bouwvakker, een metselaar. Hij werd niet geacht veel na te denken.

Tegenwoordig werd er weinig meer nagedacht, vooral niet over de toekomst. De meeste mensen wilden liever niet te diep over de dingen nadenken en voeren liever blind op hun vooroordelen.

Ook werd hem wel verweten er ouderwetse denkbeelden op na te houden. Dat klopte als een bus. Het verleden vormde een reeds ontdekte schat aan prachtige dingen waar men altijd weer op terug kon grijpen. Hij was optimistisch van aard, maar hij bezat niet de arrogantie om aan te nemen dat de onbekende toekomst ook zo veel schoonheid in petto zou hebben.

Er kwam een interessant type binnen, een lange vent, hoewel niet zo lang als Tim. Stevig gebouwd maar niet bovenmatig fors. Het was niet zozeer zijn voorkomen als wel zijn manier van doen die Tims belangstelling opwekte. De man kwam binnen als een opgejaagd dier, achterom kijkend tot de deur achter hem dichtviel. Met een wakend oog keek hij om zich heen, alsof hij de zaak niet vertrouwde.

Toen de man verder liep en aan de bar ging zitten, tuurde Tim recht vooruit naar zijn biertje alsof het een gewijde miskelk was, alsof hij probeerde de diepere betekenis ervan te doorgronden. Door zich vol overgave op zijn biertje te richten zonder dat hij de indruk wekte eenzaam en zielig te zijn, stuurde hij niet direct aan op contact maar gaf hij onbekenden wel de ruimte een praatje te beginnen.

Als de nieuweling meteen van wal stak en religieuze of politieke statements ging verkondigen, of hij bleek onprettig gestoord te zijn, liet Tim zijn houding van spiritueel of nostalgisch gepeins varen en hulde zich in verbitterd stilzwijgen, waarbij hij probeerde iets uit te stralen van nauwelijks onderdrukte agressie. Er waren maar weinig mensen die meer dan twee pogingen deden om een gesprekje met hem aan te knopen wanneer ze als reactie alleen maar een ijskoude blik terugkregen.

Het liefst hulde Tim zich in een contemplatief stilzwijgen, al was hij altijd in voor een goed gesprek. Maar in de kroeg was een goed gesprek een zeldzaamheid.

Wanneer je de ander aansprak, kwam je soms niet meer van hem af. Maar als de ander als eerste het woord nam, gaf hij daarmee een stukje van zichzelf prijs en kon je hem desgewenst tot zwijgen brengen door hem te negeren.

Rooney, nooit te beroerd om wat geld voor zijn nog niet verwekte kinderen te genereren, vroeg: 'Wat zal het zijn?'

De onbekende schoof een dikke bruine envelop op de bar en legde zijn linkerhand erop. 'Misschien... een biertje.'

Rooney wachtte met opgetrokken wenkbrauwen.

'Ja. Goed. Een biertje,' zei de man.

'Op de tap heb ik Budweiser, Miller Lite en Heineken.'

'Oké. Nou... doet... u... dan... maar... een Heineken.' Zijn stem was zo iel en gespannen als een telefoondraad, en zijn woorden waren als vogels die op kleine afstanden van elkaar op de lijn waren neergestreken, natrillend van angst.

Tegen de tijd dat Rooney met een biertje aan kwam zetten, had de man geld op de bar gelegd. 'Hou de rest maar.'

Een tweede biertje was blijkbaar uitgesloten.

Toen Rooney wegliep, legde de vreemdeling zijn rechterhand om het glas. Verder maakte hij geen aanstalten om een slok te nemen.

Tim was een rekker. Zo had Rooney hem spottend genoemd omdat hij de kunst verstond een hele avond op twee pilsjes te zitten. Soms vroeg hij zelfs om een paar ijsklontjes om zijn lauwe bier weer op temperatuur te brengen.

Maar ook als je geen stevige drinker was, wilde je de eerste slok nemen als het bier nog lekker koud was, vers van de tap.

Als een sluipschutter die zich op zijn doelwit concentreert, richtte Tim zich op zijn Budweiser, maar net als elke goede sluipschutter hield hij zijn omgeving via zijn ooghoeken scherp in de gaten. Hij zag dat de onbekende zijn glas nog niet naar zijn mond bracht. Blijkbaar kwam de man niet vaak in de kroeg, en het was duidelijk dat hij hier liever niet had gezeten, op deze avond, op dit tijdstip. Uiteindelijk zei de man: 'Ik ben te vroeg.'

Tim wist niet onmiddellijk of hij wel zin had in een gesprek met hem.

'Ik denk dat iedereen wel op tijd wil zijn,' zei de onbekende, 'gewoon om even te kijken.'

Tim kreeg zo'n gevoel dat de man geen goed gezelschap was. Niet dat de onbekende een weerwolf of zo zou zijn, meer dat hij misschien saai bleek te zijn.

De man zei: 'Ik ben met mijn hond uit een vliegtuig gesprongen.'

Soms ontstaan er fantastische kroeggesprekken als je het geluk hebt een excentriekeling tegen te komen. Tim kreeg hoop. Hij keek opzij naar de luchtacrobaat en zei: 'Hoe heette hij?'

'Wie?'

'Die hond.'

'Larry.'

'Rare naam voor een hond.'

'Ik heb hem naar mijn broer genoemd.'

'Wat vond uw broer daarvan?'

'Mijn broer leeft niet meer.'

'Wat vervelend,' zei Tim.

'Dat was een hele tijd geleden.'

'Heeft Larry van de sprong genoten?'

'Hij heeft nooit een sprong gemaakt. Hij is al op zijn zestiende overleden.'

'Ik bedoel Larry de hond.'

'Ja. Volgens mij wel. Eigenlijk moet ik er alleen aan denken omdat mijn maag net zo in de knoop zit als toen we sprongen.'

'Zware dag geweest zeker?'

De man keek hem fronsend aan. 'Wat denkt u?'

Tim knikte. 'Zware dag.'

De luchtacrobaat bleef hem fronsend aankijken en zei: 'U bént hem toch?'

Voor het voeren van een goed kroeggesprek hoef je geen techniek als Mozart in huis te hebben. Het komt meer aan op improviseren, als bij een jamsessie. Je moet het ritme aanvoelen.

'Bent u hem?' vroeg de onbekende nog een keer.

Tim zei: 'Wie zou ik anders moeten zijn?'

'U ziet er zo... gewoontjes uit.'

'Ik doe mijn best.'

De man keek hem even strak aan maar sloeg toen zijn ogen neer. 'Ik vind het moeilijk om mezelf in uw positie voor te stellen.'

'Dat valt ook niet mee,' zei Tim, nu minder schertsend. Hij fronste zijn wenkbrauwen toen hij merkte dat hij zowaar ernstig klonk.

Eindelijk pakte de onbekende zijn biertje, bracht het naar zijn lippen en sloeg de helft van het glas achterover, waarbij hij morste.

'Eigenlijk zit ik in een soort van fase,' zei Tim, meer tegen zichzelf dan tegen zijn gesprekspartner. Uiteindelijk zou de man zijn vergissing wel inzien, en dan zou Tim net doen alsof ook hij het niet goed begrepen had. Ondertussen was het wel leuk om het misverstand vol te houden.

De man schoof de bruine envelop naar hem toe en zei: 'Hier

is de helft. Tienduizend. De rest als ze er geweest is.' Hij draaide zich om op zijn kruk, ging staan en liep naar de deur. Tim wilde hem terugroepen toen de afschuwelijke betekenis van die woorden tot hem doordrong: *Hier is de helft. Tienduizend. De rest als ze er geweest is.*

Maar zijn stem liet het afweten, niet alleen doordat hij totaal overdonderd was maar ook doordat zijn keel van angst dichtzat.

Het was duidelijk dat de man geen zin had nog langer te blijven. Snel liep hij naar de deur, stapte naar buiten en loste op in de nacht.

'Hé, wacht eens even,' zei Tim, te zacht en te laat. 'Wacht.'

Wanneer je door de tijd glijdt en een ragfijn spoor achterlaat, ben je niet gewoon je stem te verheffen of als een speer achter vreemdelingen aan te gaan die moord in de zin hebben.

Tegen de tijd dat Tim zich van zijn kruk liet glijden omdat hij in de gaten kreeg dat het raadzaam was achter de man aan te gaan, wist hij dat het te laat was. De man was al verdwenen.

Hij ging weer zitten en dronk zijn glas in één grote teug leeg. Het schuim bleef in kringen aan de binnenkant van het glas zitten. Die efemere cirkels waren hem nooit eerder zo opgevallen. Nu staarde hij ernaar alsof ze van grote betekenis waren. Toen hij zich gedesoriënteerd begon te voelen, keek hij naar de bruine envelop, die dreigend als een pijpbom op de bar lag.

Liam Rooney bracht twee dienbladen met cheeseburgers en frietjes naar een jong stel dat aan een van de tafeltjes zat. Op een rustige maandagavond kreeg je geen serveerster zo gek om te gaan werken.

Tim stak zijn hand op om de aandacht van Rooney te vangen, maar de kroegeigenaar zag hem niet en liep om de andere kant van de bar heen.

De envelop lag nog steeds dreigend op de bar. Tim was gaan twijfelen of hij wel goed had begrepen wat er tussen hem en de vreemdeling was voorgevallen. Iemand die met zijn hond Larry uit een vliegtuig sprong, was er de persoon niet naar om iemand in te huren teneinde iemand anders te vermoorden. Het berustte vast op een misverstand.

De rest als ze er geweest is. Dat kon verschillende dingen betekenen. Dat hoefde niet per se te betekenen dat ze dóód moest.

Tim besloot een eind aan de onzekerheid te maken. Hij vouwde de koperen splitpen omhoog, deed de envelop open en stak zijn hand erin. Hij haalde er een stapel bankbiljetten van honderd dollar uit die met een elastiek bij elkaar werden gehouden. Misschien was het geld niet echt vettig, maar zo voelde het wel aan. Onmiddellijk stopte hij de biljetten weer in de envelop.

Behalve geld zat er ook een foto in van 13 bij 18 centimeter die genomen zou kunnen zijn voor de aanvraag van een rijbewijs of een paspoort. Achterin de twintig, schatte hij. Aantrekkelijk type. Op de achterkant stond een naam getypt: LINDA PAQUETTE, met daaronder een adres in Laguna Beach.

Hoewel hij net nog bier had gedronken, voelde zijn tong gortdroog aan en had hij een zurige smaak in zijn mond. Zijn hart klopte traag maar uitzonderlijk hard. Zijn oren bonkten. Op de een of andere manier voelde hij zich schuldig toen hij naar de foto keek, alsof hij daarmee betrokken was geraakt bij de geplande moord op deze vrouw. Hij deed ook de foto weer terug en schoof de envelop van zich af.

Er kwam nog een klant binnen, een man met ongeveer hetzelfde postuur en hetzelfde kortgeknipte bruine haar als Tim.

Rooney zette nog een pilsje voor Tim neer en zei: 'Als je in dit tempo doorgaat, zal ik je niet meer tot het meubilair rekenen. Dan beschouw ik je als een echte klant.'

Tim had het gevoel dat hij in een droom verzeild was geraakt en merkte dat hij niet meer zo helder kon denken. Hij wilde Rooney vertellen wat er net gebeurd was, maar zijn tong lag als een lap leer in zijn mond.

De nieuweling liep naar de bar en ging zitten op de plek waar de luchtacrobaat had gezeten, met een lege kruk tussen hem en Tim in. Tegen Rooney zei hij: 'Budweiser.' Toen Rooney naar de tap liep, keek de man naar de bruine envelop. Daarna keek hij Tim recht aan. Hij had bruine ogen, net als Tim. 'U bent vroeg,' zei de moordenaar.

2

Soms kan je leven door een korte gebeurtenis een totaal onverwachte wending krijgen. Elke minuut kan die plotselinge omslag plaatsvinden, en elke tik van de klok kan een belofte van het lot inhouden, of een waarschuwing.

Toen de man zei: 'U bent vroeg,' zag Tim Carrier dat de lange wijzer van de Budweiser-klok op de elf stond. Op goed geluk zei hij: 'U ook.'

Het leven kantelde. De deur was geopend, en nooit zou hij meer dichtgedaan kunnen worden.

'Ik weet eigenlijk niet goed of ik u nog wel wil inhuren,' zei Tim.

Rooney zette het pilsje voor de moordenaar neer en liep weg om een klant aan de andere kant van de bar te bedienen. Door de lichtval op de mahoniehouten bar kreeg het biertje een rode gloed.

De vreemdeling likte over zijn gebarsten lippen en bracht het glas naar zijn mond. Hij had een flinke dorst. Toen hij het glas neerzette, zei hij op amicale toon: 'U kunt me niet inhuren. Ik ben bij niemand in dienst.'

Tim overwoog zich te verontschuldigen om naar het toilet te gaan. Daar kon hij op zijn mobieltje de politie bellen. Maar hij was bang dat de vreemdeling dat zou opvatten als een hint om de bruine envelop te pakken en te vertrekken. En het was ook geen goed idee om met de envelop naar het toilet te gaan, want misschien dacht die vent dan wel dat Tim hem onder vier ogen wilde spreken en ging hij dan mee.

'Niemand kan me inhuren, en ik verkoop ook niets,' zei de man. 'U verkoopt iets aan mij, niet andersom.'

'O ja? En wat verkoop ik dan?'

'Een concept. Het concept dat uw wereld ingrijpend gaat veranderen door één... wijziging.'

Tim moest aan de vrouw op de foto denken. Het was niet duidelijk welke opties hij had. Hij had tijd nodig om na te denken, en daarom zei hij: 'De verkoper bepaalt de prijs. U hebt de prijs bepaald, namelijk twintigduizend.'

'Dat is geen prijs. Dat is een bijdrage.'

Dit gesprek sneed net zo weinig hout als een gemiddeld kroeggesprek. Tim voelde dat hij in het ritme kwam. 'Maar voor mijn bijdrage krijg ik uw... diensten.'

'Nee. Ik heb geen diensten die ik aanbied. U krijgt mijn genade.'

'Uw genade.'

'Inderdaad. Als ik akkoord ga met het concept dat u verkoopt, zal uw wereld door mijn genade ingrijpend veranderen.'

De man had dwingende ogen. Toen hij aan de bar had plaatsgenomen, straalde zijn gezicht iets hards uit. Maar dat was een eerste indruk die achteraf niet juist bleek. Hij had een kuiltje in zijn ronde kin. Gladde roze wangen. Geen lachlijntjes. Geen plooien in zijn voorhoofd. Er speelde een flauwe glimlach om zijn mond, alsof hij aan een sprookje over elfjes dacht. Dat leek zijn gebruikelijke gelaatsuitdrukking te zijn, alsof hij zich niet geheel in het hier en nu bevond maar constant in gedachten verzonken was.

'Dit is geen zakelijke transactie,' zei de glimlachende man. 'U hebt zich tot mij gewend, en ik ben het antwoord op uw beden.' Hij leek zich steeds in voorzichtige bewoordingen uit te drukken, misschien om zichzelf buiten schot te houden. Maar doordat hij er voortdurend bij glimlachte, kregen zijn milde eufemismen iets verontrustends en zelfs iets griezeligs.

Toen Tim de bruine envelop opendeed, zei de man: 'Niet hier.'

'Rustig maar.' Tim haalde de foto tevoorschijn, vouwde hem dubbel en stak hem in zijn borstzakje. 'Ik heb me bedacht.'

'Dat spijt me zeer. Ik rekende geheel op u.'

Tim schoof de envelop van zich af, tot voor de lege barkruk die tussen hen in stond. 'De helft van wat we hadden afgesproken. Daar hoeft u niets voor te doen. Zie het als een beloning voor het annuleren van de moord.'

'Ze zullen u er nooit mee in verband kunnen brengen.'

'Weet ik. U bent goed. Ik neem zonder meer aan dat u hier goed in bent. De beste. Het is alleen dat ik het niet meer wil.'

De man schudde glimlachend zijn hoofd en zei: 'U wilt het echt nog wel.'

'Nu niet meer.'

'Eerst wilde u het wel. U kunt niet de ene keer het wel willen en even later niet meer. Zo werkt dat soort dingen niet.'

'Ik heb me gewoon bedacht,' zei Tim.

'Bedenkingen heeft men over het algemeen pas nadat men heeft gekregen wat men wilde. Dan kan het voorkomen dat men enig berouw voelt, maar daarna gaat het meestal wel weer beter. Men heeft gekregen wat men wilde en is tevreden, en een jaar later doet men het gewoon af als iets wat helaas nu eenmaal gebeurd is.'

Tim voelde zich ongemakkelijk onder de blik van de man maar durfde zijn blik niet af te wenden. Als hij hem niet recht in de ogen durfde te kijken, zou de man misschien wantrouwig worden. Die blik was des te dwingender doordat de pupillen verwijd waren. De zwarte poelen in het midden van de irissen leken net zo groot als het bruin eromheen. Hier aan het eind van de bar scheen wat minder licht, maar het was niet donker. Toch waren de pupillen dusdanig vergroot dat het was of ze in het pikdonker staarden. De gretigheid in zijn ogen, het verlangen naar licht, deed denken aan een zwart gat, een geïmplodeerde ster. Misschien waren de pupillen van een blinde ook constant zo groot. Maar deze man was niet blind, niet blind voor het licht, hoewel misschien wel ergens anders voor.

'Neem dat geld nou aan,' zei Tim.

Weer die glimlach. 'Het is de helft.'

'U hoeft er niets voor te doen.'

'O, maar ik héb er al wat voor gedaan.'

Fronsend keek Tim hem aan. 'Wat hebt u dan gedaan?'

'Ik heb u laten zien wie u bent.'

'O ja? Wie ben ik dan?'

'Een man met de ziel van een moordenaar maar met het hart van een lafaard.' De man pakte de envelop, stond op en liep naar de uitgang.

Tim had zich met succes voorgedaan als de man met de hond die Larry heette, hij had voorlopig het leven gespaard van de vrouw die op de foto stond, en hij had een gewelddadige confrontatie weten te vermijden die had kunnen ontstaan als de moordenaar erachter was gekomen wat er mis was gegaan. Eigenlijk zou hij opgelucht adem kunnen halen. Maar zijn keel zat dicht, en zijn hart ging zo wild tekeer dat zijn longen erdoor in de verdrukking leken te komen en hij slechts moeizaam lucht kon krijgen. Hij werd duizelig en kreeg het gevoel dat hij langzaam op zijn kruk ronddraaide. De duizeligheid leek over te gaan in misselijkheid. Hij besefte dat hij niet opgelucht was omdat dit voorval nog niet was afgesloten. Hij hoefde geen theeblaadjes te lezen om te weten wat de toekomst voor hem in petto had. Hij voorzag een tragische loop der dingen.

Hij hoefde maar één blik op een oprit of een klinkerstraat te werpen om te kunnen zeggen in welk patroon de stenen waren gelegd: halfsteens-, klezoor-, kruis-, blok- of Vlaams verband. Maar van de weg die voor hem lag, was elk patroon zoek. Hij wist niet welke kant het op zou gaan.

De moordenaar liep met lichte tred. Dat kon alleen als je je niet terneer liet drukken door je geweten. De man verdween in de nacht.

Snel liep Tim naar de deur, deed hem voorzichtig open en tuurde naar buiten. Achter het stuur van een witte sedan die schuin op de stoep geparkeerd stond zat de glimlachende man, half verscholen door de weerspiegeling van blauw neonlicht op de voorruit. Hij liet zijn vingers langs het stapeltje bankbiljetten gaan.

Tim haalde zijn mobieltje uit zijn borstzakje.

De man draaide het raampje naar beneden. Hij hing iets aan het raam en draaide het weer omhoog, zodat het voorwerp vast kwam te zitten.

Op de tast zocht Tim naar de juiste toetsen om 911 in te drukken.

Het voorwerp dat tussen het portier en het raampje zat, was een los zwaailicht dat aanging toen de auto achteruit van de stoep reed.

'Politie,' fluisterde Tim. Hij wilde net de laatste 1 indrukken maar aarzelde. Hij liep naar buiten toen de auto wegreed en keek naar het kenteken dat achterop stond.

De betonnen stoeptegels leken net zo weinig oppervlaktespanning te hebben als het wateroppervlak van een vijver. Soms wordt een op het water voortglijdende haft, die probeert niet ten prooi te vallen aan vogels en vleermuizen, verslonden door een hongerige baars die uit de diepte naar het wateroppervlak komt.

3

De drakenlamp scheen met zijn gouden gloed op de betonnen trap, die uitgerust was met een eenvoudige ijzeren leuning. De treden waren met een plakspaan bijgewerkt toen het beton nog niet voldoende was uitgehard, waardoor sommige randjes tamelijk ruw waren afgewerkt. Sommige treden waren net zo gebarsten als craquelé keramiek. Net als zo veel dingen in het leven was beton onvermurwbaar.

De koperen draak, die zich om de lamp heen slingerde, was nog mooi van kleur, al had zich aan de randjes wat groene aanslag gevormd. Door vier paneeltjes was het beest zichtbaar, tegen een verlichte achtergrond van glimmende plaatjes mica.

In het rode schijnsel leek ook de aluminium hordeur van koper te zijn gemaakt. De binnendeur stond open, en uit de keuken kwamen de geuren van kaneel en sterke koffie. Michelle Rooney zat aan de tafel en keek op toen Tim binnenkwam. 'Je deed zo stilletjes dat ik gewoon voelde dat je er aankwam.'

Voorzichtig deed hij de hordeur achter zich dicht. 'Ik weet bijna wat dat betekent.'

'De nacht verstilde, zoals het oerwoud verstilt wanneer iemand voorbijkomt.'

'Ik heb geen krokodillen gezien,' zei hij, maar toen moest hij ineens denken aan de man aan wie hij de tienduizend dollar had gegeven. Hij ging tegenover haar aan het vaalblauwe formica tafeltje zitten en keek naar de tekening waar ze mee bezig was. Voor hem lag het patroon op zijn kop. Uit de jukebox in de kroeg beneden kwam de heerlijke stem van Martina McBride.

Toen Tim zag dat Michelle bomen in silhouet aan het tekenen was, zei hij: 'Wat wordt dat?'

'Een schemerlampje. Brons en gebrandschilderd glas.'

'Je wordt nog eens beroemd, Michelle.'

'Als dat zo was, zou ik nu meteen ophouden.'

Hij keek naar haar linkerhand, die met de handpalm naar boven op het barretje lag, naast de koelkast.

'Koffie?' vroeg ze, terwijl ze met haar hoofd in de richting van het koffiezetapparaat knikte dat bij het fornuis stond. 'Pas gezet.'

'Lijkt alsof je een inktvis hebt leeggeknepen.'

'Ach, slapen kan altijd nog.'

Hij schonk een kop in en liep ermee terug naar de tafel. Zoals met veel stoelen kreeg Tim het gevoel dat hij op een kinderstoeltje zat. Michelle was heel tenger, en dezelfde stoel leek bij haar veel groter. Voor Tim was het net of hij een klein kind was dat vadertje en moedertje aan het spelen was. Dit had niet zozeer te maken met de afmetingen van de stoelen als wel met Michelle. Soms voelde hij zich in haar bijzijn net een stuntelig knulletje, iets wat meer aan hem dan aan haar lag.

Met een vaardige rechterhand hanteerde ze het potlood en hield met het stompje van haar linker bovenarm het tekenblok op zijn plaats.

'De cake zal vermoedelijk over tien minuten op spoor 1 binnenkomen,' zei ze met een knikje naar de oven.

'Ruikt lekker, maar ik kan niet blijven.'

'Je gaat me toch niet vertellen dat je iets beters te doen hebt?'

Een schaduw danste over de tafel. Tim keek omhoog. Een gele vlinder fladderde om de zilveren hoeven van de springende bronzen gazelles in een kleine kroonluchter die Michelle had gemaakt.

'Die is vanmiddag binnengeglipt,' zei ze. 'Een tijdje heb ik de deur opengehouden om te proberen dat beestje naar buiten te jagen, maar blijkbaar voelt het zich hier thuis.'

'Geef hem eens ongelijk.'

Een tak kwam ritselend tussen het papier en de potloodpunt tot leven.

'Hoe kwam je die trap nog op, met alles wat je bij je had?' vroeg Michelle.

'Alles wat ik bij me had? Hoezo?'

'Alles wat zo zwaar op je drukt.'

De tafel was vaalblauw als een onbewolkte hemel, en de schaduw leek erachter te verdwijnen, een mysterie vol genade.

'Je zult me een tijdje niet meer zien,' zei hij.

'Hoe bedoel je?'

'Een paar weken, misschien een maand.'

'Dat snap ik niet.'

'Er is iets wat ik nog moet afhandelen.'

De vlinder was gaan zitten en vouwde zijn vleugels. De schaduw verdween net zo snel als de vlam van een uitdovende kaars.

'Iets,' herhaalde ze. Haar potlood bleef op het papier rusten.

Toen hij zijn blik op Michelle richtte, merkte hij dat ze naar hem zat te kijken. Haar ogen waren hemelsblauw en keken dwars door hem heen. 'Als er een man langskomt die een beschrijving van me geeft en wil weten hoe ik heet, moet je maar zeggen dat die beschrijving je niets zegt.'

'Wat voor man?'

'Een willekeurige man. Maakt niet uit. Liam zal zeggen: "Een grote kerel die aan de bar zat, helemaal achteraan? Heb ik hier nooit eerder gezien. Kwam een beetje arrogant over. Ik mocht hem niet."'

'Weet Liam waar dit over gaat?'

Tim haalde zijn schouders op. Hij had Liam net zo weinig verteld als hij Michelle wilde vertellen. 'Niets bijzonders. Het gaat over een vrouw, meer niet.'

'Als die vent in de kroeg navraag gaat doen, waarom zou hij hier dan ook nog naartoe komen?'

'Misschien gebeurt dat niet. Maar waarschijnlijk pakt hij de dingen grondig aan. En misschien ben je wel beneden als hij langskomt.'

Ze leek hem nog het meest doordringend aan te kijken met haar linkeroog, haar glazen oog, het oog waar ze niets mee kon zien, alsof dat oog een bepaalde magische kracht bezat. 'Dit gaat niet over een vrouw,' zei ze.

'Echt wel.'

'Niet op de manier waarop je het bedoelt. Ik ruik problemen.'

'Geen problemen. Het is alleen een beetje gênant.'

'Welnee. Je zou jezelf of anderen nooit in verlegenheid brengen.'

Hij keek naar de vlinder en zag dat het diertje op de ketting van de lamp was gaan zitten. De vlinder klapperde met zijn vleugeltjes in de warme lucht die van de hete peertjes omhoog steeg.

'Je hebt het recht niet om dit in je eentje op te knappen,' zei ze, 'wat het ook mag zijn.'

'Je ziet het allemaal veel te zwaar,' verzekerde hij haar. 'Het is gewoon een privéaangelegenheid, iets gênants. Ik kan het prima in mijn eentje afhandelen.'

Ze bleven zwijgend zitten, in de stilte; geen muziek die uit de jukebox kwam, geen enkel geluid dat uit het nachtelijk donker door de hordeur naar binnen viel.

Toen zei ze: 'Wat ben je nu... een lepidopterist?'

'Ik weet niet eens wat dat is.'

'Iemand die vlinders verzamelt. Kijk alsjeblieft ook eens naar mij.'

Hij keek haar aan.

'Ik heb een lamp voor je gemaakt,' zei Michelle.

Hij keek naar de tekening van de gestileerde bomen.

'Deze niet. Een andere. Hij is al in de maak.'

'Hoe ziet hij eruit?'

'Hij is aan het eind van de maand klaar. Dan zul je hem wel te zien krijgen.'

'Oké.'

'Moet je natuurlijk wel langskomen.'

'Doe ik. Ik zal er speciaal voor terugkomen.'

'Kom er maar speciaal voor terug,' zei ze. Ze reikte naar hem met het stompje van haar linkerarm, leek hem stevig te willen vastpakken met haar ontbrekende vingers en zoende hem op zijn hand.

'Dank je wel voor Liam,' zei ze zachtjes.

'Liam heb je van God gekregen, niet van mij.'

'Dank je wel voor Liam,' zei ze met nadruk.

Tim drukte een zoen op haar gebogen hoofd. 'Soms wou ik dat ik een zus had, en dat jij dat dan was. Maar dat van die problemen zie je helemaal verkeerd.'

'Geen leugens,' zei ze. 'Uitvluchten zijn eventueel oké, maar leugens niet. Jij bent geen leugenaar, en ik ben niet achterlijk.' Ze deed haar hoofd omhoog en keek hem recht in de ogen.

'Oké,' zei hij.

'Denk je dat ik niet weet wanneer er problemen zijn?'

'Jawel,' moest hij bekennen. 'Dat weet je meestal wel.'

'De cake zal nu wel zo'n beetje klaar zijn.'

Hij keek naar de prothese die op het barretje bij de koelkast lag, met de handpalm omhooggericht, de vingers ontspannen. 'Ik kan hem er wel uithalen.'

'Dat kan ik zelf wel. Ik doe de hand nooit aan wanneer ik aan het bakken ben. Want als hij verbrandt, zou ik dat niet eens merken.' Met een ovenwant haalde ze de cake uit de oven en zette hem op een rooster om af te koelen. Toen ze de ovenwant afdeed en zich omdraaide, zag ze dat Tim al bij de deur stond.

'Die lamp lijkt me heel leuk,' zei hij.

Zowel haar echte oog als haar kunstoog glinsterde; haar traanklieren en -buizen waren niet beschadigd.

Tim liep naar de trap, maar voordat hij de hordeur achter zich dicht liet vallen, zei Michelle: 'Het worden leeuwen.'

'Wat?'

'De lamp. Het worden leeuwen.'

'Dat wordt vast fantastisch mooi.'

'Als ik het goed doe, zul je kunnen zien dat ze moed uitstralen.'

Hij deed de hordeur dicht en liep de trap af. Zijn voetstappen maakten praktisch geen geluid op de betonnen treden. Het verkeer maakte meer lawaai en gleed zoevend voorbij, maar de stadsgeluiden drongen niet tot Tim door. Koplampen doemden op en achterlichten gleden weg als lichtgevende vissen in een doodstille oceaan. Toen hij onder aan de trap was gekomen, drongen de stadsgeluiden langzaamaan tot hem door, eerst als zacht geraas, daarna steeds harder. Het waren geluiden die voornamelijk door machines werden voortgebracht en ze hadden een wild ritme.

4

De vrouw die dood moest, woonde in een bungalow van bescheiden formaat in de heuvels van Laguna Beach, in een straat waarin de huizen geen exclusief uitzicht hadden maar wel zeer gewild waren. Op zich waren het geen kapitale panden maar was vooral de grond waarop ze stonden veel geld waard. Elk huis dat verkocht werd, werd onmiddellijk gesloopt, ongeacht de staat en de bouwstijl, om plaats te maken voor een veel groter huis.

In het zuiden van Californië werd het verleden uitgewist. Wanneer de toekomst uiteindelijk weinig goeds bleek op te leveren, zouden er geen sporen van een florissant verleden zijn, wat het verlies minder pijnlijk zou maken.

Het kleine witte huisje stond onder hoge eucalyptussen en straalde een zekere charme uit, maar in de ogen van Tim was het een belegerde vesting, meer bunker dan bungalow. Achter de ramen scheen warm licht. De dichtgetrokken gordijnen leken een mysterie te verbergen. Tim parkeerde zijn Ford Explorer schuin tegenover het huis van Linda Paquette, vier huizen verderop, voor een huis dat hij goed kende. Het was drie jaar geleden gebouwd in een rustieke stijl, met muren van natuursteen en cederhout. Hij was destijds de hoofdmetselaar geweest.

De oprit bestond uit verschillende soorten flagstones met aan weerszijden een dubbele rij keien van 7,5 bij 7,5 centimeter. Tim vond het geen mooie combinatie, maar hij had de klus met zorg uitgevoerd. Mensen die een huis van drie miljoen dollar kopen, vragen zelden advies aan metselaars. Architecten al helemaal niet.

Hij belde aan en luisterde naar het zwakke geritsel van de palmbomen. De aflandige wind was niet zozeer een briesje te noemen als wel een voorbode van een briesje. De milde meinacht ademde net zo oppervlakkig als een patiënt onder verdoving die geopereerd gaat worden.

De buitenlamp ging aan, de deur ging open, en Max Jabowski zei: 'Timothy, ouwe beer! Wat een verrassing.' Als een enthousiaste manier van doen in kubieke meters was uit te drukken, zou Max groter zijn dan zijn huis. 'Kom binnen, kom binnen.'

'Ik wil niet storen,' zei Tim.

'Wat een onzin. Hoe kun je nu storen in een huis dat je zelf gebouwd hebt?' Max had een hand op Tims schouder gelegd en leek hem met bovennatuurlijke krachten van de voordeur naar de hal te verplaatsen.

'Ik heb maar een paar minuutjes van uw tijd nodig, meneer.'

'Wil je een biertje misschien, of iets anders?'

'Nee, dank u, maar heel vriendelijk aangeboden. Het gaat om iemand hier uit de straat.'

'Ik ken ze allemaal, niet alleen in dit gedeelte maar ook verderop. Ik ben de voorzitter van onze buurtwacht.'

Zoiets had Tim wel verwacht.

'Koffie? Ik heb zo'n apparaat waarmee je steeds één kopje kunt zetten, van cappuccino tot een ouderwetse bak koffie.'

'Heel vriendelijk aangeboden, meneer, maar nee, bedankt. Ze woont op veertien-vijfentwintig, in de bungalow bij die eucalyptussen.'

'Linda Paquette. Ik wist niet dat ze wilde gaan verbouwen. Volgens mij is ze heel betrouwbaar. Ik denk dat je met plezier voor haar zult werken.'

'Kent u haar man, weet u wat hij doet voor de kost?'

'Ze is niet getrouwd. Ze woont daar in haar eentje.'

'Is ze dan gescheiden?'

'Niet dat ik weet. Gaat ze iets nieuws neerzetten, of gaat ze de boel renoveren?'

'Daar gaat het helemaal niet om,' zei Tim. 'Het is iets persoonlijks. Ik hoopte eigenlijk dat u een goed woordje voor me wilde doen, dat u haar wilde vertellen dat ik oké ben.'

De borstelige wenkbrauwen gingen omhoog, en de plooibare lippen verbreedden zich in een boog van plezier. 'Ik heb in mijn leven al heel wat dingen gedaan, maar ik heb nog nooit geprobeerd twee mensen te koppelen.'

Hoewel Tim had kunnen weten hoe zijn vragen zouden worden opgevat, werd hij er toch door overdonderd. Het was al weer een hele tijd geleden dat hij een meisje had gehad. Hij dacht dat hij niet meer zo'n charmante oogopslag had en dat hij niet meer van die subtiele feromonen aanmaakte die tegenover het andere geslacht duidelijk moesten maken dat hij nog steeds in de markt was. 'Nee, nee, daar gaat het niet om.'

'Ze is leuk om te zien,' zei Max.

'Echt hoor, daar gaat het niet om. Ik ken haar niet, zij kent mij niet, maar we hebben een... gemeenschappelijke kennis. Ik heb een berichtje over hem. Ik denk dat ze dat wel wil horen.'

De soepele glimlach verflauwde nauwelijks. Nog steeds koesterde Max het idee dat hij een ware romance tot stand kon brengen.

Iedereen keek te veel naar films, vond Tim. Ze geloofden dat er voor elk goed mens een rozengeur-manenschijnrelatie was weggelegd. Door die films geloofden ze nog veel meer onwaarschijnlijke dingen, wat soms zelfs tot gevaarlijke denkbeelden kon leiden.

'Het is een triest bericht,' zei Tim. 'Tamelijk deprimerend.'

'Over die gemeenschappelijke kennis van jullie.'

'Ja. Zijn gezondheid is niet meer wat het geweest is.' Dit kon geen leugen genoemd worden. De luchtacrobaat had geen lichamelijke klachten, maar zijn geestelijke staat was twijfelachtig, en moreel was hij duidelijk ziek te noemen.

Max Jabowski dacht aan ziekte en dood; zijn glimlach maakte plaats voor een grimmige uitdrukking. Hij knikte.

Tim verwachtte dat Max hem zou vragen om wie het ging. Dan zou hij zeggen dat hij liever persoonlijk aan haar wilde vertellen om wie het ging, zodat hij haar dan met een troostende schouder kon bijstaan. Maar in werkelijkheid wist hij de naam van de man helemaal niet.

Max vroeg verder nergens naar, zodat Tim zich niet hoefde te verlagen tot het vertellen van een leugen. Max keek ernstig voor zich uit, met gefronste wenkbrauwen, bood nogmaals koffie aan en liep toen weg om de vrouw te gaan bellen.

Het cassetteplafond en de gelambriseerde muren van de hal waren donker, de kalkstenen vloer was daarentegen zo licht dat het leek of er geen ondergrond was en hij op elk moment door de grond kon zakken als iemand die hoog in de lucht uit een vliegtuig stapt. Aan weerszijden van een kastje stonden twee stoelen, met daarboven een spiegel. Hij keek er niet in. Als hij in zijn eigen ogen kon kijken, zou hij de harde waarheid zien die hij liever verdrong. Want als hij in de spiegel keek, zou hij zien wat er voor hem in het verschiet lag. Het was hetzelfde wat er altijd voor hem in het verschiet lag, en dat zou altijd zo blijven, zijn hele leven lang. Hij moest zich er eerst op voorbereiden. Maar hij wilde er niet bij stil blijven staan.

Van elders in het huis klonk de gedempte stem van Max die aan het bellen was. Hier, in de hal, stond Tim kaarsrecht. Hij had het gevoel dat hij aan het donkere plafond hing, als een klepel van een klok, met niets dan lucht onder hem, in afwachting van het moment waarop de klok geluid ging worden.

Max kwam terug en zei: 'Ze is heel benieuwd. Ik heb niet veel gezegd, alleen dat ik voor je in kon staan.'

'Bedankt. Sorry dat ik u gestoord heb.'

'Is absoluut geen punt, al blijft het een wat merkwaardige zaak.'

'Ja, dat klopt. Weet ik.'

'Waarom heeft die vriend van jou zelf niet naar Linda gebeld om voor je in te staan? Dan hoefde hij jou niet op haar af te sturen voor het slechte nieuws.'

'Hij is heel ziek en tamelijk in de war,' zei Tim. 'Hij weet wel hoe hij de zaken het beste zou kunnen aanpakken, maar het lukt hem niet altijd meer om dat zelf zo te doen.'

'Misschien ben ik daar nog wel het meest bang voor,' zei Max. 'Dat je geestelijk achteruitgaat, dat je de zaken niet meer op een rijtje hebt.'

'Het hoort bij het leven,' zei Tim. 'Daar krijgen we allemaal mee te maken.'

Ze gaven elkaar een hand. Max liet hem uit. 'Ze is heel aardig. Ik hoop dat het niet te pijnlijk voor haar zal zijn.'

'Ik zal mijn best doen,' zei Tim. Hij liep naar zijn Explorer en reed naar de bungalow van Linda Paquette. De oprit voor haar huis was in visgraatverband gelegd, op een ondergrond van zand. Het rook er sterk naar eucalyptus. De afgevallen blaadjes knisperden onder zijn schoenen. Bij elke stap raakte hij er meer van doordrongen dat er haast geboden was. Tim versnelde zijn pas en voelde dat hij binnen niet al te lange tijd problemen kon verwachten.

Toen hij naar de voordeur liep, deed ze al open. 'Jij bent Tim?'

'Ja. U bent mevrouw Paquette?'

'Noem me maar Linda, hoor.'

In het licht van de buitenlamp leek het of haar ogen een Egyptisch-groene tint hadden. Ze zei: 'Het zal voor je moeder wel een hele klus zijn geweest om je negen maanden lang in haar buik rond te zeulen.'

'Toen was ik kleiner.'

Ze deed een stap naar achteren en zei: 'Stoot je hoofd niet en kom verder.'

Hij stapte de drempel over, en vanaf dat moment zou voor hem niets meer bij het oude blijven.

5

De houten vloer vertoonde een warme goudkleurige glans, alsof er een laagje honing op lag. De bescheiden woonkamer leek er een stuk groter door en had iets majestueus. De bungalow was in de jaren dertig van de twintigste eeuw gebouwd en leek in al die jaren zorgvuldig onderhouden te zijn. De kleine open haard en de schouw waren in de eenvoudige en sierlijke art deco-stijl gebouwd.

De glimmend witte schrootjes aan het plafond hingen vlak boven Tims hoofd, maar dat ervoer hij niet als onplezierig. Hij vond het huis gezellig ingericht en helemaal niet claustrofobisch klein.

Linda bezat veel boeken, die een abstract geheel van woorden en kleuren vormden. Er hing geen kunst aan de muur, met uitzondering van een afbeelding van een televisie met een grijs beeldscherm. Het geheel was ongeveer 1,75 bij 1,25 meter groot.

'Ik snap niets van moderne kunst,' zei Tim.

'Dat is geen moderne kunst. Dat heb ik in een fotowinkel laten doen. Om me eraan te herinneren waarom ik geen tv heb.'

'En waarom niet?'

'Omdat het leven veel te kort is.'

Tim keek nog eens naar de foto en zei toen: 'Dat snap ik niet.'

'Dat komt vanzelf. Met zo'n grote kop als die van jou moet je toch ook kunnen nadenken.'

Hij wist niet goed of hij haar nu een frisse, charmante verschijning vond of een grofgebekte flapuit. Of misschien was ze gewoon een beetje raar. Dat waren veel mensen vandaag de dag. 'Linda, de reden waarom ik hier ben gekomen...'

'Kom hier maar even naartoe. Ik was in de keuken aan het werk.' Ze liep voor hem uit de kamer door en zei over haar schouder: 'Volgens Max ben je er niet het type naar dat me van achteren neersteekt en mijn lijk vervolgens verkracht.'

'Ik vroeg of hij een goed woordje voor me wilde doen, en dan zegt hij dat soort dingen tegen je?'

Toen ze door een gangetje liepen, zei ze: 'Ik hoorde van hem dat je een vakbekwame metselaar en een eerlijk persoon was. De rest moest ik zo'n beetje uit hem trekken. Hij wilde zich niet uitspreken over eventuele moordneigingen en necrofiele verlangens van je.'

Er stond een auto in de keuken. De muur tussen de keuken en de ruime garage was weggehaald. De houten vloer was doorgetrokken, net als het glimmende schrootjesplafond. Drie spotjes stonden op een zwarte Ford uit 1939 gericht.

'Dus je keuken is in de garage.'

'Nee hoor. Mijn garage is in mijn keuken.'

'Wat is het verschil?'

'Gigantisch. Ik heb net koffiegezet. Wil je ook? Melk? Suiker?'

'Zwart graag. Waarom heb je je auto in je keuken neergezet?'

'Ik vind het leuk om er onder het eten naar te kijken. Is het geen beauty? De Ford Coupé uit 1939 is de mooiste auto die ooit is gemaakt.'

'De Pinto is inderdaad iets minder.'

Ze schonk koffie in en zei: 'Het is geen echte oldtimer, hoor. Er is aan gesleuteld. Bijgeschaafd, opgeleukt, uitgerust met allerlei interessante snufjes.'

'Heb je dat zelf allemaal gedaan?'

'Deels. Maar het meeste is gedaan door een man in Sacramento die echt heel goed in dit soort dingen is.'

'Dat moet een lieve duit gekost hebben.'

Ze zette de koffie voor hem neer. 'Ach, waarom zou ik sparen voor de toekomst?'

'Aan wat voor toekomst dacht je?'

'Als ik dat wist, zou ik misschien wel een spaarrekening openen.'

Het oortje van zijn beker had de vorm van een papegaai, en op de beker zelf stonden de woorden BALBOA ISLAND. Het zag er oud uit, als een souvenir uit de jaren dertig. Haar beker had de vorm van het gezicht van president Franklin Delano Roosevelt, met zijn befaamde sigarettenpijpje tussen de tanden. Ze liep naar de Ford. 'Hier leef ik nou voor.'

'Je leeft voor een auto?'

'Het is een hoopmachine. Of een tijdmachine waarmee je terug kunt naar de tijd toen hoop nog binnen ieders bereik lag.'

Op de grond stond een bakje met een flesje chroom-*polish* en een paar doeken. De bumpers, de grille en de sierstrippen glommen als een spiegeltje. Ze deed het portier open en ging achter het stuur zitten, met haar koffie nog in de hand. 'Laten we een eindje gaan rijden.'

'Ik heb eigenlijk iets dringends met je te bespreken.'

'We doen net alsof. Gewoon een ritje in gedachten.'

Toen ze het portier had dichtgedaan, liep Tim om de wagen heen en stapte aan de andere kant in.

Vanwege het lage dak was het tamelijk krap voor iemand die lang was. Tim ging onderuitgezakt zitten, met zijn handen om de papegaaienbeker. Naast haar in die beperkte ruimte had hij weer het gevoel dat zij een elfje was en hij een reusachtige trol. Hoewel autostoelen in de jaren dertig vaak met mohair bekleed waren, zat hij nu op zwart leer. De metertjes glansden in het dashboard van gestreept staal. Door de voorruit was de keuken te zien. Surrealistisch. De sleuteltjes zaten in het contact, maar Linda deed de motor niet aan voor haar virtuele ritje. Misschien zou ze de Ford starten wanneer ze haar koffie op had, om voor een tweede bakje naar het koffiezetapparaat te rijden.

Met een glimlach keek ze hem aan. 'Leuk is dit, hè?'

'Alsof je in een drive-inbioscoop zit en naar een film over een keuken zit te kijken.'

'Drive-inbioscopen zijn er allang niet meer. Wel jammer. Ze hebben het Colosseum in Rome toch ook niet gesloopt om er een winkelcentrum neer te zetten?'

'Dat is niet helemaal hetzelfde.'

'Klopt. Je hebt gelijk. Op de plek waar ze christenen aan de leeuwen voerden, heeft natuurlijk nooit een drive-inbioscoop gestaan. Waar wilde je me trouwens over spreken?'

De koffie was heerlijk. Hij nam een klein slokje, blies in zijn beker, nam nog een klein slokje en vroeg zich ondertussen af hoe hij zijn missie het best kon omschrijven. Toen hij over de knisperende eucalyptusbladeren naar haar voordeur liep, wist hij precies hoe hij het zou aanpakken. Maar toen hij haar zag, was ze heel anders dan hij had verwacht. Zijn voorgenomen aanpak leek ineens totaal ongepast. Hij wist niet veel over Linda Paquette, maar hij vermoedde dat niemand haar handje hoefde vast te houden wanneer ze slecht nieuws te verwerken kreeg, en dat een te grote omzichtigheid misschien neerbuigend zou overkomen. Om er geen doekjes om te winden, zei hij: 'Iemand wil je dood hebben.'

Weer glimlachte ze naar hem. 'En wat zit daarachter?'

'Hij is bereid er twintigduizend voor op tafel te leggen.'

Ze snapte het nog niet goed. 'Dood? In welk opzicht?'

'Dood in de betekenis van kogel door de kop, morsdood.'

In het kort vertelde hij haar over de gebeurtenissen in de kroeg: dat hij eerst voor de moordenaar was aangezien, dat hij vervolgens was aangezien voor de man die de opdracht voor de moord had gegeven, en dat hij er ten slotte achter kwam dat de moordenaar een politieman was.

Aanvankelijk hoorde ze hem met open mond aan, maar na de eerste schrik leek het of ze zich achter haar groene ogen terugtrok, alsof zijn woorden iets hadden omgewoeld op de bodem van die net nog zo heldere poelen.

Toen Tim uitgepraat was, bleef de vrouw zwijgend voor zich uit staren. Zo nu en dan nipte ze van haar koffie.

Hij wachtte tot ze iets zou zeggen, maar uiteindelijk duurde het hem te lang. 'Je gelooft me toch wel?'

'Ik heb heel wat leugenaars voorbij zien komen. Maar als ik jou zo hoor, denk ik niet dat je een van hen bent.'

De spotjes aan het plafond schenen niet in de auto zelf. Haar gezicht was in schaduwtinten gehuld, maar in haar ogen zag hij het licht weerspiegeld.

Hij zei: 'Blijkbaar ben je niet verbaasd over wat ik je net verteld heb.'

'Klopt.'

'Nou... weet je dan wie hij is, degene die je dood wil hebben?'

'Geen idee.'

'Een voormalige echtgenoot? Een vriendje?'

'Ik ben nooit getrouwd geweest. En op het ogenblik heb ik geen vriendje, en met gestoorde types ben ik nooit omgegaan.'

'Ruzie op je werk?'

'Ik ben eigen baas. Ik werk thuis.'

'Wat doe je voor werk?'

'Dat heb ik me de laatste tijd ook zitten afvragen,' zei ze. 'Hoe zag die vent eruit, die man van wie je dat geld hebt gekregen?'

De beschrijving zei haar niets. Ze schudde haar hoofd.

Tim zei: 'Hij heeft een hond die Larry heet. Hij is ooit met die hond uit een vliegtuig gesprongen. Hij had een broer die ook Larry heette, maar die is op zestienjarige leeftijd overleden.'

'Een vent die zijn hond vernoemt naar zijn overleden broer – dan had ik wel geweten om wie het ging, ook al zou hij me nooit hebben verteld van Larry of Larry.'

Dit ging helemaal niet zoals Tim het zich had voorgesteld. 'Maar die luchtacrobaat kan niet zomaar een onbekende zijn.'

'Waarom niet?'

'Omdat hij je dood wil hebben.'

'Er worden voortdurend mensen door onbekenden om het leven gebracht.'

'Maar niemand huurt een moordenaar in om een onbekende om het leven te brengen.' Hij viste de opgevouwen foto uit zijn borstzakje. 'Waar zou hij deze foto vandaan hebben?'

'Dat is de foto die gebruikt is voor mijn rijbewijs.'

'Dus hij heeft toegang tot de digitale fotobestanden van de dienst voor het wegverkeer.'

Ze gaf de foto terug. Tim stopte hem weer in zijn borstzakje voor het goed en wel tot hem doordrong dat de foto eigenlijk meer van haar dan van hem was. Hij zei: 'Dus je hebt geen idee wie je dood wil hebben, en toch lijkt het je niet te verbazen.'

'Er lopen nu eenmaal mensen rond die iedereen dood willen hebben. Als je eenmaal zover bent dat je je daar niet meer over verbaast, krijg je een heel hoge verbaasbaarheidsdrempel.' Met haar groene ogen keek ze hem doordringend aan en hij kreeg het gevoel dat haar blik dwars door zijn verwarde gedachten sneed en ze openlegde, als weefsellaagjes die ontleed werden. Toch had haar blik niets kils maar juist iets uitnodigends.

'Ik vind het heel bijzonder,' zei ze, 'hoe je hiermee omgegaan bent.'

Hij vatte haar opmerking op als afkeurend of wantrouwend en zei: 'Ik wist niet goed hoe ik het anders kon aanpakken.'

'Je had die tienduizend voor jezelf kunnen houden.'

'Dan had ik vast iemand achter me aan gekregen.'

'Dat hoeft niet per se. Maar nu in elk geval wel. Je had mijn foto gewoon aan de moordenaar kunnen geven, met het geld, en daarna had je kunnen afnokken om de zaken op zijn beloop te laten, zoals ook gebeurd zou zijn als jij er niet was geweest.'

'En dan... Wat had ik dan moeten doen?'

'Gaan eten. Naar de film. Naar huis om te slapen.'

'Zou jij dat gedaan hebben?' vroeg hij.

'Wat ik gedaan zou hebben, boeit me niet. Jou vind ik interessanter.'

'Ik ben niet zo'n interessant type.'

'Niet zoals je je presenteert, nee. Maar wat je niet laat zien, maakt je wel interessant.'

'Ik heb je alles verteld.'

'Over wat er in de kroeg is voorgevallen, ja. Maar over jezelf?'

Het achteruitkijkspiegeltje stond naar hem toe. Hij had haar aangekeken om zichzelf niet te hoeven zien. Nu keek hij vluchtig naar zijn smalle spiegelbeeld, daarna snel weer naar de keramische papegaai in zijn rechterhand.

'Mijn koffie is koud geworden,' zei hij.

'Die van mij ook. Toen de moordenaar wegging, had je de politie kunnen bellen.'

'Niet toen ik eenmaal had gezien dat hij zelf van de politie was.'

'Die kroeg staat in Huntington Beach. Ik woon in Laguna Beach. Hij werkt vast in een ander district.'

'Ik weet niet in welk district hij werkt. Er stond niets op zijn auto. Voor hetzelfde geld werkt hij in Laguna Beach.'

'Juist. Wat nu, Tim?'

Hij wilde haar aankijken maar was daar tegelijkertijd bang voor, en hij wist niet hoe het kwam dat ze verlangen en angst bij hem opriep terwijl hij haar nog maar een paar minuten kende. Dit gevoel was nieuw voor hem, en hoewel hij wist dat dit in duizenden liedjes en films liefde werd genoemd, wist hij dat het niets met liefde te maken had. Hij was er de man niet naar om op het eerste gezicht verliefd te worden. Bovendien was er bij liefde nooit sprake van deze dodelijke angst. 'Het enige concrete wat ik de politie kan geven, is die foto van jou, maar dat is nauwelijks bewijsmateriaal te noemen.'

'En het kenteken van die auto dan?'

'Dat bewijst niets. Dat is hooguit een aanwijzing. Ik ken wel iemand die het nummer kan natrekken en kan zeggen van wie die auto is. Iemand die ik volledig vertrouw.'

'En dan?'

'Dat weet ik nog niet. Dan bedenk ik wel wat.'

Haar ogen, die nog steeds op hem gericht waren, hadden de aantrekkingskracht van twee manen, en het leek erop of het getij van zijn aandacht naar haar toegetrokken werd.

Toen hij haar weer aankeek, nam hij zich voor dit moment nooit te vergeten, dit gevoel van steeds toenemende angst dat gepaard ging met wilde verrukking, want als hij er eenmaal een naam voor gevonden had, zou hij snappen waarom hij ineens brak met het leven dat hij kende, het leven waar hij bewust voor had gekozen, waarom hij nu een totaal onbekende wereld betrad, met het risico er ontzettend veel spijt van te krijgen.

'Je moet vanavond nog je huis uit,' zei hij. 'Je moet ergens naartoe waar je nog nooit bent geweest, niet bij vrienden of familie.'

'Denk je dan dat die man hier naartoe komt?'

'Morgen, overmorgen, op een gegeven moment, wanneer hij en die vent die hem heeft ingehuurd inzien wat er aan de hand is.'

Ze leek niet bang. 'Oké,' zei ze.

Hij snapte niets van haar gelatenheid. Zijn mobieltje ging.

Linda nam zijn koffiebeker aan, zodat hij zijn handen vrij had om op te nemen. Het was Liam Rooney. 'Hij is hier net langs geweest. Hij vroeg wie die grote vent aan de bar was die helemaal achteraan zat.'

'Nu al. Verdomme. Ik had verwacht dat het nog wel een paar dagen zou duren. Was het die eerste of die tweede vent?'

'De tweede. Deze keer heb ik hem wat beter bekeken. Het is een enge vent, Tim. Een haai op schoenen.'

Tim dacht aan de dromerige glimlach die steeds om de mond van de moordenaar speelde, en aan de verwijde pupillen die alle licht leken te willen absorberen.

'Wat is er gaande?' vroeg Liam.

'Het gaat over een vrouw,' zei Tim, zoals hij ook al eerder had gezegd. 'Ik handel dit verder wel af.'

Blijkbaar had de man achteraf ingezien dat er tijdens zijn ontmoeting in de kroeg iets niet in de haak was geweest. Waarschijnlijk had hij zich met de luchtacrobaat in verbinding gesteld.

Door de voorruit zag de keuken er gezellig uit. Aan de muur hing een messenrekje.

'Je kunt me niet zomaar buitensluiten,' zei Rooney.

'Ik denk niet zozeer aan jou,' zei Tim, die ondertussen het portier had opengedaan en uitstapte. 'Ik denk meer aan Michelle. Het is beter als je hier niet bij betrokken raakt – voor haar bestwil.'

Met beide bekers in haar handen stapte Linda uit de Ford.

'Hoe laat is die vent precies weggegaan?' vroeg Tim aan Rooney.

'Ik heb vijf minuten gewacht voordat ik jou belde, voor het geval hij terugkwam en me dan zag bellen. Het lijkt me iemand die zich niet snel voor de gek laat houden.'

'Ik moet ophangen,' zei Tim, drukte op de uitknop en stopte het mobieltje in zijn zak.

Toen Linda de bekers op het aanrecht zette, keek Tim bij het messenrekje. Hij koos niet voor het slagersmes maar voor een korter en puntiger mes.

Vanaf de Lamplighter Tavern kwam je het snelste in Laguna Beach als je de Pacific Coast Highway nam. Zelfs op maandagavond was moeilijk te voorspellen hoe druk het op de weg was. Van deur tot deur was het misschien veertig minuten rijden.

Misschien beschikte de moordenaar niet alleen over een zwaailicht maar ook over een sirene. Die zou hij op het laatste stuk waarschijnlijk niet gebruiken, want anders zouden ze hem al van verre horen aankomen.

Toen Linda zich omdraaide, zag ze dat Tim een mes in zijn hand had. Ze interpreteerde zijn bedoelingen niet verkeerd en vroeg ook niet om een uitleg. 'Hoe lang hebben we nog?'

'Kun jij binnen vijf minuten je koffer pakken?'

'Wel sneller.'

'Doe dat dan maar.'

Ze keek naar haar Ford.

'Daarmee trekken we te veel aandacht,' zei Tim. 'Die kun je beter laten staan.'

'Een andere auto heb ik niet.'

'Ik breng je wel naar waar je maar naartoe wilt.'

Haar groene ogen sneden als een glasscherf door hem heen. 'Waarom doe je dit eigenlijk allemaal? Want nu je me dit verteld hebt, zou je net zo goed kunnen weggaan.'

'Die vent... Hij zal ook mij willen vermoorden. Als hij eenmaal weet hoe ik heet.'

'En jij denkt dat ik wel zal vertellen hoe je heet als hij me te pakken heeft.'

'Mijn naam komt hij sowieso te weten, via jou of via iemand anders. Ik wil weten wie hij is, en wat nog belangrijker is: ik wil weten wie hem heeft ingehuurd. Misschien kom je er nog op als je wat meer tijd hebt gehad om erover na te denken.'

Ze schudde haar hoofd. 'Ik ken verder niemand. Als jij hier alleen mee verder wilt omdat je denkt dat me nog wel meer te binnen zal schieten, ben ik bang dat ik je zwaar teleur zal stellen.'

'Dat komt vanzelf,' zei hij. 'Kom, neem alles mee wat je nodig hebt.'

Weer keek ze naar de Ford. 'Ik kom er nog eens voor terug.'

'Wanneer dit achter de rug is.'

'Dan ga ik ermee toeren, naar plekken waar het verleden nog voelbaar is, waar ze nog niet alles gesloopt of ontheiligd hebben.'

'Die goeie ouwe tijd.'

'Soms waren het mooie tijden, maar soms ook niet. In elk geval waren het andere tijden.' Ze ging snel pakken.

Tim deed het licht in de keuken uit. Hij liep door het gangetje naar de woonkamer en deed ook daar de lichten uit. Bij het raam deed hij de vitrage dicht en keek naar buiten, naar de huizen aan de overkant, die hem deden denken aan een miniatuurdorpje in een glazen sneeuwbol. Ook hij had heel lang onder glas gevangengezeten, vrijwillig. Zo nu en dan had hij een hamer gepakt en wilde hij iets verbrijzelen, maar hij had nooit doorgezet omdat hij niet goed wist wat hij aan de andere kant van het glas te zoeken had.

Er liep een coyote op straat. Misschien kwam het beest uit een nabijgelegen canyon en was hij door de ronde wassende maan tevoorschijn gekomen. Wanneer hij in het schijnsel van de lantaarns kwam, leken zijn ogen van zilver, alsof hij staar had. Maar in de schaduwen gloeiden zijn ogen rood op en leek niets hem te ontgaan.

6

Tim reed in noordelijke richting, alsof hij achter de inmiddels verdwenen coyote aan wilde gaan. Bij een kruising sloeg hij links af en reed in de richting van de Pacific Coast Highway. Voortdurend keek hij in zijn achteruitkijkspiegeltje. Er kwam niemand achter hen aan.

'Waar wil je naartoe?' vroeg hij.

'Dat zie ik straks wel.'

Ze droeg nog steeds een blauwe spijkerbroek en een donkerblauwe trui maar had er nu een bruin corduroy jasje over aangetrokken. Ze hield haar handtasje op schoot; haar reistas lag op de achterbank.

'Wanneer is straks?'

'Wanneer we bij die vriend van je zijn geweest, die vent die je volledig vertrouwt en die dat kenteken kan natrekken.'

'Ik was eigenlijk van plan om in mijn eentje bij hem langs te gaan.'

'Zie ik er niet uit of zo?'

Ze was niet zo knap als op de foto, maar op de een of andere manier vond hij haar zo nog aantrekkelijker, met haar bruine haar, dat zo'n donkere tint had dat het bijna zwart leek. Op de foto had ze korter haar gehad, zo'n zorgvuldig gestileerde *noncha*-look.

'Je ziet er geweldig uit,' verzekerde hij haar, 'maar met jou erbij zal hij zich minder op zijn gemak voelen. Dan zal hij willen weten waar het precies over gaat.'

'Dan zeggen we toch iets wat goed klinkt.'

'Het is iemand waar ik liever niet tegen lieg.'

'Tegen wie wel?

'Hè? Wie?'

'Laat maar zitten. Laat dat maar aan mij over. Ik kom wel met iets waarmee hij genoegen neemt.'

'Nee, dat doen we niet,' zei Tim. 'Met deze jongen gaan we recht door zee.'

'Wie is die vent dan wel? Je vader of zo?'

'Ik ben hem veel verschuldigd. Het is iemand op wie ik kan bouwen. Pedro Santo. Pete. Hij is rechercheur. Berovingen en moordzaken.'

'Dus we gaan toch naar de politie?'

'Onofficieel.'

Ze reden in noordelijke richting langs de kust. Er was weinig tegemoetkomend verkeer. Ze werden een paar keer ingehaald door auto's die veel harder reden dan was toegestaan, maar er was geen enkele auto met zwaailicht te zien.

De intensief bebouwde klippen in het westen gingen over in laagland, waar geen woningen meer stonden. Achter een strook groen en het brede strand leek de horizon van de Pacific de wereld in twee donkere helften te splitsen. De maan stond als een nachtlampje aan de hemel en bescheen de witte kragen van de branding en de opkomende golven, alsof de zee rusteloos lag te woelen onder exclusieve lakens.

Na een tijdje gezwegen te hebben, zei Linda: 'Het punt is dat ik niet zo veel met de politie opheb.' Ze keek recht voor zich uit maar leek zich niet bewust van het tegemoetkomend verkeer.

Hij wachtte tot ze iets zou zeggen, maar toen ze in gedachten verzonken leek, zei hij: 'Is er misschien iets wat ik moet weten? Ben je ooit in aanraking met de politie geweest of zo?'

Ze knipperde met haar ogen. 'Ik niet, hoor. Ik ben zo braaf als een schoothondje. Ik durf niet eens te blaffen.'

'Waarom krijg ik het gevoel dat je heel graag zou willen blaffen?'

'Weet ik veel. Ik weet niet waarom je dat gevoel hebt. Misschien zoek je overal iets achter.'

'Ik ben een metselaar, meer niet.'

'De meeste automonteurs die ik ben tegengekomen denken dieper na dan de professoren die ik ken. Dat moet ook wel. Want ze staan midden in het echte leven. Dat zal ook wel voor de meeste metselaars opgaan.'

'Metselaars zijn steengoed.'

Ze glimlachte. 'Leuk geprobeerd.'

Bij de Newport Coast Road sloeg hij rechts af en reed landinwaarts. De weg liep omhoog, en achter hen leek de nacht de zee neer te drukken.

'Ik ken een timmerman,' zei ze, 'die dol is op metaforen omdat hij vindt dat het leven zelf één grote metafoor is waarin constant mysteries en verborgen betekenissen te ontdekken zijn. Weet je wat een metafoor is?'

Hij zei: 'Mijn hart is een eenzame jager die jaagt op een eenzame heuvel.'

'Dat krijg je als je steengoed bent.'

'Heb ik niet zelf bedacht, hoor. Heb ik ergens gehoord.'

'Je weet vast nog wel waar je dat precies vandaan hebt. Dat kon ik horen aan de manier waarop je het zei. Maar goed, als die Santo van jou een slimme jongen is, zal hij zo wel doorhebben dat ik niet zo dol ben op politie.'

'Hij is slim. Maar hij is ook heel aardig.'

'Ik neem graag aan dat het een geweldige vent is. Hij kan er niets aan doen dat de politie soms weinig mededogen toont.'

Tim liet de woorden een paar keer door zijn hoofd gaan, maar hij kon er geen betekenis uit destilleren.

'Misschien is die vriend van jou een soort padvinder met een politiepenning op zak,' zei ze. 'Maar van politie krijg ik nou eenmaal de kriebels. En niet alleen van politie.'

'Kun je me misschien ook vertellen waar dit over gaat?'

'Het gaat niet specifiek ergens over. Zo ben ik nou eenmaal.'

'We hebben hulp nodig, en Pete Santo kan ons die hulp geven.'

'Weet ik. Ik zeg ook maar wat.'

Toen ze de laatste heuvels over waren, strekte Orange County zich fonkelend voor hen uit, als een feestgewaad met miljoenen glittertjes. Het was of de sterrenhemel bij zo veel pracht verbleekte.

Ze zei: 'Het lijkt allemaal zo geweldig, zo krachtig, zo duurzaam.'

'Wat bedoel je?'

'De beschaving. Maar het is allemaal zo breekbaar als glas.' Ze keek opzij naar hem. 'Ik kan maar beter mijn kop houden. Straks denk je nog dat ik niet goed bij mijn hoofd ben.'

'Welnee,' zei Tim. 'Ik kan wel wat met glas.'

Een tijd lang reden ze zwijgend door, en na een poosje merkte hij dat ze blijkbaar prima een stilte konden laten vallen zonder dat het ongemakkelijk werd. De nacht die hen omringde, leek de hele wereld te kunnen verzwelgen, maar hier in de Explorer voelde hij zich op zijn gemak, voor zolang het duurde. Hij had het gevoel dat er iets goeds te gebeuren stond, misschien zelfs wel iets fantastisch.

7

Nadat Krait alle vertrekken in de bungalow had geïnspecteerd en overal het licht had aangedaan, ging hij terug naar de slaapkamer. De goedkope witte chenille sprei lag zonder ook maar één plooitje op het keurig opgemaakte bed. Nergens zat de franje in de knoop. Elders had Krait wel eens bedden aangetroffen die niet opgemaakt waren en die hoognodig verschoond moesten worden. Onordentelijke huishoudens waren hem een doorn in het oog. Als het gebruik van een pistool was toegestaan, kon hij een slordig persoon vermoorden zonder dichtbij te hoeven komen. Dan maakte het minder uit dat het slachtoffer niet elke dag schoon ondergoed aandeed.

Maar vaak vereiste het contract specifieke handelingen: wurgen, neersteken, doodknuppelen, of een nog intiemere vorm van executie. Als het slachtoffer dan niet netjes op zichzelf bleek te zijn, werd een taak die op zich zeer genoeglijk kon zijn, een onsmakelijke klus. Wanneer je iemand bijvoorbeeld van achteren wurgde, probeerde het slachtoffer je soms de ogen uit te steken. Nu was het niet zo moeilijk om daar iets tegen te doen, maar soms kreeg het slachtoffer dan je wang te pakken, of je kin, of hij streek met zijn vingers langs je lippen, en als het dan zo'n type was dat zijn handen niet altijd waste nadat hij naar de wc was geweest, vroeg je je wel eens af of de geldelijke beloning en de vele voordelen die het werk met zich meebracht, opwogen tegen de minder fraaie kanten ervan.

Linda Paquette had een kleine, keurig opgeruimde kleerkast.

Veel kleren had ze niet. Krait kon de eenvoud van haar garderobe wel waarderen. Zelf had hij ook een voorliefde voor simpele dingen. Hij pakte een paar dozen die boven in de kast lagen, maar er bleek niets bijzonders in te zitten.

Nieuwsgierigheid was beroepshalve uit den boze. Hij werd niet geacht meer van haar af te weten dan haar naam, haar adres en hoe ze eruitzag. Meestal kon hij zijn nieuwsgierigheid prima bedwingen. Maar door het misverstand in de kroeg moesten de regels enigszins worden aangepast. Hij zocht naar foto's van familie en vrienden, klassefoto's van de middelbare school, vakantiekiekjes, foto's van oude vriendjes. Maar er stond geen enkele foto op de stofvrije ladekast, noch op de glimmend gepoetste nachtkastjes.

Blijkbaar had ze zich van haar verleden losgemaakt. Krait kon slechts raden naar de reden hiervoor, maar het kwam hem goed uit. Mensen die ergens in het leven waren vastgelopen en op zichzelf woonden, vormden niet zo'n moeilijk doelwit.

Er was gevraagd of hij het kon doen voorkomen alsof ze door een insluiper was verkracht en vermoord, om de politie het idee te geven dat ze een willekeurig slachtoffer was van een lustmoordenaar. Hoe de moord werd uitgevoerd, werd altijd aan zijn eigen invulling overgelaten. Hij was erg goed in het in scène zetten van tableaus waardoor zelfs de beste profilers op het verkeerde been werden gezet.

In de ladekast zocht hij naar foto's en andere persoonlijke bezittingen die iets over haar zeiden. Want hoewel Krait niet geacht werd zich in zijn slachtoffer te verdiepen, was hij toch nieuwsgierig geworden. Hij wilde weten waarom die grote vent aan de bar besloten had zich ermee te bemoeien. Zou het kunnen dat de vrouw hem ertoe had overgehaald zo'n riskant spel te spelen?

Het werk dat Krait deed, was over het algemeen tamelijk voorspelbaar. Een man van minder kaliber zou de subtiele nuances van het werk misschien minder op waarde kunnen schatten en zou er na een paar jaar genoeg van hebben. Krait vond dat het werk hem genoeg voldoening schonk, deels doordat zijn opdrachten niet veel van elkaar verschilden, iets wat hij prettig vond. Want naast properheid hechtte Krait veel belang aan vertrouwdheid, niet alleen in zijn werk maar ook daarbuiten. Wanneer hij een film had gezien die hij mooi vond, bekeek hij hem een paar keer per maand, soms zelfs twee keer achter elkaar. Zo ging hij ook vaak twee weken achter elkaar naar hetzelfde eettentje.

Mensen mochten dan wel qua uiterlijk enorm van elkaar verschillen, maar toch waren ze zo voorspelbaar als een film waarvan hij elke scène kende. Een man die Krait zeer bewonderde, had eens gezegd dat mensen net schapen waren, en in de meeste gevallen was dat inderdaad zo. In zijn intensieve omgang met de soort had Krait echter gemerkt dat mensen inferieur waren aan schapen. Schapen waren weliswaar tamelijk meegaand, maar ze waren altijd waakzaam. In tegenstelling tot mensen waren schapen zich constant bewust van het bestaan van roofdieren en reageerden ze onmiddellijk als ze wolven roken.

Maar Amerikanen waren tegenwoordig zo welvarend en werden dusdanig door een overvloed aan amusement beziggehouden dat ze niet met de mogelijkheid rekening wilden houden dat er misschien een boosaardig wezen met slagtanden rondliep. Als ze zo nu en dan een bloeddorstige wolf zagen, wierpen ze het schepsel een bot toe en maakten zichzelf wijs dat het een hond was. Echte dreigingen wensten ze niet onder ogen te zien, en daarom richtte hun angst zich op rampscenario's die naar alle waarschijnlijkheid toch nooit zouden uitkomen: een enorme asteroïde die op de aarde afkwam, cyclonen die twee keer zo groot als Texas waren, de millenniumbug die het einde van de menselijke beschaving zou betekenen, kerncentrales die zo heet werden dat ze dwars door de aarde zouden branden, een nieuwe Hitler die ineens zou opstaan uit de horden treurige televisiedominees met fout haar.

Krait vond mensen absoluut kuddedieren. Hij mengde zich

onzichtbaar onder hen. Met een dromerige blik graasden ze rustig verder en waanden zich veilig in de anonimiteit van de kudde, ook al verslond hij ze een voor een.

Hij had lol in zijn werk, en dat zou ook nog wel een tijdje zo blijven, tot er een moordenaar ten tonele verscheen die wat opzichtiger te werk zou gaan en de kudde met vuur zou bestoken zodat ze zich met tienduizenden tegelijk in de afgrond zouden storten. Pas dan zouden de schapen beter op hun hoede zijn; pas dan zou Kraits werk wat lastiger worden.

Hij wilde meer over Linda Paquette te weten komen, omdat hij op die manier misschien meer greep kreeg op de man die zich als haar beschermer had opgeworpen. De naam van de man zou hij binnenkort toegespeeld krijgen.

Uit de kleren die hij vond, kon hij het een en ander afleiden. Ze had sokken in diverse kleuren maar niet meer dan twee panty's. Haar slipjes waren van katoen, zonder kanten randjes of andere tierelantijntjes, bijna als mannenslips. De eenvoud ervan kon zijn goedkeuring wegdragen. En ze roken heerlijk fris. Hij vroeg zich af wat voor wasmiddel ze gebruikte en hoopte dat het ecologisch verantwoord spul was.

Nadat hij alle laatjes doorzocht had, keek hij in de spiegel die boven de kast hing. Hij was niet ontevreden met zijn uiterlijk. Hij was niet rood aangelopen. Hij perste zijn lippen niet gespannen op elkaar, maar ze weken ook niet van elkaar van verlangen. In de spiegel zag hij iets wat zijn aandacht opeiste, iets wat hem stoorde in zijn zelfreflectie. Zijn glimlach verflauwde; hij draaide zich om en keek naar het schilderij dat aan de muur hing.

Het was raar dat het hem niet onmiddellijk bij binnenkomst was opgevallen, want er hing verder niets aan de muur, en de enige twee decoratieve voorwerpen in de kamer stonden op de nachtkastjes: een klok met verlichte wijzerplaat en een oude Motorola-radio, allebei uit de jaren dertig en vervaardigd van bakeliet.

Hij nam geen aanstoot aan de klok of de radio, maar dat schilderij – een goedkope reproductie – stoorde hem bovenmatig. Hij nam het van de muur, sloeg het glas tegen het voeteneind van het bed kapot en trok de afbeelding uit de lijst. Nadat hij het papier drie keer had dubbelgevouwen stopte hij het in een binnenzak van zijn sportjasje. Hij zou het bewaren tot hij de vrouw gevonden had. Wanneer hij haar had uitgekleed en haar weerstand had gebroken, zou hij het verfrommelde papier in haar keel proppen, haar kaken op elkaar houden en eisen dat ze het doorslikte, en wanneer het te groot bleek om in één keer door te slikken, zou ze het kokhalzend teruggeven zodat hij het ergens anders naar binnen kon proppen, samen met andere dingen, alles wat hij maar wilde, tot ze hem smeekte haar te vermoorden. Helaas leefde hij in een tijdperk waarin je soms niet onder dat soort maatregelen uitkwam.

Hij keek weer in de spiegel en was tevreden met wat hij zag, net als een minuutje geleden. Hij straalde een zekere onschuld uit en was vervuld van liefde jegens zijn medemens. Het kwam eropaan hoe je overkwam. Hoe je overkwam was het enige dat telde. Plus zijn werk.

In haar badkamer trof hij niets aan dat zijn onmiddellijke aandacht trok, met uitzondering van lippenbalsem van een merk dat hij nog nooit gebruikt had. Het was de laatste tijd zo droog geweest dat hij voortdurend last had van gebarsten lippen. Het spul dat hij normaal gebruikte, had niet veel geholpen. Hij rook aan de balsem en vond de geur zeer acceptabel. Toen hij eraan likte, proefde hij een alleszins redelijke sinaasappel-roomsmaak, niet te sterk. Hij stiftte zijn lippen en voelde onmiddellijk hoe verkoelend het spul was. De stick verdween in zijn zak.

In de woonkamer bekeek Krait een paar oude gebonden boeken die op de plank stonden. Ze hadden merkwaardige, kleurige omslagen, en het waren allemaal boeken die in de jaren twintig en dertig geschreven waren: Earl Derr Biggers, Mary Roberts Rinehart, E. Phillips Oppenheim, J. B. Priestley, Frank Swinnerton... Met uitzondering van Somerset Maugham en P. G. Wodehouse waren het allemaal namen die niemand meer kende. Krait had een boek kunnen uitkiezen dat er interessant uitzag, maar dat deed hij niet, omdat de auteurs allemaal al overleden waren. Wanneer hij in een boek ongepaste denkbeelden tegenkwam, zag hij zich soms genoodzaakt de betreffende schrijver met een bezoekje te vereren teneinde hem te overtuigen van de onjuistheid van zijn ideeën. Boeken van overleden auteurs las hij niet, omdat hij veel meer genoegdoening haalde uit een gesprek onder vier ogen met een levende auteur dan uit het opgraven en ontheiligen van het lijk van een overleden schrijver.

In de keuken trof hij twee gebruikte koffiebekers aan. Hij bleef er een tijdje peinzend naar staan kijken. Linda was zo netjes dat ze deze troep alleen maar achtergelaten kon hebben als daar een dringende reden voor was geweest. Er was iemand bij haar langs geweest die koffie met haar had gedronken. Misschien had die persoon haar ervan overtuigd dat er geen tijd meer was om de bekers af te wassen en dat ze onmiddellijk haar huis moest verlaten.

Naast de conclusies die uit de aanwezigheid van de bekers getrokken konden worden, was Krait geïnteresseerd in de beker met de papegaaienhandgreep. Hij vond het wel iets hebben. Hij waste de beker, droogde hem af en wikkelde hem in een theedoek om mee te nemen. Er ontbrak een mes uit het messenrekje, en ook dat was interessant.

Uit de koelkast haalde hij een half overgebleven custardtaart, eigengemaakt, die bestrooid was met een dun laagje kaneel. Hij sneed een groot stuk af, deed dat op een bordje en zette het op de keukentafel, met een vorkje erbij. Uit de koffiepot die nog op het warmhoudplaatje stond, schonk hij een kop in. Het brouwsel was nog niet bitter geworden. Hij deed er een wolkje melk in.

Aan de tafel gezeten keek hij naar de oude Ford, at zijn taart en dronk zijn koffie. De taart was werkelijk uitstekend. Hij nam zich voor haar daar een compliment over te maken. Toen hij zijn koffie ophad, begon zijn mobieltje te trillen. Hij zag dat hij een SMS'je had gekregen.

Eerder op de dag, toen Krait een tweede bezoek aan de Lamplighter Tavern bracht om te achterhalen hoe de grote man aan de bar heette, had de barman net gedaan of hij nergens vanaf wist. Maar vijf minuten nadat Krait was weggegaan, had Liam Rooney een telefoontje gepleegd. In dit SMS'je stond het nummer dat Rooney toen had gebeld, plus de naam van degene die onder dat nummer geregistreerd stond. Ene Timothy Carrier. Ook verscheen het adres van Carrier op zijn display, hoewel Krait betwijfelde of hij daar in de nabije toekomst iets aan had. Als het inderdaad Carrier was geweest die hij in de kroeg had getroffen, en als Carrier zo snel mogelijk naar Laguna Beach was gereden om de vrouw in kwestie te waarschuwen, zou hij vast niet zo stom zijn om rechtstreeks naar zijn eigen huis terug te gaan.

Naast een naam en een adres had Krait ook gevraagd naar het beroep van die vent. Carrier bleek een gediplomeerd metselaar te zijn.

Toen Krait de gegevens had opgeslagen, begon het mobieltje weer te trillen. Nu verscheen er een foto van de metselaar op zijn display. Dit was zonder enige twijfel de man die hij in de kroeg had gesproken.

In de praktijk werkte Krait altijd alleen, maar hij kon wel bogen op de steun van anderen, die hem van gegevens en technische apparaten voorzagen.

Hij borg zijn telefoontje op zonder de foto op te slaan. Misschien wilde hij later nog meer van Carrier weten, maar nu nog niet.

Er zat nog één kopje koffie in de pot; hij deed er een flinke plens melk bij en ging weer aan tafel zitten om zijn koffie op te drinken.

Er was durf voor nodig geweest om de garage bij de keuken

te trekken, maar de ruimte was absoluut gezellig te noemen. Hij vond het overal in huis prettig om te zijn, door de properheid en de eenvoud. Iedereen kon hier wonen; uit de inrichting viel niet op te maken wat voor iemand er woonde. Ooit zou het huis te koop komen te staan. Hij vond het eigenlijk te riskant om het pand te kopen van iemand die hij vermoord had, maar toch sprak het idee hem wel aan.

Krait waste zijn beker af, zijn bord, zijn vork, de koffiepot en de Roosevelt-beker die Linda of haar gast gebruikt moest hebben. Hij droogde de spullen af en zette alles weg. Hij maakte de roestvrijstalen spoelbak schoon en wreef hem met keukenpapier droog.

Voordat hij wegging, liep hij naar de Ford, deed het portier aan de chauffeurskant open, stapte iets naar achteren omdat er anders spetters op zijn broek zouden kunnen komen, deed de rits van zijn broek naar beneden en urineerde in het voertuig. Hier beleefde hij geen lol aan, maar het was iets waar hij nu eenmaal niet onderuit kwam.

8

Pete Santo woonde in een witgestuct huis van bescheiden formaat met een schuwe hond die Zoey heette en een dode vis die Lucille heette. Lucille was een marlijn met scherpe tandjes en hing fraai opgezet boven het bureau in zijn werkkamer. Niet dat Pete een hengelaar was. De marlijn was met het huis meegekomen toen hij het kocht. Hij had de vis naar zijn voormalige echtgenote genoemd, die van hem gescheiden was toen ze er na een huwelijk van twee jaar achterkwam dat hij niet te veranderen was. Ze wilde dat hij bij de politie wegging en dat hij makelaar werd, dat hij zich wat eleganter kleedde en dat hij zijn litteken liet weghalen.

De bom barstte uiteindelijk toen ze een paar schoenen met kwastjes voor hem kocht. Hij weigerde ze aan te trekken. En zij weigerde ze naar de winkel terug te brengen. Hij wilde ze niet in zijn kleerkast hebben. Ze probeerde een schoen door de wc te spoelen. De rekening van het ontstoppingsbedrijf was niet mals.

Lucille keek met haar ene oog streng op hem neer toen hij achter zijn bureau stond en naar het computerscherm keek, waar de homepage van de dienst voor het wegverkeer langzaam zichtbaar werd. 'Als je míj al niet kunt vertellen waar dit over gaat, wie dan wel?'

Tim zei: 'Niemand. Nog niet. Misschien morgen of overmorgen, als de dingen wat... duidelijker zijn.'

'Wat voor dingen?'

'Dingen die nu nog niet duidelijk zijn.'

'O. Dat is duidelijk. Wanneer de dingen die nog niet duidelijk zijn, duidelijk zijn, dan wil je me er wel over vertellen.'

'Zou kunnen. Zeg, ik weet dat jij hierdoor in de problemen kunt komen.'

'Maakt niet uit.'

'Natuurlijk maakt dat wel uit.'

'Je gaat me hier toch niet beledigen, wel? Het maakt niet uit.' Pete ging achter de computer zitten. 'Als ze me eruit knikkeren, kan ik altijd nog makelaar worden.' Hij voerde zijn naam in, zijn politienummer en zijn toegangscode, waarop de dienst voor het wegverkeer zijn intiemste geheimen prijsgaf, als een bekoorlijke maagd die zich aan een geliefde overgeeft.

De schuwe Zoey, een zwarte labrador, keek van achter een fauteuil toe. Linda ging op haar hurken zitten en probeerde de hond met kirrende woordjes te lokken.

Pete typte het kenteken in dat Tim hem gegeven had, waarna de database meedeelde dat het nummer toebehoorde aan een witte Chevrolet die niet op naam stond van de politie maar van ene Richard Lee Kravet.

'Ken je hem?' vroeg Pete.

Tim schudde zijn hoofd. 'Nooit van gehoord. Ik dacht dat het gewoon een politieauto was.'

Verbaasd vroeg Pete: 'Die vent waar je meer over te weten wilt komen, zit die bij de politie? Zit ik hier een agent voor je na te trekken?'

'Als hij bij de politie zit, is hij echt fout bezig.'

'Moet je mij zien. Ik zit hier in politiebestanden te rommelen om jou van dienst te zijn. Ík ben echt fout bezig.'

'Als die vent al bij de politie zit, is hij ontzettend fout bezig. Maar jij, Petey, jij bent hooguit een agent die kwajongensstreken uithaalt.'

'Richard Lee Kravet. Ik ken hem niet. Als hij inderdaad een agent is, zit hij niet bij ons, volgens mij.'

Pete zat bij de politie van Newport Beach, maar hij woonde buiten zijn district, dichter bij Irvine dan bij Newport Beach, want zelfs toen hij nog niet gescheiden was, kon hij zich geen huis veroorloven in de stad waar hij werkte.

'Kun je het rijbewijs van die vent ook op het scherm toveren?' vroeg Tim.

'Welja, waarom ook niet, maar wanneer ik makelaar ben, bepaal ik zelf wat ik wel en niet doe.'

Zoey was op haar buik om de fauteuil heen gekropen. Haar staart bonkte op de grond als reactie op de lieve woordjes van Linda.

Er brandde maar één kleine schemerlamp, waardoor het tamelijk donker in de kamer was. In het kille schijnsel van het beeldscherm leek het gezicht van Pete van tin, en zijn gladde litteken glom als een naad die niet goed gelast was. Het litteken liep van zijn oor tot aan zijn kin; het bleke weefsel was meer dan een halve centimeter breed. Maar Pete had zo'n knap gezicht dat hij desondanks niet lelijk te noemen was. Met plastische chirurgie zou het een en ander geheel of gedeeltelijk weggewerkt kunnen worden, maar Pete had ervoor gekozen dat niet te laten doen. Een litteken hoeft niet altijd slecht te zijn. Soms kan het een in het lichaam gebeitelde aflossing zijn, een monumentaal teken van lijden, of van verlies.

Het rijbewijs verscheen op het scherm. De huurmoordenaar stond glimlachend als de Mona Lisa op de foto.

Pete printte de pagina uit en gaf de uitdraai aan Tim. Volgens het rijbewijs was Kravet zesendertig jaar oud. Hij bleek in Anaheim te wonen.

Zoey was ondertussen op haar rug gaan liggen en stak haar vier poten in de lucht. Ze lag als een poes te spinnen toen Linda haar zachtjes over haar buik streek.

Tim kon nog steeds niet bewijzen dat Kravet een huurmoordenaar was; de man zou elke betrokkenheid bij de zaak domweg ontkennen.

'Wat nu?' vroeg Pete.

Linda aaide de hond en keek op naar Tim. Haar groene ogen waren nog steeds poelen vol mysterie, maar in haar blik zag hij de wens om de aard van hun dilemma niet aan anderen door te vertellen, in elk geval voorlopig niet.

Hij kende Pete al meer dan elf jaar, en deze vrouw nog niet eens twee uur, en toch koos hij voor de discrete aanpak waar ze zonder woorden om vroeg. 'Bedankt, Pete. Je had je nek niet zo ver hoeven uitsteken.'

'Zo voel ik me het lekkerst.' Dat was waar. Pete Santo liep graag risico's, hoewel hij nooit roekeloos te werk ging.

Toen Linda overeind kwam, zei Pete tegen haar: 'Ken je Tim al lang?'

'Nog niet zo lang.'

'Hoe zijn jullie elkaar tegengekomen?'

'Bij de koffie.'

'In Starbucks bijvoorbeeld?'

'Nee, daar niet,' zei ze.

'Paquette. Die naam kom je niet vaak tegen.'

'In mijn familie wel.'

'Mooie naam. P-a-c-k-e-t-t-e?'

Ze gaf geen bevestigend antwoord.

'Dus jij bent meer het sterke maar zwijgzame type.'

Ze lachte. 'En jij bent meer de rechercheur.'

De schuwe hond liep naast Linda naar de voordeur. In de donkere tuin zat een compleet koor van kikkers te kwaken. Linda krabbelde tussen de oren van de hond, gaf haar een zoen op de kop en liep over het gazon naar de Explorer die op de oprit stond.

'Ze moet me niet,' zei Pete.

'Ze vindt je best aardig. Ze is alleen niet zo dol op de politie.'

'Als je met haar trouwt, moet ik dan van baan veranderen?'

'Ik ga niet met haar trouwen.'

'Volgens mij is ze wel het trouwtype. Zonder ring krijg je geen ding.'

'Ik hoef ook geen ding. We hebben niks samen.'

'Dat komt nog wel,' voorspelde Pete. 'Ze heeft iets.'

'Iets? Wat dan?'

'Weet ik niet. Maar ze heeft wel iets.'

Tim zag dat Linda instapte. Toen ze het portier had dichtgetrokken, zei hij: 'Ze zet een lekkere bak koffie.'

'Dat geloof ik graag.'

Hoewel de onzichtbare kikkers gewoon hadden doorgekwaakt toen Linda over het gazon liep, zwegen ze toen Tim een voet op het gras zette.

'Klasse,' zei Pete. 'Dat heeft ze in elk geval.' En toen Tim nog twee passen gedaan had, zei hij: 'Sangfroid.'

Tim bleef staan en keerde zich om. 'Sang wat?'

'Sangfroid. Dat is Frans. Zelfverzekerdheid, onverstoorbaarheid, evenwichtigheid.'

'Sinds wanneer ken jij Frans?'

'Er was zo'n professor, doceerde Franse literatuur. Heeft een meisje met een beitel om het leven gebracht. Heeft haar armen en benen met een steenzaagmachine afgezaagd.'

'Steenzaagmachine?'

'Hij deed ook aan beeldhouwen. Bijna hadden we hem niet te pakken gekregen. Omdat hij zo gigantisch veel sangfroid had. Maar mij is het uiteindelijk toch gelukt.'

'Ik weet bijna zeker dat Linda van niemand de armen en benen heeft afgezaagd.'

'Ik wil alleen maar zeggen dat ze heel beheerst overkomt. Maar mocht ze ooit van plan zijn om míjn armen en benen af te zagen, dan lijkt me dat prima.'

'Je stelt me teleur, compadre.'

Pete grijnsde. 'Ik wist wel dat jullie twee iets hadden.'

'We hebben niets,' verzekerde Tim hem en liep tussen de zwijgende kikkers door naar de Explorer.

9

Toen Tim achteruit de oprit afreed, zei Linda: 'Hij lijkt geen kwaaie jongen voor een agent. Leuk hondje heeft hij.'

'Hij heeft ook een dode vis die hij de naam van zijn ex gegeven heeft.'

'Nou ja, misschien was ze heel koudbloedig.'

'Hij zegt dat hij zich graag door jou in stukken laat snijden.'

'En wat mag dat betekenen?'

Tim schakelde en zei: 'Zandhazenhumor.'

'Zandhazenhumor?'

Hij stond er zelf verbaasd van dat hij deze deur geopend had en wilde hem meteen weer dichtdoen. 'Laat maar.'

'Wat is een zandhaas?'

Zijn mobieltje ging, wat hem goed uitkwam omdat hij nu niet meteen op haar vraag hoefde te reageren. Tim dacht dat het Rooney was en had het mobieltje te pakken voor het vier keer was overgegaan. Op zijn display was het nummer van de beller niet te zien.

'Ja?'

'Met Tim?'

'Ja?'

'Is zij bij je?'

Tim zweeg.

'Zeg haar maar dat haar custardtaart heel lekker was.'

Nu hij de stem hoorde, zag hij weer die onwerkelijk grote pupillen voor zich die naar licht snakten.

'En haar koffie was ook lang niet slecht,' zei Richard Lee Kravet. 'En ik vond die beker met die papegaai zo leuk dat ik hem maar heb meegenomen.'

Er kwam weinig verkeer door deze wijk; op het ogenblik waren er zelfs helemaal geen andere auto's te zien. Tim stopte midden op de weg, niet ver van het huis van Pete Santo vandaan.

De moordenaar moest achter Tims naam zijn gekomen, niet via Rooney. Hoe hij achter het nummer van zijn mobieltje was gekomen, was een raadsel, want hij stond niet in het telefoonboek.

Linda kon niet horen wie hij aan de lijn had, maar ze begreep dat het de moordenaar moest zijn.

'Ik zit helemaal weer op het spoor, Tim, niet dankzij jou. Ik heb nu een andere foto van haar, want jij hebt die ene gehouden.'

Linda pakte de uitdraai van het rijbewijs van Kravet en hield het papier in het schijnsel van een lantaarnpaal om de foto beter te kunnen zien.

'Voor ik haar doodmaak,' zei Kravet, 'word ik geacht haar te verkrachten. Ze lijkt me heel lief. Heb je me daarom met de helft van het geld afgescheept? Of zag je die foto van die slet en dacht je: Die wil ik zelf wel eens even verkrachten?'

'Zo is het genoeg,' zei Tim. 'Je hebt het voorgoed verknald.'

'Hè? Dus je kunt nooit meer naar huis, en zij kan ook nooit meer naar huis? Jullie willen voor altijd op de vlucht slaan?'

'We gaan naar de politie.'

'Dat lijkt me een prima plan, Tim. Je moet zo snel mogelijk naar de politie gaan. Dat lijkt me het enige juiste in dit geval.'

Tim had de neiging om te zeggen: *Ik weet dat je bij de politie zit, want ik heb je bij de kroeg zien wegrijden, en ik weet ook hoe je heet*, maar hij besloot die informatie als troef achter de hand te houden.

'Waarom doe je dit allemaal, Tim? Wat betekent ze voor je?'

'Ik bewonder haar sangfroid.'

'Doe niet zo raar.'

'Dat is een Frans woord.'

'Breng de nacht met haar door als je daar zin in hebt. Ga een paar keer over haar heen. Doe wat je leuk vindt. En zet haar morgen dan maar weer bij haar huis af, dan neem ik het van je over en vergeet ik gewoon dat je me in de wielen hebt gereden.'

'Ik zal over je voorstel nadenken.'

'Nadenken alleen is niet genoeg, Tim. Je moet een deal met me sluiten, en je moet me duidelijk maken dat het je ernst is. Want ik kom hoe dan ook, en dat weet je.'

'Veel plezier met het doorzoeken van de hooiberg.'

'De hooiberg is niet zo groot als je denkt, Tim. En jij bent veel groter dan een naald. Binnen de kortste keren heb ik je te pakken. Sneller dan jij voor mogelijk houdt. En dan is er geen deal meer mogelijk.' Kravet verbrak de verbinding.

Meteen drukte Tim *69 in, maar Kravet had zijn nummerweergave laten blokkeren.

Een eindje verderop negeerde een tegemoetkomende automobilist het stopbord en reed met brullende motor over het kruispunt. De wagen hobbelde door een kuil in de weg, waardoor de koplampen even omhoogzwiepten en door de voorruit van de Explorer schenen. Tim drukte het gaspedaal in en week abrupt uit naar rechts, omdat hij bang was dat de wagen hem zou klemrijden. De auto schoot voorbij, en de achterlichten werden in het achteruitkijkspiegeltje steeds kleiner. Tim was in de rechter rijstrook terechtgekomen en trapte hard op de rem, net voor het kruispunt.

'Wat had die actie te betekenen?' vroeg ze.

'Ik dacht even dat hij het was.'

'Die auto? Hoe kon hij dat nou zijn?'

'Weet ik niet. Waarschijnlijk een idiote gedachte.'

'Gaat het wel goed met je?'

'Jawel. Prima.' Een plotseling opstekende bries rukte aan de vijgenboom die bij de lantaarnpaal stond. De schaduwen van de bladeren vielen onrustig als zwarte vlinders op de voorruit. 'Als ze in de supermarkt sangfroid hebben, koop ik meteen een kratje.'

10

Het woonhuis in Anaheim bleek een soort bungalow uit de jaren vijftig te zijn. In de boeiborden zaten gaten en barsten, de luiken waren verweerd, en de Zwitserse patroontjes in de deurpost moesten ongetwijfeld de indruk wekken dat dit Californische huis net zo goed in de Alpen had kunnen staan. De maan scheen door de takken van twee enorme dennen en wierp een vlekkerig patroon op het zilverkleurige houten dak. Er brandde geen licht. Kravets huis werd geflankeerd door een Spaanse *casita* en een cottage die in New-Englandstijl was gebouwd. In de cottage brandde wel licht; de casita leek niet bewoond te zijn, want alle ramen waren donker en het gras moest hoognodig gemaaid worden.

Tim reed langs het huis van Kravet en zette de auto om de hoek neer, in een zijstraatje. Hij controleerde of zijn horloge dezelfde tijd aangaf als het klokje in de auto. Op beide uurwerken was het 21.32 uur. 'Ik heb ongeveer een kwartiertje nodig, denk ik,' zei hij.

'Maar stel dat hij thuis is?'

'En in het donker op ons zit te wachten? Nee. Grote kans dat hij ons bij mijn huis staat op te wachten. Of dat hij er al naar binnen is gegaan.'

'Misschien komt hij terug. Je kunt daar niet zonder pistool naar binnen.'

'Ik heb niet eens een pistool.'

Uit haar tasje haalde ze een pistool. 'Ik ga wel met je mee.'

'Waar heb je dat ding vandaan?'

'Uit het laatje van mijn nachtkastje. Het is een Kahr K9 semi-automatisch pistool.'

Dit was weer hetzelfde, hetzelfde waar hij altijd tegenaan liep, waar hij nooit van weg kon vluchten. In de kroeg had hij zich altijd op zijn plek gevoeld. Hij was er gewoon een klant die aan de bar zat. Vanuit de deuropening bezien leek hij de kleinste persoon. Vanavond was het wel de juiste plek geweest, maar niet het goede moment. Hij had een bestaan opgebouwd dat als een boemeltreintje over de rails liep, met een vaste route naar een voorspelbare toekomst. Maar wat hem achtervolgde, was niet alleen zijn verleden maar ook zijn noodlot, en het spoor dat van zijn noodlot wegvoerde, liep er ook weer onontkoombaar naartoe.

'Ik wil hem niet vermoorden,' zei Tim.

'Ik ook niet. Dit pistool is alleen maar voor de zekerheid. We moeten iets in zijn huis zien te vinden waarmee de politie hem achter slot en grendel kan zetten.'

Hij boog zich naar haar toe om het pistool beter te kunnen zien. 'Dat pistool ken ik niet.' Ze gebruikte geen eau de toilette, maar toch hing er een vaag geurtje om haar heen dat hij lekker vond. De geur van gewassen haar, van een schone huid.

Ze zei: '9 millimeter, 8 kogels. Schiet heel licht.'

'Je hebt er al eens mee geschoten.'

'Op een schietschijf, op de oefenbaan.'

'Je bent voor niemand bang en toch heb je een pistool naast je bed liggen.'

'Ik heb gezegd dat ik niemand ken die me dood wil hebben,' corrigeerde ze hem. 'Maar ik ken niet iedereen.'

'Heb je een wapenvergunning?'

'Nee. Heb jij een vergunning om hier in te breken?'

'Ik denk dat het beter is als je hier blijft.'

'Ik blijf hier niet in mijn eentje zitten wachten, met of zonder dat pistool.'

Hij zuchtte. 'Je hebt nu niet bepaald iets van...'

'Wat heb ik dan wél?'

'Iets,' zei hij en stapte uit. Uit de achterbak pakte hij een grote zaklantaarn. Samen liepen ze naar het huis. Het was stil op straat. In de verte blafte een hond. Als een vervellende slangenhuid gleden de zilverkleurige wolken voor de maan weg. Er stond een muurtje tussen de onverlichte casita en het Zwitserse huis. Een hekje gaf toegang tot een paadje dat naar de garage liep. Door een plotselinge windvlaag vielen er droge dennennaalden op het betonnen pad. Bij de garagedeur deed Tim de zaklantaarn aan, heel kort, maar net lang genoeg om te zien dat de deur niet met een nachtslot was uitgerust. Linda hield de zaklantaarn vast. Tim schoof een creditcard tussen de deur en de deurpost. Snel kreeg hij het eenvoudige slot open. Toen ze de deur achter zich hadden gesloten, knipte Linda de zaklantaarn aan. De garage was groot genoeg voor twee auto's maar was nu leeg.

'Blijkbaar is metselen niet het enige waar je goed in bent,' fluisterde ze.

'Iedereen kan zo'n deur openkrijgen.'

'Ik niet.'

Waarschijnlijk was het huis voor en achter voorzien van een deur met nachtslot, maar op de deur tussen de garage en het huis zat een eenvoudig slot. Veel mensen hebben hun huis slecht beveiligd en laten het erop aankomen.

'Hoeveel jaar krijg je voor inbraak?' vroeg ze.

'Dit is huisvredebreuk, geen inbraak. Tien jaar misschien?'

Toen het slot opensprong, zei ze: 'Laten we dit zo snel mogelijk doen.'

'Laten we eerst maar eens kijken of er geen pitbull op ons zit te wachten.' Hij nam de zaklantaarn van haar over, duwde de deur op een kiertje en scheen door de nauwe opening. Hij zag geen ogen oplichten. De keuken zag er anders uit dan hij had verwacht. In het schijnsel van de zaklantaarn zag hij dat er chintz gordijnen hingen. Twee koekblikken met teddybeertjes erop. Aan de muur een klok in de vorm van een kat, met de staart als slinger. Op de tafel in de woonkamer lag een linnen kleed dat met kant was afgezet. Midden op de tafel stond een schaal met keramisch fruit. De bank was afgedekt met kleurige dekens. Voor een grote tv stonden twee gemakkelijke stoelen, die zo te zien intensief gebruikt waren. Aan de muur hingen portretten van kinderen met grote ogen, reproducties die populair waren in de tijd toen Tim geboren werd.

Linda scheen met de zaklantaarn door de kamer en zei: 'Zou een huurmoordenaar nog bij zijn ouders thuis wonen?'

Op het bed in de grootste slaapkamer lag een dekbed met roosjes, er stonden zijden bloemen, en op de toilettafel lagen paarlemoeren kammen en borstels. In de kast hing mannen- en vrouwenkleding. De andere slaapkamer was ingericht als naaiatelier en werkkamer. In een van de bureaulaatjes vond Tim een chequeboekje en allerlei rekeningen die nog betaald moesten worden, van de telefoon, elektra, kabel.

'Hoorde jij ook wat?' vroeg Linda.

Hij deed het licht uit. Roerloos stonden ze in het donker te luisteren.

De woning droeg de stilte als een wapenrusting; zo nu en dan kraakte er iets. Alle geluidjes leken terug te voeren op het normale gekraak en getik van een oud gebouw.

Toen Tim zich ervan verzekerd had dat er niets in de stilte was dat naar hem luisterde, deed hij zijn zaklantaarn weer aan.

Ondertussen had Linda haar pistool tevoorschijn gehaald.

Tim bestudeerde het chequeboekje en zag dat het op naam stond van Doris en Leonard Halberstock. Ook de rekeningen die nog betaald moesten worden, waren aan hen gericht.

'Hij woont hier niet,' zei Tim.

'Vroeger misschien wel.'

'Volgens mij is hij hier nog nooit geweest.'

'Wat doen we hier dan?'

'Huisvredebreuk plegen.'

II

Linda zat achter het stuur. Tim hield haar handtas, met daarin het pistool, op schoot. Hij was aan het bellen met Pete Santo.

Pete was weer naar de database van de dienst van het wegverkeer gegaan en zei: 'Bij die auto op naam van Kravet staat geen adres in Anaheim, maar in Santa Ana.'

Tim herhaalde het adres toen hij het op de uitdraai van Kravets rijbewijs had geschreven. 'Het is vast net zo fictief als dat andere adres.'

'Wil je me nu eindelijk vertellen waar dit over gaat?' vroeg Pete.

'Niets dat binnen jouw district valt.'

'Ik zie mezelf als rechercheur van de hele wereld.'

'Er is geen sprake van een lijk,' zei Tim. *Nog niet*, voegde hij er in gedachten aan toe.

'Vergeet niet dat ik bij de afdeling moordzaken én beroovingen zit.'

'Het enige wat gestolen is, is een koffiebeker met een oortje in de vorm van een papegaai.'

Mokkend zei Linda: 'Ik vond het een fijne beker.'

'Wat zei ze?' vroeg Pete.

'Ze zei dat ze het een fijne beker vond.'

Pete zei: 'Moet ik geloven dat het alleen maar om een gestolen beker gaat?'

'Plus een custardtaart.'

'Er was nog maar een halve taart over,' zei ze.

'Wat zei ze?' vroeg Pete.

'Ze zegt dat het maar om een halve taart ging.'

'Maar toch is het niet leuk.'

'Ze zegt,' zei Tim, 'dat het maar een halve taart was, maar dat het toch niet leuk is.'

'Het gaat me er niet alleen om hoe duur de ingrediënten waren,' zei ze.

'Het gaat haar er niet om hoe duur de ingrediënten waren,' herhaalde Tim.

'Het gaat ook om het werk dat ik erin gestoken heb, en om mijn gevoel van veiligheid.'

'Het gaat ook om het werk dat ze erin gestoken heeft, plus haar gevoel van veiligheid.'

'Dus ik moet geloven,' zei Pete, 'dat het alleen maar om een gestolen koffiebeker en een halve custardtaart gaat?'

'Nee. Het gaat over heel iets anders. Die beker en die taart hebben er alleen maar zijdelings mee te maken.'

'En wat is dan dat heel iets anders?'

'Daar kan ik niet op ingaan. Hoor eens, is er misschien ook na te gaan of Kravet nog een rijbewijs heeft onder een andere naam?'

'Wat voor naam?'

'Weet ik veel. Maar als het adres in Anaheim niet klopte, dan klopt die naam misschien ook niet. Werken ze bij het wegverkeer ook met gezicht herkennende software waar je de foto van Kravet doorheen zou kunnen halen?'

'Dit is Californië, man. Bij het wegverkeer hebben ze al moeite de wc's schoon te houden.'

'Ik vraag me wel eens af,' zei Tim, 'als een tv-programma als *The Incredible Hulk* het beter had gedaan en net een paar jaar langer was doorgegaan, of Lou Ferrigno dan gouverneur was geworden. Dat zou toch geweldig zijn geweest?'

'Ik denk dat ik wel vertrouwen in Lou Ferrigno had gehad,' zei Pete.

Tegen Linda zei Tim: 'Hij zegt dat hij wel vertrouwen in Lou Ferrigno had gehad.'

'Ik ook,' zei ze. 'Hij heeft iets dienends.'

'Ze zegt dat Lou Ferrigno iets dienstbaars heeft.'

Pete zei: 'Dat komt waarschijnlijk doordat hij vroeger doof was en een spraakgebrek moest overwinnen om acteur te kunnen worden.'

'Als Lou Ferrigno gouverneur was geworden, zou deze staat nu niet failliet zijn. De wc's van de dienst van het wegverkeer zouden schoon zijn, en dan zouden jullie de beschikking hebben gehad over die gezichtsherkennende software. Maar hij is dus geen gouverneur geworden. Kun je er nog op een andere manier achterkomen of Kravet nog een rijbewijs onder een andere naam heeft?'

'Daar heb ik al over na zitten denken terwijl we het over Lou Ferrigno hadden.'

'Ik ben zeer onder de indruk.'

'Ik heb Zoey ook tussen haar oren zitten krabben.'

'Je bent een allround multitasker.'

'Er is wel iets wat ik kan proberen. Misschien werkt het. Zorg dat je mobieltje opgeladen blijft, dan bel ik je wel terug.'

'Over en sluiten maar, heilige.'

Toen Tim het gesprek beëindigde, vroeg Linda: 'Heilige?'

'Santo betekent sint. Soms noemen we hem heilige.'

'We?'

Tim haalde zijn schouders op. 'De jongens.'

Ondertussen was Linda in de richting van Santa Ana gereden. In tien minuten konden ze bij het adres zijn dat ze net hadden doorgekregen.

'Jij en Santo,' zei ze, 'jullie hebben samen iets meegemaakt.'

'We kennen elkaar al heel lang.'

'Ja, maar jullie hebben ook iets meegemaakt.'

'Geen studie. We hebben geen van tweeën gestudeerd.'

'Ik zat ook niet aan de universiteit te denken.'

‘En we hebben ook niet geëxperimenteerd op het gebied van de herenliefde.’

‘Ik neem graag aan dat het niets met herenliefde te maken had.’ Ze stopte toen het verkeerslicht op rood sprong en keek hem met haar doordringende groene ogen aan.

‘Nou doe je het weer,’ zei hij.

‘Wat?’

‘Me zo aankijken. Met die blik. Als je iemand op die manier aankijkt, mag je eerst wel een ambulance bellen zodat ze de ander meteen kunnen wegdragen.’

‘Heb ik je verwond?’

‘Ik overleef het wel.’

Het licht bleef op rood staan, en zij bleef hem aankijken.

‘Oké,’ zei hij. ‘Ooit zijn Pete en ik naar een concert van Peter, Paul and Mary geweest. Dat was een hel. We zijn samen door die hel gegaan.’

‘Als jullie niet van Peter, Paul and Mary hielden, waarom gingen jullie er dan naartoe?’

‘De heilige ging destijds met ene Barbara Ellen, en die was dol op retrofolk.’

‘Met wie was jij toen?’

‘Met een nichtje. Alleen die avond. Het was echt een hel. Ze zongen “Puff the magic dragon” en “Michael row the boat ashore” en “Lemon Tree” en “Tom Dooley” en ze gingen maar door. We mochten nog van geluk spreken dat we daar niet compleet geschift van zijn geworden.’

‘Ik wist niet dat Peter, Paul and Mary nog optraden. Ik wist niet eens dat ze nog leefden.’

‘Dit was een *tribute to* Peter, Paul and Mary. Je weet wel, net als *Beatlemania*.’ Hij keek naar het verkeerslicht. ‘Als je zo lang voor het stoplicht moet wachten, kan je auto wel wegroesten, zeg.’

‘Hoe heette ze?’

‘Wie?’

'Dat nichtje waar je mee was.'

'Dat was niet míjn nichtje. Dat was het nichtje van Barbara Ellen.'

'Hoe heette ze dan?'

'Susannah.'

'Kwam ze uit Alabama met een banjo op d'r knie?'

'Ik vertel je gewoon wat er gebeurd is, aangezien je daarnaar vroeg.'

'Het moet wel waar zijn. Want zoiets verzin je niet.'

'Het is in feite te gek voor woorden, hè?'

'Wat ik eigenlijk wil zeggen,' zei ze, 'is dat jij nooit zoiets zou kunnen verzinnen, volgens mij.'

'Oké dan. Nou weet je het dus, van mij en Pete en ons gemeenschappelijk avontuur, die nacht in de hel. Ze zongen twee keer "If I had a hammer".' Hij wees naar het verkeerslicht. 'Het staat op groen.'

Ze reed over het kruispunt en zei: 'Jullie hebben samen iets meegemaakt, maar dat was niet *PeterPaulandMarymania.*'

Hij besloot een tegenoffensief in te zetten. 'Wat doe je eigenlijk voor de kost, dat je eigen baas bent en thuis werkt?'

'Ik ben schrijfster.'

'Wat schrijf je?'

'Boeken.'

'Wat voor soort boeken?'

'Pijnlijke boeken. Deprimerende, stomme, tenenkrommende boeken.'

'Leuk voor op het strand. Zijn ze ook uitgegeven?'

'Helaas wel. En de critici smulden ervan.'

'Zou ik misschien een titel kunnen kennen?'

'Nee.'

'Probeer eens.'

'Nee. Ik wil geen boeken meer schrijven, vooral niet als ik straks toch dood ben, maar ook als ik straks niet dood ben, wil ik andere dingen gaan schrijven.'

'Zoals wat, bijvoorbeeld?'

'Iets wat niet zo'n ondertoon van woede heeft. Iets waarin de verbittering niet uit elke zin druipt.'

'Dat moet je op de omslag zetten. "De verbittering druipt niet uit elke zin." Zo'n boek zou ik onmiddellijk kopen. Schrijf je onder de naam Linda Paquette of gebruik je een pseudoniem?'

'Ik heb geen zin om hier nog verder op door te gaan.'

'Waar wil je het dan over hebben?'

'Nergens over.'

'Ík ben tenminste niet dichtgeklapt toen je mij vragen stelde.'

Ze keek hem met een opgetrokken wenkbrauw aan. Zwijgend reden ze door een wijk waar prostituees liepen die er net iets schaamtelozer bij liepen dan Britney Spears, waar dronkaards niet languit op straat lagen maar op het trottoir zaten, met hun rug tegen de muur. Daarna kwamen ze in een minder fraaie buurt, waar zelfs jonge straatbendeleden zich niet in hun opgepimpte Cadillac Escalades durfden te vertonen. Ze zagen armoedige winkeltjes en opslagterreinen, schrootbedrijven waar naar alle waarschijnlijkheid gestolen auto's werden gedemonteerd en verhandeld, een sportschool met zwartgeverfde ramen waar ongetwijfeld illegale gevechten werden gehouden. Uiteindelijk zette Linda de auto stil voor een onbebouwd perceel.

'Als je naar de nummers van de huizen hiernaast kijkt,' zei ze, 'moet dit het adres zijn waar die Chevy op geregistreerd staat.'

Er stond een hek om het met onkruid overwoekerde stuk grond.

'Wat nu?' vroeg ze.

'Laten we eerst maar eens wat gaan eten.'

'Maar hij zei dat hij ons sneller zou vinden dan we voor mogelijk hielden.'

'Ach, huurmoordenaars,' zei hij. 'Allemaal grootspraak.'

'Dus je hebt ook al kijk op huurmoordenaars?'

'Ze doen altijd zo stoer, zo van ik-ben-de-grote-boze-wolf-en-ik-kom-eraan. Je zei dat je nog niet gegeten had. Nou, ik ook niet. Dus laten we eerst maar eens een hapje gaan eten.'

Ze reden naar Tustin, een middenklassegedeelte van Santa Ana. Hier werkten de dronkaards hun gif in cafés naar binnen en liepen de prostituees niet als popsterren halfnaakt op straat rond. Het koffietentje bleek de hele nacht open te blijven. Het rook er naar spek en patat, en naar lekkere koffie.

Ze gingen aan een tafeltje bij het raam zitten, met zicht op de Explorer en op het verkeer dat achter de parkeerplaats langskwam. De maan zakte geluidloos weg in een plotseling opkomende zee van wolken.

Linda bestelde een cheeseburger met bacon en frietjes, plus een beboterde muffin vooraf om alvast iets te eten te hebben.

Nadat Tim zijn cheeseburger met bacon en mayonaise had besteld en er nadrukkelijk bij had gezegd dat hij zijn frietjes graag knapperig wilde, zei hij tegen Linda: 'Omdat je zo slank bent, had ik eigenlijk verwacht dat je een salade zou nemen.'

'Echt niet. Ik zal me daar zeker een kom met rucola gaan zitten wegkanen omdat dat zo gezond voor me is terwijl terroristen morgen een atoombom op mijn kop kunnen gooien.'

'Hebben ze in dit soort tentjes wel rucola?'

'Tegenwoordig hebben ze overal rucola. Er is nog makkelijker aan te komen dan aan een SOA.'

De serveerster zette een biertje voor Linda neer, en een cherrycola voor Tim. Er kwam een auto aan, die langs de Explorer reed en helemaal achteraan op het parkeerterrein bleef staan.

'Je zult wel veel aan je conditie werken,' zei Tim. 'Wat voor sport doe je?'

'Ik doe aan piekeren.'

'Dat vreet zeker heel wat calorieën?'

'Als je bedenkt hoe slecht het met de wereld gesteld is, kun je je hartslag met gemak boven de honderddertig krijgen en dat urenlang volhouden.'

De koplampen van de auto achteraan op het parkeerterrein werden gedoofd. Er stapte niemand uit.

De serveerster bracht de muffin, en Tim keek toe hoe ze at terwijl hij aan zijn colaatje nipte. Hij zou bijna wensen dat hij een muffin was. 'Net of we samen een afspraakje hebben, vind je ook niet?'

'Als dit jouw idee van een afspraakje is,' zei ze, 'stelt jouw sociale leven nog minder voor dan dat van mij.'

'Daar ben ik niet trots op. Maar het is leuk om samen met een vrouw iets te gaan eten.'

'Je gaat me toch niet vertellen dat dit de manier is waarop je aan je afspraakjes komt? Je stapt op een vrouw af, zegt dat er een huurmoordenaar achter haar aan zit, en of ze maar onmiddellijk mee wil komen.'

Ook toen de cheeseburgers en de frietjes werden gebracht, was er nog steeds niemand uit de auto gestapt.

'Het valt niet mee om aan afspraakjes te komen,' zei Tim. 'Om iemand te vinden, bedoel ik. Het enige waar ze het over hebben, is *American Idol* en pilates.'

'En ik zie het niet zo zitten om te luisteren naar een vent die het heeft over zijn dure sokken en wat voor fantastisch nieuw kapsel hij denkt te nemen.'

'Hebben mannen het daarover?' vroeg hij ongelovig.

'Én over waar hij zijn borst altijd laat ontharen. Wanneer ze dan eindelijk iets proberen, is het net of je met een vriendin zit te worstelen.'

Doordat de auto zo ver weg stond, in het duister, kon Tim niet zien wie erin zat. Misschien was het een ongelukkig stel dat uiteten wilde gaan maar net ruzie had gekregen.

Het eten smaakte goed, en het gesprek verliep soepel. Toen ze klaar waren, zei Tim: 'Ik heb je pistool nodig.'

'Als je geen geld bij je hebt, betaal ik wel, hoor. We hoeven echt geen wapens te gebruiken om ons hieruit te redden.'

'Nou, misschien juist wel,' zei hij.

'Bedoel je die witte Chevy op de parkeerplaats?'

Verbaasd zei hij: 'Schrijvers kunnen blijkbaar goed observeren.'

'Die ervaring heb ik niet. Hoe heeft hij ons gevonden? Stond die klootzak ons misschien op te wachten bij dat adres dat niet bestond? Misschien is hij ons vanaf dat punt achternagegaan.'

'Ik kan zijn nummerbord niet zien. Misschien is hij het wel helemaal niet. Gewoon toevallig dezelfde auto.'

'Ja, tuurlijk. Misschien zitten Peter, Paul and Mary er wel in.'

Tim zei: 'Ik wil graag dat jij als eerste vertrekt, achterom, door de keuken.'

'Dat is meestal mijn tekst wanneer ik een afspraakje heb.'

'Hierachter loopt een steegje. Als je rechtsaf het steegje uit gaat, pik ik je daar op.'

'Waarom gaan we niet allebei via de achteruitgang weg en laten we de auto gewoon achter?'

'Omdat we geen schijn van kans hebben als we geen vervoer hebben. En als we een auto moeten stelen, halen we ons alleen nog maar meer problemen op de hals.'

'Dus je gaat gewoon naar buiten om hem neer te knallen?'

'Hij weet niet dat ik zijn auto heb gezien. Hij denkt dat hij daar anoniem staat. Wanneer ik in mijn eentje naar buiten kom, zal hij denken dat je nog even naar de wc bent gegaan en dat je zo wel komt.'

'Maar wat doet hij wanneer je zonder mij wegrijdt?'

'Misschien gaat hij dan naar binnen om te kijken waar jij bent gebleven. Of misschien gaat hij achter me aan. Ik weet het niet. Maar wat ik wél weet, is dat we niet samen door de voordeur naar buiten kunnen gaan, omdat hij ons dan allebei zal neerknallen.'

Peinzend beet ze op haar onderlip. Tim merkte dat hij onbeschaamd naar haar mond zat te kijken. Toen hij haar aankeek, zag hij dat ze hem had zien kijken, en hij zei: 'Als je wilt, kan ik wel voor je op je onderlip bijten.'

'Als je toch niet van plan bent hem neer te schieten,' zei ze, 'kan ik het pistool toch net zo goed bij me houden?'

'Ik ben niet van plan om als éérste te gaan schieten. Maar als hij begint, vind ik het wel een fijn idee om nog iets anders achter de hand te hebben dan hem te bekogelen met mijn schoenen.'

'Ik ben erg op dit pistool gesteld.'

'Ik zal het niet kapotmaken. Dat beloof ik.'

'Kun je wel met een pistool omgaan?'

'Ik ben niet zo'n vent die zijn borst laat ontharen.'

Met tegenzin schoof ze haar handtas naar hem toe. Tim zette hem naast zich neer, keek om zich heen om er zeker van te zijn dat niemand zag wat hij ging doen, haalde het pistool tevoorschijn en stopte het wapen onder zijn Hawai-shirt, onder zijn broekriem. Ze keek hem ernstig aan, wijs als de zee, en hij dacht dat ze hem op dat moment met geheel andere ogen bezag.

'Ze zijn vierentwintig uur per dag open,' zei ze. 'We kunnen hier ook gewoon blijven zitten tot hij weggaat.'

'We zouden onszelf wijs kunnen maken dat hij daar helemaal niet is, dat het iemand anders is die in die auto zit, iemand die niets met ons te maken heeft. We zouden het erop kunnen wagen en naar buiten kunnen gaan, zodat we het vanzelf wel zouden zien. Zo zouden heel wat mensen denken.'

'Niet in 1939.'

'Jammer dat jouw Ford geen echte tijdmachine is.'

'Ik zou best naar die tijd terug willen. Absoluut. Jack Benny op de radio, Benny Goodman vanuit de Empire Room van het Waldorf-Astoria...'

Hij vulde aan: 'Hitler in Tsjechoslowakije, in Polen...'

'Toch zou ik wel naar die tijd terug willen.'

De serveerster vroeg of ze nog iets wilden. Tim vroeg om de rekening. Nog steeds was er niemand uit de witte Chevy gekomen. Er kwamen nu weinig auto's meer langs. De maan was geheel achter de wolken verdwenen.

Toen de serveerster de rekening bracht, zat Tim al klaar om te betalen en een fooi te geven.

'Dus rechtsaf het steegje in,' zei hij nog eens tegen Linda. 'En dan naar het eind. Ik kom vanuit westelijke richting aanrijden.'

Ze kwamen overeind. Linda legde een hand op zijn arm, en heel even dacht hij dat ze hem een zoen op zijn wang zou geven, maar ze keerde zich van hem af. Onder zijn riem voelde hij het koude pistool tegen zijn buik drukken.

12

Toen Tim Carrier door de glazen deur naar buiten kwam, leek alle lucht te zijn weggezogen en kreeg hij het gevoel alsof hij in een vacuüm terechtkwam waarin hij zich niet staande kon houden. Maar de ruisende koninginnenpalmen die langs de straat in de koele wind heen en weer zwiepten, vormden het bewijs dat er van vacuüm geen sprake was. Hij zuchtte even, ademde daarna diep in en voelde dat hij er klaar voor was.

Zijn gevoel van krachteloosheid kwam niet voort uit angst voor Kravet maar door de vrees wat er zou gebeuren als hij met Kravet had afgerekend. Door de jaren heen had hij zich altijd in de anonimiteit schuilgehouden. Maar dat zou er deze keer misschien niet in zitten.

Hij deed net of hij zeer ontspannen was en totaal geen oog had voor de Chevy en liep in een rechte lijn naar de Explorer. Toen hij achter het stuur zat en de binnenverlichting was uitgegaan, keek hij naar het verdachte voertuig. Hij zag dat er een man in de auto zat, maar zijn gezicht was een grijze vlek. De afstand was te groot om verdere bijzonderheden te zien, en hij kon niet met zekerheid zeggen of dit de man was die hij in de kroeg had gesproken, de man die hij tienduizend dollar had gegeven.

Tim haalde het pistool tevoorschijn en legde het naast zich neer. Hij startte de auto maar deed de koplampen niet aan. Zeer traag reed hij in de richting van het restaurant, alsof hij Linda bij de ingang wilde oppikken. In het achteruitkijkspiegeltje zag hij dat het portier van de Chevy openging. Een lange man stapte uit.

Toen Tim het restaurant naderde en evenwijdig aan de voorgevel reed, kwam de man uit de Chevy dichterbij. Hij liep met gebogen hoofd, alsof hij in gedachten verzonken was. Toen de man door het schijnsel van lantaarnpalen beschenen werd, zag Tim dat hij de lengte en de lichaamsbouw van de huurmoordenaar had. Tim remde af, om de indruk te wekken dat hij op Linda wachtte, maar in werkelijkheid probeerde hij zijn tegenstander zo ver mogelijk bij de Chevy weg te lokken. Als hij te lang wachtte, zou de moordenaar een sprintje naar de Explorer kunnen trekken en hem dood kunnen schieten.

Bijna veertig meter verderop bevond zich de uitgang van de parkeerplaats. Tim wachtte misschien een seconde langer dan raadzaam was, deed toen de koplampen aan, trapte het gaspedaal in en scheurde in de richting van de straat. Het lot wilde het hem blijkbaar niet te makkelijk maken, want prompt werd het verkeer drukker. Uit westelijke richting kwamen drie auto's, die veel te hard reden, zijn kant op. Tim verwachtte elk moment een schot, versplinterend glas en een kogel in zijn kop. Hij concentreerde zich op het uitrijden maar zou dan een bocht naar rechts moeten maken, waardoor hij snelheid moest minderen. Hierdoor bestond de kans dat hij in botsing kwam met het naderende verkeer.

Remmen gierden, er werd getoeterd, koplampen flitsten. Maar in plaats van meteen rechts af te slaan, reed hij rechtdoor en kruiste de twee rijstroken die in oostelijke richting liepen. Twee auto's en een bestelbusje zoefden rakelings achter hem langs, niet met gierende banden maar wel onder luid getoeter. Ze kwamen niet tegen zijn bumper aan, maar de Explorer werd door de luchtverplaatsing heen en weer gewiegd.

Toen hij op de rijbaan kwam die in westelijke richting liep, zag hij dat het verkeer op veilige afstand van hem was maar al snel naderde. Hij reed naar het westen. Toen hij in zuidelijke richting keek, zag hij dat Kravet naar zijn Chevrolet was teruggerend. De man zat al achter het stuur en sloeg het portier dicht.

Tim draaide weer, kruiste de gele tussenstreep en reed weer naar het oosten, in de richting van de auto's waarmee hij bijna in botsing was gekomen. Bij de eerstvolgende kruising keek hij in zijn achteruitkijkspiegeltje, daarna in een zijspiegeltje en zag dat de Chevy de parkeerplaats af kwam rijden.

Tim negeerde een stopbord en sloeg snel links af, reed slechts vijftien meter in noordelijke richting, langs een stil zijstraatje vol oude winkeltjes, maakte een U-bocht en zette de auto langs het trottoir stil. Zo keek hij uit op de brede weg die hij net had verlaten. Hij liet de motor lopen maar deed de koplampen uit. Hij pakte het pistool, gooide het portier open, stapte uit en nam een schiethouding aan, met het pistool in beide handen.

De Chevy was nog niet te zien maar al wel te horen. Aan de klank te oordelen zat er een veel krachtigere motor in dan bij normale Chevrolets, wat deed vermoeden dat het voertuig speciaal was omgebouwd voor achtervolgingen, en in tegenstelling met wat de dienst voor het wegverkeer beweerde, kon het wel eens een opgevoerde politiewagen zijn. Het schijnsel van de koplampen kwam in zicht, en even later kwam de Chevy de hoek om. Toen de auto dichtbij was en het risico bestond dat hij overreden werd, vuurde hij drie kogels af. Hij richtte niet op de voorruit, ook niet op het zijraampje, maar op een van de voorbanden. Toen de auto voorbij was, schoot hij nog twee keer op een van de achterbanden. Hij zag dat een voorband lek was en rafelde, en misschien had hij de achterband ook wel geraakt. De man achter het stuur had ongetwijfeld verwacht dat Tim op hem zou schieten en verloor de macht over het stuur. De auto schoot het trottoir op, raakte een brandkraan en ramde een schutting. Versplinterd hout en stokrozen vlogen door de lucht. Uit de afgebroken brandkraan spoot het water als een fontein omhoog, een massieve waterzuil die tien meter de avondlucht in torende.

Toen de Chevy hobbelend over het gras tot stilstand kwam, overwoog Tim ernaartoe te gaan. Door de klap zou Kravet verdoofd kunnen zijn, of tijdelijk gedesoriënteerd. Misschien kon hij de man dan uit de auto slepen en hem zijn wapens afnemen voor hij de kans kreeg ze te gebruiken.

Tim had niet het voornemen Kravet te vermoorden. Hij wilde alleen maar weten door wie de man was ingehuurd. Linda zou nooit veilig zijn als niet bekend werd wie de envelop met geld op de bar had gelegd. Een foute agent die zich voor dit soort klusjes leende, zou zich waarschijnlijk niet door een dreigement laten afschrikken. Misschien als de man de loop van een pistool in een van zijn neusgaten geduwd kreeg en oog in oog stond met iemand die zeer wel in staat was tot het plegen van geweld, misschien zou hij dan wel zeggen wie hier achter zat. Hij was per slot van rekening geen man van eer.

Nog voordat de Chevy tot stilstand was gekomen, ging bij het huis aan de overkant de buitenverlichting aan, en een man met een baard en een bierbuik kwam het huis uit. Het water spoot onder grote druk omhoog en belandde spetterend op straat, wat zo veel lawaai opleverde dat een politiesirene pas halverwege de straat hoorbaar zou zijn.

Tim sopte met zijn schoenen door het wild stromende water en liep snel naar de Explorer. Hij legde het pistool voor in de auto. Linda had gezegd dat er acht kogels in het magazijn zaten. Hij had vijf keer geschoten.

Moed is niet het enige wat nodig is om een strategie tot een succes te maken; ook berekend, efficiënt reageren is belangrijk. Tim reed naar de kruising en zag dat de Chevy probeerde achteruit het gazon af te rijden. De achterbanden slipten weg en spoten een straal natte modder en witte rozenblaadjes omhoog. De auto leek geen grip op de ondergrond te hebben. Minstens één band van de Chevy was lek, en misschien had de auto nog meer schade opgelopen, zodat het niet waarschijnlijk leek dat het voertuig op effectieve wijze de achtervolging kon inzetten.

Maar wie wijs is, reageert niet alleen berekend en efficiënt maar is ook voorbereid op het onverwachte.

Omdat Kravet hem nu kon zien, sloeg Tim op de kruising niet rechts af om Linda op te pikken maar ging hij naar links. Hij deed zijn koplampen aan en racete in oostelijke richting, tot hij uit het zicht van Kravet was. Daarna sloeg hij rechts af, een zijstraatje in. Voortdurend keek hij in het achteruitkijkspiegeltje en bleef op zijn hoede, maar hij moest steeds denken aan de vijf schoten die hij gelost had. Het pistool had een soepele *double-action*-trekker, en Tim had gemerkt dat de trekker bij een kracht van rond de 3 kilo overging. De terugstootkracht leek rond de 7 kilo te liggen, goed genoeg voor standaardkogels. Het wapen had een buitengewoon comfortabele handgreep. Hij wist niet goed wat hij daar allemaal van moest denken.

Hij maakte zichzelf wijs dat hij niet met elk wapen zo'n goed resultaat had kunnen boeken, dat dit geweldige wapen van doorslaggevend belang was geweest, maar eigenlijk wist hij dat hij zichzelf voor de gek hield.

13

Linda liep door het koffietentje naar achteren, keek nog even achterom en zag dat de voordeur dichtging. Tim was in het duister van de avond verdwenen. Hoewel ze hem nog maar een paar uur kende, leek het haar afschuwelijk hem nooit meer te zien. Het was een benauwende gedachte.

Hij had ervoor gekozen haar te helpen, terwijl hij haar voor hetzelfde geld had kunnen laten stikken. Ze had geen reden om aan te nemen dat hij nu geheel onverwacht uit haar leven zou verdwijnen. Geen reden, wel de ervaring. Op een gegeven moment verdwenen ze allemaal weer. Leken ze door een gat in de grond te verdwijnen. Soms werden ze naar dat gat toegetrokken, terwijl ze het uitschreeuwden en zich nergens aan vast konden houden. Weg waren ze.

Je kon jezelf natuurlijk wijsmaken dat het beter was om een eenzaam bestaan te leiden, om helemaal op jezelf te zijn, de ideale positie om de blik naar binnen te richten. Het had zelfs een bepaalde mate van vrijheid. En als je jezelf dat maar lang genoeg had voorgehouden, zou je wel gek zijn om de deur ineens op een kier te zetten en iemand toe te laten. Want dan liep je de kans dat moeizaam bereikte evenwicht kwijt te raken, de stabiliteit, de rust.

Ze was niet bang dat hij neergeschoten zou worden, niet hier, niet vanavond, niet nu hij zo op zijn hoede was. Het was of hij bepaalde dingen wist. Hij leek haar niet iemand die gemakkelijk door een kogel getroffen zou worden. In elk geval was ze ermee akkoord gegaan naar het eind van het steegje te lopen en daar te blijven wachten. Misschien zou ze hem nooit meer zien.

Net toen ze de deur van de keuken wilde opendoen, zwaaide die in haar richting open. Er kwam een serveerster tevoorschijn die met één hand een dienblad vol schalen vasthield. 'Keuken, schat,' zei ze tegen Linda. 'Alleen voor personeel.'

'Sorry. Ik zocht eigenlijk het toilet.'

'Die kant op,' zei de serveerster en knikte naar een deur aan de rechterkant. Linda stapte een ruimte binnen waar het rook naar dennengeur uit een flacon en natte papieren doekjes. Ze wachtte een ogenblikje, verliet het toilet en ging de keuken binnen, waar het aanzienlijk aangenamer rook. Langs ovens, langs een lange kookplaat, langs frituurpannen vol hete olie, een glimlach naar een kok achter de hamburgers, een hoofdknikje naar een andere kok. Zo was ze al voor twee derde door de keuken toen ze bijna in botsing kwam met een man met grote oorlellen die ineens van achter een groot opbergrek opdook. Ze zou niet hebben gezien dat hij zulke grote oorlellen had als hij geen oorknopjes in had gehad: een klein zilveren roosje in zijn linkeroorlel, en een robijn in zijn rechter. Verder had hij het voorkomen van een bodybuilder die zich elk halfuur doucht en die alle Quentin Tarantino-films gezien heeft: overdreven gespierd, fris gewassen en een beetje sukkelig. Op zijn witte shirt zat een bordje: DENNIS JOLLY / AVONDMANAGER.

'Wat zoekt u hier?' vroeg hij.

Omdat hij haar de doorgang versperde, zei ze: 'Ik ben op zoek naar de achteruitgang.'

'Hier mag alleen personeel komen.'

'Ja, dat begrijp ik. Sorry voor de overlast. Ik wil graag door de achterdeur weg, dan hebt u verder geen last meer van me.'

'Dat kan ik niet toestaan, mevrouw. Ik moet u vriendelijk verzoeken de keuken te verlaten.' Ondanks zijn oorknopjes en zijn rode stropdas kwam hij serieus over en straalde hij gezag uit.

Ze zei: 'Dat is precies wat ik van plan was. Ik wil de keuken graag verlaten, en wel via de achterdeur.'

'Mevrouw, u zult dezelfde weg terug moeten.'

'Maar de achterdeur is veel dichterbij. Als ik dezelfde weg terug moet, ben ik veel langer in de keuken dan wanneer ik via de achterdeur naar buiten ga.'

Nu zou Tim de parkeerplaats al wel verlaten hebben. Als Kravet niet achter hem aanging maar ging kijken waar ze was gebleven, moest ze nu wel opschieten.

De manager zei: 'Als u niet genoeg geld hebt om de rekening te betalen, valt er altijd wel iets te regelen.'

'Mijn vriend betaalt. Hij denkt dat ik naar de wc ben. Maar ik wil niet meer met hem mee. Ik wil hier in mijn eentje weg.'

Dennis Jolly keek haar verschrikt aan. 'Heeft hij losse handjes? Ik wil hem hier niet hebben als hij boos is en u zoekt.'

'Kijk nou eens even naar uzelf. U bent zo sterk als een os. U kunt iedereen aan.'

'Reken maar niet op mij. Waarom zou ik iedereen aan moeten kunnen?'

Ze besloot het over een andere boeg te gooien. 'Maar hij heeft geen losse handjes, hoor. Niet in die zin. Maar hij gebruikt ze wel graag om me te betasten. Ik ga niet meer bij hem in de auto. Daarom wil ik graag via de achterdeur weg.'

'Als hij hier komt en u bent er niet, is hij daar vast niet blij mee. Ik ben bang dat u gewoon via dezelfde weg het pand moet verlaten.'

'Waar slaat dat op?' vroeg ze fel.

'Dus hij heeft grijpgrage handjes?' zei Dennis Jolly. 'Hij is niet gewelddadig, hij heeft alleen maar grijpgrage handjes. Dan laat u zich toch netjes door hem thuisbrengen? Hij mag even lekker voelen, pakt er nog een tietje bij, en klaar is Kees.'

'Klaar is Kees.' Ze keek achterom. Nog geen spoor van Kravet. Als ze niet snel maakte dat ze wegkwam, zou ze Tim mislopen. 'Klaar is Kees,' zei ze nog eens.

'Wanneer hij u eenmaal heeft thuisgebracht, kunt u hem afpoeieren. Dan is hij in elk geval niet boos op óns.'

Ze deed een stap naar voren, bracht haar gezicht vlak voor dat van hem en pakte vliegensvlug zijn riem.

'Hé!'

Ze trok de pin uit het gaatje en maakte de riem los.

Krachteloos sloeg hij op haar handen en zei: 'Hou op. Wat doet u allemaal, hé!' Hij deinsde achteruit maar zij drong zich aan hem op, greep naar zijn rits en trok die open.

'Nee, hé, zeg.'

Linda bleef vlak voor hem staan en drong hem door het krappe gangpad achteruit. Hij probeerde zijn rits dicht te doen, maar ze duwde zijn handen steeds weg. 'Wat is het probleem?' vroeg ze. Er spetterde wat speeksel in zijn gezicht toen ze de p uitsprak. 'Ik wil alleen maar even lekker voelen. Ben je een beetje verlegen, Denny? Ik wil alleen maar even lekker voelen, hoor. Stelt niks voor. Stelt echt niks voor. Even lekker voelen, verder niks. Of ben je bang dat ik hem niet kan vinden, Denny?'

De man stootte tegen een tafeltje aan, waardoor er allemaal porseleinen schaaltjes op de grond kletterden. Hij sloeg een hand voor zijn kruis, maar die duwde ze opzij en ze probeerde met haar vingers in zijn broek te komen. Ze zei: 'Heeft iemand er wel eens een knoop in gelegd, Denny? Dat vind je vast wel lekker. Ik zal er wel een knoop in leggen.'

Hij liep rood aan, sputterde tegen, liep achteruit, maar zijn supergespierde lichaam zat hem in de weg – de stier zat vast in zijn eigen omheining – zodat hij struikelde en achterover viel. Linda zette een voet tussen zijn gespreide benen, kreeg de aandrang hem lekker hard in zijn kruis te trappen maar liep toch maar verder naar de achterdeur.

'Stomme trut!' riep hij met een overslaande puberstem.

Ze kwam in een halletje met drie deuren. Het leek haar logisch dat de achterste deur in het steegje uitkwam. Maar er bleek een vriesruimte achter te liggen. Achter de deur links van haar bevond zich een rommelig kantoortje. En de deur rechts van haar gaf toegang tot een rommelhok met een wasbak.

Ze snapte dat ze iets over het hoofd moest hebben gezien, rukte de eerste deur weer open en ging de vriesruimte binnen. Blijkbaar werden hier de voorraden opgeslagen. Een deur achterin kwam in het steegje uit. Daar stonden een paar afvalcontainers die niet zo'n fijn aroma verspreidden als de cheeseburgers, de bacon en de muffins. Hier en daar brandden een paar lampen, maar voor het grootste deel was het steegje onverlicht en was het een plek waar ze zich absoluut niet veilig voelde. Nog opgejaagd door het voorval in de keuken liep ze snel een paar passen de steeg in voordat ze doorkreeg dat ze linksaf in plaats van rechtsaf was gegaan. Ze draaide zich om en liep de goede kant op. Toen ze langs de achteruitgang van het koffietentje kwam, hoorde ze dat er achter haar een auto het steegje in kwam rijden. Omdat er allemaal afvalcontainers stonden, was er maar ruimte voor één auto. Ze stapte aan de kant zodat de auto er langs kon. De motor leek niet helemaal lekker te lopen, met knallen en tikken, en dat was nog niet het ergste. Toen ze achterom keek, zag ze een auto die maar één koplamp had en naar één kant overhelde omdat een of beide banden aan die kant lek waren. Flarden rubber flapten, een ijzeren velg schraapte over het wegdek, het chassis hobbelde omdat de vering stuk was, en iets – misschien de uitlaat – sleepte over de weg en trok een vonkenspoor achter de auto aan.

In het schijnsel van een van de lampen in het steegje herkende ze de witte Chevrolet. Hoe Tim dit voor elkaar had gespeeld, wist ze niet, maar ze wist dát hij het voor elkaar had gespeeld. Hij dacht natuurlijk dat de Chevy total loss was, maar blijkbaar zat er in de oude brik toch nog wat leven.

Kravet had hun truc doorzien. Hij wist dat ze het etablissement via de achteruitgang had verlaten en was omgereden om haar te grazen te nemen.

Toen ze terugliep naar de achterdeur van het koffietentje, zwaaide Dennis Jolly de deur net open. Hij was zo verontwaardigd dat zijn dikke nek nog dikker leek. De kleine sieraden fonkelden op zijn grote oorlellen. Hij was natuurlijk niet van plan om haar weer binnen te laten, en de kans was groot dat hij haar hier in het steegje eens flink de waarheid wilde zeggen.

'Als hij je ziet,' waarschuwde ze, 'knalt hij je kop van je lijf.'

Jolly schoot onmiddellijk weer naar binnen, misschien door haar waarschuwende woorden, door zijn gehechtheid aan zijn eigen hachje of door het helse kabaal dat de Chevrolet veroorzaakte. Als het vale paard van de Apocalyps kwam de auto op Linda af, vonkend en brullend. Ze zette het op een lopen.

14

Met haar schoudertas onder haar rechterarm geklemd rende Linda verder. Met haar linkerarm zwaaide ze ritmisch heen en weer, alsof ze zichzelf op die manier vooruit kon trekken.

Van een auto in goede staat zou ze het nooit kunnen winnen. Maar misschien maakte ze een kansje tegen deze in elkaar gezakte Chevy. Er viel weinig te kiezen.

Een van de deuren verderop proberen? Daar zaten voornamelijk winkels. Kantoren. Een stomerij hier, een nagelstudio daar. Allemaal dicht om deze tijd. Maar een restaurant en een paar cafés waren nu nog wel open, om tien voor elf.

Als ze ergens binnen kon komen waar veel mensen waren, kwam Kravet vast niet achter haar aan, want hij zou natuurlijk niet alle omstanders vermoorden om haar te pakken te krijgen. Te riskant. Misschien had de barkeeper wel een pistool. Of een klant. Het hele gedoe zou misschien door een beveiligingscamera worden opgenomen. Kravet zou dan niet achter haar aangaan. Hij zou wachten op een volgende kans.

Maar als de deur op slot bleek te zijn, zou ze er geweest zijn. De auto was veel te dicht achter haar. Geen ruimte om een foutje te maken. Ze zou dan overreden worden en als een rode streep langs de muur eindigen.

Zo te horen kwam de Chevy steeds dichterbij. Eerst had ze een voorsprong van tien meter gehad, nu hooguit nog maar zes. Het eind van de steeg leek nog ver weg, en ze werd moe in haar benen, doodmoe. Ze had geen cheeseburger met bacon moeten nemen. Ze stapte op een leeg colablikje, dat aan haar voet bleef haken, een stap, twee stappen, drie stappen, waardoor haar loopritme verstoord werd. Toen liet het blikje los en rolde kletterend weg.

Ze hoorde zo veel kabaal achter zich dat het leek of de Chevrolet uit elkaar viel. Ze verwachtte dat ze elk moment door de gedeukte bumper geschept zou worden. Maar toen het lawaai echt oorverdovend was geworden, hoorde ze een gierend geluid van metaal op metaal. Misschien had de auto een van de afvalcontainers geraakt. Het was of ze door het kabaal vooruitgedreven werd. Haar malende benen voelden niet meer zo zwaar aan en haar voeten leken vleugels te hebben gekregen.

Het geluid was nog steeds oorverdovend maar niet meer zo dichtbij, en de geur van een oververhitte motor die ze eerst had geroken, de walm van kokende olie die als de hete adem van een draak in haar nek blies, rook ze nu niet meer.

Ze keek achterom zonder haar pas in te houden en zag dat de auto inderdaad tegen een afvalcontainer was gekomen en eraan was blijven hangen. Kravet probeerde los te komen door veel gas te geven terwijl de metalen wieltjes van de grote afvalbak over het asfalt schuurden. De container werd langs de muur meegesleept, het deksel klapperde op en neer als de bek van een krokodil, en een grote hoeveelheid halfvergaan afval viel op de grond. De container liet een lelijk spoor in de kalkmuur achter en beukte een deurpost kapot.

Ze bleef rennen, maar nu de auto bleef steken, voelde ze zich bij elke stap veiliger, althans dat maakte ze zichzelf wijs. De steeg uit, een nieuwe straat in. Bijna was ze voor een aanstormende auto gelopen die op een van de twee rijstroken in oostelijke richting reed.

Ze keek naar de auto's die haar kant op kwamen maar zag de Explorer niet.

Achter haar, in het steegje, hield de kakofonie ineens op. Blijkbaar had Kravet de strijd met de container opgegeven. Nu zou hij te voet achter haar aankomen. Hij had vast een wapen bij zich. Hij zou haar in de rug schieten.

Linda rende op het trottoir verder en begon in oostelijke richting te rennen, in de hoop de Explorer tegemoet te lopen.

15

Krait had haar bijna te pakken gekregen, maar toen knalde hij tegen die container op. Een man van minder kaliber, die zijn emoties niet in bedwang kon houden, zou wellicht in woede zijn ontstoken en dwars door de voorruit op de vrouw hebben geschoten, maar de hoek en de afstand hadden weinig hoop op een voltreffer geboden.

Krait had voor zijn werk weliswaar geen speciale opleiding genoten, maar was er heel natuurlijk ingerold, zoals een eikeltje vanzelf op de bosgrond valt. Iemand van minder kaliber zou in deze branche nooit zo veel succes hebben gehad als Krait. Eigenlijk geloofde hij niet dat er iemand was die hem hierin kon evenaren.

Er waren momenten waarop hij zich afvroeg of hij wel menselijk was, want als je de zaak rationeel bekeek, volgens de wetten van de logica, en als je alles eerlijk en oprecht beoordeelde, dan kon hij ongelogen zeggen dat hij een aparte positie ten opzichte van de mensheid innam en er zelfs boven verheven was.

Dit was niet een van die momenten.

Toen de auto tot stilstand was gekomen, draaide hij het sleuteltje om, maar vreemd genoeg sloeg de motor niet af. Blijkbaar was de auto dusdanig beschadigd dat uitgerekend dit deel van het elektrische circuit was uitgeschakeld.

Vanonder de auto steeg de geur van benzine op. De kans was wel degelijk aanwezig dat de Chevrolet door de draaiende motor of kortsluiting in de bedrading zou ontploffen. Hij zuchtte en vond het irritant dat het universum blijkbaar dusdanig in elkaar stak dat de dingen soms niet zo liepen als hij wenste. Nou ja, het kon misschien niet altijd rozengeur en maneschijn zijn. Integendeel zelfs. Omdat de container aan de auto vastzat, kon Krait niet gewoon uitstappen. Toen hij opzij kroop en het rechterportier probeerde, kwam hij erachter dat ook daar geen beweging in te krijgen was. Misschien was de deur ontwricht. Natuurlijk kon hij de achterste portieren proberen, maar hij had zo veel ervaring dat hij wist dat hij machteloos stond wanneer de kosmos had besloten hem tegen te werken. Ook die portieren zouden niet open te krijgen zijn, en bovendien zou hij dan allang in brand staan, wat wel iets ironisch had, en misschien ergens ook wel iets grappigs, maar het zou de goede afloop van zijn missie danig dwarsbomen.

Hij trok zijn SIG P245, schoot drie keer op de voorruit, die versplinterde als een plaat ijs. Hij gebruikte .45 ACP's, zodat de kans bestond dat de kogels het eind van het steegje haalden en in de keel van een voorbijganger bleven steken. Of hij op die manier een pooier, een jonge moeder of een priester trof, hing een beetje van het toeval af.

Hij stak het pistool in zijn holster, wrong zich door de voorruit, uiterst voorzichtig, vooral wat betreft zijn handen omdat die voor zijn werk van vitaal belang waren, en kroop zo waardig mogelijk op de motorkap van de Chevy.

De vrouw had het eind van het steegje inmiddels bereikt en was uit het zicht verdwenen. Met gezwinde pas ging Krait achter haar aan, maar hij rende niet. Een achtervolging waarbij je moest rennen, was waarschijnlijk bij voorbaat tot mislukken gedoemd. Bovendien straalde een rennend persoon niet uit dat hij alles onder controle had. Zo zou hij zelfs enigszins paniekerig kunnen overkomen.

Schijn bedriegt, maar toch kan het uiterlijk der dingen een overtuigend alternatief voor de werkelijkheid zijn. Hoe je overkomt heb je meestal wel in de hand, maar aan de feiten kun je niets veranderen. Wanneer de feiten te rauw zijn, kun je een gepolijste versie van de situatie maken om zo de feiten te verdoezelen, zoals je een oud broodrooster kunt opleuken door er een gebreide theemuts met kleine poesjes omheen te doen. Schijn was de valuta die Krait in zijn werk gebruikte.

Met grote passen, zonder te rennen, met zijn beheerste glimlach om zijn mond, bereikte hij het einde van het steegje en stapte op het trottoir. Hij keek om zich heen en zag de Explorer schuin op de stoep staan. De vrouw stapte net in.

Op een afstand van vijftien meter kon hij met zijn SIG P245 de cijfers op een schietschijf raken, meestal zelfs meer dan eens hetzelfde punt. De Explorer stond te ver, ongeveer vijfendertig meter verderop, en daarom liep hij in de richting van de auto. In de P245 zat een magazijn voor zes kogels. Hij had drie kogels over, geen reservekogels.

Omdat de moord op de vrouw eruit moest zien als het resultaat van een gewelddadige verkrachting, was hij niet van plan haar met een pistool te vermoorden. Dat was dan ook de reden waarom hij zo weinig munitie bij zich had.

Maar nu was de situatie gewijzigd. Toen hij hen tot op twintig meter genaderd was, kregen ze hem in de gaten. De auto reed in een boog achteruit, in oostelijke richting. Carrier had geluk. Als er tegenliggers waren aangekomen, zou hij er onvermijdelijk mee in botsing zijn gekomen, of in elk geval zou hij dan niet zo snel hebben kunnen wegrijden. Maar vanavond waren de krachten van het universum op zijn hand, en hij reed terug naar de kruising, waar hij de auto in z'n vooruit zette en er in zuidelijke richting vandoorging.

Zelfs deze tegenslag lokte bij Krait geen gevloek of getier uit. Hij voelde een zekere frustratie maar stak zijn pistool glimlachend in zijn holster en liep zonder veel haast verder over het trottoir.

Hij nam weliswaar een aparte plaats in binnen de mensheid en stond erboven verheven, zoals hem op andere dagen duidelijk was geworden, maar toch kende ook hij zijn plaats in deze armetierige wereld. Hij wist dat hij een hoogverheven positie in de wereld innam. Soms dacht hij zelfs van koninklijke bloede te zijn, zonder dat anderen daar vanaf wisten. Als prins voelde hij zich verplicht zichzelf overeenkomstig zijn positie te gedragen, op een beschaafde, waardige manier, stijlvol, elegant. Hij wilde zelfvertrouwen uitstralen, en macht en een niet-aflatende doelgerichtheid.

Bij de kruising aangekomen liep hij in zuidelijke richting, niet om te voet de achtervolging in te zetten maar omdat hij niet te dicht in de buurt van zijn auto wilde blijven, want die brandde als de hel. Als de politie de brandende auto zag, zouden ze misschien in de buurt gaan zoeken naar verdacht uitziende personen. Hoewel Krait hun gezag niet respecteerde, had hij geen zin in gesteggel met de politie.

In de verte begonnen politiesirenes te loeien. Hij rende niet, want dat was tegen zijn principes, maar wel versnelde hij zijn pas en stapte zelfverzekerd door. Kin omhoog, schouders naar achteren, borst naar voren: hij liep als een prins op een avondwandeling. Het enige wat nog ontbrak, was een met zilver ingelegde wandelstok en een gevolg van lakeien.

Het geluid van de sirenes zwol aan en kwam steeds dichterbij, maar na een tijdje hoorde hij geen sirenes meer. Hij was in een betere buurt terechtgekomen, met mooie victoriaanse huizen met puntdaken en opvallende schoorstenen. Op deze aangename avond in zuidelijk Californië leken de huizen op de verkeerde plek te staan, op het verkeerde moment. Onder een bloeiende palissanderboom bleef hij staan, bij een oprit waar vier exemplaren van het plaatselijk dagblad lagen, keurig ingepakt in doorzichtig plastic.

Als iemand op vakantie was gegaan en vergeten was de krantenbezorging voor die periode stop te zetten, zorgde een buurman meestal voor de kranten en de post, om het inbrekers niet al te duidelijk te maken dat er niemand thuis was. Dat dat in dit geval niet zo was, deed vermoeden dat de bewoners van dit huis hier nog niet zo lang geleden waren komen wonen, of dat ze in de buurt niet zo geliefd waren. In beide gevallen vormde dit huis een geschikt onderkomen waar Krait zich kon opfrissen en een nieuw plan de campagne kon opstellen. Hij hoefde er maar een paar uur te zijn, en de kans was gering dat de huisbewoners net in die tijd thuiskwamen. En mocht dat toch gebeuren, dan was hij zeer wel in staat hen te verwelkomen.

Hij raapte de kranten op en liep ermee naar de voordeur. Aan de zijkant van het huis groeide bloeiende jasmijn tegen houtwerk op. Hij vond de geur te zwaar, maar het kwam hem wel goed uit dat de buren hem nu niet konden zien.

Met een klein zaklampje inspecteerde hij een van de ramen naast de voordeur. Hij zag geen sporen die erop wezen dat het huis van een alarminstallatie was voorzien. Uit een holster die kleiner was dan zijn pistoolholster, haalde hij een LockAid slotenkraker tevoorschijn, een apparaat dat enkel aan overheidsinstanties geleverd mocht worden. Als hij moest kiezen tussen zijn pistool of zijn LockAid, zou hij zonder meer voor zijn slotenkraker gaan. Met een LockAid kon hij elk slot binnen een minuut openkrijgen, ook de meest geavanceerde. En een pistool had je strikt genomen niet nodig om een klus tot een goed einde te brengen. Om iemand dood te maken, kon je allerlei andere wapens gebruiken, zelfs alledaagse voorwerpen die de meeste mensen niet als wapen zouden herkennen, bijvoorbeeld de stalen veer van een closetrolhouder. En natuurlijk kon hij ook iemand met zijn blote handen om het leven brengen. Maar de LockAid maakte de zaken er ontzettend veel makkelijker op, en bovendien verschafte het apparaat hem werkelijk overal toegang, een recht dat de oude koningen al hadden, voor er parlementen werden opgericht. Voor Zijne Majesteit bleef geen deur gesloten.

Hij was net zo gehecht aan zijn LockAid als een man van minder kaliber aan zijn lieve moedertje of aan zijn kinderen.

Krait kon zich geen moeder herinneren. Als hij er ooit al een had gehad, was ze nu waarschijnlijk dood. Omdat hij ook op andere terreinen boven de mensheid verheven was, hield hij er sterk rekening mee dat hij op een andere manier ter wereld was gekomen dan de rest van de stervelingen. Hij wist niet goed welke manier dat dan geweest moest zijn. Hij had er niet veel gedachten aan gewijd, want per slot van rekening was hij geen bioloog of theoloog.

En wat kinderen betrof: hij vond ze verwarde wezens waar geen goed contact mee mogelijk was, saai en eigenlijk niet te doorgronden. Veel volwassenen waren heel wat uren kwijt met het omgaan met kinderen, en ook werd er afschuwelijk veel overheidsgeld in kinderen gepompt, ondanks het feit dat ze klein waren, en zwak en dom. Bovendien was hun maatschappelijk belang nihil.

Krait had geen jeugdherinneringen. Hij hoopte van harte dat hij nooit een jeugd had gehad; hij werd al onpasselijk bij het idee van een jonge Krait die last had van hoofdluis en kinkhoest, die in de zandbak met plastic autootjes speelde, die drie tanden miste en met een dikke snottebel rondliep.

Nadat hij zowel het gewone slot als het nachtslot had opengemaakt, betrad hij het huis, bleef even staan om naar de stilte te luisteren en riep vervolgens: 'Joehoe, is daar iemand?' Hij wachtte, hoorde geen reactie, sloot de deur achter zich en deed in de woonkamer een paar lampen aan.

De kamer was veel te druk ingericht, vond hij, en ook te vrouwelijk. Hij had zo'n sterke hang naar eenvoud dat hij zichzelf heel goed als monnik kon voorstellen, in een bijzonder strenge kloosterorde. Jammer dat je als monnik geen mensen mocht vermoorden.

Allereerst ging Krait in de woonkamer op onderzoek uit en streek met een vinger over de bovenkant van deurposten en hoge meubels. Tot zijn genoegen waren ook de moeilijke plekjes brandschoon. Hij bekeek de kussentjes op de bank en de bekleding van de fauteuil op sporen van lichaamsvet en zweet, maar vond niets. Geen enkel kruimeltje, geen enkele vochtkring. Met zijn zaklampje keek hij onder een bank en een kastje. Geen stofvlokken.

Krait ging languit op de bank liggen en legde zijn voeten op de salontafel. Het stemde hem tevreden dat de huisbewoners blijkbaar dezelfde standaard van properheid hanteerden als hij.

Nadat hij een gecodeerd sms'je had gestuurd om de gewijzigde situatie kort toe te lichten, verzocht hij om een nieuwe auto, aanzienlijk betere wapens en een bescheiden hoeveelheid technische snufjes die van pas konden komen nu er complicaties waren opgetreden. Hij gaf het adres door waar hij zijn toevlucht had genomen en vroeg of hij van tevoren een berichtje kon krijgen wanneer de spullen werden afgeleverd. Daarna kleedde hij zich uit, hield alleen zijn ondergoed aan en bracht zijn kleren naar de keuken.

16

De lucht betrok en de wind wakkerde aan. Tim nam kleine weggetjes, zonder een bepaald doel voor ogen te hebben. Ze zakten langzamerhand af naar het zuiden, in de richting van de kust.

Zonder een spoor van angst in haar stem vertelde Linda over Dennis Jolly en diens grote oorlellen, over de Chevy die total loss was geraakt. Ook vertelde ze dat ze nodig naar de wc moest.

Ze stopten bij een pompstation, tankten en gingen naar het toilet. In het winkeltje kocht hij een pakje Rennies met vanillesmaak. Tim kon wel een Rennie gebruiken, maar Linda hoefde er geen. Hij werd geïntrigeerd door de onverstoorbare rust die ze uitstraalde.

Toen ze weer onderweg waren, vertelde hij haar over de Chevy, de brandkraan, de schutting en de bebaarde man met de bierbuik.

'Heb je de banden lekgeschoten?'

'In elk geval één, misschien twee.'

'Gewoon midden op straat?'

'Het ging allemaal zo snel dat ik eigenlijk geen tijd had om de weg op m'n gemak af te zetten.'

'Ongelofelijk.'

'Valt wel mee. Op heel wat plekken op deze planeet wordt de straat vooral gebruikt om te schieten in plaats van te rijden.'

'Hoe komt een eenvoudige metselaar aan de zelfbeheersing om midden op straat op de banden van een auto te schieten terwijl die recht op hem afkomt?'

'Ik ben niet de eerste de beste metselaar. Ik ben een uitstekende metselaar.'

'Ja, je bent me er eentje,' zei ze. Ze haalde het magazijn uit het wapen dat hij van haar had geleend.

'Nou, dan zitten we bij dezelfde club,' zei hij. 'Geef eens een titel van een boek dat je geschreven hebt.'

'*Wanhoop*.'

'Dat is een van jouw boeken?'

'Ja.'

'Nog eens een.'

'*Kanker knaagt*.'

'Nog een.'

'*De hopelozen en de doden*.'

'Laat me raden: ze hebben de bestsellerlijsten nooit gehaald.'

'Nee, maar de verkoopcijfers waren heel behoorlijk, hoor. Mijn boeken schijnen wel een bepaald lezerspubliek te trekken.'

'Het zelfmoordcijfer onder je lezers zal dan ook wel heel behoorlijk zijn, lijkt me. Toch snap ik iets niet. Je zei dat je deprimerende, stomme, tenenkrommende boeken hebt geschreven. Maar ik vind jou helemaal niets depressiefs hebben.'

Terwijl ze 9mm-kogels in het magazijn deed, zei ze: 'Ik ben niet depressief. Alleen dacht ik vroeger dat ik dat eigenlijk wel behoorde te zijn.'

'Waarom?'

'Omdat ik veel omging met universiteitstypes, en die zijn dol op doemscenario's. Maar het komt ook door wat er gebeurd is.'

'Wat is er dan gebeurd?'

Ze ging niet op zijn vraag in maar zei: 'Er was een tijd waarin ik zo boos was, zo verbitterd, dat ik helemaal geen ruimte had om depressief te zijn.'

'Dan zou je eerder verwachten dat je bozige boeken geschreven zou hebben.'

'Er zat wel wat boosheid in, maar vooral angst, lijden, droefenis en verdriet dat aan je vreet.'

'Ben ik blij dat we elkaar toen niet zijn tegengekomen. Wat voor verdriet was dat dan?'

'Rij nou maar,' zei ze.

Hij reed. 'Nu je geen angstige, gekwelde, verdrietige boeken meer schrijft, wat ga je nu dan schrijven?'

'Weet ik nog niet. Heb ik nog niet helder. Misschien een verhaal over een metselaar die helemaal flipt bij een concert van Peter, Paul and Mary.'

Tims mobieltje ging. Hij nam op, aarzelend, omdat hij bang was dat het Kravet was. Het bleek Pete Santo te zijn.

'Hé, Deurman, je hebt jezelf wel weer iets fraais op de hals gehaald.'

'Je moet me geen Deurman noemen. Wat bedoel je?'

'Je weet toch dat types die gebruikmaken van meerdere valse identiteiten vaak dezelfde initialen aanhouden?'

Tim zette de auto in een woonwijk stil en zei: 'Ja.'

'Nou heb ik eens in de archieven van het wegverkeer gezocht naar voornaam R, achternaam K. Andere persoonlijke gegevens heb ik van Kravets rijbewijs gehaald: mannelijk geslacht, bruin haar, bruine ogen, 1,80 meter, geboortedatum.'

'Leverde dat iets op?'

'Ik kreeg meer dan twintig hits, waarvan negen bruikbare. Hetzelfde gezicht, die vent met die enge glimlach. Robert Krane, Reginald Konrad, Russel Kerrington...'

'Denk je dat zijn echte naam daar misschien tussen zit?'

'Ik zal de namen in de databanken van de politie invoeren, locaal, regionaal en landelijk, om te zien of een van die namen in een politiewagen rondrijdt. Ergens moet die vent toch na te trekken zijn.'

'Waarom?'

'Dat is nou het vreemde. Volgens de dienst van het wegverkeer zijn die negen rijbewijzen aangevraagd bij negen verschillende instanties door het hele land. Maar wel is er steeds dezelfde foto gebruikt, niet negen verschillende.'

Terwijl Tim nadacht, draaide Linda zich om en keek uit het achterraampje, alsof ze bang was dat ze een gemakkelijk doelwit waren geworden nu ze stilstonden.

Tim zei: 'Dus die vent heeft connecties met iemand binnen wegverkeer.'

'Lijkt me eerder een gewone huis-, tuin- en keukenoplichter,' zei Pete. 'Eentje die niet naar de dienst voor het wegverkeer is gestapt. Volgens mij heeft hij de rijbewijzen gewoon laten vervalsen. Dat is handig voor heel veel dingen, maar niet voor alles. Want als hij aangehouden wordt voor te snel rijden, kan de politie zijn rijbewijs nachecken, en dan blijkt dat hij bij het wegverkeer niet bekend is. Die rijbewijzen zijn gewoon vervalst, meer niet.'

'Maar hij komt er wel mooi mee weg.'

'Er zijn tegenwoordig heel wat dingen waar je mee weg kunt komen. Maar oké, misschien heeft hij een vriendje bij het wegverkeer zitten, of misschien kan hij die dossiers zelf een beetje opdetailleren.'

'Opdetailleren?'

'Ja, wat fictieve details toevoegen. Opdetailleren.'

'Ik mag wel eens zo'n cursus gaan doen: *Vergroot uw woordenschat*.'

'Je kunt je geld beter in je zak houden en een persoonlijkheidstransplantatie aanvragen. En trouwens nog iets. Wegverkeer in Californië heeft met een aantal andere staten een speciale regeling getroffen. Die Kravet Krane Konrad Dinges heeft drie rijbewijzen voor Nevada en twee voor Arizona, allemaal onder een andere naam, maar wel met een en dezelfde foto.'

'Nou, hij staat er leuk op,' zei Tim.

'Absoluut,' vond Pete.

'Die glimlach.'

'En die ogen. Waar gaat dit over, *compadre*?'

'Dat heb je al eens gevraagd. Papegaaienbeker, custardtaart.'

'Die rijbewijzen, dat gekloot met de dienst van het wegverkeer, dat zijn regelrechte overtredingen. Nu ik daar eenmaal van afweet, kan ik mijn mond niet ten eeuwigen dage stilhouden, zelfs niet voor jou.'

Het leek erg onwaarschijnlijk dat de moordenaar ook in werkelijkheid Richard Lee Kravet heette, en de Chevy stond waarschijnlijk niet op zijn echte naam. Het feit dat de auto total loss was, bewees alleen maar dat de chauffeur roekeloos had gereden.

'Als je achter zijn echte naam zou kunnen komen, plus de organisatie waarvoor hij werkt, plus zijn adres, misschien dat ik je dan het hele verhaal zou kunnen vertellen.'

'Dat zijn drie voorwaarden. Laat ik je dit zeggen: ik hou mijn mond, maar dat kan ik niet tot sint-juttemis volhouden.'

'Bedankt, Pete. Bel me wanneer je weer wat gevonden hebt.'

'Volgens mij ben ik hier tot in de kleine uurtjes wel mee zoet. Ik heb me voor morgen al ziek gemeld.'

'Je belt me als je iets hebt, hè? Maakt niet uit hoe laat het dan is.'

'Is ze nog steeds bij je?'

'Ja. Ze houdt van cheeseburgers met bacon, en rucola moet ze niet.'

'*American Idol*, houdt ze daarvan?'

'Kijkt ze niet naar.'

'Ik zei toch dat ze klasse had? Dat heb ik je toch gezegd? Vraag maar eens wat haar favoriete politiefilm is.'

Tegen Linda zei Tim: 'Pete wil weten wat je favoriete politiefilm is.'

'Dan moet ik kiezen tussen *Die Hard* en *Man on Fire*, de versie met Denzel Washington.'

Tim herhaalde wat ze had geantwoord, waarop Pete zei: 'Wat ben jij een ongelofelijke mazzelpik, zeg.'

17

In het washok vond Krait een paar kleerhangertjes voor zijn broek, shirt en jasje. Hij hing ze aan de knoppen van de keukenkastjes.

Slechts gekleed in ondergoed, sokken en schoenen deed hij de luiken voor de keukenramen, want hij was van mening dat men zichzelf niet te kijk moest zetten. Hij vond een harde kleerborstel en een zachte, en hij was helemaal in zijn nopjes toen hij een klerenspons vond. De bewoners van dit huis onderhielden hun kleren en hun huis met zorg. Graag zou hij een briefje achterlaten om hen hiermee te complimenteren en om nog wat advies te geven. Tegenwoordig was er een biologisch afbreekbare vlekkenverwijderaar op de markt, die hij hier in huis niet had aangetroffen. Hij was ervan overtuigd dat de bewoners een dergelijke tip op prijs zouden stellen.

Hij maakte zijn kleren schoon met behulp van de licht bevochtigde spons en de twee borstels. Omdat het washok niet zo groot was, klapte hij de strijkplank in de keuken uit. De bewoners hadden een goed stoomstrijkijzer met diverse mogelijkheden. Hij had ditzelfde type eens gebruikt om een jongeman te martelen voordat hij hem doodmaakte. Helaas was het fantastische apparaat daarna niet meer te gebruiken geweest.

Toen hij zijn kleren had gestreken, ging hij op zoek naar zwarte schoensmeer, een borstel en een poetsdoekje. Onder in het gootsteenkastje vond hij een schoenpoetssetje. Nadat hij alle spullen weer op de juiste plaats had opgeborgen, kleedde hij zich aan en liep hij naar boven om een spiegel te zoeken waarin hij zich in zijn volle lengte kon bewonderen. In de ouderslaapkamer hing een spiegel van het juiste formaat. Zijn spiegelbeeld beviel hem wel. Hij zou zo voor onderwijzer kunnen doorgaan, of voor vertegenwoordiger, of voor wie dan ook.

Spiegels oefenden een grote aantrekkingskracht op hem uit. In spiegelbeeld was alles omgedraaid, en hij vermoedde dat daarin een mysterieuze waarheid verborgen lag waar hij de vinger nog niet op had kunnen leggen.

Hij had eens een interview gelezen met een schrijfster die beweerde dat ze zich van alle romanpersonages nog het meest met Alice van Lewis Carroll kon identificeren. In de geest wás ze Alice. Omdat ze er veel betreurenswaardige denkbeelden op na hield, was Krait bij haar langsgegaan. Het bleek een tamelijk klein vrouwtje te zijn dat hij met gemak had opgetild en tegen een grote spiegel had gegooid, om te zien of ze er misschien op magische wijze doorheen zou vliegen om in Wonderland te verdwijnen. Maar ze bleek helemaal geen Alice te zijn. De spiegel brak, en toen bleek dat ze niet door de spiegel kon, had hij geprobeerd of de scherven wel door haar heen konden.

Zijn mobieltje begon te trillen, en Krait besefte dat hij een paar minuten in gedachten verzonken voor de spiegel had gestaan. Het was een SMS'je. De order die hij had geplaatst, zou om 2.00 uur worden afgeleverd. Hij keek op zijn horloge en zag dat hij nog een uur en vijfenvijftig minuten moest wachten. Daar had hij geen moeite mee en hij besloot in die tijd het huis te verkennen om meer over de bewoners te weten te komen.

Hij begon met de kasten in de ouderslaapkamer. Tot zijn verrassing ontdekte hij dat de bewoners dezelfde merken gebruikten als hij: tandpasta, maagtabletten, pijnstillers... De spullen die zijn goedkeuring niet konden wegdragen, gooide hij in de prullenbak. In twee laatjes vond Krait sexy lingerie. Geïnteresseerd bekeek hij de spullen en vouwde ze weer op. Deze vondst bracht hem niet van zijn stuk. Als de gemiddelde burger ergens recht op had, was het wel op het ongebreideld uiting geven aan zijn of haar seksualiteit. Heel even overwoog hij uiting te geven aan zijn eigen seksualiteit met behulp van een van de meest uitdagende kledingstukken om het vervolgens in bezoedelde staat terug te leggen, maar hij besloot zijn seksualiteit voor Linda Paquette te bewaren.

Aan de andere kant van de gang lag de slaapkamer van de dochter. De inrichting van het vertrek deed sterk vermoeden dat ze een tiener was. Aan een aantal dingen merkte hij dat ze zich niet tegen haar ouders afzette: haar kleren, de aankleding van de kamer en haar bescheiden verzameling cd's. Dat het meisje zich in de wensen van haar ouders schikte, vond Krait maar niets. Kinderen konden zich weliswaar buitengewoon onbegrijpelijk gedragen, op het irritante af, maar toch zag hij het nut er wel van in. Door de generatiekloof werd de maatschappij telkens weer bijgestuurd. In het nachtkastje lag onder andere een leren dagboekje met een slotje erop. Krait verbrak het slot.

Het meisje heette Emily Pelletrino. Ze had een duidelijk en sierlijk handschrift. Krait las de eerste bladzijden, daarna hier en daar een stukje, maar hij kwam geen ontboezemingen tegen die een slotje rechtvaardigden. Emily vond dat haar ouders vaak onbedoeld grappig waren, maar ze hield van hen en had respect voor hen. Ze gebruikte geen drugs. Ze was veertien en was blijkbaar nog maagd. Ze deed goed haar best op school en wilde hoge cijfers halen.

Tot nu toe had Krait niets in het huis aangetroffen dat zijn irritatie opwekte. Maar dit keurige meisje vond hij veel te zelfingenomen. Als zijn huidige opdracht achter de rug was, en als zijn agenda dat toeliet, zou hij graag terugkomen om Emily onder handen te nemen. Hij kon zich wel een paar weken met haar vermaken. Eerst zou hij het meisje aan een paar nieuwe ervaringen blootstellen, zoals geestverruimende middelen, en hij zou haar nieuwe ideeën aan de hand doen, en daarna zou ze weer naar huis mogen. Dan zou ze vast niet meer zo'n hoge dunk van zichzelf hebben, en ook zou ze heel anders tegen haar ouders aankijken. De onnatuurlijke dynamiek binnen het gezin zou zijn hersteld.

Later, toen Krait in de woonkamer rondkeek, hoorde hij een auto op de oprit. Hij keek op zijn horloge en zag dat de bestelling precies op tijd werd afgeleverd: 2.00 uur.

Hij liep niet naar buiten om de koeriers te begroeten, want dat zou tegen het protocol indruisen. Ook gluurde hij niet tussen de gordijnen naar buiten. De koeriers interesseerden hem niet. Ze vormden het voetvolk, figuranten in een groter geheel.

Hij liep terug naar de keuken, inspecteerde de inhoud van de vrieskist en vond een geschikte portie zelfgemaakte lasagne, die hij in de magnetron verwarmde. Hij nam er een flesje bier bij. De lasagne was verrukkelijk. Zelfgemaakt eten genoot altijd zijn voorkeur.

Nadat hij had afgeruimd en afgewassen, deed hij het licht uit, ging naar buiten en sloot het huis af. De Chevrolet die op de oprit stond, was donkerblauw, niet wit, maar dat was dan ook het enige verschil met de auto die hij noodgedwongen in de steeg had achtergelaten. Of het kwam door het onwerkelijke schijnsel van de lantaarns in de doodstille straat, door de laag door de lucht jagende wolken, of door de palissanderbomen die door de wind heen en weer werden gezwiept, wist hij niet, maar feit was dat deze auto meer vermogen leek te hebben dan zijn vorige, een verschil dat hem zeer beviel.

De sleuteltjes zaten in het contact. Voorin lag een diplomatenkoffertje. Zonder te kijken wist hij dat er in de kofferbak een kleine koffer lag.

Het was 2.32 uur, maar hij was totaal niet slaperig. Om zich voor te bereiden op een lange nacht met Linda Paquette, had hij de vorige middag tot vier uur geslapen. Over een paar minuten zou hij te weten komen waar zij en haar zelfgekozen ridder op het witte paard zich ophielden. En voordat de zon opkwam, zou Timothy Carrier zich net als alle ridders van de ronde tafel met de aarde hebben verenigd.

Carrier kon goed met vuurwapens omgaan, en hij wist er blijkbaar veel vanaf, maar Krait was niet van plan zich hierdoor uit het veld te laten slaan. De recente gebeurtenissen hadden zijn zelfvertrouwen niet in het minst aangetast, en hij had er geen behoefte aan meer over de man te weten te komen. Want hoe meer Krait van zijn slachtoffers af wist, hoe meer inzicht hij kreeg in de redenen waarom ze dood moesten. Als hij te veel inzicht kreeg in de achtergronden, zou men hem ooit ook willen vermoorden.

Carrier was een indirect doelwit, maar het leek Krait verstandig op eigen initiatief te handelen, iets wat hij altijd deed, zonder eerst te overleggen.

Als de vrouw nog in leven was wanneer hij Carrier uit de weg had geruimd, zou hij zich over haar ontfermen. Omdat ze niet gewoon thuis was gebleven om te wachten op datgene wat haar toekwam, kon hij niet al te toegeeflijk naar haar zijn. Want per slot van rekening kwam het door haar en door die lompe metselaar dat hij de papegaaienbeker kwijt was geraakt, de beker die zo veel voor hem had betekend.

Gelukkig had hij de lippenbalsem nog wel.

Hij startte de motor. De dashboardverlichting ging aan.

Deel twee

De verkeerde plek
op het
juiste moment

18

Het kleine hotel stamde uit een ver verleden, telde vier verdiepingen en stond aan de kust, boven op de klippen. Bij de ingang groeide de bougainville in dikke verhoute stengels tegen de muur op en bloeide uitbundig paars en rood. De wind strooide een confetti van bloemblaadjes op het pad.

Om kwart over twaalf 's nachts tekende Tim het hotelregister, onder de naam van de heer en mevrouw Carrier. De receptionist haalde zijn Visacard door de kaartlezer.

Ze kregen een kamer op de tweede verdieping. Op het balkon, dat via een schuifpui te bereiken was, stonden twee smeedijzeren stoeltjes en een tafeltje. Tussen de balkons zat een meter tussenruimte.

Onder een donkergrijze hemel lag een inktzwarte zee. Het schuim van de lage golven dreef als grijze rook aan land en loste op het asgrauwe strand op. Het rustige geruis van de branding werd overstemd door het gesuis van de grote dadelpalmen die woest in de wind heen en weer zwiepten.

Linda stond op het balkon en tuurde naar het westen, waar de horizon in het duister verborgen bleef. 'Het maakt ze tegenwoordig geen klap meer uit.'

Hij stond naast haar. 'Wat maakt wie geen klap meer uit?'

'Receptionisten, over of een stel getrouwd is of niet.'

'Ja, weet ik. Maar het leek me anders niet juist.'

'Probeer je mijn eer te bewaken?'

'Daar heb je mij niet voor nodig, denk ik.'

Ze keek hem aan. 'Je hebt een leuke manier van praten.'

'Hoe praat ik dan?'

'Dat vind ik moeilijk te beschrijven.'

'En jij bent nog wel schrijfster.'

Ze liepen naar binnen en sloten de schuifpui.

'Welk bed neem jij?' vroeg hij.

Ze sloeg de sprei terug en zei: 'Dit bed lijkt me prima.'

'Volgens mij zitten we hier behoorlijk veilig.'

Ze keek hem fronsend aan. 'Waarom zou dit niet veilig zijn?'

'Ik vraag me steeds af hoe hij wist dat we in dat koffietentje zaten.'

'Waarschijnlijk woonde hij in de buurt van dat adres dat niet bestond en heeft hij ons daar toevallig gezien.'

'"Toevallig" lijkt me sterk.'

'Soms gebeuren dingen nou eenmaal per toeval. Er bestaat ook nog zoiets als pech.'

'Toch is het misschien goed als we ons niet laten verrassen. Misschien moeten we met onze kleren aan gaan slapen.'

'Ik was toch al niet van plan om me uit te kleden, hoor.'

'O. Ja. Tuurlijk. Logisch.'

'Kijk niet zo teleurgesteld.'

'Ik ben niet teleurgesteld. Ik ben moe.'

Toen Linda zich in de badkamer klaarmaakte voor de nacht, deed hij het grote licht uit. Het lampje op het nachtkastje, dat tussen de twee bedden in stond, kon op drie standen gezet worden. Hij koos voor de dimstand.

Hij pakte zijn mobieltje, ging op de rand van zijn bed zitten en belde met een sneltoets de kroeg. Hij kreeg Rooney aan de lijn, die achter de bar stond.

'Waar zit je nu?' vroeg Rooney.

'Vlak bij het paradijs.'

'Veel dichterbij zul je nooit komen.'

'Daar ben ik ook bang voor. Hoor eens, Liam, heeft hij nog anderen gesproken?'

'Die haai op schoenen?'
'Ja, die. Heeft hij nog met klanten gesproken?'
'Nee. Alleen maar met mij.'
'Is hij niet naar boven gegaan om met Michelle te praten?'
'Nee. Ze stond samen met mij achter de bar toen hij met me praatte.'
'Iemand heeft gezegd hoe ik heet. En hij is ook achter mijn mobiele nummer gekomen.'
'Nou, dat heeft hij niet van ons. Ik dacht dat je nummer niet in het telefoonboek stond.'
'Dat dacht ik ook.'
'Tim, wie is die vent?'
'Dat zou ik ook wel eens willen weten. Zeg, Liam, qua vrouwen loop ik een beetje achter. Kun jij me helpen?'
'Ik volg je even niet. Vrouwen?'
'Hoe zeg ik iets aardigs tegen een vrouw?'
'Iets aardigs? Waarover?'
'Weet ik veel. Over haar haar.'
'Je zou kunnen zeggen: "Wat zit je haar leuk."'
'Hoe heb jij Michelle destijds ten huwelijk gevraagd?'
'Ik heb gezegd dat ik mezelf van kant zou maken als ze niet met me wilde trouwen.'
'Om met zelfmoord te dreigen, lijkt me in mijn geval nog iets te vroeg,' zei Tim. 'Ik moet ophangen.'
Toen ze de badkamer uitkwam, fris gewassen, zag ze er fantastisch uit. Ze had haar haar met een speld naar achteren gebonden. Eigenlijk had ze er ook al fantastisch uitgezien toen ze zich nog niet had opgefrist.
'Wat zit je haar leuk,' zei hij.
'Mijn haar? Ik zit erover te denken het kort te laten knippen.'
'Je hebt zulk donker haar dat het haast zwart lijkt.'
'Mijn eigen kleur, hoor.'
'Dat zal best. Ik bedoelde ook niet te zeggen dat je je haar

had geverfd of dat het een pruik of zo was.'

'Een pruik? Lijkt het of ik een pruik draag?'

'Nee, nee. Het ziet er juist niet als een pruik uit.' Hij vluchtte de kamer uit. In de deuropening van de badkamer was hij zo dom zich om te draaien en te zeggen: 'Ik zal je tandenborstel niet gebruiken, hoor.'

'Die mogelijkheid was nog helemaal niet bij me opgekomen.'

'Ik dacht misschien van wel. Dat het bij je op was gekomen, bedoel ik.'

'Nou, nu in elk geval wel.'

'Als ik je tandpasta mag gebruiken, gebruik ik wel een vinger als tandenborstel.'

'Dan kun je het beste je wijsvinger gebruiken,' zei ze.

Een paar minuten later kwam hij terug uit de badkamer. Ze lag op de dekens, haar ogen gesloten, met haar handen op haar buik. Omdat het licht gedimd was, dacht Tim dat ze sliep. Hij liep naar zijn bed en ging zo stil mogelijk rechtop tegen het hoofdeinde zitten.

'Wat doen we als Pete Santo tussen al die namen de juiste niet kan vinden?'

'Dat lukt hem vast wel.'

'Maar als het hem niet lukt?'

'Dan bedenken we wel wat anders.'

'Zoals?'

'Morgenochtend weet ik het.'

Na een korte stilte zei ze: 'Je weet overal altijd wel iets op te verzinnen, hè?'

'Doe even normaal, zeg.'

'Mij hou je niet voor de gek.'

Na een poosje nagedacht te hebben, moest Tim toegeven: 'Als ik onder druk sta, lijkt het of ik vaak de juiste beslissingen neem.'

'Sta je nu onder voldoende druk?'

'Er wordt aan gewerkt.'

'En als je niet onder druk staat?'

'Dan heb ik geen idee.' Zijn mobieltje ging. Hij pakte het apparaatje van het nachtkastje, waar hij het aan de oplader had gedaan.

Pete Santo zei: 'Er is iets grappigs voorgevallen.'

'Mooi. Even lachen. Was ik net aan toe. Wacht even, dan zet ik hem op de luidsprekerstand.' Hij legde het mobieltje op het nachtkastje. 'Ga je gang.'

'Ik gooi al die namen door de databanken van de regionale en landelijke politie,' zei Pete, 'om te zien of een van die identiteiten aan een politiepenning en een baan vastzit, krijg ik een belletje. Hitch Lombard aan de lijn. Mijn chef.'

'Je baas? Wanneer? Net, midden in de nacht?'

'Ik leg hem net neer. Hitch had gehoord dat ik me voor morgen ziek had gemeld en wilde even informeren hoe het met me ging.'

'Brengt hij elke zieke medewerker een kommetje kippensoep?'

'Ik doe net of het logisch is dat hij me belt, dus ik zeg dat ik last van mijn maag heb. Vervolgens vraagt hij met welke zaken ik me bezighou, en ik zeg dat ik aan drie tegelijk werk, en die noem ik keurig, alsof hij dat niet weet.'

'Zou hij dat weten?'

'Hij zou dat absoluut weten. Dus hij zegt, omdat hij weet dat ik me altijd voor honderdtwintig procent op het werk stort, dat ik nu ook wel aan een zaak bezig zal zijn, thuis, op mijn computer, ondanks het feit dat ik ziek ben.'

'Dat is eng,' zei Tim.

'Ik schrok me de pleuris.'

'Hoe kan iemand nou weten dat je in databanken aan het rommelen bent?'

'Hebben ze software voor. Als je Kravet en een van zijn andere namen intoetst, gaat er ergens een belletje rinkelen. Dan weet iemand dat.'

Linda, die inmiddels rechtop was gaan zitten, zei: 'Wie dan?'

'Iemand die veel hoger op de ladder zit dan ik,' zei Pete. 'Nog hoger dan Hitch Lombard, zo hoog dat hij Hitch de opdracht kan geven mij onder druk te zetten. En Hitch zegt dan natuurlijk *Jazeker meneer, ik zal er onmiddellijk werk van maken, maar mag ik eerst nog uw hielen likken?*'

'Wat is die Lombard voor een vent?' vroeg Linda.

'Op zich valt hij wel mee. Maar als je patrouille loopt, mag je blij zijn dat hij binnenzit en dat je niet samen met hem op pad wordt gestuurd. Wanneer ik weer in staat ben om te gaan werken, zei hij, krijg ik een belangrijke zaak toegeschoven waar ik al mijn tijd voor nodig zal hebben.'

'Dus hij heeft je van die lopende zaken afgehaald?' vroeg Tim.

'Per onmiddellijk.'

'Misschien denkt hij dat je Kravet op het spoor bent gekomen door iets wat je in een van die zaken bent tegengekomen.'

'Hij heeft het niet met zo veel woorden gezegd, maar inderdaad. Hij heeft de naam Kravet niet genoemd, maar inderdaad.'

Linda zei: 'Misschien heeft hij nog nooit van Kravet gehoord, en ook niet van die andere namen en weet hij hier helemaal niets van.'

Dat leek Pete niet onwaarschijnlijk. 'Iemand heeft Lombard in de tang, en die persoon gebruikt Lombard om mij het zwijgen op te leggen. Het zou goed kunnen dat Hitch niet eens weet waarom dat zou moeten. Hij weet alleen maar dat ze hem in de tang hebben.'

Tijdens het gesprek had Tim naar zijn ruwe, eeltige handen gekeken. Wanneer dit allemaal achter de rug was, zouden zijn handen misschien nog veel ruwer zijn en te vereelt om nog iemand teder aan te kunnen raken. 'Je hebt ons ontzettend geholpen, Pete. Dat waardeer ik zeer.'

'Ik ben hier nog niet mee klaar.'

'Jawel, jij bent hier al wel mee klaar. Ze zitten in je nek te blazen.'

'Dan moet ik gewoon een andere tactiek volgen,' zei Pete.

'Ik meen het. Je bent hiermee klaar. Je hoeft je niet van de klippen te laten duwen.'

'Daar zijn klippen toch voor? En bovendien gaat mij dit net zo goed aan als jou.'

'Is dat logisch? Lijkt me niet.'

'Weet je niet meer dat we samen zijn opgegroeid?'

'Dat ging zo snel dat ik dat nog wel weet, ja.'

'Hebben we de hele weg dan voor niets afgelegd?'

'Dat lijkt me niet.'

'We hebben die hele weg toch niet afgelegd om de eerste de beste klootzak zijn zin te geven?'

'Klootzakken krijgen altijd hun zin,' zei Tim.

'Oké. Meestal wel, ja. Maar zo nu en dan moet zo'n klootzak eens flink op zijn donder krijgen zodat hij zich gaat afvragen of er misschien dan toch een god bestaat.'

'Dat heb ik wel eens vaker gehoord.'

'Dat kan, want ik heb het van jou.'

'Nou, ik ga natuurlijk niet tegen mezelf in. Goed dan, laten we eerst maar eens wat uitrusten.'

'Misschien kun je me morgen dan vertellen waar dit over gaat?'

'Misschien,' zei Tim en beëindigde het gesprek.

Linda was weer languit op bed gaan liggen, met haar hoofd op het kussen, ogen dicht, handen op haar buik. 'Poëzie,' zei ze.

'Hoezo poëzie?' Toen ze niet reageerde, zei hij: 'Wat er gebeurd is, de reden waarom je van die schrijnende boeken schreef...'

'Boeken vol schrijnend verdriet.'

'Dat soort boeken... weet je zeker dat die er niets mee te maken hebben?'

'Honderd procent zeker. Ik heb het van tig kanten bekeken.'

'Dan moet je het van tig plus één kanten bekijken.' Hij haalde het pistool uit haar tas die op het nachtkastje stond en legde het wapen binnen handbereik.

Zonder haar ogen open te doen, vroeg ze: 'Is dit de plek waar we de dood vinden?'

'Dat stellen we nog even uit, als het kan.'

19

Tim kreeg het gevoel dat hun kamer een soort van doodlopend ravijn uit een ouderwetse western was: er was maar één uitgang, en als de verkeerde types ten tonele verschenen, kon je alleen maar ontkomen door je een weg dwars door ze heen te vechten.

De gemiddelde huurmoordenaar, als je daar al van kon spreken, zou er waarschijnlijk voor passen in een hotel toe te slaan. Liever zou hij zijn slachtoffer op straat proberen te vermoorden, omdat er dan meer vluchtroutes waren.

Tim dacht aan de ogen van de man, aan de onstilbare honger die in die grote pupillen verborgen lag, en vermoedde dat de man in geen enkel opzicht gemiddeld was te noemen. Kravet kende geen grenzen. Hij was tot alles in staat.

Tim zat nog steeds rechtop in bed en keek naar Linda, die haar ogen weer had dichtgedaan. Hij vond het fijn om naar haar te kijken, vooral wanneer ze niet naar hem keek, want anders had hij het gevoel dat ze dwars door hem heen zag.

Er waren heel wat vrouwen die knapper waren. Maar nog nooit had hij het zo fijn gevonden om alleen maar te kijken. Waarom dit zo was, wist hij niet. Hij deed geen moeite zijn gevoel te analyseren. Tegenwoordig probeerde iedereen veel te veel alle gevoel te doorgronden, om uiteindelijk te merken dat geen van die gevoelens echt was.

Hoewel deze kamer op de tweede verdieping in zeker opzicht op een val leek, kon hij geen plek bedenken waar ze veiliger zouden zijn. Eigenlijk bestond de wereld op dit moment enkel uit doodlopende ravijnen.

Intuïtief voelde hij aan dat ze beter niet op één plek konden blijven. Maar ze hadden ook rust nodig. Als ze steeds in de auto bleven, putten ze zichzelf uit.

Hij stapte zo zachtjes mogelijk uit bed en stond een ogenblik naar haar te kijken voor hij vroeg: 'Slaap je?'

'Nee,' fluisterde ze. 'Jij wel?'

'Ik ga een paar minuutjes de gang op.'

'Waarom?'

'Om even rond te kijken.'

'Waarvoor?'

'Weet ik niet goed. Het pistool ligt hier op het nachtkastje.'

'Ik zal heus niet schieten wanneer je weer terugkomt, hoor.'

'Daar had ik al op gehoopt.' Hij stapte de gang op en trok de deur zachtjes achter zich dicht. Hij controleerde nog even of de deur goed op slot zat.

Aan beide einden van de gang, boven de ingang van het trappenhuis, gloeide een rood bordje met EXIT erop. De lift bevond zich aan de noordkant. Aan de westkant van de gang, links van hen, lagen zes kamers. Op vier deuren hing een bordje NIET STOREN. Rechts lagen vier kamers. Alleen op de twee dichtstbijzijnde hing zo'n bordje.

Toen hij het zuidelijke trappenhuis betrad, hoorde hij dat de deur ervan piepte. Boven aan de trap bleef hij staan om te luisteren naar het geruis van de zee, maar hij hoorde slechts de stilte.

Vier trappen lager kwam hij op de begane grond. Een deur aan de linkerhand liep naar de kamers van de gasten. Rechts van hem bevond zich een buitendeur, die toegang verschafte tot een verlicht pad dat om het hotel heen liep. Er groeide hibiscus langs het pad. De grote rode bloemen wiegden in de wind en leken een dreigend voorteken. Het pad liep langs de twee verdiepingen tellende parkeergarage. Hij liep naar zijn Explorer.

Alle gasten moesten verplicht gebruikmaken van de parkeerservice, ongeacht het tijdstip waarop ze aankwamen. Omdat Tim te allen tijde mobiel wilde blijven, zou hij zijn autosleuteltjes nooit aan een parkeerbediende afgeven, net zomin als hij bereid was zijn voeten bij de receptie achter te laten.

Tussen middernacht en zes uur 's ochtends was er maar één parkeerbediende beschikbaar, die dan tevens dienstdeed als receptionist en portier. De man zat nu niet op zijn gebruikelijke plaats. Bij aankomst moesten de gasten op een belletje drukken voor de parkeerservice. Tim had niet gebeld. Hij had zijn auto zelf in de parkeergarage gezet.

Het was nu bijna 1.00 uur. Hij haalde een zaklantaarn en een kleine gereedschapsset uit de kofferbak. De wind suisde door de open parkeergarage en van verschillende kanten kwamen dreigende, spookachtige fluisterstemmen. De wind speelde buiksprekertje.

Toen hij weer op de hotelkamer kwam, deed hij het nachtslot en de ketting erop, hoewel de ketting het uiteindelijk niet zou houden als de deur werd ingetrapt. Maar als dat de belager twee of drie seconden zou ophouden, zou dat net het verschil tussen leven en dood kunnen uitmaken.

Hij liep naar het voeteneinde van Linda's bed en zag dat ze nog steeds op haar rug lag, met haar ogen dicht. 'Slaap je?' fluisterde hij.

'Nee,' fluisterde ze. 'Ik ben dood.'

'Ik wil graag nog wat lampen aandoen.'

'Ga je gang.'

'Ik moet even iets nakijken.'

'Is goed.'

'Ik zal proberen zo zachtjes mogelijk te doen.'

'Een dode vrouw kun je niet tot last zijn.'

Hij bleef even naar haar staan kijken. Na een tijdje vroeg ze, zonder haar ogen open te doen: 'Sta je weer naar mijn haar te kijken?'

Tim keerde zijn blik af van haar fantastische haar, deed het grote licht aan en liep naar de schuifpui. Hij schrok toen hij zichzelf in het glas weerspiegeld zag. Hij leek wel een beer. Een grote, lompe, onverzorgde, stomme beer. Geen wonder dat ze haar ogen steeds dichthield.

De schuifpui bestond uit twee glazen deuren van elk 1,20 meter breed. Het rechterdeel zat aan de muur en het plafond vast, alleen het linker gedeelte kon open en dicht en schoof dan aan de binnenkant voor het andere deel langs. Het was een exclusief hotel, en daarom was er veel aandacht aan details besteed. Het metalen frame van de schuifpui was niet tegen de wand geplaatst maar was in het stucwerk verzonken, zodat het behang tot aan het glas liep. Het vaste deel van de schuifpui was niet vanuit de kamer vastgeschroefd omdat er dan schroeven te zien zouden zijn geweest.

Tim schoof de pui een paar centimeter open. Hij werd door een nieuwsgierig briesje besnuffeld terwijl hij de vergrendelingsknop een paar keer probeerde. Het hotel was al heel wat jaren oud, en de schuifpui stamde nog uit de begintijd. Omdat men destijds nog niet zo bang was voor inbrekers en omdat het balkon zo'n vijftien meter boven het strand hing, was er geen poging gedaan de schuifpui van een degelijk slot te voorzien. De balkondeur ging open en dicht met behulp van een eenvoudige veersluiting. Als er wat druk op uitgeoefend werd, zou het slot gemakkelijk opengaan.

Hij besloot Linda's hulp in te roepen en draaide zich om. Linda bleek vlak achter hem te staan en had zijn verrichtingen gadegeslagen.

'Dus je bent toch niet dood,' zei hij.

'Het is een wonder. Wat doe je allemaal?'

'Ik wil kijken of ik dit kan doen zonder iemand wakker te maken.'

'Ik ben klaarwakker. Ik ben steeds klaarwakker geweest. Weet je nog?'

'Misschien heb je een slaapstoornis.'

'Mijn slaapstoornis ben jij.'

'Ik bedoel eigenlijk dat ik wil kijken of ik dit kan doen zonder de mensen hiernaast wakker te maken. Wil je me op het balkon buitensluiten?'

'Maar natuurlijk.'

Met de zaklantaarn en het gereedschapssetje stapte Tim het balkon op. De wind was niet zo zwoel als eerst en blies venijnig om hem heen, alsof hij de wind tot last was.

Linda schoof de pui dicht en vergrendelde de deur. Ze keek hem door het raam aan. Hij zwaaide naar haar, en zij zwaaide terug. Dat ze terugzwaaide, vond hij heerlijk. Veel vrouwen zouden te kennen hebben gegeven dat hij maar beter voort kon maken of zouden hem met gebalde vuisten in de zij hebben aangestaard. Maar zij keek hem met een onbewogen gezicht aan toen ze zwaaide, en dat vond hij heerlijk. Even dacht hij eraan nog een keer te zwaaien, maar hij hield zich in. Ook haar geduld was niet oneindig, hoe uitzonderlijk ze ook mocht zijn.

Hij besloot eerst de vaste wand onder handen te nemen. Met een beetje geluk zou hij de vergrendeling van de pui niet hoeven forceren. In het schijnsel van zijn zaklantaarn zag hij dat de glazen wand bovenaan met twee schroeven vastzat, net als het verticale frame. Hij pakte een van zijn drie Philips-schroevendraaiers en voelde dat hij de juiste grootte had genomen. De schuifpui was niet hoger dan 2,10 meter. Ondanks het feit dat hij boven zijn macht moest werken, kon hij voldoende kracht zetten.

Hij verwachtte dat de schroeven na al die jaren muurvast zaten, en dat bleek ook zo te zijn. Hij moest zo veel kracht gebruiken dat de schroefkop afbrak en met een ratelend geluid in het metalen frame viel. De tweede schroef brak ook af, maar de twee in het verticale frame bleken wel te kunnen draaien, al ging het moeizaam. Gelukkig viel het geluid mee; de prinses op de erwt zou er rustig bij doorgeslapen hebben.

Alle schuifpuien worden pas geplaatst nadat het frame is bevestigd. Dat heeft als voordeel dat ze gemakkelijk te verwijderen zijn. Omdat de schuifpui uit een tijd stamde waarin men nog in de onschuld van de mens geloofde, waren ze uitgerust met grepen om het werk van de installateur te vergemakkelijken. Als het deuren van 1,80 meter breed waren geweest, had hij ze niet in zijn eentje kunnen hanteren. Maar ze waren maar 1,20 meter breed, en hij was een grote lompe beer. Hij tilde de glazen wand omhoog, waardoor de bovenkant een paar centimeter in het frame schoof. Met een zacht schrapend geluid kwam het onderstuk van de glaswand uit de onderste richel.

Als hij de onderkant naar zich toe had getrokken en het geheel langzaam had laten zakken, zou hij de glazen wand er in z'n geheel uit hebben kunnen tillen. Maar het ging alleen maar om een test, om te kijken of de wand betrekkelijk stil te verwijderen was. Met trillende spieren liet hij de glaswand weer zakken. Hij maakte de schroeven niet vast, zodat de wand gemakkelijk opzij te schuiven was, net als het andere deel. Hij pakte zijn gereedschapssetje en de zaklantaarn en gebaarde naar Linda dat ze hem er weer in kon laten.

Toen ze de wand achter hem dichtschoof, keek hij op zijn horloge en zei: 'Kostte een minuut of vier.'

'Moet je nagaan hoeveel van die dingen je in een uur kunt demonteren.'

'Stel dat je had geslapen...'

'Dat kan ik me niet meer voorstellen.'

'... dan had ik hier binnen kunnen komen zonder je wakker te maken. In elk geval zouden de mensen hiernaast niet wakker zijn geworden.'

'Als Kravet via het strand vijftien meter omhoogklimt en zo binnenkomt, weten we zeker dat hij de kwaadwillende broer van Spiderman is.'

'Als hij ons nu net zo snel weet te vinden als in die koffietent, heb ik liever dat hij ons hier probeert te pakken dan in de parkeergarage. Want als we naar de Explorer gaan, zijn we ontzettend kwetsbaar, met al die auto's en steunpilaren.'

'Vannacht vindt hij ons toch niet meer,' zei ze.

'Daar ben ik niet zo zeker van.'

'Hij is toch geen tovenaar?'

'Nee, maar je hebt zelf gehoord wat Pete Santo zei. Kravet heeft connecties.'

'Maar hij had geen auto meer.'

'Het zou me niets verbazen als hij hier met het vliegtuig naartoe kwam. Maar goed, ik ben er zo een stuk geruster op. Nu zitten we in elk geval niet meer opgesloten in een doodlopend ravijn.'

'Ik kan je niet helemaal meer volgen, maar dat maakt me ook niets uit.' Ze gaapte. 'Kom, we gaan naar bed.'

'Goed idee.'

'Zo bedoelde ik het niet.'

'Ik ook niet,' verzekerde hij haar.

20

Ze hadden de gordijnen voor de schuifpui dichtgedaan. De lamp op het nachtkastje verspreidde een gedimd licht. Naast het bed stond Linda's tas, ingepakt zodat ze er onmiddellijk vandoor konden gaan, mocht dat nodig zijn.

Ze had de sprei opzij geduwd en lag op haar rug, met haar hoofd op het kussen. Ze had haar schoenen nog aan.

Tim was in een leunstoel gaan zitten omdat hij liever rechtop sliep. Hij had de stoel bij de deur gezet, om eventuele verdachte geluiden op de gang beter te kunnen horen. Zo had hij ook zicht op de gordijnen. Omdat hij niet de kans wilde lopen met een doorgeladen pistool in zijn hand in slaap te vallen, stopte hij het wapen met de loop tussen de armsteun en het kussen. Op deze manier kon hij het pistool gemakkelijk pakken.

Het digitale wekkertje op het nachtkastje gaf aan dat het 1.32 uur was. Vanaf de plek waar hij zat kon hij niet zien of Linda haar ogen open had of niet. Hij zei: 'Slaap je?'

'Ja.'

'Waar is al die woede van je gebleven?'

'Wanneer was ik dan boos?'

'Vanavond niet. Maar je zei dat je jarenlang verbitterd was geweest, en boos.'

Ze zweeg. Toen: 'Ze wilden een van mijn boeken bewerken voor tv.'

'Wie zijn "ze"?'

'De gebruikelijke psychopatenkliek.'

'Welk boek?'

'*Hartworm.*'

'Die titel ken ik nog niet.'

'Ik zat tv te kijken...'

'Maar je hebt helemaal geen tv.'

'Ik zat in de receptie van zo'n productiebedrijf voor tv-programma's. Daar hebben ze een tv waar ze de hele dag hun eigen programma's op laten zien.'

'Lopen ze daar dan niet gillend weg?'

'Volgens mij is er inderdaad veel verloop onder de receptionisten. Ik moest daar zijn voor een vergadering. En toen was er een talkshow op tv.'

'En je kon de tv niet op een andere zender zetten.'

'En ik had ook niets om naar het scherm te gooien. Alles in die ontvangstruimtes is zacht, geen harde voorwerpen. Je snapt wel waarom.'

'Ik doorzie de tv-scene nu helemaal.'

'Er kwamen alleen maar bozige mensen aan het woord. Zelfs de presentator, een vrouw, deed boos mee.'

'Waar waren ze dan boos om?'

'Ze waren boos omdat ze zich slachtoffer voelden. Er was hen onrecht aangedaan. Hun familie, het systeem, het land, het leven zelf had hun onrecht aangedaan.'

'Ik kijk eigenlijk alleen maar naar heel oude films.'

'Al die mensen waren dus boos omdat ze zich tekortgedaan voelden, maar ze koesterden die slachtofferrol. Ze zouden zich geen raad weten als ze geen slachtoffer meer konden zijn.'

'"Ik kwam onder een glazen muiltje ter wereld en ben daar altijd blijven wonen,"' citeerde Tim.

'Van wie is dat?'

'Een of andere dichter, ik weet niet meer hoe hij heet. Ik heb eens een vriendin gehad die dat als motto had.'

'Je hebt een vriendin gehad die dat soort dingen zei?'

'Niet lang, hoor.'

'Was ze goed in bed?'

'Dat durfde ik niet uit te vissen. Dus je zat naar allemaal bozige mensen op tv te kijken.'

'Ja, en ineens wist ik wat er achter al die woede zat: zelfmedelijden.'

'Zat er achter jouw woede ook zelfmedelijden?' vroeg hij.

'Ik dacht eerst van niet. Maar toen ik het bij die mensen in de talkshow herkende, wist ik dat het bij mij niet anders was, en daar schrok ik behoorlijk van.'

'Klinkt als een belangrijk moment.'

'Dat was het ook. Die mensen koesterden hun woede, ze zouden altijd boos blijven, en op hun sterfbed zouden ze vol zelfmedelijden hun laatste adem uitblazen. Ik was ineens ontzettend bang dat ik eigenlijk heel erg op hen leek.'

'Je zou nooit op hen kunnen lijken.'

'O jawel, hoor. Uiteindelijk wel. Maar ik heb nee gezegd tegen de woede.'

'Dat lukte je zomaar ineens?'

'Volwassenen kunnen dat, ja. Eeuwige pubers niet.'

'Is dat boek nog bewerkt voor tv?'

'Nee. Ik heb die vergadering niet afgewacht.'

Hij keek naar haar vanuit zijn stoel. Ze had zich tijdens het gesprek niet verroerd. De kalmte die ze uitstraalde, zat diep vanbinnen: het getuigde van een sereniteit van iemand die boven alle stormen en duisternis verheven was, of dat in elk geval hoopte te zijn.

'Moet je die wind eens horen,' zei ze op vermoeide toon.

De wind waaide over het balkon, niet hardvochtig en haatdragend maar zacht en wiegend, als een oneindig grote kudde op een oneindige tocht. Zo zacht dat het nauwelijks te horen was, zei ze: 'Net vleugels die je terug naar huis voeren.'

Een ogenblikje zei hij niets. Toen fluisterde hij: 'Slaap je?'

Ze zei niets terug.

Het liefst wilde hij naar haar toe lopen om naar haar te kijken, maar hij was te moe om overeind te komen. 'Je bent me er eentje,' zei hij. Hij zou over haar waken terwijl ze sliep. Zelf was hij veel te gespannen om te slapen. Want Richard Lee Kravet, of hoe hij ook maar mocht heten, was naar hen op zoek. Kravet kwam eraan.

Misschien had Kravet zulke grote pupillen omdat hij drugs gebruikte. Maar hoe kon hij zo veel licht binnenkrijgen zonder verblind te worden?

Het pistool lag onder handbereik tussen de armleuning en het kussen geklemd, het was helemaal stil op de gang, en de wind leidde de hele wereld de duisternis in. Tim viel in slaap. Hij droomde van een bloeiende wei waarin hij ooit als jongetje had gespeeld, en van een schemerig toverbos waar hij nog nooit was geweest, en van Michelle die scherven in haar linkeroog had, en een bloedend stompje waar haar linkerarm had gezeten.

21

Om 3.16 uur zette Krait zijn auto langs de Pacific Coast Highway, een eindje van het hotel vandaan. Nadat hij een SMS'je had verstuurd met het verzoek om informatie over het recente creditcardgebruik van Timothy Carrier, en in het bijzonder de naam van het hotel, deed Kravet het diplomatenkoffertje open dat hij samen met de nieuwe auto had gekregen. In het schuimrubber lag een op maat gemaakte mitrailleur, een Glock 18, plus vier volle magazijnen. Ook zaten er twee hypermoderne geluiddempers bij, en een schouderholster.

Krait keek vol bewondering naar het wapen. Hij had bij wijze van oefening een paar duizend keer met een dergelijk type geschoten. Voor een 9-mm Parabellum die met een snelheid van 1300 omwentelingen per seconde ronddraaide was de Glock 18 een buitengewoon precies wapen.

In de speciale magazijnen zaten drieëndertig kogels, wat met name handig was als het wapen op de volautomatische stand werd gezet. Hij deed er een magazijn in en schroefde er een geluiddemper op, wat soepel ging omdat de loop verlengd was en aan het eind voorzien was van schroefdraad.

Hij voelde een zekere verwantschap met het wapen, want het wist niet waar het vandaan kwam, zoals Krait zich ook niets van zijn moeder en zijn jeugd voor de geest kon halen. Ze waren allebei schoon, meedogenloos, en hadden zich in dienst van de dood gesteld. De Glock 18 was voor deze prins van de aarde een prachtige Excalibur.

Toen hij naar het zuiden was gereden en voor een stoplicht moest wachten, had hij zijn sportjasje uitgedaan. Nu deed hij zijn eigen holster af en stopte zijn SIG P245 onder zijn stoel. Hij deed de nieuwe holster om, die speciaal op maat gemaakt was voor de mitrailleur met de geluiddemper en het extra grote magazijn. Daarna stapte hij uit zijn Chevrolet, schudde met zijn schouders en merkte tot zijn genoegen dat de holster perfect zat. Hij pakte zijn jasje uit de auto en trok het aan. Daarna stopte hij de Glock in de holster. Het wapen hing aan zijn linkerzij en zat hem niet in de weg.

Op dit tijdstip was er geen verkeer op de Pacific Coast Highway. Hij voelde de wind op zijn huid en snoof de lucht op, die heerlijk rook, zonder de stinkende uitlaatgassen van het drukke wegverkeer. Dit was zo'n moment waarop je bijna zou gaan geloven dat de wegen ooit voorgoed bevrijd zouden zijn van alle verkeer, dat de mens voor altijd van de aardbodem verdwenen zou zijn. Dan zouden alle zondaars voor eeuwig zijn neergeslagen, en alles wat niet uit de natuur zelf was voortgekomen, zou door de regen worden weggespoeld. De aarde zou alle botten verzwelgen en ze voor altijd voor de zon en de maan verborgen houden. Onder kille sterren zou een eenzame planeet ronddraaien waar geen plaats meer was voor verlangens, dromen en hoop. Nooit meer zou de stilte door gezang of gelach worden verstoord. Het zou niet de stilte van het gebed zijn, en zelfs niet de stilte van de overdenking, maar de stilte van de leegte. En dan zou de missie volbracht zijn.

Krait stapte weer in en wachtte op de informatie waar hij om verzocht had. Om 3.37 uur kreeg hij een gecodeerd sms'je. In de afgelopen twaalf uur bleek Timothy Carrier zijn Visacard twee keer gebruikt te hebben. Een keer had hij getankt, en de laatste keer, nog geen drieënhalf uur geleden, had hij met zijn creditcard de kamer betaald van het hotel waar Krait vlakbij stond. Omdat het hotel deel uitmaakte van een keten die gebruikmaakte van een gecomputeriseerd landelijk boekingssysteem, hadden Kraits bronnen ontdekt dat de heer en mevrouw Carrier kamer 308 toegewezen hadden gekregen.

Dat 'heer en mevrouw' vond hij grappig. Wat een passie en romantiek. Toen hij zich er een beeld bij probeerde te vormen, schoot het hem te binnen dat hij geacht werd de vrouw te verkrachten. Dat wilde hij graag. Hij had wel vrouwen verkracht die er veel minder aantrekkelijk uitzagen. Hij had er nooit een probleem van gemaakt; als zijn opdrachtgevers dat wilden, dan deed hij dat.

Ook wilde hij heel graag haar lichaamsopeningen gebruiken om er de reproductie in te stoppen die hij uit haar huis had meegenomen. Helaas was de dynamiek van deze missie gewijzigd. Als je eenmaal het verrassingselement was kwijtgeraakt, zo was zijn ervaring, kon je alleen je doel bereiken door bruut geweld toe te passen. Om de vrouw te pakken te krijgen, moest Carrier waarschijnlijk uit de weg worden geruimd. En als het op een vuurgevecht aankwam, zou het kunnen dat ze door een verdwaald schot geraakt werd. Als ze dan begon te gillen, of als ze weerstand bood, zou Krait haar uit nood dan maar moeten doodschieten zonder haar eerst verkracht te hebben. Dat zou ook prima zijn. Meer zat er niet in onder de gegeven omstandigheden. Nog twee lijken was weer een stapje op weg naar lege straten, naar de stilte van de leegte.

Krait stapte uit en sloot de auto af. Want eerlijkheid was tegenwoordig ver te zoeken. Hij ging niet rechtstreeks naar de receptie maar liep naar de parkeergarage naast het hotel. Daar trof hij de Explorer aan, in de zuidwestelijke hoek op de begane grond. Als de garage al door iemand bewaakt werd, was die persoon nu even elders. Waarschijnlijker was het dat de auto's met behulp van camera's in de gaten gehouden werden. Krait zag er een aantal hangen. Daar werd hij niet heet of koud van. Elektronische opnames konden zoekraken; systemen konden crashen.

Tegenwoordig dreef de wereld steeds meer van de werkelijkheid af, en steeds meer mensen verwisselden de echte wereld voor een virtuele werkelijkheid, terwijl alle virtuele zaken te manipuleren zijn. Zo maakte hij zich ook nooit zorgen over vingerafdrukken of DNA. Dat waren alleen maar patronen die door huidvet achtergelaten waren, structuren van een macromolecule. De bewijslast was geheel afhankelijk van de interpretatie van deskundigen, die vaak onder grote druk stonden en de patronen onjuist interpreteerden of er soms zelfs wijzigingen in aanbrachten. Amerikanen hadden een blind vertrouwen in dergelijke deskundigen.

Krait nam niet het voetpad langs de weg naar het hotel maar koos een verlicht pad dat om het hotel heen liep. De rode hibiscusstruiken langs het pad wiegden in de wind. Hibiscus was niet giftig.

Soms gebruikte Krait een giftige plant om zijn missie tot een goed einde te brengen. Doornappel, oleander en lelietjes-van-dalen waren hem in het verleden goed van pas gekomen. Maar aan hibiscus had je niets.

Hij kwam bij een deur, die toegang gaf tot een trappenhuis. Hij liep naar de tweede verdieping.

22

Tim ontwaakte uit een angstige droom doordat hij iets hoorde. Lang geleden had hij geleerd dat het van levensbelang kon zijn om je slaap als een deken van je af te kunnen gooien. Hij was op slag helder, ging rechtop zitten en pakte het pistool. Hoewel hij zijn oren spitste, hoorde hij niet onmiddellijk iets verdachts. Soms hoorde hij het geluid in zijn droom en werd hij alleen maar wakker omdat het iets was wat te maken had met de dood van iemand in het echte leven.

Het wekkertje lichtte in groene cijfers op: 3.44 uur. Hij had zo'n twee uur geslapen.

Hij keek naar de schuifpui. De gordijnen hingen roerloos voor het glas. Nu hoorde hij het geruis van de wind, niet woest of achterbaks maar krachtig en ritmisch en geruststellend.

Na een ogenblikje zei Linda iets. Tim dacht dat haar slaapdronken stem hem misschien uit de slaap had gehaald. 'Molly,' zei ze, 'o, Molly, nee, nee.' Uit haar woorden sprak een wanhopig verlangen. Ze had zich in haar slaap op haar zij gedraaid en lag nu in de foetushouding. Met beide armen hield ze een kussen tegen zich aan gedrukt. 'Nee... nee... o, nee,' mompelde ze. Haar woorden gingen over in een nauwelijks hoorbaar gejammer, een geweeklaag dat door merg en been ging.

Tim stond op en wist dat het geen droom zonder betekenis was maar dat ze in het verleden was beland, waar een zekere Molly rondliep, iemand die ze misschien was kwijtgeraakt.

Voordat ze weer in haar slaap begon te praten, klonk er een

ander geluid, deze keer afkomstig van de gang. Tim hield zijn oor bij de kier tussen de deur en de deurpost; hij dacht dat hij de deur van het trappenhuis piepend had horen opengaan. Een koele luchtstroom gleed langs zijn oor.

Op de gang bleef het stil, maar het was een geladen stilte, een stilte die hem niet geruststelde. Als Tim het goed had gehoord, stond er nu iemand aan het eind van de gang en hield die persoon de deur van het trappenhuis open, misschien om de gang in de gaten te houden. Hij werd bevestigd in zijn vermoeden toen hij de deur een tweede keer hoorde piepen. De deur viel niet met een klap dicht maar werd heel voorzichtig dichtgedaan. Gasten die laat terugkwamen, deden meestal niet zo zachtjes, zelfs het hotelpersoneel niet.

Tim bracht een oog naar het kijkgat. De groothoeklens vervormde het zicht op de gang. Dit was een beslissend moment, al had hij die avond al de beslissing genomen zich aan dit avontuur over te geven, toen hij de kroeg had verlaten en bij haar langs was gegaan en gezien had dat ze wel een poster van een tv had maar geen echt tv-toestel. Toen had hij geweten dat er geen weg terug was, zoals Columbus dat had geweten toen hij in augustus 1492 het anker lichtte.

Dit was het moment waarop zou blijken of de geest zich bereid toonde de uitdaging aan te gaan of zich juist terugtrok, het moment waarop het hart een leidend kompas werd of juist terugdeinsde voor de reis, het moment waarop het erop aankwam.

In de lachspiegel van het kijkgaatje verscheen een man. Alleen zijn achterhoofd was zichtbaar omdat hij de deuren aan de oostkant van de gang bekeek. Toen draaide hij zich om. Hoewel het gezicht van de man door de lens vervormd werd, zag Tim dat het de huurmoordenaar was, de man die tal van identiteiten bezat. Dat gladde roze gezicht. Die eeuwige glimlach. Zijn ogen als open putten.

Met het 9-mm pistool kon Tim de man niet dwars door de deur heen neerschieten. Bovendien zou er dan vast een volgende huurmoordenaar op hen af worden gestuurd. En dan zou Tim niet weten hoe de nieuwe eruitzag.

Hij deed een stap bij de deur vandaan, draaide zich om en liep snel naar het bed, waar Linda stil lag te slapen.

Zijn plan leek ineens elke strategie te ontberen, als een worp met de dobbelsteen.

Toen hij een hand op haar schouder legde, werd ze ogenblikkelijk klaarwakker, alsof ze net als hij de slaap van zich af kon schudden. Ze ging rechtop zitten en stapte uit bed toen Tim zei: 'Hij is hier.'

23

Krait had altijd het gevoel over goddelijke krachten te beschikken en had geen last van twijfels. Hij wist wat hij moest doen, wist waar hij genoegen in schepte, en op dit soort momenten overlapten zijn behoeftes en zijn verlangens elkaar.

Nadat hij de gang had betreden en de deur voorzichtig achter zich had dichtgedaan, haalde hij de Glock 18 uit zijn holster. Met de loop omlaag gericht liep hij door de gang. De oneven kamers lagen rechts van hem, de even nummers links, aan de westkant. De vijfde deur vanaf het trappenhuis was kamer 308.

Volgens de hotelgegevens waren Carrier en de vrouw hier drieënhalf uur geleden aangekomen. Krait had maandag tot vier uur in de middag geslapen om goed uitgerust te zijn voor de nacht, maar zij niet. Ze waren waarschijnlijk zo moe dat ze zichzelf hadden wijsgemaakt dat ze hier voorlopig veilig waren.

Krait profiteerde van het feit dat de meeste mensen niet veel realiteit aankonden. Wanneer *wishful thinking* de werkelijkheid verdrong, kwam hij in actie, geheel onzichtbaar omdat hij de werkelijkheid was die ze niet onder ogen durfden zien.

Toen hij naar boven liep, was hij op de eerste verdieping op onderzoek uitgegaan om te kijken wat voor sloten er op de deuren zaten. Het hotel had de oorspronkelijke sloten vervangen door magnetische kaartsloten. Dat betekende dat hij nu niets aan zijn geliefde slotenkraker had. Goed dat hij hierop voorbereid was.

Toen hij weer in het trappenhuis stond, had hij uit zijn portemonnee een pasje gehaald dat leek op een willekeurige creditcard, maar dat in feite een analytische scanner was waarmee de toegangscode van magnetische sloten afgelezen en ingevoerd kon worden. Zelfs overheidsinstanties beschikten niet over dit artikel. Het was niet te koop. De enige manier om eraan te komen was als je het kreeg, bij wijze van genade.

Bij kamer 308 aangekomen stopte Krait de kaart meteen in het slot. Ook toen het rode lampje op groen sprong, liet hij het kaartje zitten, want zo zou het slot permanent openblijven. Zijn LockAid maakte al bijna geen geluid, maar de analytische scanner was totaal geluidloos.

Aan de zijkant van zijn mitrailleur zat een knopje waarmee hij kon overschakelen van de half-automatische naar de volautomatische stand. Hoewel Krait een voorliefde had voor eenvoudige tactieken en simpele wapens, zette hij de Glock op volautomatisch. Hij pakte het wapen met beide handen vast, ging ervan uit dat het kettinkje op de deur zat, deed een stap achteruit en trapte zo hoog en zo hard mogelijk tegen de deur. Het plaatje van de ketting brak van de deurpost en de deur vloog open. Krait stormde naar binnen, in gebukte houding, met gestrekte armen, zijn vinger om de trekker gekromd. Hij richtte zijn wapen naar links, naar rechts, stapte opzij toen de deur tegen de rubberen deurstop klapte en terugschoot.

Twee bedden. Een ervan leek beslapen. Het andere bed had een teruggeslagen sprei. Een lampje op het nachtkastje. Geen spoor van meneer en mevrouw. Misschien waren ze wakker geweest en hadden ze de deur van het trappenhuis horen piepen.

Twee mogelijkheden. Het balkon en de badkamer. Badkamerdeur halfopen. Donker. Hij pakte de Glock stevig beet, voelde het gewicht van de geluiddemper voor op de loop en vuurde een kort salvo in de donkere deuropening. Een spiegel versplinterde, waarschijnlijk ook een paar tegeltjes, waardoor er allemaal steenslag door de badkamer vloog. Eén kogel raakte de deur.

Terugslag viel mee. Alsof de geluiddemper ook de terugslag dempte. Zo weinig geluid dat niemand er wakker van zou worden. Mondingsvlam nihil.

Geen gegil uit de badkamer. Er werd niet teruggeschoten. Niemand aanwezig. Later verder onderzoeken.

Gordijnen voor de schuifpui. Carrier had een pistool. Eerst dus het balkon schoonvegen voordat hij de gordijnen opzij kon doen.

Hij vond het jammer van de rommel die hij veroorzaakte maar vuurde weer een kort salvo af. De gordijnen schudden heen en weer, de glazen schuifpui brak in duizend scherven, en iets produceerde een tok-ploink-geluid. Hij trok de gordijnen opzij en stapte het balkon op. Glasscherven knarsten onder zijn schoenen.

Hij rook de zoute geur van de zee, leunde over de balustrade en keek naar beneden. Eerst wat rotsen, daarna het strand en de branding, vijftien meter lager. Ze konden niet zijn gesprongen. Te diep.

Hij twijfelde niet aan de juistheid van de informatie die hij had ontvangen. Door de jaren heen was er nooit enige aanleiding geweest om aan zijn bronnen te twijfelen. Er moest een andere verklaring zijn. Krait keek opzij. Balkonnetjes. Allemaal identieke balkonnetjes. Verlaten balkonnetjes. Nu wel, althans. Tussen de balkons zat niet meer dan een meter tussenruimte. Als je geen hoogtevrees had, kon je gemakkelijk van het ene balkon naar het andere komen.

Weer hoorde Krait het glas onder zijn voeten knarsen. Hij kreeg het gevoel dat de schuifpui een spiegel was geweest en dat hij net als Alice door de spiegel was getreden.

Toen hij weer in de kamer stond, zag hij iets wat hem daarvoor ontgaan was: er lagen geen persoonlijke bezittingen in de kamer. Toen hij de badkamerdeur opendeed, trof hij geen doden of gewonden aan. Een paar handdoeken waren gebruikt, maar op het plankje boven de wastafel stonden geen toiletartikelen.

Carrier en de vrouw waren er niet pas vandoorgegaan toen de deur van het trappenhuis had gepiept. Ze waren al veel eerder naar een leegstaande kamer gegaan zonder het personeel daarvan op de hoogte te stellen.

Krait liep de gang op, griste zijn analytische scanner uit het afleesapparaat en stak hem in zijn zak. Door het intrappen van de deur en het versplinteren van de schuifpui waren er gasten wakker geworden. Twee mannen – een in zijn onderbroek, de ander in zijn pyjama – waren de gang op gegaan. Toen Krait met een grote grijns zijn Glock op hen richtte, stoven ze hun kamer binnen en draaiden de deur op slot.

Onderhand zou iemand de receptie wel hebben gebeld. En die twee mannen die hij met zijn pistool had bedreigd, zouden zeker het alarmnummer bellen.

Kraits hartslag kwam nauwelijks boven de vierenzestig uit, de normale waarde wanneer hij niet in beweging was. Hij straalde rust uit, en hij voelde zich ook rustig. Wat zich als eerste in zijn leven had aangediend, het kalme uiterlijk of de innerlijke kalmte, was een kwestie van de kip en het ei. Hij was gevormd door zijn verleden maar was niet nieuwsgierig naar zijn ontstaansgeschiedenis.

Net als in de meeste steden in Californië was de politie hier onderbemand. Tenzij er toevallig een patrouillewagen in de buurt was, zou het minstens vijf minuten duren voor de politie ter plekke arriveerde. En dan nog zou het om slechts twee agenten gaan, of hooguit vier. Dit hotel was zo groot dat hij hen gemakkelijk zou kunnen ontlopen en zijn auto kon bereiken. Als de politie vroegtijdig kwam opdagen, kon Krait zich ook nog altijd al schietende uit de voeten maken. Net zo makkelijk.

Aan de westkant van 308 bevonden zich elf kamers. Van de zes kamers die aan de noordkant van de gang lagen, hing bij vier een bordje met NIET STOREN op de deur. Dat er bij twee kamers geen bordje hing, hoefde niet per se te betekenen dat zijn doelwit zich in een ervan had verschanst. Carrier had ook een bordje aan de deur kunnen hangen, of bij andere kamers juist bordjes weggehaald kunnen hebben, om Krait zand in de ogen te strooien.

Aan de zuidkant van de gang bevonden zich vier kamers, en bij de laatste daarvan, kamer 300, was het bordje op de grond gevallen. Krait bleef er peinzend naar kijken. Toen keek hij naar de dichte deur. Hij wist bijna zeker dat het bordje er niet had gelegen toen hij hier een paar minuten geleden langs was gekomen. Misschien was het op de grond gevallen toen iemand er in zijn of haar haast tegenaan was gelopen.

Kamer 300 lag maar een paar stappen van het trappenhuis af. Krait vermoedde dat het slimme duo via die weg naar buiten was gegaan. Hij was bang dat het te veel tijd zou kosten om eerst kamer 300 te inspecteren, en daarom liep hij snel naar beneden. Ze zouden naar de parkeergarage rennen, naar de Explorer. Misschien zaten ze er nu al in.

Krait ging niet hollend de trap af, want paniek was tegen zijn principes, maar wel deed hij het in gepast tempo.

24

Een paar seconden nadat de deur van kamer 308 was ingetrapt, stormden Tim en Linda kamer 300 uit. Ze renden de trap af en holden naar buiten. De wind strooide rode hibiscusbloemen voor hun voeten, hun voetstappen echoden tegen het lage dak van de donkere parkeergarage, de Explorer knipoogde en kirde toen Tim de auto van een afstandje opendeed. Hij stapte achter het stuur, en toen zij met haar tas was ingestapt, nam ze het pistool van hem over.

Kamer 300 had inderdaad leeggestaan, had hij gemerkt toen hij de schuifpui had gedemonteerd en via het balkon de kamer was binnengekomen. Hij had Linda via de gewone deur binnengelaten en had een bordje met NIET STOREN aan de deurknop gehangen. Daarna had hij twee uur geslapen, hoewel hij onrustig gedroomd had.

Hij startte de auto, deed de koplampen aan, reed de parkeergarage uit en nam de Pacific Coast Highway in zuidelijke richting. Later nam hij een afslag en reed hij het binnenland in.

'Oké,' zei ze. 'Nu vind ik het dus wel eng worden.'

'Dat is je niet aan te zien.'

Ze draaide zich om en keek door de achterruit. 'Geloof me nou maar: ik ben Richard Dreyfuss die net een haai in zijn gezicht heeft gehad. Hoe wist die vent waar we zaten?'

'Ik denk dat het door mijn creditcard komt.'

'Dat hij bij de politie zit, wil nog niet zeggen dat hij mensen van MasterCard bij de kloten heeft.'

'Het was een Visacard.' Tim sloeg rechts af en reed een woonwijk in. 'Hij is niet zomaar het eerste het beste agentje.'

'Ongeacht wie je bent, je hebt toch altijd een gerechtelijk bevel of zo nodig om dat soort dingen na te mogen trekken?'

'Hackers van dertien kraken toch ook praktisch elk systeem zonder eerst toestemming te hebben gevraagd?'

'Dus het is een soort überagent met een computerneefje die op elk gewenst tijdstip inzage heeft in de Visacardgegevens?'

'Misschien staat er ergens wel een gebouw waar types werken die vroeger computerneefjes waren, die in hun jonge jaren computers van televisiezenders hebben gekraakt om obscene berichtjes voor Nikki Cox achter te laten. Alleen zijn ze nu een jaar of vijftien ouder en werken ze voor de slechterik.'

'Een gebouw waar zulke types werken?' vroeg ze. 'Door wie zeg je nou dat we achtervolgd worden?'

'Ik zeg niks, want ik weet niks.'

Het glooiende terrein liep slechts geleidelijk omhoog. Ze kwamen langs huizen die in diverse bouwstijlen waren opgetrokken maar die een stille angst leken uit te stralen.

'Hoor eens even,' zei ze, 'ik weet dat je iemand bent die juist wel heel veel weet.'

'Dit soort dingen niet, hoor. Hier weet ik echt niets vanaf.'

'Daar heb ik anders niets van gemerkt.'

'Tot nu toe heb ik een beetje geluk gehad.'

'Zo zou je dat willen omschrijven?'

Op de wind wiegende peperbomen hingen met hun bladeren om lantaarnpalen en wierpen onrustige patronen op het trottoir.

'Wie is die Nikki Cox eigenlijk?' vroeg ze.

'Ze heeft ooit in een tv-programma gespeeld, *Unhappily Ever After*.'

'Leuk programma?'

'Valse ondertoon, zeer middelmatig, met een pratend speelgoedkonijntje met grote oren.'

'Zo'n programma dus.'

'Ik was toen een tiener, en de hormonen kwamen mijn oren uit. Ik heb bij elke aflevering kwijlend en hijgend voor de buis gezeten.'

'Dat moet dan wel een heel sexy konijn zijn geweest.'

In elk huizenblok waren er wel twee of drie huizen waar het licht nog brandde. In de tijd toen Nikki Cox en het pratende konijn nog op tv waren, bleven er drie keer zo weinig mensen zo laat op. Dit was het decennium of misschien wel de eeuw van de slapeloosheid.

'Waar gaan we eigenlijk naartoe?' vroeg Linda.

'Dat weet ik nog niet.'

'Laten we eerst één ding afspreken.'

'En dat is?'

'We hebben het niet meer over die stomme Nikki Cox.'

'Die naam van dat konijn schiet me net te binnen. Meneer Floppy.'

'Over hem mag je het wel hebben.'

'Volgens mij is het veiliger als we steeds doorrijden. Geen hotels meer.'

'Ik ben blij dat je niet van het balkon bent gevallen.'

'Ik ook. We rijden gewoon een tijdje door om alles even op een rijtje te zetten.'

'Ik dacht echt dat je een smak zou maken. Als dat was gebeurd, was het mijn schuld geweest.'

'Hoe kom je daarbij?'

'Jij zou hier nooit zijn geweest als iemand me niet dood had gewild.'

'Doe dan ook geen dingen waardoor mensen je dood willen hebben.'

'Ik zal eraan denken.'

Tim werd zich steeds meer bewust van het feit dat hun veiligheid aan een flinterdun draadje hing dat boven een ravijn hing, aan roestige haakjes, een draadje dat elk moment kon gaan rafelen. Regelmatig keek hij in het achteruitkijkspiegeltje en de zijspiegels om te zien of ze niet gevolgd werden.

Linda zei: 'Ik heb een vriendin, Teresa, die in Dana Point woont. Deze week is ze er niet. Ik weet toevallig waar de huissleutel ligt.'

Grote magnoliabladen tuimelden als nerveuze ratten door de goot.

'Tim? Kunnen we niet naar haar huis toe?'

Hoewel hij maar vijftig reed, voelde hij intuïtief aan dat hij te snel ging, dat er gevaar dreigde. Hij remde af tot ze nog maar dertig of vijfentwintig kilometer per uur reden. Ze tuurde in het donker. 'Wat is er?'

'Voel je het ook?'

'Ik voel dat jij het voelt, maar ik weet niet wat er aan de hand is.'

'Rotsen,' zei hij.

'Rotsen?'

'Rotsen. Een heel hoge klif.'

Alle straten liepen van noord naar zuid, als de tanden van een kam, en kwamen uit op een verbindingsweg die van oost naar west liep. Hij sloeg nog een keer links af en reed in de richting van de verbindingsweg. De straat kwam uit op een kruising met de laatste straat in noord-zuidelijke richting.

'Een klif?' zei ze.

'Een klif die zo hoog is dat je de bovenkant niet kunt zien omdat die in de mist zit. En die klif is niet alleen hoog maar steekt ook naar voren, als een golf. We bevinden ons aan de voet van de klif, in de schaduw.' Hij sloeg links af, de laatste straat van de wijk in. Huizen aan weerskanten. De koplampen gleden langs een paar auto's die in de straat geparkeerd stonden. 'Soms vallen er grote stukken rots van dat overhangende stuk naar beneden,' zei hij, 'zonder dat je dat hoort.' Hij reed nu nog maar vijftien kilometer per uur. 'Je hoort die blokken dan niet aankomen, maar ze zijn soms enorm groot. Misschien wordt de lucht eronder samengeperst en kun je het zo aan voelen komen.'

Elke straat werd door twee andere gesneden, en overal stonden aan beide kanten huizen. Maar in deze laatste straat stonden er na de eerste kruising alleen nog maar huizen aan de linkerkant. Rechts lag een park met sportvelden, die er op dit tijdstip donker en verlaten bij lagen. Een geluidloos naar beneden suizend rotsblok, een stille tsunami die sneller ging dan het geraas dat hij produceerde, de roerloze aarde die zich heimelijk op een aardverschuiving voorbereidde... Hij merkte dat zijn vermogen om gevaar aan te voelen de afgelopen uren was teruggekeerd. Hij kon het bijna ruiken.

Uit de dreigende lucht en de aanwakkerende wind bleek duidelijk dat er storm op komst was, maar toen het begon te bliksemen, schrok Tim zo dat hij bijna op de rem trapte. Ook de huizen en bomen en auto's aan de kant van de weg leken van het felle licht te schrikken, steeds weer wanneer er lichtflitsen door de lucht kliefden en zware donderslagen klonken. Hoewel de bliksem veel schaduwen wierp, werd er iets zichtbaar dat buiten het schijnsel van de lantaarnpalen was gebleven. Onder een gigantisch grote laurierboom stond een man in donkere kleren tegen de stam geleund. Toen hij zich iets naar voren boog en naar de Explorer keek, werd zijn gezicht door de bliksem verlicht en leek zijn hoofd op een witgeverfd clownsmasker. Hij was Kravet en Krane en Kerrington en Konrad en al die anderen, niet als één man met honderden namen maar als honderden mannen die hetzelfde dachten en dezelfde missie hadden. Het spookachtige gezicht zakte weer terug in het duister en lichtte vervolgens weer op.

Linda verstrakte en fluisterde: 'Onmogelijk.'

Hoe hij hier op dit tijdstip aanwezig kon zijn, was iets waar ze later maar over na moesten denken. Overleven was nu hun eerste prioriteit.

Tim rukte het stuur naar rechts en trapte het gaspedaal diep in.

De moordenaar kwam uit zijn schuilplaats tevoorschijn en richtte zijn wapen op de auto, als een boosaardige geest die lange tijd in zijn graf had gelegen maar nu door de bliksem tot leven was gewekt.

25

De minste of geringste aarzeling zou onmiddellijk rampzalige en bloedige gevolgen hebben gehad; de Explorer denderde de stoep al op toen Kravet onder de boom vandaan stapte. Voordat hij het vuur kon openen, werd hij gedwongen achteruit te springen omdat hij anders overreden werd.

Tim wist dat gewoon doorrijden geen optie was geweest, en ook achteruitrijden was een slecht plan, want dan zou hij een salvo door zijn voor- of zijruit hebben gekregen. Recht op de man af bood nog de meeste kansen.

Toen Kravet achteruit sprong, kwam hij ten val.

Tim rukte aan het stuur en probeerde over hem heen te rijden, zodat de man zijn enkels zou breken, of zijn knieën, of wat dan ook. Maar de man wist de auto te ontwijken. Tim reed met volle vaart het park in. Betonnen picknicktafels, betonnen bankjes. Wipwap, klimrek. De wind duwde de schommels aan alsof er kinderen op zaten.

De achterruit versplinterde, en Tim voelde dat een kogel zich in de rugleuning van zijn stoel boorde. Hij wilde Linda zeggen dat ze haar hoofd laag moest houden, maar ze zakte al uit zichzelf onderuit.

Een volgende schot ketste blikkerig tegen metaal, en misschien werd er ook wel een derde keer geschoten, maar dat was niet te horen doordat er een zware donderklap klonk. Ze waren inmiddels buiten het schootsveld gekomen en konden alleen nog door een gelukstreffer worden geraakt. De moordenaar beschikte over een wapen met een verlengde loop, en waarschijnlijk een geluiddemper, waardoor de kogels een kleiner bereik hadden. Kravet zou daar inmiddels niet meer staan; hij was niet iemand die op één plek bleef wachten.

Tim reed zo hard als het onbekende terrein dat toeliet en zocht naar een uitgang van het park. Een bliksemflits verlichtte een lege tribune, een hek, een honkbalveld. Hoewel de laatste donderslag zo veel kracht had dat een damwand erdoor had kunnen breken, viel er nog geen druppel regen.

Linda zat inmiddels weer rechtop en verhief haar stem om boven het geraas van de wind uit te komen die om de versplinterde achterruit waaide. 'We zijn nog geen tien minuten op weg en hij weet meteen al waar we zijn?'

'Hij zal ons steeds weer weten te vinden.'

'Maar hij stond ons op te wachten. Hoe is dat in godsnaam mogelijk?'

'Hij heeft een display in zijn auto. En niet zomaar een display.'

'Een display? Hè? Ik snap er even helemaal niets van. Van die plastic hondjes met zo'n wiegend kopje, dát hebben mensen in hun auto.'

'Computerschermpje.'

'Een elektronische plattegrond?'

'Precies. Hij had een overzicht van de wijk en voorzag dat we waarschijnlijk op dat punt zouden uitkomen, en dat was dus ook zo.'

Ze hobbelden door een lager gelegen grasstrook. Linda zei: 'Kan hij zien waar we langsgaan?'

'Dat schiet me net te binnen. In deze auto zit een zendertje. Dat kon ik er als accessoire in krijgen. Het werkt via een beveiligingsbedrijf. Als de auto gestolen is, kunnen ze hem met dat zendertje opsporen. De politie kan dan via de satelliet zien waar de dief in de auto naartoe gaat.'

'Maar dat mogen ze toch niet zomaar doen als de auto niet eens gestolen is?'

'Ze mogen ook geen moordenaars inhuren om hun hypotheek af te betalen.'

De grasstrook liep omlaag naar de voet van een geleidelijk oplopende helling. Tim reed dit heuveltje op terwijl het gras door de bliksem kleurloos oplichtte.

Ze zei: 'Maar de eerste de beste foute agent mag dat zendertje toch niet zomaar gebruiken? Je moet toch eerst aangifte doen dat je auto gestolen is voordat ze dat zendertje gaan activeren of zo?'

'Waarschijnlijk gaat hij niet via de reguliere kanalen te werk.'

'Hoe dan wel?'

'Weer dat gebouw met die computerneefjes, ben ik bang. Die hebben het beveiligingsbedrijf gehackt en hebben de satellietverbinding naar Kravets auto doorgesluisd.'

'Ik hou niet van neefjes,' zei ze.

Achter het heuveltje lag een voetbalveld. In de verte zag Tim een weg met lantaarnpalen en hij racete er met een vaart van negentig kilometer per uur op af.

Linda zei: 'Dus we kunnen hem met geen mogelijkheid afschudden.'

'Met geen mogelijkheid.'

De eerste dikke regendruppels kletterden als gepantserde insecten tegen de voorruit.

'Dus als we stoppen, weet hij precies waar we zitten. En dan komt hij naar ons toe.'

'Of hij kijkt op de plattegrond,' zei Tim, 'en ziet welke kant we opgaan.'

'Om ons vervolgens ergens op te wachten.'

'Precies. Daar ben ik eigenlijk nog het meest bang voor.'

'Waar zit dat zendertje precies? Kunnen we dat ding niet uitzetten of weghalen?'

'Ik heb geen idee waar dat ding zit.'

'Waar zouden ze zo'n apparaatje plaatsen? Wat zou het meest voor de hand liggen?'

'Ik denk dat ze zo'n zendertje op verschillende plekken aanbrengen, zodat autodieven niet onmiddellijk weten waar ze moeten zoeken.'

Ze kwamen weer langs een aantal betonnen picknicktafels, betonnen bankjes, betonnen afvalbakken.

'Al dat beton,' zei hij. 'Net of je in een strafkamp zit te picknicken.'

'Toen ik klein was, stonden er in parken volgens mij alleen maar houten bankjes.'

'Die werden gestolen.'

'En niemand wil betonnen bankjes hebben.'

'Die willen ze wel hebben,' zei hij. 'Maar ze kunnen ze niet tillen.'

Ze kwamen aan de rand van het park, reden dwars over het trottoir en hobbelden de stoeprand af. Het was harder gaan regenen, al waren de druppels niet meer zo groot. Hij deed de ruitenwissers aan.

'We hebben wat tijd gewonnen,' zei Tim. 'Als hij in eenzelfde soort auto rijdt als eerst, geen SUV, zal hij niet door het park gaan maar omrijden.'

'Wat nu?'

'Ik zou graag nog wat meer tijd winnen.'

'Ik ook. Zo'n vijftig jaar, bijvoorbeeld.'

'En ik vind het niet fijn om over heuvels te rijden, omdat hij ons aan de voet zou kunnen opwachten. En als we ergens afslaan, kan hij de weg met zijn auto hebben geblokkeerd, en dan zijn we er geweest. Dus we kunnen maar beter bergopwaarts gaan.'

'Ken je dit gebied goed?'

'Helaas niet. Jij?'

'Niet zo goed,' zei ze.

Bij een kruising sloeg hij rechts af. De straat liep iets omhoog en glinsterde toen de hemel oplichtte.

'Ik wil hier omhoog,' zei Tim, 'de woonwijk uit, naar de andere kant van de heuvel. Misschien kunnen we daar een oud B-weggetje nemen om zo naar het zuiden te gaan.'

'Waarschijnlijk ligt er aan de andere kant alleen maar natuurgebied.'

'Dan lopen er vast wel brandpaden.'

'Waarom wil je naar het zuiden?' vroeg ze.

'Nou, het gaat me meer om de snelheid dan om de richting. Ik zou graag zien dat we een voorsprong van een minuut of vijf hebben voordat we de auto achterlaten.'

'Je wilt de Explorer achterlaten?'

'Moet wel. Als we steeds maar doorrijden tot onze tank leeg is, komen we in de problemen. Dan kunnen we niet zelf de plek uitzoeken waar we te voet verdergaan.'

'Toen we bij dat hotel kwamen, dacht ik dat we een moment rust hadden om een plan te bedenken.'

'We hebben pas weer rust als dit achter de rug is. Zoveel begrijp ik er inmiddels wel van. Dat had ik al veel eerder moeten inzien. Het is nu echt op het scherpst van de snede tot dit klaar is.'

'Ik vind het allemaal maar niks.'

'Daar heb je alle reden toe.'

'Alles lijkt uiteen te vallen.'

'We redden het wel,' zei hij.

'Dat klinkt heel stoer maar het slaat nergens op.'

Hij wilde niet tegen haar liegen. 'Nou, volgens mij heb je liever niet dat ik zeg dat we het wel kunnen schudden.'

'Wel als je dat vindt. Dus zeg het maar.'

'Ik vind van niet.'

'Mooi. Dat is in elk geval iets.'

26

In de koplampen leken de regendruppels op engelenhaar, alleen ontbrak het kerstgevoel. De weg was zo nat dat er kans op slipgevaar bestond. Tim remde niet af voor het stopbord. Kravet zou al voorzien hebben dat ze op een gegeven moment doorkregen dat hij hen door midddel van het zendertje kon volgen. Omdat hij wist dat ze eerst voldoende voorsprong wilden opbouwen voor ze de Explorer achterlieten, zou hij veel moeite doen om zo dicht mogelijk bij hen in de buurt te blijven omdat hij anders bang was ze kwijt te raken wanneer ze te voet verdergingen.

'Heb je het pistool geladen?' vroeg Tim.

'Het magazijn zit weer vol.'

'Heb je nog meer kogels bij je?'

'Niet veel. Vier. Misschien zes.'

'Ik laat het liever niet op een vuurgevecht aankomen, want volgens mij had hij een mitrailleur.'

'Dat klinkt niet zo best.'

'Misschien zitten daar wel meer dan dertig kogels in. Waarschijnlijk kan hij die binnen een paar seconden allemaal afvuren en echt een regen van kogels maken.'

'Liever geen vuurgevecht dus.'

'Behalve als het niet anders kan.'

Ze zei: 'Ik krijg ineens een ontzettend stom idee.'

'Laat maar horen.'

'Weten we zeker dat het een huurmoordenaar is?'

'Die indruk kreeg ik wel. Jongens die voor een organisatie werken, staan meestal gewoon op de loonlijst en krijgen niet per envelop betaald.'

'Maar als hij een hele club computerneefjes achter zich heeft staan, en misschien nog wel meer techneuten, waarom is hij dan de enige die achter ons aanzit?'

'Iemand heeft hem ingehuurd zodat ze niet zelf met hem in contact hoeven treden. Ze voorzien hem van ondersteuning maar hebben verder geen vaste medewerkers rondlopen om dergelijke klusjes op te knappen. Zij trekken aan de touwtjes.'

'Eerst hadden ze het natuurlijk willen doen voorkomen alsof ik het slachtoffer was van een lustmoordenaar, maar dat zal ze nu niet meer lukken.'

'Dat zal inderdaad niet meer zo makkelijk gaan,' zei hij.

'Maar als ze vinden dat de zaak een beetje uit de hand gelopen is, krijgt Kravet misschien wel hulp. En wat dan?'

'Dan kunnen we het wel schudden.'

'Misschien heb ik toch liever dat je tegen me liegt.'

De weg eindigde in een T-splitsing die in noordelijke en zuidelijke richting liep, langs de hoogste weg van het plaatsje.

Tim sloeg rechts af, in zuidelijke richting en reed met flinke vaart langs woningen die groter en duurder waren dan de huizen in het lagergelegen deel. Twee straten verderop merkte Tim dat hij een doodlopende straat in was gereden. 'Balen.' Hij draaide om de koraalboom heen die in het midden van het pleintje stond en reed snel terug. Dit was tijdverlies.

Drie straten na de kruising bleek de weg in noordelijke richting ook dood te lopen. Als ze nu dezelfde weg teruggingen, zouden ze Kravet tegemoet rijden. Bovendien zou hij ze op zijn display aan zien komen.

Tim reed weer om een koraalboom heen, ging een stukje terug, parkeerde de auto in de straat, deed de koplampen en de motor uit en zei: 'Geef me het pistool.'

'Wat gaan we doen?'

'De reservekogels in je tas heb ik ook nodig. Snel.'

Ze graaide in haar tas en vond vijf kogels.

Hij stopte ze in zijn borstzakje en zei: 'We hebben hooguit twee minuten, denk ik. Pak de grote tas, je handtas en de zaklantaarn.'

'We kunnen ook gaan toeteren. Dan wordt de hele buurt wakker.'

'Nee. Schiet op.'

'Dan zouden er veel te veel getuigen zijn, en dan durft hij niet te gaan schieten.'

'Jawel hoor,' zei Tim. 'En we willen het leven van deze mensen niet onnodig in gevaar brengen.'

Hij deed het portier open en liep door de wind en de regen terug naar de het pleintje waar ze net waren geweest. Hij had nog geen tien meter gelopen of zijn kleren waren al doorweekt. In het zuiden van Californië stormde het in mei zelden zo heftig. De regen voelde niet warm aan, maar hij werd er ook niet koud door.

De vijf huizen die op het pleintje stonden, vertoonden een zekere samenhang in de diverse bouwstijlen, van strak en modern met een vleugje Toscane tot de klassieke Toscaanse architectuur. Om de tuinen stonden hoge muren om de privacy van de bewoners te waarborgen. Om bij de huizen te komen, moest je door een poortje in de muur. Sommige poorten zaten op slot.

In dit weer had niemand zijn hond buiten gelaten; nergens hoorden ze geblaf. Bovendien kostte dit soort huizen toch al gauw drie miljoen dollar, en dan woonden de honden meestal in huis, maakten deel uit van het gezin en lagen niet buiten aan de ketting.

Vijf huizen met een tuin erachter. Kravet zou bij alle poortjes gaan kijken. Hij zou elke tuin inspecteren. De grond in deze exclusieve wijk was duur, zodat de tuinen niet al te groot waren. Binnen vijf minuten zou Kravet de tuinen hebben doorzocht.

Achter de huizen lag een canyon, en het was aannemelijk dat er aan de rand van het ravijn struikgewas groeide waar niet doorheen te komen was. In dit soort canyons leefden ratelslangen, coyotes en lynxen. Poema's vertoonden zich zelden in de bewoonde wereld, maar wilde katten werden wel waargenomen.

Eerst moesten ze langs het ravijn. Tim wilde zijn zaklantaarn niet gebruiken omdat hij bang was dat Kravet hen dan gemakkelijk zou kunnen zien. Maar hij wilde absoluut niet langs de canyon naar beneden zonder goed te kunnen zien waar hij liep.

De achtertuinen leken wel veilig, maar dat was maar schijn, want ze konden dan nergens heen; de canyon vormde in feite het eind van een doodlopende weg.

Linda voegde zich bij hem. Doornat. Betoverend mooi.

Met een luide knal spleet de lucht in tweeën. De regenplassen weerspiegelden een felle flits.

Tim dacht dat hij de secondewijzer van zijn horloge kon voelen tikken.

In de voortuin van een van de huizen stond een bord met TE KOOP erop. Zowel bij de ramen beneden als boven zaten de gordijnen dicht, wat de indruk wekte dat het huis leegstond. Op de brievenbus voor het huis stond slechts het huisnummer, zonder een naam. Bij de voordeur hing geen speciaal makelaars kluisje met de huissleutel, maar dat hoefde nog niet te betekenen dat het huis bewoond werd. Het kon ook betekenen dat het huis weliswaar leegstond maar dat de eigenaars het alleen op afspraak wilden laten zien.

Tim gaf het pistool aan Linda, die het wapen zwijgend aanpakte. Hij wrikte het makelaarsbord uit het gazon. De twee ijzeren poten waren bijna vijftien tot twintig centimeter diep de grond in geslagen.

Voor het aangrenzende huis, dat in de traditionele Toscaanse stijl was gebouwd, liep een slingerpaadje van flagstones van verschillende afmetingen. Naast het paadje stonden betonnen bloembakken. Tim stak de puntige poten van het bord in het gazon. De grond was zo nat dat dat weinig moeite kostte. Het bord stond een beetje scheef, maar dat was niet erg.

Twee huizen verderop lag een kinderfietsje in de voortuin. Tim pakte het ding en zette het in de tuin neer van het huis dat eigenlijk te koop stond.

Linda keek toe zonder vragen te stellen of commentaar te leveren, niet verwonderd maar met een peinzende frons op haar voorhoofd, als een geconcentreerde leerling die de wiskundesommen op het bord bestudeert.

Tim dacht dat hij gemakkelijk verliefd op haar kon worden. Misschien was dat al het geval.

Voordat hij de kans kreeg haar om het pistool te vragen, reikte ze het al aan. 'Kom,' zei hij. Snel liep ze achter hem aan naar het huis waarvan hij vermoedde dat het leegstond.

De hemel leek op een goed voorzien wapenarsenaal; felle speren werden naar de aarde geworpen, er hing een geur van verschroeiing in de lucht, en de grond trilde bij elke donderklap.

Ze liepen naar de zijkant van het huis, waar een hekje was dat niet was afgesloten. Ze liepen via een paadje langs het huis naar achteren, waar ze onder een overdekte veranda konden schuilen.

Voor de ramen, die mogelijk van de keuken en eetkamer waren, waren rolgordijnen neergelaten. Voor de andere ramen hingen gewone gordijnen. Iets verderop zagen ze openslaande tuindeuren, waar geen gordijnen voor hingen. Linda scheen met de zaklantaarn naar binnen, in een zitkamer zonder meubels.

Tim pakte het pistool bij de loop beet, wachtte tot het begon te bliksemen en sloeg kort daarna, toen de donderklap volgde, een ruitje in. Hij stak zijn hand door het kapotte ruitje, voelde de knop van het slot en deed de deur open.

Ze liep achter hem aan en deed de deur dicht. Samen bleven ze staan luisteren naar verdachte geluiden, maar eigenlijk wisten ze dat er niemand meer woonde omdat er geen meubels stonden.

'In dit soort huizen,' zei hij, 'zit vaak een alarmsysteem. Maar omdat hier niets te halen valt en omdat het natuurlijk een heel gedoe is om het systeem steeds uit te schakelen en weer aan te zetten als de makelaar het huis aan geïnteresseerden wil laten zien, zal het alarmsysteem niet zijn ingeschakeld.'

Linda keek naar buiten, langs de veranda, langs het onverlichte zwembad, langs het tuinmuurtje, langs de donkere canyon, naar de lantaarnpalen die de wegen op de lage heuvels markeerden, naar de stad die in de regen lag te glinsteren. Ze zei: 'Hoe is het mogelijk dat we dit allemaal meemaken, met al die peperdure huizen in de verte...'

'Zei jij niet dat de beschaving zo breekbaar als glas is?'

'Misschien is het nog veel erger. Misschien is het niets meer dan een fata morgana.'

'Er zullen altijd mensen blijven die de boel willen verzieken. Tot nu toe hebben we geluk gehad, want die lieden zijn altijd nog in de minderheid geweest.'

Ze wendde haar blik af, alsof het uitzicht te veel voor haar was. 'Zitten we hier veilig?'

'Nee.'

'Ook niet voor heel even?'

'Nee. Ook niet voor heel even.'

27

Krait reed langs de lege Explorer. Hij zette zijn auto niet aan de stoeprand maar parkeerde bij de cirkelvormige groenvoorziening in het midden van het pleintje, waar het niet was toegestaan te parkeren.

Hij ergerde zich eraan dat het regende. Dan werden zijn kleren nat. Nou ja, dan regende het maar. Een tijdje geleden had hij met enige tegenzin moeten concluderen dat hij geen macht had over het weer. Ooit had hij gedacht dat hij een zekere invloed op de elementen kon uitoefenen. Dat idee had hij gekregen omdat hij vaak precies het juiste weertype trof dat nodig was om een bepaalde moord voor te bereiden en uit te voeren.

Hij begon boeken over psychokinese te lezen, de macht van de geest over de materie. Er waren mensen die lepeltjes konden buigen zonder ze aan te raken. Parapsychologen beweerden dat het mogelijk was om voorwerpen te verplaatsen door enkel te visualiseren dat ze van de ene plek naar de andere gingen.

Zelf had Krait eens een lepeltje gebogen, niet met de geest maar uit frustratie. Hij had een knoop in het stomme ding gelegd. Even had hij overwogen een bezoekje af te leggen bij iemand die een boek had geschreven over hoe je je psychokinetische talenten kon ontwikkelen. Hij zou de man graag hebben gedwongen de verbogen lepel door te slikken.

Krait dwong graag mensen tot het doorslikken van dingen die men normaal niet doorslikte. Hij wist niet waarom hij daar zo'n kick van kreeg, maar er was niets wat hem meer genot schonk. Dat was zijn hele leven al zo geweest, voor zover hij kon nagaan. Veel mensen die hij onder dwang dingen liet doorslikken, overleefden dat niet. Dat kwam door de vorm en afmetingen van de voorwerpen. Hij had geleerd dat het beter was om daar niet mee te beginnen maar het als hoogtepunt te bewaren tot het eind. Want als iemand eenmaal was overleden, kon je er weinig meer mee beginnen.

De auteur van het boek over telekinese had ook boeken geschreven over het voorspellen van de toekomst. Misschien sneden die meer hout, maar het was een onderwerp waar Krait zich niet voor interesseerde. Hij kende de toekomst namelijk al. De toekomst werd door hemzelf vormgegeven.

De meeste mensen durfden de toekomst niet onder ogen te zien, maar Krait zag er vol ongeduld naar uit. Hij wist zeker dat hij het in de toekomst heerlijk zou vinden.

Hij stapte uit en voelde hoe de regen op hem neerkwam. Hij stelde zich een heldere sterrenhemel voor, maar toch bleef het regenen, zoals hij eigenlijk wel verwacht had. Toch kon een gedachtenexperimentje van tijd tot tijd geen kwaad.

Hij hield zich bezig met mensen, niet met lepels of het weer. Met mensen kon hij alles doen wat hij maar wilde, en op dit moment wilde hij twee mensen uit de weg ruimen. Op zijn display had hij gezien dat de Explorer op één plek was blijven staan, een minuut en veertig seconden voordat hij op de T-splitsing linksaf was gegaan, deze straat in. In een minuut en veertig seconden konden ze nooit ver zijn gekomen. Ze zouden niet om de huizen heen naar de canyon zijn gegaan, zeker niet in het donker, met dit weer. En als ze in zuidelijke richting waren gegaan, in de richting van de T-splitsing, zou hij ze hebben moeten zien.

Krait stond onder de koraalboom en keek naar de vijf huizen. Nergens brandde licht. En niemand zou opendoen als er om 4.10 uur in de nacht werd aangebeld.

Elk huis had een poortje dat achterom leidde. Hij hoopte dat hij niet alle vijf de woningen hoefde te doorzoeken. Met de Glock in zijn hand, de geluiddemper omlaag gericht, stapte hij onder de beschutting van de boom vandaan. Hij liep langs de huizen en gaf zijn ogen de kost, op zoek naar mogelijke sporen.

Een felle lichtflits lekte uit de hemel en deed het asfalt glinsteren. Krait zou er graag eens getuige van willen zijn als iemand door de bliksem werd getroffen, flink hard. Mocht hij ooit in staat zijn macht over het weer uit te oefenen, dan zou hij ervoor zorgen dat een aantal mensen op spectaculaire wijze door de bliksem getroffen werd. Ooit had hij een zakenman geëlektrocuteerd die in bad zat, maar daar was het eigenlijk niet mee te vergelijken. De oogbollen van de man waren niet eens gesmolten, bijvoorbeeld, en zijn haar was niet in brand gevlogen of wat dan ook.

In het felle licht van de bliksem zag Krait een bordje met TE KOOP in de voortuin van een Toscaans huis dat naar zijn smaak elke eenvoud miste. Er was iets mis met het bord. Het was niet recht naar de straat gekeerd en het stond scheef; de bovenkant liep af. Boven zaten de gordijnen dicht, maar een paar ramen beneden niet. In die pikdonkere kamers zag hij niemand staan.

Het volgende huis was meer naar zijn smaak gebouwd. Daar zou hij wel eens een weekendje willen zitten, als de bewoners de stad uit waren, om te kijken wat voor mensen het waren, wat voor dromen en verwachtingen en geheimen ze koesterden. Vooropgesteld dat het propere mensen waren.

Op het gazon lag een fietsje. Dat beloofde niet veel goeds voor de staat van het interieur. Als het kind al niet geleerd had zijn spullen op te ruimen, betekende dat meestal dat de ouders sloddervossen waren. Toch had Krait sterk het vermoeden dat mensen die deze heldere bouwstijl op waarde wisten te schatten, er in hun privéleven geen zootje van zouden maken.

Voor alle ramen boven hingen gordijnen. Naast de voordeur stond een sierlijke kalkstenen bloembak waar heel goed een dwergboompje in zou passen, met wat eenjarige bloemen eromheen. Maar de bak was leeg.

Krait keek naar de gordijnen en de bak, en daarna naar het fietsje. Vervolgens keek hij naar het makelaarsbord dat bij het huis ernaast stond. Zijn kleren waren doorweekt, maar de regen had een rustgevende invloed op hem en verdreef de muizenissen in zijn hoofd. Hij voelde zich opmerkelijk helder. Met zijn linkerhand pakte hij het fietsje bij het stuur en sleepte het opzij. Op de plek waar het fietsje had gelegen, zaten twee verkleurde plekken in het gras. Toen hij beter keek, zag hij dat het om twee pollen verdord gras ging, met een doorsnee van een centimeter of tien. In het midden van elke plek bevond zich een donkere stip. Toen hij met zijn vingers voelde, merkte hij dat er op die plek een gat zat. De twee gaten zaten ongeveer even ver van elkaar af als de poten van het makelaarsbord dat in de aangrenzende tuin stond. Als dit huis overduidelijk te koop had gestaan, zou Krait er onmiddellijk op af zijn gegaan, en Timothy Carrier had dat geweten. Voor een metselaar was de man bijzonder scherp van geest.

Krait liep van het gazon naar het trottoir en voelde iets ronds onder zijn schoen. Het weerlicht dat goedmoedig de spetterende regendruppels op de tegels bescheen, zette het koperkleurig voorwerp in een zilverkleurig schijnsel. Toen hij zich bukte om het op te rapen, zag hij er een identiek exemplaar naast liggen. Twee 9-mm patronen. Dit was weer zo'n moment waarop hij wist dat hij boven de mensheid verheven was. Hij was een anonieme prins, en het lot bevestigde hem in zijn koninklijke afkomst door hem deze ongebruikte patronen te schenken, het bewijs dat zijn slachtoffers hierlangs waren gekomen.

Hij dacht dat het zelfs mogelijk was dat deze twee patronen uiteindelijk de kogels bleken te zijn waarmee Carrier hem had kunnen verwonden of vermoorden. Dit was misschien een vingerwijzing van het lot, niet alleen vooruitlopend op een succesvolle afloop van deze missie maar ook op het feit dat hij in elk geval vannacht onkwetsbaar was en dat hij misschien op de lange duur onsterfelijk was.

Het was of het weerlicht en de donderslagen ter ere van hem plaatsvonden.

Hij stopte de patronen in zijn broekzak. Als alles vlotjes verliep en er genoeg tijd voor was, zou hij de vrouw dwingen de kogels in te slikken voordat hij de poster in haar keel zou proppen. Hij durfde het niet aan te proberen Carrier levend in handen te krijgen. De metselaar was te groot en te gevaarlijk, in meer dan één opzicht. Maar als hij geluk had en Carrier in de ruggenwervel trof, zou hij hem met plezier dwingen ook iets in te slikken. Misschien kon hij de man een bijzonder deel van zijn eigen lichaam voeren, op een vorkje.

28

Omdat ze krap in de tijd zaten en niet over geavanceerd inbrekersgerei beschikten, zouden Carrier en de vrouw waarschijnlijk achterom zijn gegaan, uit het zicht van eventuele voorbijgangers. Ze zouden een ruitje hebben ingeslagen. En eenmaal binnen zouden ze waarschijnlijk naar de eerste verdieping zijn gegaan, om zich boven ergens te verschansen. Het zou ook kunnen dat ze het raam of de deur waardoor ze naar binnen waren gekomen in de gaten hielden, in de hoop hem neer te kunnen schieten als hij langs dezelfde weg probeerde binnen te komen. Alsof hij ooit een dergelijke methode zou hanteren.

Krait liep naar de deur van de garage naast het huis en haalde zijn geliefde slotenkraker tevoorschijn. Toen hij binnen was, deed hij het licht aan. De garage was groot genoeg voor drie auto's maar stond op dit moment leeg. Er hingen gelamineerde kastjes van een zeer behoorlijke kwaliteit aan de muur. Hij deed een paar deurtjes open. De kastjes waren leeg. Overtuigende aanwijzingen dat er niemand meer in het huis woonde. De tussendeur kwam waarschijnlijk in het washok of een bijkeuken uit. Het was niet waarschijnlijk dat Carrier en de vrouw daar hun toevlucht hadden genomen.

Krait gebruikte nogmaals zijn LockAid. Het getik van het slot ging verloren in het geraas van de storm. Hij stopte het apparaatje weer in zijn holster. In het schijnsel van de garageverlichting zag hij een washok dat voldoende ruimte bood voor een naaihoekje, en ook was er een inpaktafel gemaakt, met aan de muur een groot aantal rollen pakpapier. De andere deur in het vertrek zat dicht.

Toen hij het hok nader bekeek, ontdekte hij dat er een Crestron-touchscreen in de muur was ingebouwd. Zoals bij een dergelijk exclusief huis te verwachten was, was het huis gecomputeriseerd.

Hij raakte het paneeltje aan, waarna het scherm oplichtte en hij een keus kon maken uit een aantal systemen, zoals BEVEILIGING, VERLICHTING en MUZIEK. Hij drukte op VERLICHTING, waarna hij kon kiezen tussen BINNENVERLICHTING en BUITENVERLICHTING. Vanaf dit schermpje of vanaf een van de andere schermpjes in huis kon de verlichting in elke kamer worden geregeld. Bij de laatste optie stond de keuze ALLE BINNENVERLICHTING AAN en ALLE BUITENVERLICHTING AAN. Zijn slachtoffers verwachtten natuurlijk dat hij in het donker zou toeslaan en hadden ongetwijfeld een plan uitgedacht waarin het duister in hun voordeel zou werken. Omdat Krait altijd zo veel mogelijk tegen de verwachtingen van zijn tegenstanders in probeerde te gaan, drukte hij op ALLE BINNENVERLICHTING AAN, waardoor onmiddellijk alle lampen in alle kamers aangingen.

Het washok kwam uit in een gangetje. Hij liep verder, met de Glock in beide handen, zijn armen gestrekt voor zich. Hij kwam in een ongemeubileerde woonkamer waar een gigantisch groot plasmascherm aan de muur hing. Er stond een mooi granieten barretje. Een van de ruitjes van de openslaande tuindeuren was kapot. Er lag glas op de kalkstenen vloer.

Net als Krait waren Carrier en de vrouw door- en doornat geweest. De lichte vloer was op een plaats donkergekleurd, door de regen die van hun kleren was gedrupt.

Krait liep naar de open keuken. Gespannen zwaaide hij de Glock van links naar rechts en hield goed in de gaten of hij iets in zijn ooghoeken zag bewegen. Ook op de keukenvloer zag hij natte plekken. In de eetkamer stonden geen meubels, maar wel lag er witte vloerbedekking. Een grote vlek trok zijn aandacht. Blijkbaar hadden de twee hier bij binnenkomst hun voeten geveegd op het maagdelijk witte tapijt, waardoor er een lelijke vlek was ontstaan. Hij vroeg zich af waarom ze een tapijt van deze kwaliteit zo moedwillig hadden bezoedeld. Hij liep onder een boogvormig poortje door en bleef in het midden van de woonkamer staan. Hij begreep dat ze hun schoenen hadden geveegd om verder niet zo'n duidelijk spoor achter te laten. Alleen water liet niet zulke duidelijke sporen achter op de witte vloerbedekking, en het liet in elk geval geen verkleuring zien. Hij wist nu niet welke kant ze op waren gegaan.

Rechts van de woonkamer bevond zich nog een boogvormig poortje, waarachter de hal lag. In de hal bevond zich een aantal deuren, plus de trap. Links, aan de noordkant van de woonkamer, bevond zich een dubbele deur, waarachter nog een vertrek lag.

Krait was ervan overtuigd dat de twee naar boven waren gegaan. Toch wilde hij niet verdergaan zonder eerst alle ruimtes doorzocht te hebben, en daarom duwde hij een van de deuren open, stormde ineengedoken naar binnen, met zijn pistool recht voor zich uit, en zag dat er in dit vertrek, de werkkamer, geen boeken meer stonden. En zijn slachtoffers waren hier ook niet.

Hij liep terug naar de hal. Op de houten vloer lagen regendruppels, zo verspreid dat ze geen duidelijk spoor vormden.

Een andere deur liep naar een ruimte die zo groot was dat er met gemak een circuit aan fitnessapparaten in opgesteld kon worden. Het enige dat nu in het vertrek te zien was, waren drie spiegelwanden. Toen Krait de grote spiegelende vlakken zag, bleef hij staan. Spiegels draaiden alle beelden subtiel om en leken vensters naar een andere wereld te zijn, een wereld die tegengesteld lijkt aan de onze, een wereld die weliswaar lijkt op de onze maar die daarin juist wezenlijk verschilt. Alles wat aan deze kant van het glas als slecht beschouwd werd, kon aan de andere kant misschien wel goed zijn. Onze waarheid zou daar misschien een leugen heten, en de toekomst zou gevolgd kunnen worden door het verleden.

Dit panorama wond hem in bijzondere mate op, omdat de gespiegelde beelden die op hun beurt ook weer gespiegeld werden, niet één maar vele werelden leken te bevatten. Elke afzonderlijke wereld leek een belofte in zich te bergen van de absolute macht waar hij zo naar verlangde maar die hem aan deze zijde van de spiegel niet geheel toebedeeld leek. Hij zag talloze Kraits voor zich, met elk een eigen Glock in de hand, en de Kraits leken geen spiegelbeelden maar replica's, elk met een eigen bewustzijn in een andere dimensie. Hij was een leger geworden, en hij voelde de kracht van velen door zich stromen, de kracht van de groep, het venijn van de zwerm stekende bijen, en zijn hart werd opgetild. Zijn geest zweefde.

Plotseling viel hem iets aan zijn evenbeeld op dat hem van zijn stuk bracht. Door de regen waren zijn kleren vormeloos geworden. Je kon absoluut niet meer zien dat het exclusieve kleren waren. Zijn haar plakte aan zijn hoofd. Iemand die hem niet kende, kon hem voor een dakloze hebben versleten, iemand die op straat leefde en geen cent op zak had. Hij walgde bijna van zichzelf en moest denken aan de gebeurtenissen in het hotel, toen Carrier hem te slim af was geweest. Alle Kraits in alle afzonderlijke werelden spraken als één man, maar toch konden ze alleen in hun afzonderlijke werelden worden gehoord. Slechts één Krait sprak de woorden die de anderen met hun lippen nabootsten: 'Het is hem alweer gelukt.'

Krait verliet de lege fitnessruimte en liep terug naar de hal. Hij ging de trap niet op. De trap interesseerde hem geen zier. De metselaar en die slet hadden zich helemaal niet boven verschanst. Ze waren nooit de trap op geweest. Ze waren weggeslopen toen hij het licht had aangedaan.

De voordeur zat niet op slot. Geen wonder. Ze hadden geen sleutel, dus ze konden de deur niet van buitenaf afsluiten. Hij deed de deur open. De wind blies regen naar binnen. Hij liet de deur achter zich openstaan en liep het paadje af. De Explorer was verdwenen.

Het was harder gaan waaien. De regen striemde in zijn gezicht. Hoewel de onweersbui in kracht was afgenomen, flitste er nog wel een bliksemschicht door de lucht. Krait schrok ervan. Bijna dacht hij dat hij erdoor geraakt werd.

Hij keek naar het fietsje. Naar het bordje met TE KOOP.

Uit zijn broekzak haalde hij de twee patronen. Eigenlijk had het er te dik bovenop gelegen. Die patronen waren niet per ongeluk op de grond gevallen maar waren daar met opzet neergelegd. Hij stopte ze weer in zijn zak. Die kwamen nog wel van pas. Snel liep hij naar de boom op het midden van het pleintje, waar de donkerblauwe Chevrolet stond te wachten. Hij liep om de auto heen om te zien of de banden nog heel waren, stapte in en deed het portier dicht. De motor startte probleemloos. Dat had hij niet verwacht. Het dashboard lichtte op, maar niet zo volledig als voorheen. Carrier had zijn display kapotgeschoten. Even overwoog Krait een sms'je te sturen om hier melding van te doen, waarna zijn ondersteunend team de Explorer voor hem zou opsporen, zodat hij met enige vertraging de achtervolging kon inzetten. Maar hij wist dat dat verspilde moeite was. Als Carrier eenmaal een flinke voorsprong had, zou hij van auto wisselen. Dit betekende niet dat de missie van Krait mislukt was. De missie was nog maar net begonnen.

Een man van minder kaliber zou nu emotioneel zijn geworden, zou woedend of wanhopig of bang zijn geworden. Krait was niet van plan zich tot een dergelijk niveau te verlagen. Het gebeuren had hem wel iets gedaan, maar inmiddels was hij de schok al weer te boven. Eigenlijk was *schok* niet het juiste woord. Meer dan een lichte ergernis was het niet geweest.

Hij reed om de boom heen, van het pleintje af. Eigenlijk was het woord *ergernis* nog te sterk uitgedrukt. *Gêne* was misschien een beter woord. Hij had een zekere gêne gevoeld toen hij besefte dat hij zich door de vondst van twee patronen op het verkeerde been had laten zetten.

Wie uitgebalanceerd in het leven staat, kan elke ervaring van de positieve kant bekijken, want geen enkele ervaring is alleen maar negatief te noemen. In de afgelopen negen uur had hij bij zichzelf na kunnen gaan welke lering hij uit de gebeurtenissen kon trekken. Zelfreflectie was een positieve zaak.

Op de T-splitsing sloeg hij rechts af en reed hij weer in de richting van de lagergelegen heuvels en de kust. Hij bedacht dat *gêne* ook niet het woord was dat hij zocht. Hij was teleurgesteld. Ja, dat was het woord. Hij was teleurgesteld, niet zozeer in zichzelf als wel in de krachten van het universum, die van tijd tot tijd tegen hem leken samen te spannen.

Hij wilde ergens naartoe waar hij zich kon ontspannen en waar hij op een positieve manier op de situatie kon reflecteren. In restaurants, koffietenten en kroegen had hij zich nooit zo op zijn gemak gevoeld. Hij was een huiselijk type, en hij kon zich in elk huis wel thuis voelen zolang men maar eenzelfde standaard van properheid als hij in acht nam.

29

Om 0.30 uur had Pete Santo telefonisch contact met Tim, om hem te vertellen dat hij Hitch Lombard aan de lijn had gehad. Toen ging hij twee uur slapen, waarna hij weer achter zijn computer kroop om op internet op zoek te gaan naar de ware identiteit van de huurmoordenaar.

De schuwe Zoey weigerde op bed te komen liggen. In plaats daarvan ging het beest in de hoek zitten, in haar hondenmand. Dat ze niet bij hem wilde liggen, betekende geheid dat hij vervelend zou gaan dromen. Misschien scheidde zijn lichaam een bepaalde geur af voordat hij slaperig werd, een geur die uiterst subtiel was en die alleen door een hond waargenomen kon worden. Per slot van rekening was het reukorgaan van de hond duizend keer verfijnder dan dat van de mens. Of misschien was Zoey helderziende.

Pete ging tegen een stapel donzen kussens liggen en zei: 'Kom. Kom maar hier.'

Zoey deed haar kop omhoog en keek hem met haar bruine ogen aan. Zo te zien geloofde ze haar baasje niet. Of misschien had ze medelijden met hem.

'Geen nachtmerries. Dat beloof ik. Heeft het baasje ooit tegen je gelogen? Ik wil alleen maar even een dutje gaan doen.'

Zoey legde haar kop tussen haar voorpoten – haar hangende bovenlippen vielen over haar poten heen – en deed haar ogen dicht.

'Mijn voeten ruiken vanavond uitzonderlijk lekker,' zei hij.

'Je zou het heerlijk vinden om met je snuit bij mijn voeten te komen liggen.'

Ze trok een wenkbrauw op zonder haar ogen open te doen. Ze likte over haar snuit. Ze deed de wenkbrauw naar beneden. Ze geeuwde. Ze zuchtte. Uitnodiging afgeslagen.

Pete was er wel aan gewend. Met een zucht deed hij het licht uit. Hij viel onmiddellijk in slaap, zoals altijd. In slaap komen was het probleem niet. Het probleem was om door te slapen. Natuurlijk droomde hij naar. Honden weten dat soort dingen. Vogels die dood uit de lucht vielen, afgehakte babyhoofdjes die een melancholiek wijsje zongen, een vrouw die de haren uit haar hoofd trok en er een offergave van maakte omdat ze niets anders had om weg te geven.

Om 2.48 uur werd hij wakker, bang voor het donker, en knipte het lampje naast het bed aan.

Zoey keek hem vanuit haar mand bedroefd aan.

Hij schoot onder de douche, kleedde zich aan en zette koffie, zo'n sterke bak dat de duurzaamheid van het koffiezetapparaat danig op de proef werd gesteld.

Om 3.22 uur zat hij achter zijn bureau in zijn werkkamer en begon hij over het net te surfen, met een kop inktzwarte koffie en de walnotenbrownies van zijn moeder onder handbereik.

Zijn moeder kon niet koken, en bakken al helemaal niet. De brownies smaakten prima maar waren zo hard dat je er gemakkelijk je tanden op kapot kon bijten. Toch at hij ze maar op. Zelf was zijn moeder nogal trots op haar kook- en bakkunst en ze had hem een grote schaal vol brownies gegeven. Hij kon ze natuurlijk niet weggooien. Per slot van rekening was ze zijn moeder.

Nu Pete wakker was en het gevaar van nare dromen geweken was, wurmde Zoey zich in de krappe beenruimte onder het bureau en nestelde zich aan zijn voeten. Ze bedelde niet om een brownie. Verstandige hond.

De reden waarom Hitch Lombard hem had opgebeld, was

duidelijk: Pete had in de databanken van de politie zitten rommelen en had de diverse schuilnamen van Kravet ingevoerd, op regionaal, nationaal en federaal niveau. Nu ging hij dus niet meer naar dit soort beveiligde sites, want als je daar die namen invoerde, ging er ergens blijkbaar een alarm af en werd je gezien als een mogelijke bron van problemen.

Hij kon natuurlijk alle namen op Google invoeren en dan alle hits natrekken, maar dat was onbegonnen werk. Er waren tal van mensen die Robert Krane heetten, bijvoorbeeld.

Hij snapte dat hij meer zoekwoorden moest invoeren. Hij voegde er de zoekterm 'Californië' bij, omdat hij had gezien dat Krane zich bij een aantal identiteiten bediende van rijbewijzen uit Californië, ook al was het opgegeven adres soms fictief.

Tim had weinig informatie over de vrouw willen prijsgeven, alsof hij bang was dat ze anders nog dieper in de problemen kwam te zitten. *Papegaai*, *beker*, *custard*, *taart*: het waren geen woorden waar je op Google veel mee opschoot.

Het leek voor de hand te liggen dat de man een zekere connectie had met de politie, los van de vraag of het daarmee om legale of illegale praktijken ging. Pete voegde *politie* toe aan zijn zoekwoorden en drukte op ENTER.

Een paar namen later, om 4.07 uur, had hij een verband ontdekt met de beestachtige Cream & Sugar-moorden, waarbij de politie achtenveertig uur lang ene Roy Kutter uit San Francisco had aangemerkt als verdachte, of 'betrokkene naar wie een onderzoek is ingesteld', zoals dat in politiek correcte termen werd genoemd. Een van de namen waarvan de glimlachende huurmoordenaar zich bediende, was Roy Lee Kutter.

Terwijl Pete op internet alles over de Cream & Sugar-moorden te weten probeerde te komen, voelde hij al aan dat er iets niet in de haak was. Ook zonder de superieure reukzin van een hond wist hij dat er een luchtje aan deze zaak zat. Zijn speurzin werd aangewakkerd, en vol energie zette hij zich aan de taak zich een compleet beeld van de zaak te vormen aan de hand van de artikelen die hij op internet kon vinden.

Om 4.38 uur viel de kabelverbinding weg zodat hij niet meer op internet kon komen. Zijn kabelbedrijf was over het algemeen zeer betrouwbaar. Een onderbreking duurde vaak maar kort.

Om de tijd te doden, ging hij naar de wc en zette een verse pot koffie. Toen hij een volle kop had ingeschonken, merkte hij dat Zoey achter hem aan liep. Uit haar vragende ogen, haar opgeheven kop en de gespannen uitdrukking concludeerde hij dat ze hoognodig een plasje moest doen. Maar ze kwispelde niet, terwijl dat altijd wel onderdeel was van haar vaste uitlaatcode.

Hij zette zijn koffiekop neer en haalde een badhanddoek uit de kast. Want als de hond een plasje in de regen had gedaan, droogde Pete haar altijd af. Hij deed de achterdeur open en zei: 'Oké. Ga je een paar grasssprietjes om zeep helpen, meid?'

De hond liep naar de deur, bleef op de drempel staan en keek naar buiten.

'Zoey?'

Ze spitste haar oren. Haar zwarte neusgaten sperden zich trillend open en snoven de lucht op. Het onweer was opgehouden. Maar voor storm was ze nooit bang geweest. Net als de meeste retrievers vond ze het heerlijk als het regende. Maar nu niet.

'Ruik je een coyote?' vroeg hij.

Ze deinsde achteruit.

'Wasbeer?'

Zoey trippelde terug naar de woonkamer.

Pete deed de buitenlamp aan en stapte op de veranda. Hij zag niets ongebruikelijks en hoorde alleen maar het getik van de regen.

Toen hij weer naar binnen liep, zag hij dat Zoey bij de voordeur stond. Hij deed de deur open, en weer bleef ze staan en keek naar buiten. De hond weigerde om een poot over de drempel te zetten en produceerde een dreigende keelklank waarvan je bijna zou zeggen dat het gegrom was. Zoey gromde nooit.

De telefoon ging. Het was 4.46 uur in de ochtend. Zoey spitste haar oren, hief haar kop en denderde met de staart tussen de poten naar de werkkamer. Pete liep achter haar aan.

Weer ging de telefoon. Hij bleef staan en keek naar het toestel. De beller had zijn nummerweergave geblokkeerd. Toen de telefoon vier keer was gegaan, liep hij naar de slaapkamer. Zijn Galco Jackass-holster en zijn dienstpistool lagen in de kast. Er zat ook een apart zakje bij met twee reservemagazijnen. Toen hij het holster omdeed, hield de telefoon op met rinkelen.

Hij liep terug naar zijn werkkamer en nam achter zijn bureau plaats. Zoey ging niet aan zijn voeten liggen maar bleef naast het bureau staan, waakzaam, en keek hem aan. Blijkbaar voorvoelde ze een nachtmerrie. De kabelverbinding was nog niet hersteld. Pete zette de computer uit. Hij bleef even zitten en dacht na over de Cream & Sugar-moorden.

De telefoon ging. Zijn mobieltje en politiepenning lagen op het bureau. Hij stopte ze in zijn achterzakken. Uit de kast in de werkkamer haalde hij een gevoerd windjack met capuchon en trok hem aan. Daarna liep hij naar de keuken en pakte sleutels van een sleutelbord. Zoey volgde hem op de voet.

De telefoon hield op te rinkelen.

In de garage zei hij: 'Hier,' waarna de hond onmiddellijk bij hem kwam. Hij deed de halsband om en lijnde haar aan. Toen hij de achterklep van zijn Mercury Mountaineer opendeed, sprong de hond in de auto en ging liggen. Hij deed de deur tussen de garage en het huis op slot; de voor- en achterdeur had hij al afgesloten. Met opzet had hij het licht in huis aangelaten. Zijn bewegingen werden steeds efficiënter. Hij kwam er steeds meer in. Misschien was hij snel genoeg.

30

Een aftandse bus reed met een slakkengangetje in zuidelijke richting langs de kustweg en stootte een stinkende wolk uitlaatgassen uit in de regenachtige nacht. Misschien reed de bus op ethanol, op pindaolie, op gerecycled vet van cafetaria's, of op een extract van genetisch gemanipuleerde reuzensojabonen.

Tim passeerde het gevaarte, racete vijf kruisingen verder, zette de Explorer voor een restaurant neer en stapte uit. Misschien zou hij de auto deze keer voorgoed achterlaten.

Hij was langs drie bushaltes gekomen. Samen met Linda rende hij twee kruisingen terug, naar de dichtstbijzijnde bushalte, waar ze bleven staan wachten op hun welriekende nieuwe vervoermiddel.

De regen werd in het bushokje geblazen; de druppels striemden in hun gezicht. In dit uur voor zonsopgang kwam het verkeer langzaam op gang. Het sissende geluid van de autobanden op het verregende wegdek deed denken aan een slee die door ijzige sneeuw gleed.

Ze stapten in, vroegen aan de buschauffeur of hij inderdaad naar Dana Point ging en zochten nadruppend een zitplaats terwijl de chauffeur optrok. Dit was een van de eerste bussen van de dag. Er zaten niet veel mensen in, meest vrouwen die op weg waren naar hun werk. Iedereen in de bus was droog, want ze hadden allemaal een paraplu bij zich. Sommigen keken Tim en Linda meewarig aan. Anderen konden hun lachen nauwelijks inhouden.

Ze liep achter hem aan naar achteren, waar niemand zat en waar ze met elkaar konden praten zonder dat anderen hen hoorden.

'Waar was dat voor nodig?'

'Waar was wat voor nodig?'

'Had je de auto niet dichter bij de bushalte kunnen parkeren?'

'Nee.'

'Omdat hij niet mag weten dat we met de bus zijn gegaan?'

'Ik wil inderdaad niet dat hij dat meteen ziet. Uiteindelijk zal hij vanzelf op het idee komen.'

Haar vriendin Teresa, die nu een weekje met vriendinnen in New York zat, woonde in Dana Point. Zij en Tim zouden tijdelijk van haar huis gebruikmaken.

'Denk je echt dat ze de bus gaan natrekken en met de chauffeur gaan praten?'

'Dat denk ik echt, ja.'

'Hij kan ons zich dan vast niet meer herinneren.'

'Moet je ons eens zien zitten. Twee verzopen katten.'

'Logisch, want het regent.'

'Dat onthoudt hij wel.'

'Wanneer we uitstappen, is het nog een eindje lopen naar haar huis. Dan komen ze er toch nooit achter waar we naartoe zijn gegaan? Ze weten alleen dat we ergens in Dana Point zitten.'

'Misschien hebben de computerneefjes toegang tot de gegevens van de telefoonprovider. Wanneer heb je Teresa voor het laatst gebeld?'

Ze keek hem fronsend aan. 'O. Ze kunnen natuurlijk nagaan met welk nummer in Dana Point ik regelmatig gebeld heb.'

'Precies.'

'En als ze het nummer weten, kunnen ze het adres ook achterhalen.'

'Precies. En als hij ons nu weer weet op te sporen, kunnen we hem niet zo makkelijk meer afschudden.'

'Zo makkelijk vond ik het trouwens niet gaan.'

'Precies. Dus we moeten zorgen dat hij ons niet al te zeer op de hielen zit tot we er klaar voor zijn.'

'Zijn we er dan ooit klaar voor?'

'Weet ik niet.'

'Ik zie niet in hoe we ooit klaar kunnen zijn voor iemand zoals hij.'

Tim gaf geen antwoord. Ze zaten een tijdje zwijgend naast elkaar.

Ze zei: 'Ik heb ontzettend zitten nadenken: wat heb ik gedaan? Maar ik heb helemaal niets gedaan.'

'Dit gaat niet om iets wat je gedaan zou hebben.'

'Lijkt mij ook.'

'Het gaat om iets wat je weet.'

Die groene ogen boorden zich weer in hem en probeerden hem open te breken, alsof hij een blik was dat vacuüm was afgesloten.

Hij zei: 'Je weet iets dat voor een bepaald persoon zeer belastend is.'

'Ik heb de laatste jaren niets anders gedaan dan navelstaarderige romans schrijven. Ik weet niets, over wie dan ook.'

'Toch moet er iets zijn. Waarschijnlijk weet je niet dat je het weet.'

'Lijkt mij ook.'

'Iets wat je gehoord of gezien hebt. Op het moment zelf leek het misschien totaal onbelangrijk.'

'Wanneer?'

Hij haalde zijn schouders op. 'Vorige maand. Een jaar geleden. Misschien nog langer geleden.'

'Dat is een flinke periode om door te ploegen.'

'Doorploegen heeft geen zin. Destijds heeft het weinig indruk op je gemaakt, dus dat zal nu niet anders zijn.'

'Willen ze me vermoorden om zoiets onbeduidends dat ik me het niet eens meer kan herinneren?'

'Niet onbeduidend. Het is juist iets wat heel belangrijk is, voor hen althans. Voor jou niet. Ik denk eigenlijk dat het zoiets moet zijn. Ik heb ontzettend zitten nadenken sinds hij ons in dat hotel heeft gevonden.'

'Volgens mij heb jij ontzettend zitten nadenken sinds je bij me aanbelde,' zei ze.

'Je hebt ooit gezegd dat iemand met zo'n grote kop als ik toch ook moet kunnen nadenken. Heb je het koud?'

'Ik zit een beetje te rillen. Maar niet omdat ik nat ben. De strop komt steeds strakker te zitten, hè?'

'Nou,' zei hij, 'als de strop te strak komt te zitten, kunnen we het touw altijd nog doorsnijden.'

'Als het om iets groots gaat, is er misschien geen ontsnappen meer aan.'

'Je kunt altijd ontsnappen. De manier waarop is misschien iets waar je liever niet over nadenkt.'

Ze lachte even. Weer zwegen ze een tijdje.

Tim zat met zijn vuisten op zijn bovenbenen. Na een paar kilometer legde ze haar linkerhand op zijn rechtervuist. Hij rechtte zijn vingers, draaide zijn handpalm en pakte haar hand. Zo nu en dan stopte de bus. Er waren meer mensen die in- dan uitstapten. Niemand in de bus leek moord in de zin te hebben.

31

Pete Santo zakte onderuit achter het stuur van zijn Mercury Mountaineer, een straatlengte van zijn huis af. Toen hij de koplampen uitdeed en de motor afzette, kroop Zoey via de achterbank op de stoel naast Pete. Samen keken ze door de voorruit en bleven ze zitten wachten. Zo nu en dan krabbelde hij haar in de nek of tussen haar oren.

Ze stonden zo ver van de dichtstbijzijnde lantaarnpaal dat het licht niet in de auto scheen. Pete had zijn auto onder de takken van een dennenboom gezet, zodat ze ook na zonsopgang nog een tijdje in het donker zouden staan. Het idee dat hij zijn eigen huis nu in de gaten hield, zou hij een uur geleden nog als belachelijk hebben afgedaan. Lekkere tijden waarin hij leefde; de wereld van tegenwoordig leek door paranoia en geweld geregeerd te worden.

Pete verwachtte dat er voor zonsopgang al iemand zou komen opdagen. En inderdaad: tien minuten nadat hij zijn auto onder de den had geparkeerd, kwamen ze al. Er stopte een Suburban voor zijn huis, bij een lantaarnpaal. Alle andere auto's stonden in tegengestelde richting geparkeerd. Blijkbaar zagen de bezoekers er de noodzaak niet van in om discreet te werk te gaan. Drie mannen stapten uit. Ondanks de afstand, en ondanks het feit dat ze regenkleding aanhadden, zag Pete dat ze eruitzagen zoals hij zich dat had voorgesteld. Toen ze naar zijn huis liepen, kon hij ze niet meer zien; vanuit deze positie had hij alleen zicht op de straat voor zijn huis, niet op het huis zelf. Hij nam aan dat een van de drie zou omlopen naar de achterkant van het huis.

Ze zouden zich ongetwijfeld legitimeren. Misschien FBI of National Security Agency. Misschien de geheime dienst of de binnenlandse veiligheidsdienst. In gedachten hoorde hij ze aanbellen. Grote kans dat hun legitimatiebewijzen net zo vals waren als de reeks rijbewijzen van Kravet.

Als Pete er niet met Zoey vandoor was gegaan, had hij ze nu moeten binnenlaten. Want misschien waren ze wel wie ze beweerden te zijn. Maar of ze nu echt waren of niet, ze kwamen met één boodschap: je moet die glimlachende vent met al zijn identiteiten met rust laten. En je moet je niet met de Cream & Sugar-moorden bemoeien. Ze zouden zeggen dat de FBI een grote criminele zaak in onderzoek had, en dat hij ze niet in de weg moest lopen. Of dat de nationale veiligheid in het geding was. In elk geval zou het om een onderzoek gaan waarmee een gewoon agentje zich niet had te bemoeien.

Als Pete thuis was gebleven, zou hij Tim en Linda niet meer zo makkelijk van dienst kunnen zijn.

Waarschijnlijk hadden de mannen een tweede keer aangebeld en bespraken ze nu hun volgende stap.

Zoey begon van angst te hijgen.

'Brave hond,' zei hij. 'Brave, lieve hond van me.'

Hij verwachtte niet dat ze een derde keer zouden aanbellen. Een minuut verstreek. Twee. Drie.

Het waren geen lieden die in de schommelstoelen op de veranda op Pete zouden wachten en ondertussen over het weer en honkbal zouden praten. Ze hadden zich toegang tot zijn huis verschaft. Pete wist niet voor wie ze zich uitgaven, maar hij wist wel dat hun legitimatie niet klopte. Het waren criminelen.

Misschien zouden ze zijn harde schijf meenemen om te zien wat hij nog meer had uitgevoerd voordat hij zich met de valse identiteiten van Kravet had beziggehouden. Misschien zouden ze in zijn huis drugs verstoppen, op plekken waar hij niet zou zoeken. Als ze hem later onder druk wilden zetten, hoefden ze alleen maar huiszoeking te doen om cocaïne te vinden, het bewijs dat hij een drugsdealer was.

'Brave, lieve hond van me. Brave, lieve hond.'

Hij startte de motor, trok op en deed de koplampen aan. De regen spetterde op het wegdek, als olie in een frituurpan. Al snel ging zijn mobieltje. Hij wist dat hij beter maar niet kon opnemen. Hij klapte het apparaatje open omdat het Tim kon zijn. Op het schermpje stond dat Hitch Lombard hem probeerde te bellen. Deze keer zou zijn baas zich geen zorgen maken om zijn gezondheid. Hij klapte het mobieltje dicht zonder op te nemen.

Zoey hield op met hijgen en keek uit het zijraampje. Ze vond het altijd leuk als ze een eindje met de auto gingen rijden. Voor haar had dit nachtje toch nog een leuk vervolg gekregen.

Misschien zouden ze niet alleen zijn computer maar ook de brownies van zijn moeder meenemen, zonder er eerst een te proeven. Het waren vreemde tijden, maar toch geloofde Pete dat de schuldigen hun straf nooit zouden kunnen ontlopen.

32

Krait zat in zijn auto en was op zoek naar een huis. Het ging hem niet om luxe of een mooi uitzicht. Een nederig onderkomen was hem goed genoeg.

Er waren mensen die in Los Angeles werkten maar in het mooie Orange County een huis hadden gekocht. Dat betekende dat ze vroeg op pad moesten; sommige mensen gingen al om vijf uur 's ochtends van huis.

Hij reed in een mooie straat met karaktervolle huizen en zag een goedgekleed stel lopen, jonge mensen nog, ieder met een grote paraplu in de hand. Ze kwamen net hun bescheiden maar sfeervolle huis uit en liepen naar een Lexus die voor het huis stond. Zowel de man als de vrouw droeg een aktetas. Ze leken vastberaden zich niets van het gure weer aan te trekken en er weer een fijne werkdag van te maken. Hij vermoedde dat het allebei carrièretijgers waren die droomden van een plaatsje in de directie en van aandelenopties. Hoewel hij hun materialisme en achterlijke prioriteiten niet goedkeurde, wilde hij hun huis wel met een bezoekje vereren.

Hij volgde ze een tijdje. Toen hij zich ervan vergewist had dat ze op weg waren naar de snelweg, reed hij terug en zette zijn auto voor het huis neer. De zon was nog niet op, en ze hadden geen lampen aangelaten. Ze waren te jong om tienerkinderen te hebben, en zelfs workaholics van hun allooi zouden geen jonge kinderen onverzorgd in huis hebben achtergelaten. Krait verwachtte niet dat ze kinderen hadden, iets wat zijn goedkeuring kon wegdragen.

Hij liep naar de voordeur en liet zichzelf erin. Nadat hij een minuutje in de onverlichte hal had gestaan en niets dan stilte had gehoord, slechts onderbroken door het geruis van de regen op het dak, wist hij dat er verder niemand thuis was. Toch keek hij in elk vertrek. Het klopte dat ze geen kinderen hadden. Het bed in de gastenkamer was niet opgemaakt, dus er logeerde niemand bij hen.

Krait trok al zijn kleren uit en stopte zijn verregende kleren in een vuilniszak die hij in de grootste badkamer vond. Hij douchte zich zo heet mogelijk, en hoewel hij de zeep maar niets vond, voelde hij zich na het douchen heerlijk fris.

Hij hoefde zich niet te scheren, want hij had zijn baardharen elektrolytisch laten verwijderen. Niets kon het gezicht van een man zo ontsieren als een stoppelbaard.

Uit de kleerkast in de hoofdslaapkamer haalde hij een kasjmieren badjas, die hem goed paste.

Het huis rook naar citroen, uit de luchtverfrissers die hier en daar in stopcontacten zaten, maar hij rook geen kwalijke geurtjes die door de luchtverfrissers weggedrukt hoefden te worden. Het hele huis was keurig aan kant, alles mooi opgeruimd, en schoon genoeg. In zijn badjas liep hij op blote voeten naar de keuken, met de plastic zak met kleren, zijn Glock, zijn LockAid en andere persoonlijke bezittingen. Met uitzondering van zijn mobieltje en zijn Glock legde hij alles op een secretaire die in de hoek stond. De mitrailleur legde hij op een van de eetkamerstoelen, binnen zijn bereik.

Hij ging aan de tafel zitten, stuurde een sms'je met het verzoek om een nieuwe garderobe, inclusief schoenen. Ze wisten welke maat hij had, en wat voor soort kleren hij altijd wilde hebben.

Hij vroeg niet om een nieuwe auto met een display. Carrier was nu op de hoogte van het feit dat auto's via de satelliet te volgen waren en zou ervoor waken een tweede keer in die val te trappen. Wel vroeg Krait of hij een berichtje kon krijgen wanneer de Explorer langer dan vijf minuten op één plek bleef staan.

Hij pakte het stapeltje ongeopende brieven die op het kastje lagen en inspecteerde de inhoud van elke envelop, om erachter te komen wat voor mensen er in dit huis woonden. Ze bleken Bethany en James Valdorado te heten en werkten voor Leeward Capital, een beleggingsmaatschappij. Hun Lexus was een lease-auto, ze hadden flink wat geld op hun rekening staan, en ze hadden een abonnement op *O*, het tijdschrift van en over Oprah Winfrey.

Ze hadden een ansichtkaart van vrienden gekregen – Judi en Frankie – die op vakantie in Frankrijk waren. Krait stoorde zich aan de tekst op de kaart, die niet getuigde van een brede culturele ontwikkeling, maar Judi en Frankie waren voorlopig buiten zijn bereik.

Toen hij de post had doorgenomen, kreeg hij trek in warme chocolademelk. Hij vond alle benodigde ingrediënten, ook een pak donkere cacao van uitstekende kwaliteit. Hij verheugde zich er al op en voelde zich bijzonder rustig. Dit had hij echt even nodig, dit moment van bezinning.

Bethany en Jim hadden een grote broodrooster waarin ook muffins en wafels gemaakt konden worden. Maar hij kon geen weerstand bieden aan het verse kaneelrozijnenbrood dat hij had gevonden. Hij haalde de boter uit de koelkast en zette die op het aanrecht om zacht te worden. Toen het in de keuken heerlijk naar kaneelrozijnenbrood begon te geuren, zette hij een pannetje op het fornuis en goot er melk in. Hij zette de vlam laag.

Je eigen huis. In een wereld die bol stond van avontuur en sensatie ging er toch niets boven je eigen plek, de plek waar je je thuis voelde.

Door de huiselijke sfeer voelde hij zich zo opgetogen dat hij vrolijk begon te neuriën, tot een vrouwenstem achter hem zei: 'O, sorry, ik wist niet dat ze iemand te logeren hadden.' Glimlachend maar niet langer neuriënd draaide Krait zich om en zag een aantrekkelijke vrouw van in de zestig met wit haar, zo zacht als de veertjes van een duif. Haar ogen waren blauw als een gentiaan. Ze droeg een zwarte broek en een zijden blouse die dezelfde kleur had als haar ogen. In haar broek zat een keurige vouw gestreken. Ze had de blouse in haar broek gestoken.

Waarschijnlijk had ze haar paraplu en haar regenjas op de veranda achtergelaten en had ze een sleutel gehad. Ze glimlachte iets minder zelfverzekerd dan Krait, maar toch sierde het haar. 'Ik ben Cynthia Norwood.'

'De moeder van Bethany!' riep Krait uit, en hij zag onmiddellijk dat hij goed had gegokt. 'Wat fijn om u te ontmoeten. Ik heb al zo veel over u gehoord. Ik ben Romulus Kudlow, en ik moet u bekennen dat ik me wel een beetje opgelaten voel. Want moet u nu eens zien: u ziet er tiptop uit terwijl ik hier als een zwerver rondloop.' Hij wees op zijn kasjmieren badjas. 'U denkt natuurlijk: wat hebben Bethany en Jim nu in godsnaam in huis gehaald!'

'Welnee, helemaal niet,' verzekerde ze hem nadrukkelijk. 'Als iemand zich hier moet verontschuldigen, dan ben ik het wel, want ik kom hier zomaar onaangekondigd binnenstormen.'

'Binnenstormen lijkt me in dit geval niet het juiste woord, mevrouw Norwood. Want u hebt de lichtvoetige tred van een ballerina.'

'Ik wist dat de kinderen al weer vroeg op pad moesten en ik was bang dat ze het licht weer hadden aangelaten.'

'Dat zou dan vast niet de eerste keer zijn.'

'Eerder de honderdste keer,' zei ze. 'Als ik hier niet tegenover woonde, betaalden ze zich blauw aan elektriciteitskosten.'

'Het werk kost hun veel energie,' zei hij. 'Ze moeten ook aan zo veel dingen denken. Ik weet niet hoe ze het doen, hoor.'

'Ik maak me wel eens zorgen. Altijd maar werken en nooit eens vrij.'

'Maar ze vinden het heerlijk, hoor. Ze zien het als een uitdaging.'

'Ja, blijkbaar wel,' gaf ze toe.

'En je mag tegenwoordig in je handen knijpen als je leuk werk hebt. Er zijn zo veel mensen die met tegenzin naar hun werk gaan. Daar moet je toch ook niet aan denken.'

De toastjes schoten omhoog uit de broodrooster.

'Ik wil je verder niet storen bij je ontbijt,' zei ze.

'Lieve schat,' zei hij, 'ik weet niet of een kaneelrozijnenboterham met boter en een glas warme chocolademelk het predicaat ontbijt verdienen. Een voedingsdeskundige zou me een draai om de oren geven en me onder de neus wrijven dat dit geen goede basis voor de dag is. Eet u een hapje mee?'

'Nou, dat weet ik niet, hoor.'

'De zon is nog niet eens op,' zei hij. 'U hebt vast nog niet gegeten.'

'Dat klopt, maar...'

'U denkt toch niet dat ik de gelegenheid voorbij wil laten gaan om uit uw mond te horen wat voor ondeugende dingetjes Bethany zoal heeft uitgevoerd toen ze nog klein was? Zij en Jim bestoken me altijd met allerlei gênante verhalen over mij, zodat ik dolgraag wat munitie zou willen hebben om het vuur te kunnen beantwoorden.'

'Nou, warme chocolademelk gaat er met dit weer wel in, maar...'

'Pak een stoel, schat. Echt, hoor.' Hij wees een stoel aan. 'Ga hier maar zitten. Gaan we lekker roddelen.'

'Nou goed dan. Als jij de chocolademelk maakt, zal ik de toastjes smeren.'

Als ze om de tafel heen liep, zou ze de mitrailleur zien die op een stoel lag.

'Ga toch lekker zitten,' zei hij. 'Ik ben hier gisteravond gekomen en had die twee schatten schandalig laat van mijn plannen op de hoogte gesteld. En toch waren ze weer net zo hartelijk als altijd. Dus ik zou het mezelf heel erg kwalijk nemen als de moeder van Bethany nu ook nog mijn ontbijt voor me zou klaarmaken. Dus gaat u maar lekker zitten. Ik meen het, hoor.'

Ze nam plaats op de stoel die hij had aangewezen en zei: 'Wat leuk dat je haar Bethany noemt. Als anderen haar met haar volle naam aanspreken, vindt ze dat altijd afschuwelijk.'

'Ik vind het zo'n prachtige naam,' zei hij, terwijl hij plastic placemats en papieren servetjes uit een la haalde.

'Dat vind ik ook. Malcolm en ik hebben die naam met zorg uitgekozen. We hadden eerst wel duizend andere namen bedacht, die we uiteindelijk toch niet mooi vonden.'

'Ik zeg haar altijd dat Bet rijmt op begrafeniswet,' zei Krait terwijl hij bordjes en kopjes zocht.

'Zij vindt Bet wel een stevige naam waarmee je in de zakenwereld goed kunt aankomen.'

'En ik vind dat Bet rijmt op belastingbiljet.'

Cynthia schoot in de lach. 'U bent een grappenmaker, meneer Kudlow.'

'Noemt u me maar Romulus of Rommy, hoor. Alleen mijn moeder noemt me meneer Kudlow.'

Ze moest weer lachen en zei: 'Noem mij dan maar Cynthia. Ik ben zo blij dat je hier logeert. Het is goed wanneer de kinderen zo nu en dan eens een verzetje hebben.'

'Met Jim kon je vroeger ook lachen.'

'Wat heerlijk dat je hem Jim noemt.'

'Dat prestigieuze James moet hij maar voor zijn vermogende vriendjes houden. Ik ken hem nog uit de tijd dat hij gewoon Jim heette, en voor mij zal hij altijd Jim blijven.'

'Het is altijd belangrijk je afkomst niet te verloochenen en jezelf niet mooier voor te doen dan je bent.'

'Mijn afkomst is onbekend terrein voor me, maar over dat laatste ben ik het helemaal met je eens. Hou het simpel, zeg ik altijd maar. En zal ik je nog eens wat vertellen? Ik vind dit een fantastisch huis. Ik voel me hier echt helemaal thuis.'

'Wat aardig van je om te zeggen.'

'Het is erg belangrijk voor me om me ergens thuis te voelen, Cynthia.'

'Waar is jouw thuis, Rommy?'

'Mijn thuis,' zei Krait, 'is de plek waar ze je wel binnen moeten laten als je daar aanbelt.'

33

Van achter de beregende ramen van de bus leek het of de wereld smolt, of alles van de natuur en de menselijke beschaving door een gat in de bodem van het heelal weggespoeld zou worden tot er slechts een eeuwige leegte achterbleef waar enkel de bus nog in overbleef tot ook die oploste, tegelijk met alle licht, zodat ze uiteindelijk in een diepe duisternis verder zouden zweven.

Linda hield Tims hand vast en voelde zich verbonden met iets dat nooit zou verdwijnen. Ze had zich al heel lang niet met iemand verbonden gevoeld. Ze had er de moed niet voor gehad. Bovendien was er al langere tijd niemand op haar pad gekomen die haar met zo veel overtuiging en zo veel betrokkenheid een hand reikte. In nog geen tien uur tijd had ze hem leren vertrouwen, meer dan wie dan ook in haar leven. Ze wist weinig van hem af, en toch had ze het gevoel dat ze hem door en door kende, dat ze hem in zijn wezen aanvoelde, dat ze zijn doen en laten begreep en zijn hart doorgrondde, het hart dat de leidraad voor de geest vormde.

Tegelijkertijd bleef hij een raadsel voor haar. En hoewel ze hem helemaal wilde leren kennen, hoopte ze ook dat hij altijd iets mysterieus zou houden, ongeacht de band die ze met elkaar zouden opbouwen.

Hij zette zich zo voor haar in dat hij in haar ogen iets magisch en transcendents kreeg. Ze hoopte dat zijn Merlijn een ware tovenaar was geweest, geen onderwijzer bij wie hij ooit in de klas had gezeten. Ook hoopte ze dat hij zo onverschrokken was doordat hij door leeuwen was grootgebracht en niet doordat hij vroeger stripboekjes had verslonden, want dan zou ze zich bekocht voelen. Ze stond er zelf versteld van dat ze zo'n hang naar mysterie had. Eigenlijk had ze gedacht dat ze minstens zestien jaar geleden met alle romantiek had afgerekend.

Toen de bus de buitenwijken van Dana Point naderde, zei Tim: 'Wie is Molly?'

Ze huiverde en keek hem verbaasd aan.

'In het hotel praatte je in je slaap.'

'Ik praat nooit in mijn slaap.'

'Slaap je nooit alleen?'

'Ik slaap altijd alleen.'

'Hoe weet je dat dan?'

'Wat heb ik dan in mijn slaap gezegd?'

'Alleen die naam. Molly. En *nee*. Je zei ook *nee, nee*.'

'Molly was een hond. Mijn hond. Een prachtig beest. En heel lief.'

'En toen gebeurde er iets.'

'Ja.'

'Wanneer was dat?'

'We hebben haar gekregen toen ik zes was. Maar toen ik elf was, moest ze weg. Dat is nu achttien jaar geleden maar het doet nog steeds pijn.'

'Waarom moest ze weg?'

'We konden haar niet meer houden. Angelina hield niet van honden. Ze zei dat we geen geld hadden om voer te kopen en de rekeningen van de dierenarts te betalen.'

'Wie is Angelina?'

Linda keek uit het raam naar de verwaterde wereld. 'In feite was dat nog wel het ergste. Molly was een hond. Ze snapte er niets van. Ze hield van me en ik heb haar weggestuurd, en ik kon het niet aan haar uitleggen want ze was maar een hond.'

Tim wachtte. Hij wist een hele hoop dingen, en hij wist ook

wanneer hij moest wachten, een eigenschap die slechts weinig mensen bezitten.

'Niemand wilde Molly hebben. Het was een prachtige hond, maar niemand wilde haar hebben omdat ze niet alleen een hond maar ook ónze hond was.'

Verdriet is geen raaf die in een kamer op je zit te wachten. Verdriet heeft scherpe tanden. Zo nu en dan trekt verdriet zich terug, maar je hoeft zijn naam maar even te fluisteren of hij is er weer.

'Ik zie nog zo voor me hoe Molly keek toen ik haar wegstuurde. Die verwarring. Die angst. Ogen die smeekten. Niemand wilde haar hebben, dus daarom moest ze naar het asiel.'

'Daar heeft iemand haar vast weer opgehaald,' zei hij.

'Ik weet het niet. We hebben nooit meer iets vernomen.'

'Iemand moet haar hebben meegenomen.'

'Hoe vaak zag ik haar niet in een kooi liggen, in een asiel vol verdrietige en bange honden, en dan vroeg ze zich steeds af waarom ze weg moest en snapte ze niet wat ze had misdaan dat ik niet meer van haar hield.' Linda richtte haar blik op haar hand die in de zijne lag. Het was of dit een teken van zwakte was, deze behoefte om hem aan te raken. Zwak was ze nooit geweest. Ze viel nog liever dood neer dan dat ze zwak wilde lijken in een wereld waar de zwakkeren vaak te grazen werden genomen, gewoon voor de lol. Maar toch voelde dit niet als een teken van zwakte. Op de een of andere manier voelde dit als een daad van verzet.

'Wat moet Molly zich eenzaam hebben gevoeld,' zei ze. 'En als niemand haar heeft meegenomen... zou ze nog aan mij hebben gedacht toen ze haar een spuitje gaven?'

'Nee, Linda. Nee. Zo is het niet gegaan.'

'Toch wel, denk ik.'

'En dan nog,' zei hij, 'wist ze niet wat dat spuitje te betekenen had, wist ze niet wat er zou gaan gebeuren.'

'Dat wist ze vast wel. Honden voelen dat soort dingen aan.

Ik ga mezelf niet voor de gek houden. Dat zou het er alleen maar erger op maken.'

De hydraulische remmen sisten en de bus minderde vaart.

'Van alle dingen die er toen gebeurd zijn, heeft dat er op een of andere manier het diepst ingehakt. Terwijl niemand verwachtte dat ik de situatie zou redden of zo. Ik was nog maar een kind. Maar voor Molly was ik niet nog maar een kind. We waren dikke maatjes. Ik was alles voor haar. En ik heb haar laten stikken.'

'Je hebt Molly niet laten stikken,' verzekerde hij haar. 'Als ik dat zo hoor, heeft de rest van de wereld jullie allebei laten stikken.'

Het was voor het eerst in tien jaar dat ze hierover kon praten. Ze had al haar verbitterde woede in haar boeken gestopt en kon er voor het eerst van een afstand naar kijken. Op dat moment wilde ze haar hele leven wel aan hem vertellen.

Het regenwater spatte hoog op toen de bus door een plas reed en bij de bushalte in Dana Point stopte. De deuren gingen rammelend open. Ze stapten uit, de regen in. De wind was met de onweersbui in oostelijke richting meegetrokken. De regen kwam met bakken uit de hemel, de lucht lichtte fel op, en het trottoir was vies. Nog even en de zon zou achter de wolken opkomen, de zonsopgang waarvan ze gedacht had dat hij nooit zou komen.

34

'Vind je je chocolademelk lekker, Cynthia?'

'Zo lekker heb ik het nog nooit gehad.'

'Dat vleugje vanille doet het hem.'

'Geniaal.'

'Zal ik je toast in vieren snijden?'

'Heel graag, Rommy.'

'Ik sop mijn brood altijd,' zei hij.

'Ik ook.'

'James zou het waarschijnlijk niets vinden.'

'Dan houden we het lekker onder ons.'

Ze zaten schuin tegenover elkaar aan de keukentafel en roerden in hun warme chocolademelk. Een heerlijke geur verspreidde zich door de keuken.

'Romulus... geen naam die je vaak tegenkomt.'

'Klopt, ik heb er zelf ook nooit aan kunnen wennen. Volgens de legende heeft Romulus Rome gesticht.'

'Met zo'n naam moet je heel wat waarmaken.'

'Zijn tweelingbroer Remus en hij werden na de geboorte achtergelaten, waarna ze door een wolvin werden gezoogd en door een herder werden opgevoed, en toen Romulus Rome eenmaal had gesticht, heeft hij Remus vermoord.'

'Wat een afschuwelijk verhaal.'

'Ach, Cynthia, zo gaat het nu eenmaal in het leven, toch? Niet dat gedeelte met die wolvin, maar de rest wel. Mensen doen elkaar de meest vreselijke dingen aan. Daarom ben ik juist zo blij met de vrienden die ik heb.'

'Waar ken je Bethany en James van?'

'Jim,' corrigeerde hij haar met een opgeheven vinger.

Lachend schudde ze haar hoofd. 'Ik weet al niet meer beter.'

'We hebben elkaar leren kennen via gemeenschappelijke vrienden. Ken je Judi en Frankie?'

'O, ik vind Judi en Frankie zo enig.'

'Wie niet?'

'Een heerlijk stel.'

Hij zuchtte verlangend. 'Ik zou een moord doen voor een dergelijke relatie, Cynthia.'

'Ooit zul je de ware wel tegenkomen, Rommy. Op ieder potje past een dekseltje.'

'Tja, ooit slaat de bliksem in. En ik kan je wel vertellen dat ik graag de bliksem zou zien inslaan, hoor.'

Ze sopten hun toastjes en aten een tijdje zonder iets te zeggen. Buiten diende een grijze ochtend zich aan, waardoor het in de keuken extra knus werd.

Hij zei: 'Weet je dat ze in Parijs zitten?'

'Judi en Frankie zijn dol op Parijs.'

'Wie niet? Eigenlijk zou ik met ze zijn meegegaan, maar ik kwam echt om in het werk.'

'Het is vast leuk om met ze op vakantie te gaan.'

'Het is inderdaad altijd dikke pret. We zijn met z'n drieën in Spanje geweest. Rennen met de stieren hebben we ook nog gedaan.'

Cynthia keek hem met grote ogen aan. 'Hebben Judi en Frankie dat ook gedaan? Net als Hemingway?'

'Nou, Judi niet, maar Frankie wilde per se. En je weet: als Frankie iets wil, dan zal het gebeuren ook.'

'Ik sta er echt versteld van. Maar goed... ze hebben er de conditie wel voor.'

'Vaak kan ik ze niet bijhouden, hoor.'

'Dat rennen met de stieren, is dat niet gevaarlijk?'

'Nou ja, als je niet gaat rennen, denderen ze over je hen. Aan het eind van de dag kon ik niet meer op mijn benen staan.'

'Het enige wat ik van stieren hoef,' zei ze, 'is filet mignon.'

'Kostelijk!' Hij legde een hand op haar arm. 'Ik vind het zo gezellig. Zo leuk. Vind je ook niet?'

'Ja, inderdaad. Maar ik had nooit gedacht dat Judi en Frankie zich met zulke gevaarlijke dingen zouden inlaten. Ze lijken me er helemaal niet het type voor.'

'Judi niet, inderdaad. Maar Frankie zoekt graag het gevaar op, gewoon voor de kick. Ik maak me wel eens zorgen om hem.'

Hij sopte zijn toast en nam een hap, maar zij hield haar toast halverwege haar mond, alsof haar net te binnen was geschoten dat ze op dieet was, alsof ze niet kon kiezen tussen wel of niet verder eten.

'Ben je zelf ooit in Parijs geweest, Cynthia?'

Langzaam legde ze haar toastje terug op haar bord.

'Is er iets, schat?' vroeg hij.

'Ik moet eh... ik moet nog iets doen. Was ik vergeten. Een afspraak.'

Toen ze haar stoel naar achteren schoof, legde hij zijn hand op de hare. 'Je kunt niet zomaar weggaan, Cynthia.'

'Mijn geheugen is echt een zeef. Ik was vergeten dat ik...'

Krait verstevigde zijn greep op haar hand en zei: 'Nou wil ik het weten ook. Wat heb ik verkeerd gedaan?'

'Verkeerd gedaan?'

'Je zit helemaal te trillen, schat. Mij hou je niet voor de gek. Wat heb ik verkeerd gedaan?'

'Ik moet naar de tandarts.'

'Om halfzeven 's ochtends?'

Ontzet keek ze naar de klok aan de muur.

'Cynthia? Cindy? Ik zou graag van je horen wat ik verkeerd gedaan heb.'

Met haar ogen op de klok gericht zei ze: 'F-Frankie is geen man.'

'Judi zal in elk geval geen man zijn. Ah. Op die manier. Een leuk lesbisch stel. Nou, dat is prima. Daar heb ik geen moeite mee. Dat moedig ik juist aan.'

Hij klopte zachtjes op haar hand, pakte het toastje dat ze had teruggelegd en doopte dat in zijn chocolademelk.

Ze durfde hem niet aan te kijken, keek omlaag naar haar bordje en zei: 'Heb je ze iets aangedaan?'

'Bethany en Jim? Natuurlijk niet, schat. Ze zijn gewoon naar hun werk gegaan, net als altijd, om bonussen en aandelenopties in de wacht te slepen. Ik ben hier pas naar binnen gegaan toen ze vertrokken waren.' Hij nam een hapje van de toast, nog een hapje, en at hem helemaal op.

'Mag ik weggaan?' vroeg ze.

'Schat, nou moet je eens goed luisteren. Mijn kleren zijn totaal verregend. Ik zit te wachten tot ze me nieuwe kleren komen brengen. Ik heb echt geen tijd om me ook nog met de politie bezig te gaan houden.'

'Dan ga ik alleen maar naar huis,' zei ze.

'Ik ben er inmiddels achter dat je geen mens kunt vertrouwen, Cynthia.'

'Ik zal de politie niet bellen. De eerste uren niet.'

'Hoe lang denk je daar dan mee te kunnen wachten?'

Ze keek hem aan. 'Net zo lang als je wilt. Dan ga ik gewoon naar huis en blijf daar op een stoel zitten wachten.'

'Je bent een ontzettend aardige vrouw, Cynthia.'

'Ik wil alleen maar dat...'

'Wat wil je alleen maar, schat?'

'Ik wil alleen maar dat iedereen het naar zijn zin heeft.'

'Naturlijk wil je dat. Dat ben je ten voeten uit, schat. Echt honderd procent. En weet je wat? Volgens mij zou je het nog doen ook.'

'Doe ik ook.'

'Volgens mij zou je gewoon naar huis gaan en daar een paar uur lang op een stoel blijven zitten zonder iets te doen.'

'Ja. Erewoord, hoor.'

Hij strekte zijn arm en pakte de Glock van de stoel.

'O, nee, niet doen,' zei ze.

'Geen overhaaste conclusies trekken, Cynthia.'

Ze keek naar de klok aan de muur. Hij snapte niet waarom ze er zo hoopvol naar keek. De tijd stond aan niemands kant.

'Kom met me mee, schat.'

'Waarom? Waar naartoe?'

'Een paar stappen maar. Kom maar.'

Ze probeerde op te staan, maar ze had de kracht er niet voor.

Hij ging naast haar staan en reikte haar zijn linkerhand. 'Ik help wel even.'

Cynthia deinsde niet terug van zijn aanraking, pakte zijn hand en hield hem stevig vast. 'Dank je wel.'

'We lopen door de keuken naar de wc. Zo ver is dat niet.'

'Maar ik...'

'Maar wat, schat?'

'Ik begrijp het niet.'

Hij hielp haar overeind en zei: 'Nee, dat zal wel niet. Maar er zijn wel meer dingen die je niet begrijpt, hè?'

35

De bibliotheek, een plomp gebouw met smalle getraliede ramen, deed denken aan een bolwerk, alsof bibliothecarissen hun tijd destijds ver vooruit waren en voorzagen dat boeken ooit tegen barbaarse hordes beschermd moesten worden.

Toen de zon net opkwam, zette Pete Santo zijn auto bij de ingang neer.

Afgelopen februari had een jongen – een verwarde geest, zoals hij in de pers was omschreven – zich in de bibliotheek laten insluiten. Er was een actie geweest om geld in te zamelen voor de aanschaf van nieuwe boeken, wat veertigduizend dollar had opgeleverd, en de jongen wilde het geld stelen om er mooie dingen voor zichzelf mee te gaan doen. Als de media eerlijk waren geweest, zouden ze hebben vermeld dat de jongen onder invloed van drugs was toen hij zijn actie begon, maar dat zou natuurlijk vernederend voor de knul zijn geweest, waardoor de kans vergroot werd dat hij het verkeerde pad opging. Hoewel de 'jongeman' al achttien was, snapte hij niet dat het geld door de diverse donateurs was overgemaakt en dat het totaalbedrag op een bankrekening stond. Hij had niets op met banken, want die werden alleen maar geleid door 'geldvampieren die iedereen uit willen zuigen'. Hij gaf de voorkeur aan baar geld, en hij nam aan dat iedereen die net zo slim was als hij, daar net zo over dacht.

Nadat hij een tijdje in de bibliotheek naar geld had gezocht en uiteindelijk alleen een kistje met wat kleingeld had aangetroffen, besloot hij te wachten tot de bibliothecaresse de volgende ochtend als eerste het gebouw zou betreden. Hij zou haar met een pistool bedreigen en de veertigduizend dollar opeisen. Tot zijn verbijstering verschenen er om vijf uur in de ochtend drie mannen om schoon te maken. Hij hield ze onder schot en eiste hun portemonnee. Dat was op zich niet zo erg geweest als de schoonmakers de vernielde boeken niet hadden gezien. Ze waren woedend.

Eerder die nacht, toen de jongen het geld niet had kunnen vinden, selecteerde hij boeken die naar zijn idee – afgaand op de titel en de omslag – vol 'foute ideeën' stonden. Hij vernielde ze.

Niet dat de schoonmaakploeg uit verwoede boekenliefhebbers bestond. Ze waren vooral boos omdat de jongen de boeken niet gewoon kapot had gescheurd of ze had verbrand maar erop geplast had. En zij mochten natuurlijk weer de troep opruimen. Ze leidden hem af, wierpen zich op hem, maakten hem zijn pistool afhandig en sloegen hem ongenadig in elkaar. Daarna schakelden ze de politie in.

Pete had de mannen ernstig doch niet al te streng toegesproken en had gezegd dat ze in het vervolg het recht maar beter niet in eigen hand konden nemen.

Nu liet hij Zoey in de Mountaineer achter, sloot de auto af en liep snel naar het afdakje boven de ingang van de bibliotheek. Achter de raampjes zag hij licht branden, en hij klopte hard op de deur.

Een schoonmaker verscheen. Pete drukte zijn penning tegen het raampje, maar de man deed de deur al open zonder acht te slaan op de legitimatie. 'Hé, rechercheur Santo. Wat doet u hier? Niemand heeft vannacht op de boeken gepist, hoor.'

'Hebben jullie gehoord dat hij de bibliotheek voor de rechter sleept?' vroeg Pete.

'Daar zal hij dan wel rijk van worden.'

'Als dat zo is, kom ik hier de boel misschien ook wel onderpissen.'

'Dan zult u niet de enige zijn.'

'Zeg, ik weet dat de bibliotheek nog niet open is, maar ik wil graag even op een van de computers werken.'

'Hebben ze bij de politie tegenwoordig geen computers meer?'

'Het gaat om iets persoonlijks, iets wat ik op het bureau niet kan doen, en mijn computer thuis is gecrasht.'

'Mijn toestemming hebt u niet nodig. Als agent hebt u toch overal en altijd toegang toe?'

'Zo staat het niet in de grondwet, maar het scheelt niet veel.'

'Weet u waar de computers staan?'

'Ja, dat kan ik me nog wel herinneren.'

De duivel der ongeletterdheid had een plaatsje toegewezen gekregen in de tempel van het woord. Twee kasten vol boeken hadden moeten wijken om plaats te maken voor zes pc's.

Pete ging achter een computer zitten, zette hem aan en maakte verbinding met internet. Al snel was hij weer verdiept in de Cream & Sugar-moorden.

36

Aanvankelijk was Cynthia Norwood op hem overgekomen als een levenslustige zestigplusser, maar toen ze het eenmaal over het rennen met de stieren hadden gehad, leek ze elke minuut twintig jaar ouder te worden.

Ze keek dof uit haar eerst zo levendige ogen. Al haar charme was verdwenen en had plaatsgemaakt voor een vermoeide uitstraling, alsof ze onder de drugs zat. Ze had geen kracht meer in haar benen, kon haar voeten niet optillen, en zelfs toen Krait haar ondersteunde, bewoog ze zich slechts schuifelend voort. Met een zwak en angstig stemmetje vroeg ze: 'Waarom gaan we naar de wc?'

'Omdat er geen raampjes in zitten.'

'O nee?'

'Nee, schat.'

'Maar waarom dan?'

'Ik weet niet waarom dat zo is, schat. Zelf had ik er wel een raampje in gemaakt, als het aan mij lag.'

'Ik bedoel: waarom gaan we daar naartoe? Waarom blijven we hier niet?'

'Je had toch genoeg gegeten, weet je nog?'

'Ik wil alleen maar naar huis.'

'Ja, dat weet ik. Je bent net zo op je eigen huis gesteld als ik.'

'Je hoeft dit toch niet te doen?'

'Iemand moet het doen, Cynthia.'

'Ik heb nooit iemand kwaad gedaan.'

'Dat weet ik. Het klopt ook niet. Echt, het klopt ook niet.'

Hij duwde haar de wc in en voelde dat ze op haar benen stond te trillen.

'Ik wilde straks boodschappen gaan doen.'

'Waar haal je je boodschappen altijd?'

'Overal wel.'

'Zelf doe ik eigenlijk zelden boodschappen.'

'Ik heb nog iets voor de zomer nodig.'

'Je weet je stijlvol en zwierig te kleden.'

'Ik ben dol op kleren.'

'Ga maar even in die hoek staan, schat.'

'Dit is niets voor jou, Rommy.'

'Nou, eigenlijk is dit precies wat voor mij.'

'Ik weet dat je een goed hart hebt.'

'Nou, ik ben in elk geval goed in wat ik doe.'

'Ik weet dat je een goed hart hebt. Eigenlijk heeft iedereen een goed hart.' Ze stond in de hoek, met haar rug naar hem toe. 'Niet doen.'

'Draai je maar om, met je gezicht naar me toe, schat.'

'Ik ben zo bang,' zei ze met overslaande stem.

'Draai je maar om.'

'Wat ga je met me doen?'

'Draai je maar om.'

Ze draaide zich naar hem toe. De tranen stroomden over haar wangen. 'Ik was tegen de oorlog.'

'Welke oorlog, schat?'

'Malcolm was vóór, maar ik ben altijd tegen geweest.'

'Tjonge, Cynthia, zo ken ik je helemaal niet meer.'

'En ik geef ook altijd aan goede doelen. Altijd.'

'Net leek je erg oud, erg verdrietig en oud.'

'Het beschermen van de adelaars en de walvissen, hongersnood in Afrika.'

'Maar nu zie je er helemaal niet oud uit. Echt waar, hoor. Er is geen rimpeltje meer te zien. Net een kindergezichtje.'

'O, God.'

'Eigenlijk verbaast het me dat je Hem nu pas aanroept.'

'O, God. O, God.'

'Daar is het nu eigenlijk te laat voor, schat.'

Hij zette de selectieknop op de slede om, zodat het wapen semiautomatisch werd, want hij had maar één kogel nodig. Van dichtbij schoot hij haar in haar voorhoofd. Het was waar dat ze op het eind een kinderlijk gezichtje had gehad. Maar nu niet meer.

Krait liep het toilet uit en deed de deur achter zich dicht.

Nadat hij nog een kop chocolademelk en twee toastjes had gemaakt, ging hij aan de tafel zitten. Het smaakte hem allemaal prima, maar hij vond het niet meer zo gezellig als eerst. De stemming was weg. Hij keek op de klok en zag dat hij nog een uur en twintig minuten moest wachten voor zijn kleren bezorgd werden. Hij had nog maar een beperkte ronde door het huis gemaakt. Nu hij toch nog een tijdje moest wachten, kon hij het huis misschien wel wat grondiger inspecteren.

Hij geloofde zijn oren bijna niet toen hij een mannenstem uit de hal hoorde roepen: 'Cynthia?' En daarna nog eens: 'Cynthia?' Voetstappen kwamen dichterbij.

37

Teresa Mendez was met twee vriendinnen op vakantie in New York. Ze woonde in een twee-onder-een-kapwoning in Dana Point en bewaarde een reservesleutel in een doosje met een cijferslot die ze aan de onderkant van een stoel had bevestigd, achter het huis op de veranda.

Linda ging Tim voor en stapte via de achterdeur het huis binnen. Ze haalde het pistool uit haar handtas en legde het op de eettafel. Daarna zette ze haar kletsnatte grote tas en haar handtas in de gootsteen, om uit te druppen.

Tim keek vol afschuw naar de plas die zich rond zijn voeten vormde en zei: 'Ik sta de boel hier geloof ik een beetje vies te maken.'

'Ik pak wel even een handdoek.' Ze hing haar jas over een stoel van chroom en vinyl, trok haar schoenen uit en liep naar een ander vertrek.

Tim voelde zich klungelig, groter dan normaal, alsof hij een spons was die door alle regen was opgezwollen.

Linda kwam op blote voeten terug. Ze droeg een badjas en had een deken en een stapel handdoeken meegenomen, die ze naast hem op het aanrecht legde. Daarna duwde ze een schuifdeur open, waarachter een wasmachine en een droger bleken te staan. 'Doe je kleren maar uit en gooi ze maar in de droger. Je kunt zolang wel een deken om je heen slaan.' Ze pakte een handdoek, liep naar de gootsteen en begon haar twee tassen droog te maken.

'Mag ik misschien wat privacy hebben?' vroeg hij.

'Denk je dat ik stiekem graag naar je blote kont wil turen?'

'Zou kunnen. Want wat weet ik per slot van rekening helemaal van je af?'

'Ik ga naar boven om me even te douchen.'

'Ik heb ook mijn waardigheid, hoor.'

'Dat is een van de eerste dingen die me aan je opvielen, naast die grote kop van je. Hoe lang zijn we hier veilig?'

'Niet meer dan twee uur. Nog beter is misschien anderhalf uur.'

'Hier beneden is ook een badkamer, voor het geval jij ook wilt douchen. We kunnen je broek en shirt wel strijken als ze droog zijn.'

'Toch blijft het een beetje raar.'

'Ik beloof dat ik niet naar je blote billen zal kijken.'

'Nee, ik bedoel dat we hier gewoon in het huis van een vreemde zitten.'

'Ze is geen vreemde, ze is mijn vriendin.'

'Voor mij is ze wel een vreemde. Wanneer dit allemaal achter de rug is, moet ik iets leuks voor haar verzinnen om iets terug te doen.'

'Je zou bijvoorbeeld haar hypotheekschuld kunnen aflossen.'

'Dan wordt het een prijzige douchebeurt.'

'Ik hoop dat je geen krent bent. Met een krent zou ik nooit samen onder één dak kunnen wonen.' Ze pakte haar tassen en liep de kamer uit.

Hij dacht na over wat ze zo terloops had gezegd: samen onder één dak wonen. Hij was in staat om daar zo lang over na te denken dat zijn kleren vanzelf zouden opdrogen. Hij kleedde zich uit en deed zijn kleren in de droger, maakte de vloer met een handdoek droog en liep met de andere handdoeken naar de badkamer op de begane grond.

Het hete water voelde heerlijk aan. Hij had nog wel langer onder de douche willen blijven staan, maar toen hij het doucheputje zag, moest hij aan Kravets verwijde pupillen denken, dat verlangen naar licht, en door die ogen moest hij aan *Psycho* denken.

Toen hij zich had afgedroogd en de deken om zich heen had geslagen, liep hij naar de keuken. Hij had trek gekregen, maar hij wilde niet zomaar alle keukenkastjes en de koelkast opentrekken. Daarom bleef hij aan de keukentafel op Linda zitten wachten, met de deken als een monnikspij om zich heen.

De vorige avond, in het huis van Linda, voordat ze op de vlucht waren geslagen, had haar aanblik allerlei behoeften bij hem wakker gemaakt, iets wat hem met angst vervulde. Dat wilde hij koesteren, die mengeling van angst en wilde verrukking, dat gevoel dat hij ergens bij betrokken raakte en er tegelijkertijd door bevrijd werd. Hij wist niet hoe hij dat gevoel moest omschrijven. Maar als hem dat ooit zou lukken, zou hij snappen waarom hij zijn rustige leventje vaarwel had gezegd en een nieuw leven was binnengestapt waarin geen vangrails bestonden.

Ineens schoot hem het woord te binnen: *doel.* Ooit had hij een doel voor ogen gehad. Ooit had hij zich betrokken gevoeld bij de dingen die hij deed. En hij had er zo zijn redenen voor gehad om zich terug te trekken in een voorspelbaar leventje vol onschuldige bezigheden en zo weinig mogelijk zelfreflectie. Destijds had een zekere lusteloosheid zich van hem meester gemaakt, en hij had zich gedesillusioneerd gevoeld. Het leven was onbeduidend geworden, er was niets meer waar hij voor ging, er speelde een onderliggend gevoel mee dat hij niet goed onder woorden kon brengen. Die gevoelens had hij nog wel van zich af kunnen zetten, maar op die onderliggende onrust had hij geen greep gehad.

Toen hij zich toelegde op het metselwerk en de eenvoudige geneugten des levens, toen zijn belangrijkste doel in het leven het metselen van de ene steen op de andere was, toen het toppunt van genot het invullen van kruiswoordpuzzels was, of bij vrienden gaan eten, was de rusteloosheid verdwenen. In dit eenvoudige leventje, waarin hij geen hoge doelen nastreefde, was er niets waar hij gedesillusioneerd over kon raken, geen grote uitdagingen die twijfels konden zaaien en gevoelens van onbeduidendheid konden oproepen.

De vorige avond, toen hij in de kroeg zat, was zijn teruggetrokken leventje op slag veranderd. Zelf had hij niet helemaal gesnapt waarom hij de muren om zich heen had willen afbreken, de muren waarachter hij zich zo veilig voelde. Haar foto had er iets mee te maken. Het was geen liefde op het eerste gezicht geweest. Linda was niet de vrouw waar hij heel zijn leven al naar op zoek was geweest. Ze had geen opvallend gezicht, wel aantrekkelijk, maar geen gezicht waar hij onmiddellijk voor viel. Het was eigenlijk ongelofelijk dat hij in deze korte tijd zulke gevoelens voor haar had ontwikkeld.

Misschien kwam het hierdoor: een naam op een dodenlijst is slechts een naam, maar een gezicht maakt de dreiging van geweld invoelbaar, want als we er maar de moed voor op konden brengen, zouden we onze eigen kwetsbaarheid in de ander herkennen.

Linda, die er verre van kwetsbaar uitzag, kwam terug en droeg nu de blauwe spijkerbroek en het zwarte T-shirt, de reservekleren die ze had meegenomen. Ze pakte zijn natte werkschoenen en zei: 'In de woonkamer staat een nep open haard op gas. We kunnen onze schoenen er wel bij zetten om te drogen. Dan gaan we ondertussen een hapje eten.'

Buiten brak de dag aan, grijs en ingetogen, en de zware storm was overgegaan in motregen.

Toen Linda terugkwam, zei ze: 'Je ziet er stralend uit. Wat wel een beetje raar is, gezien de omstandigheden.'

38

De man die naar Cynthia op zoek was, had een hoog voorhoofd, borstelige witte wenkbrauwen, een stevige kaak en een verweerde kop, als een woeste kapitein uit vervlogen tijden, iemand die jacht had gemaakt op een witte walvis, het beest had gedood en terugkeerde met vaten vol walvisolie en ambergrijs.

Hij bleef op de drempel van de keuken staan, keek fronsend naar Krait die aan de tafel zat en zei: 'Wie ben jij?'

'Rudyard Kipling. Dan bent u vast meneer Malcolm.'

'Rudyard Kipling is een schrijver die allang is overleden.'

'Klopt. Ik ben naar hem vernoemd. Zelf ben ik niet dol op zijn werk, met uitzondering van een paar gedichten.'

De man keek hem nog steeds fronsend aan. 'Wat moet jij hier?'

'Ik ben door Beth en James uitgenodigd. We zijn alledrie nogal close met Judi en Frankie.'

'Judi en Frankie zitten in Parijs.'

'Ik zou met ze meegaan, maar er kwam iets tussen. Hebt u al ontbeten, meneer Malcolm?'

'Waar is Cynthia?'

'Cynthia en ik hebben ons nou eens helemaal niets aangetrokken van alle calorieën. We zitten aan de warme chocolademelk en kaneeltoastjes met boter. Het is zo gezellig met uw vrouw.'

Krait wilde de man zover krijgen dat hij verder kwam, de keuken in. De Glock lag op een stoel; Cynthia had het wapen niet gezien. Vanwaar Malcolm stond, was de mitrailleur niet te zien. Maar als Krait naar zijn wapen greep, ging Malcolm er misschien vandoor, want de man vertrouwde de hele situatie niet. En als hij de mitrailleur zelf in de gaten kreeg, zou hij er helemaal vandoor gaan.

Fronsend keek Malcolm naar Cynthia's bord en kop op de tafel en zei: 'Waar is ze dan?'

Krait wees naar de gesloten deur van de wc. 'Sanitaire noodstop. We hadden het net over haar betrokkenheid bij de adelaars en de walvissen. Echt bewonderenswaardig, die inzet.'

'Hè?'

'Adelaars en walvissen. En de hongersnood in Afrika. U zult wel trots op haar zijn.'

'Ik heb Bethany en Jim nog nooit over Rudyard Kipling horen praten.'

'Nou, om u de waarheid te zeggen, ben ik ook niet zo'n interessant gespreksonderwerp, meneer Malcolm. Over Judi en Frankie kun je urenlang doorgaan, maar over mij ben je al snel uitgepraat.'

De oude man keek hem met zijn staalgrijze ogen doordringend aan. 'Er zit hier iets scheef.'

'Nou,' zei Krait, 'ik ben nooit zo tevreden geweest over mijn neus.'

'Cynthia!' riep Malcolm.

De twee mannen bleven elkaar strak aankijken.

Krait dook naar de Glock.

De oude man ging er als een speer vandoor.

Krait kwam zo snel overeind dat zijn stoel omviel. Hij zette de Glock op volautomatisch en richtte de loop op de deuropening. Maar Malcolm was al weg.

Krait ging achter hem aan. De man was vliegensvlug uit de keuken verdwenen maar rende tegen een tafeltje in de woonkamer aan, struikelde en moest zich aan een leunstoel vasthouden om niet te vallen.

Krait vuurde een kort salvo af en trof de man in de rug, van zijn heupen tot zijn schouders. Door de geluiddemper was het geluid minimaal, nog minder dan een blaaspijp. De oude man viel voorover op de grond en bleef liggen, met zijn hoofd naar één kant gedraaid. Het oog dat zichtbaar was, stond wijd open, maar de blik zag niets meer.

Krait ging over hem heen staan en pompte de rest van het magazijn in hem leeg. Het lichaam schokte, niet doordat er nog leven in zat maar vanwege de inslag. Het was misschien niet praktisch om meer dan twintig kogels in een lijk te schieten, maar het was noodzakelijk. Een man van minder kaliber, die zichzelf minder in de hand had, zou misschien een nieuw magazijn in de Glock hebben gedaan en ook dat hebben leeggeschoten. Ondanks het feit dat hij een evenwichtige persoonlijkheid bezat en over een grote innerlijke rust beschikte, kwam er aan zijn geduld ook wel eens een eind.

Hij deed de voordeur open en zag Cynthia's regenjas die over een stoel op de veranda lag. Haar paraplu en die van Malcolm lagen op de grond. Hij bracht de spullen naar binnen en deed de deur op slot. Hij hing haar jas in de halkast, waar de kapstok hing. Ook de paraplu's legde hij daar neer.

Toen hij weer aan de keukentafel zat, pakte hij zijn mobieltje om te kijken of hij nog berichten had ontvangen. Tijdens zijn onderhoud met Cynthia had hij een berichtje gekregen dat de Explorer op de parkeerplaats van een restaurant was achtergelaten. Bij de politie was nog geen melding binnengekomen dat er een auto was gestolen, maar het zou kunnen dat het nog uren duurde voordat iemand erachter kwam dat zijn auto verdwenen was.

Krait dacht aan de mogelijkheid dat ze de bus hadden genomen en stuurde daar een sms'je over. Zo veel bussen zouden er op dat tijdstip niet hebben gereden. Ze zouden dus niet veel chauffeurs hoeven ondervragen.

Nadat hij zijn mobieltje op de oplader had gezet, waste hij

de ontbijtspullen af, zette ze weg en veegde de tafel schoon. Hij was niet van plan de rotzooi op het toilet en in de woonkamer op te ruimen. Cynthia en Malcolm waren zomaar als nieuwsgierige aagjes binnen komen vallen omdat hun dochter en schoonzoon blijkbaar geen grenzen aan hun privacy hadden gesteld. Dit was een familiekwestie, geen zaak die hem aanging.

Nadat hij de keuken aan kant had gemaakt, liep hij naar boven, naar de slaapkamer om te zien of Bethany en Jim pornovideo's of interessante seksspeeltjes hadden. Hij ontdekte niets van dien aard en vond ook niets wat hem inzicht zou kunnen verschaffen in wat voor soort mensen ze waren. Jim bleek zijn sokken niet op te rollen maar op te vouwen. Bethany had een paar slipjes waar een leuk roze konijntje op geborduurd was. Nauwelijks voer voor de roddelbladen te noemen.

Het meest interessante wat hij in de badkamer vond, waren de verschillende merken – en hoeveelheden – laxeermiddelen. Of deze mensen aten veel te weinig vezels, of hun spijsvertering werkte net zo inefficiënt als de riolering in de derde wereld. Bethany en Jim waren zo'n kleurloos stel dat Krait zich begon af te vragen waarom de veelgeprezen Judi en Frankie met hen omgingen.

Er lagen een roze en een blauwe tandenborstel op de wastafel. Krait pakte de roze, die van Bethany, vermoedde hij. Ook gebruikte hij de deo, het mannengeurtje.

Daarna zag hij zich genoodzaakt de tijd te doden door in de keuken de *O* te lezen die net met de post was gekomen.

Om 7.15 uur deed hij de voordeur open en grijnsde breed toen hij de reistas zag die keurig op de schommelstoel op de veranda was gezet, met daarnaast een kleinere tas. Zijn kleren waren aangekomen.

Het regende nu niet meer. De bomen drupten na. De zon was doorgebroken, damp steeg van het natte wegdek op.

Een kwartier later had hij zich aangekleed en bekeek hij zichzelf in de grote gekantelde spiegel in de slaapkamer. Wanneer

Bethany naakt door de slaapkamer liep, waren er misschien mensen die aan de andere kant van de spiegel naar haar stonden te gluren zonder dat ze dat doorhad. Krait kon de mensen niet zien die in de omgekeerde werkelijkheid leefden, hij zag alleen maar zichzelf, maar dat betekende niet dat de bewoners van dat andere rijk niet door de spiegel konden kijken.

Toen hij de trap af was gelopen en naar de voordeur liep, hoorde hij dat er een sleutel in het slot werd gestoken, waarna de deur openging. Een vrouw kwam binnen, slaakte een verschrikt kreetje toen ze hem zag en zei: 'U hebt me laten schrikken.'

'U mij ook. Bethany en Jim hebben me helemaal niet gezegd dat er iemand zou komen.'

'Ik ben Nora van hiernaast.' Ze was klein van postuur, had een stevige boezem en kort haar en had haar nagels blauw gelakt, wat zijn goedkeuring niet kon wegdragen.

'Dit lijkt wel zo'n huis in zo'n komische serie op tv,' zei Krait. 'Daar komt ook altijd iedereen binnenstormen zonder te kloppen of aan te bellen.'

'Ik maak elke week altijd vijf maaltijden voor ze klaar. Die stop ik dan in de vriezer,' zei Nora. 'Op maandag vul ik de koelkast altijd aan, en op dinsdag kook ik.'

'Dan moet ik u dus bedanken voor de overheerlijke maaltijd die we gisteren hebben mogen genieten.'

'O, u logeert hier dus?'

'Ik ben een botte beer die altijd onaangekondigd komt binnenvallen, maar die lieve Beth doet altijd net of ze blij is om me te zien. Ik ben Richard Kotzwinkel, maar iedereen noemt me Ricky.'

Hij stapte aan de kant, niet alleen om haar binnen te laten maar ook om ervoor te zorgen dat ze Malcolm niet kon zien liggen.

'Nou, Ricky, ik wil je niet storen of zo...'

'Welnee, kom verder, kom verder. Cynthia en ik zaten net

van een heerlijk uitgebreid ontbijtje te genieten nadat de vroege vogels het nest ontvlogen waren om hun kostje bij elkaar te scharrelen, als je dat tenminste zo kunt noemen in de beleggingswereld.'

'Is Cynthia hier?'

'In de keuken. En Malcolm is even daarna binnengekomen.' Met een fluisterstem ging hij verder: 'Hij is wel een beetje een zuurpruim, vergeleken met die lieve Cindy.'

Ze stapte naar binnen en deed de voordeur dicht. 'Was het echt overheerlijk?'

'Overheerlijk? O, die maaltijd, bedoel je. Goddelijk. Werkelijk goddelijk.'

'Wat heeft ze je voorgezet?' vroeg Nora. Ze had levendige blauwe ogen, volle lippen en een glad huidje.

'Kip,' zei hij. 'We hadden kip.' Even overwoog hij haar te verkrachten, maar uiteindelijk vermoordde hij haar alleen maar. Voor de verandering deed hij dat met zijn blote handen.

Zijn opdrachtgevers keurden het af wanneer er andere slachtoffers vielen, en daarom doodde hij zelden omstanders om zijn missie te volbrengen. Maar hier zouden ze vast wel begrip voor kunnen opbrengen. Het is zoals het spreekwoord zegt: een ongeluk zit in een klein hoekje.

Op de veranda trok hij de deur achter zich dicht en gebruikte de sleutel van Nora om het huis af te sluiten, hoewel het niet aannemelijk was dat er nooit meer iemand binnen zou komen.

39

Ze zaten nog te ontbijten toen Pete Santo belde. Tim zette zijn mobieltje op de luidsprekerstand en legde het apparaatje naast het wafelijzer.

'Ik zit nu niet thuis,' zei Pete. 'Ik bel je met mijn mobieltje.'

'Er is iets gebeurd. Wat is er gebeurd?'

'Ik ben niet meer op de sites van de politie geweest maar heb de verschillende namen van Kravet op Google ingevoerd. Daar kwam het een en ander uit, tot mijn kabelverbinding werd verbroken.'

'Kan toeval zijn,' zei Tim.

'Zoals het ook toevallig kan zijn als de kerstman op kerstavond langskomt. En over langskomen gesproken: nog geen halfuur later, rond vijf uur, kwamen er drie mannen aan de deur.'

'Zeker de drie wijzen uit het oosten.'

'Zo wijs leken ze me niet.'

'Wat wilden ze?' vroeg Linda.

'Ik was hem al gesmeerd toen ze langskwamen en heb het een en ander van een afstand bekeken. Voorlopig zul je me niet meer op dat adres aantreffen.'

'Je hebt Zoey daar toch niet achtergelaten?' vroeg Linda.

'Zoey heb ik meegenomen.'

Tim vroeg: 'Wat ben je te weten gekomen?'

Pete antwoordde niet onmiddellijk op die vraag maar zei: 'Zeg, Hitch Lombard heeft mijn mobiele nummer, dus misschien hebben die gasten mijn nummer ook. Misschien dat van jullie ook wel.'

'Klopt,' zei Tim. 'Maar je wilt toch niet beweren dat ze dit gesprek zomaar kunnen opvangen?'

'De regionale politie niet, maar die types misschien wel. Wie weet. Ze worden elke dag slimmer in dit soort dingen.'

Linda zei: 'Het is makkelijker om een vaste telefoon dan een mobieltje te lokaliseren, maar toch is het wel te doen.'

Tim keek haar verwonderd aan.

Ze trotseerde zijn blik en zei: 'Kwestie van research plegen.'

'Jullie moeten een wegwerpmobieltje kopen,' zei Pete, 'zodat ze niet weten welk nummer je hebt. Dan kun je me bellen op een nummer dat zij niet kennen.'

'Ga je me dat nummer dan telepatisch toesturen?'

'Luister. Kun je je die vent nog herinneren die ontmaagd werd toen hij zich als Shrek had verkleed?'

'Die vent die nu inmiddels vijf kinderen heeft.'

'Die vent bedoel ik, ja.'

'Ik heb zijn nummer niet.'

'Bel hem maar op het werk. Staat in het telefoonboek. Vraag naar hem, zeg wie je bent, dan verbinden ze je wel door. Over een uur ben ik daar.'

Tim beëindigde het gesprek en zette het mobieltje uit.

'Wie is die vent waar jullie het over hadden?' vroeg Linda.

'Santiago, een neef van Pete.'

'Had hij zich als Shrek verkleed?'

'Het was een gekostumeerd feestje. Iedereen moest zich geloof ik als tekenfilmfiguur verkleden. Ik was er zelf niet bij.'

'Hoe had zij zich dan verkleed?'

'Als Jessica Rabbit in *Who Framed Roger Rabbit*. Mina heette ze. Ze zijn met elkaar getrouwd. Hebben schatten van kinderen. Stuk voor stuk groen.'

Ze schoof haar stoel naar achteren. 'We kunnen maar beter weer gaan.'

Tim haalde zijn kleren uit de droger en streek ze terwijl Linda ging afwassen. Hun schoenen waren nog niet helemaal droog maar ze besloten ze toch maar aan te trekken.

In de garage stond Teresa's vier jaar oude Honda Accord. Zelf was ze met een van haar reisgenotes meegereden naar het vliegveld.

Linda had de autosleuteltjes in de keukenla gevonden en had ze aan Tim gegeven. 'Als er net als gisteren weer als een idioot gereden moet worden,' zei ze, 'kun jij beter achter het stuur gaan zitten.'

Hoewel de beenruimte nogal krap was, vond hij het een lekker autootje. De Honda zag er onopvallend uit en was in elk geval niet uitgerust met een zendertje waarmee ze getraceerd konden worden. Toen de garagedeur omhoogging, verwachtte Tim bijna dat de moordenaar op de oprit zou staan, met een mitrailleur in zijn hand.

De zon scheen in banen tussen de wolkenflarden door en verdreef de sombere donkerte van de storm.

'Hoe komen we op dit tijdstip aan een wegwerpmobieltje?' vroeg ze.

Hij reed in oostelijke richting, naar de snelweg, en zei: 'Groothandelbedrijven gaan altijd vroeg open. Omdat ik lid ben van de vakbond heb ik een pasje. Maar ik heb niet veel geld bij me.'

Ze haalde een dikke envelop uit haar handtas. 'Ik heb hier vijfduizend in briefjes van honderd.'

'Dus je hebt een bankoverval gepleegd. Toen keek ik waarschijnlijk net even de andere kant op.'

'Thuis heb ik gouden munten verstopt. Toen we weggingen en ik wat spullen mee moest nemen, leek contant geld wel een goed idee.'

'Vertrouw je de banken niet?'

'Ik heb een bankrekening. Maar soms kun je niet zo snel geld opnemen als je wel zou willen. Dit is mijn uit-elkaar-valgeld.'

'Voor wanneer wat uit elkaar valt?'

'Alles. Iedereen.'

'Denk je dan aan het eind der tijden of zoiets?'

'Gisteren viel alles toch uit elkaar?'

'Ja, daar heb je misschien wel gelijk in.'

Met een grimmige blik zei ze: 'Ik wil nooit meer zo hulpeloos zijn.'

'We zijn behoorlijk in het nauw gedreven. Maar we zijn niet hulpeloos.'

'Ik bedoel niet nu,' zei ze. Ze stopte het geld weer in haar tas.

'Bedoel je dat je je destijds hulpeloos voelde, toen met Molly en dat andere?'

'Ja.'

'Wil je het over dat andere hebben?'

'Nee.'

'Je hebt me ook over Molly verteld.'

'Dat was al pijnlijk genoeg.'

Tim reed de snelweg op. Er stond geen file, maar het was wel druk. Iedereen reed veel te snel en had geen oog voor wat in makelaarstermen 'een paradijselijke omgeving' werd genoemd.

'Aan het eind van de rit,' zei hij, 'zijn we allemaal hulpeloos, als je het goed bekijkt.'

'Ik bekijk het graag goed. Maar ik ben verdorie toch nog niet aan het eind van de rit?'

Daarna reden ze zwijgend verder tot ze bij de afslag kwamen die naar de groothandel leidde. De stilte tussen hen was aangenaam. Tim wist niet hoe lang ze nog samen zouden optrekken, maar het was hem al wel duidelijk dat die stilte heel natuurlijk aanvoelde. Het zou pas moeilijk worden wanneer ze hun geheimen uiteindelijk aan elkaar zouden opbiechten.

40

Krait zat in zijn auto voor het huis van Bethany en Jim en stuurde een gecodeerd sms'je waarin hij doorgaf dat er drie slachtoffers waren gevallen. Hij deed geen voorstel voor actie die ondernomen diende te worden. Dergelijke beslissingen vielen buiten zijn taak. Dit was alleen maar een berichtje om de ondersteunende unit van de laatste ontwikkelingen op de hoogte te brengen.

Hij toetste in: SORRY VOOR TROEP MAAR KON NIET ANDERS. Als afsluiting citeerde hij T.S. Eliot: LIFE YOU MAY EVADE, BUT DEATH YOU SHALL NOT.

Hoewel hij de mannen en vrouwen in de ondersteunende unit nooit had ontmoet, ging hij ervan uit dat hij een legendarische figuur voor hen was, iemand die boven het leven verheven is en op gelijke voet met de Dood staat. Zo nu en dan stuurde hij ze een literair citaat, om te laten zien dat hij ook intellectueel goed onderlegd was. Daardoor zouden ze hem nog beter ondersteunen.

Als hij ooit naar school was geweest, moest dat in zijn jeugd gebeurd zijn; zijn herinneringen gingen niet verder terug dan zijn achttiende. Maar hij was een uitstekende autodidact en had zichzelf breed ontwikkeld.

T.S. Eliot was geen schrijver die zijn goedkeuring kon wegdragen, maar zelfs iemand die niet in de haak was, kon soms een pakkende dichtregel neerpennen. Als Eliot nog geleefd had, zou Krait hem vermoord hebben.

Waarschijnlijk liet de ondersteunende unit de zaken eerst op hun beloop, tot Bethany en Jim de lijken van pa, ma en buurvrouw Nora ontdekt hadden. Tijdens het politieonderzoek zou de unit alle forensische bewijzen vernietigen die in Kraits richting wezen. Ook zouden ze DNA, haren en vezels van anderen in het onderzoek inbrengen, om de recherche om de tuin te leiden en het onderzoek uiteindelijk op een dood spoor te brengen.

Krait wist niet tot welke organisatie de unit behoorde, maar hij had er zelf de naam Herenclub aan gegeven, of gewoon de Club. Hij wist niet wat de Herenclub precies deed, wat de leden nastreefden of waarom ze sommige mensen uit de weg lieten ruimen, maar dat was iets wat hem niet aanging.

Krait werkte nu al meer dan tien jaar als freelancer voor de maffia en voor andere behoeftigen die met hem in contact waren gekomen via dankbare klanten voor wie hij het leven aangenamer had gemaakt door ruziezoekerige echtgenotes en rijke ouders en dergelijke te vermoorden. Zeven jaar geleden was hij door iemand van de Club benaderd met het verzoek op reguliere basis moordklussen op te knappen.

Ze hadden in een rondrijdende limousine met elkaar gesproken, 's nachts, in Chicago. In de auto was het donker gebleven, zodat de afgezant van de Club slechts een schaduw in een kasjmieren jas was geweest die tegenover hem op de luxe achterbank van de superlange limo had gezeten.

De man sprak met een accent dat aan een brahmaan uit Boston deed denken. Hij was welbespraakt, en uit zijn manier van doen viel op te maken dat hij van rijke afkomst was. Hoewel de brahmaan over zijn mysterieuze vrienden sprak als 'mijn mensen', zag Krait hem als een heer van stand en beschouwde hij hem als een afgezant van de Herenclub.

Krait was erg onder de indruk toen de man vertelde wat voor ondersteuning hij bij zijn klussen kon verwachten. Hij maakte ook hier weer uit op dat hij misschien tot het menselijk ras behoorde maar dat hij in elk geval boven iedereen verheven was.

Het mooie van de ondersteunende unit was dat ze Krait niet alleen ten dienste stonden wanneer hij een moordklus voor de Herenclub onder handen had, maar ook wanneer hij tijdelijk voor de maffia of een andere opdrachtgever werkte. Ze eisten hem niet exclusief op, maar stonden wel altijd voor hem klaar.

Daar waren twee redenen voor te bedenken. Ten eerste onderkenden ze Kraits uitzonderlijke talenten en wilden ze niet de kans lopen dat hij niet beschikbaar was doordat hij in de gevangenis was beland. Bovendien wilden ze niet dat Krait een patroon in de opdrachten kon bespeuren, dat hij verbanden zag tussen de mensen die hij om het leven moest brengen, dat hij achter de mogelijke doelstellingen en de uiteindelijke opzet van de Herenclub kwam. Daarom betaalde de Club hem altijd contant en kreeg hij het geld van lieden die in niets verschilden van de loopjongens van de maffia of van kwaadwillende echtgenoten en zonen en mensen uit de zakenwereld. Hij kreeg zijn geld via een tussenpersoon omdat de Club niet rechtstreeks met hem in contact wilde treden, voor het onverhoopte geval dat hij ondanks hun steun toch tegen de lamp zou lopen.

Na dat ritje door Chicago had Krait nooit meer iemand gesproken van wie hij met zekerheid kon zeggen dat hij bij de Herenclub zat. Eigenlijk maakte het hem niet uit of zijn opdrachtgever nu wel of niet namens de Club sprak. Moorden was zijn lust en zijn leven, hij kreeg er goed voor betaald, en hij nam als tegenprestatie een zekere discretie naar zijn klanten toe in acht, wat betekende dat hij de gezichten van de mensen van wie hij betaald kreeg, onmiddellijk vergat. Want die eigenschap bezat Krait: hij kon naar believen herinneringen uit zijn geheugen wissen. De gezichten van de mannen die hem een opdracht gaven of die als koeriers dienden, kon hij nu niet meer uit zijn geheugen opdiepen. Die herinneringen waren als een astronaut die reddeloos verloren is wanneer hij losraakt van zijn raket en dan voorgoed de oneindige ruimte in wordt geslingerd.

Het leven was zoveel eenvoudiger wanneer je allerlei herinneringen naar eigen inzicht kon wissen, niet alleen de gezichten van koeriers maar ook nare gebeurtenissen of zelfs hele periodes in je leven waarin onprettige dingen waren gebeurd.

Met de Club had hij nooit telefonisch contact. De communicatie verliep uitsluitend per gecodeerde sms'jes, want stemanalyse werd door justitie als rechtsgeldig gezien, terwijl het nooit te achterhalen was wie een bepaald tekstbericht had ingetypt.

Toen hij naar de Lamplighter Tavern was gegaan en daar met Timothy Carrier had gesproken, had hij de indruk gekregen dat deze opdracht niet van de Herenclub afkomstig was. De brahmaan en zijn mensen zouden het nooit goedvinden dat Krait de helft van het geld kreeg om daarmee de opdracht als afgedaan te beschouwen. De Herenclub kwam nooit op een eerder genomen beslissing terug. Wanneer ze iemand dood wilden hebben, moest die persoon dood, morsdood, zonder hoop op een wederopstanding.

Nog steeds ging Krait ervan uit dat de Herenclub niets met zijn huidige missie te maken had. De vrouw leek een totaal onbeduidend persoon. Vermogende, invloedrijke mannen hielden zich niet met dergelijke vrouwen bezig, laat staan dat ze de opdracht gaven hen uit de weg te ruimen.

Nadat hij zijn sms'je had verstuurd, reed hij naar de Pacific Coast Highway, in zuidelijke richting, naar het restaurant waar Carrier zijn Explorer had achtergelaten. Hij kamde de wagen helemaal uit maar vond niets wat hem verder hielp.

Net toen hij de auto had doorzocht, begon zijn mobieltje te trillen. De ondersteunende unit meldde dat ze een buschauffeur hadden gesproken die zich kon herinneren dat er in Dana Point een stel was uitgestapt dat voldeed aan de beschrijving van Carrier en Paquette.

Krait reed naar Dana Point terwijl de ondersteunende unit de telefoongegevens van de vrouw onder de loep nam om te zien of ze met iemand in die plaats had gebeld.

De wolken weken, de blauwe lucht verscheen en de zon zette de heuvels en de stranden en de kabbelende zee in een gouden gloed.

Krait voelde het leven door hem heen stromen, er brandde een aangenaam vuur in hem, zoals er in de smidse ook een vuur brandt zonder dat de haard erdoor verteerd wordt. Steeds als hij iemand ging vermoorden, kreeg hij weer dat heerlijke gevoel.

41

Bij de groothandelfirma kon je voor onwaarschijnlijk weinig geld drieliterpotten mayonaise krijgen, in een voordeelverpakking van zes stuks, en voor een uiterst bescheiden bedrag kon je zo veel blokken tofu kopen dat je er met gemak een vakantiehuisje van kon bouwen.

Omdat Tim en Linda alleen maar op zoek waren naar een wegwerpmobieltje, hadden ze geen karretje genomen, karretjes die zo groot waren dat je er eventueel een mank paard in kon vervoeren. Er liepen klanten in de winkel die hun karretje hadden volgeladen met meerdere pakken toiletpapier – twaalf rollen per pak –, een half gros panty's en ontzettend veel potten met cocktailuitjes. Een jong stel liep achter twee karretjes waarin twee sprekend op elkaar lijkende meisjes van een jaar of drie zaten, alsof het om een voordeelaanbieding ging: twee halen, één betalen.

Soms vreesde Tim dat Amerikanen zo gewend waren geraakt aan alle overvloed dat ze dachten dat het altijd zo geweest was en dat het alleen in de meest achterlijke uithoeken van de wereld niet de norm was. Beschavingen kunnen plotseling ineenstorten wanneer het historische besef verdwijnt of wanneer de complexe werkelijkheid en de verschrikkelijke schoonheid van het verleden door simplistische politieke kreten worden vervangen.

Ze kochten een wegwerpmobieltje, en een elektrisch scheerapparaat voor Tim. De caissière trok een wenkbrauw op en vond het duidelijk vreemd dat ze maar twee dingen kochten. Zeer on-Amerikaans.

Ze reden naar een automobielbedrijf. Tim reed terwijl Linda met het nieuwe mobieltje naar de telefoonmaatschappij belde om het apparaatje te activeren. Omdat het om een prepaidmobieltje ging, hoefde ze geen creditcardnummer of een naam op te geven. Dit geheel legale systeem werd veel gebruikt door terroristen, om onderling te kunnen communiceren zonder dat de gesprekken traceerbaar waren, of om er bommen mee af te laten gaan. Gelukkig konden ook eerlijke burgers van deze consumentvriendelijke technologie gebruikmaken.

Het automobielbedrijf verkocht bijna alle merken; de auto's stonden naast elkaar langs een in de vorm van het cijfer acht aangelegde weg opgesteld. Vlaggetjes wiegden in de zwakke wind heen en weer, op spandoeken was te lezen welke speciale aanbiedingen er golden, en op het asfalt stonden duizenden auto's te glimmen, als diamanten in de etalage van een juwelier.

Alle ruimte op het grote parkeerterrein werd in beslag genomen door nieuwe en tweedehands auto's, auto's die nog gerepareerd moesten worden, en auto's van bezoekers. De auto's van de werknemers, auto's die gerepareerd waren en weer opgehaald moesten worden, en inruilmodellen die nog nagekeken moesten worden, stonden aan de openbare weg.

Tim parkeerde de auto achter een twee jaar oude zilverkleurige Cadillac. Uit Linda's tas haalde hij zijn gereedschapssetje. Linda bleef in de auto zitten wachten om in de gaten te houden of de 'onmiddellijke activering' van het wegwerpmobieltje een kwestie was van minuten of uren wachten.

Tim schroefde de nummerborden van de auto af, niet stiekem en niet gehaast maar wel snel, en legde ze in de kofferbak. Niemand zou het raar vinden om bij een automobielbedrijf iemand met gereedschap in de weer te zien. De showrooms lagen zover van de weg af dat de verkopers geen zicht op de auto's hadden die hier stonden. Hij liep naar de zilverkleurige

Cadillac en zag dat de wagen op slot zat. Hij tuurde naar binnen; er lagen geen persoonlijke bezittingen in het zicht. Het dashboardkastje hing open en leek leeg.

Zo te zien was dit een auto die kortgeleden was ingeruild, die nog niet was nagekeken en hier nog wel een paar dagen zou blijven staan. Als je in Californië een auto inruilde, mocht je zonder kenteken rondrijden tot de nummerborden per post werden opgestuurd. Tim wilde per se geen nummerbord van een auto halen die van een van de verkopers was, omdat hij bang was dat het dan te snel zou worden opgemerkt. Hij verwijderde de kentekenplaten van de Cadillac en zette ze op de Honda Accord. Toen hij weer achter het stuur kroop, zei Linda: 'Nog steeds geen ontvangst. Als ik een boek wilde schrijven, zou ik het over een psychopaat doen die achter iemand aangaat die telefoontjes verkoopt die zogenaamd direct geactiveerd kunnen worden, maar waarbij dat niet gebeurt.'

'En wat doet die psychopaat wanneer hij het slachtoffer te pakken heeft?'

'Dan deactiveert hij hem.'

'Je kunt nog steeds schrijven.'

Ze schudde haar hoofd. 'Ik weet het niet. En als ik het al niet meer weet, hoe kun jij het dan weten?'

Hij startte de Honda en zei: 'Omdat we zijn wie we zijn.'

'Dat is een diepe. Als ik ooit nog eens een boek ga schrijven, zet ik dat er geheid in.'

'Ik dacht dat ik gewoon metselaar kon blijven. En dat ben ik ook nog, maar ik ben ook nog degene die ik daarvoor was.'

Hij trok op en voelde hoe ze met haar groene ogen naar hem keek.

'En wat was je dan precies?'

'Mijn vader is ook metselaar. Een hele goeie. Met het begrip metselaar heb je hem helemaal te pakken, maar mij niet, hoewel ik het graag anders had gezien.'

'Dus je vader is ook metselaar,' zei ze, bijna verwonderd, alsof hij een magisch geheim had prijsgegeven.

'Is dat zo raar? Vaak geven bouwvakkers iets van hun vak mee aan hun kinderen, of doen ze een poging in die richting.'

'Ik wil even iets stoms zeggen. Maar nadat jij eenmaal bij me had aangebeld, is alles ook zo snel gegaan... Het is nooit bij me opgekomen dat je een vader zou hebben. Vind je hem aardig?'

'Of ik hem aardig vind? Waarom zou ik hem niet aardig vinden?'

'Tussen vaders en zonen hoeft het niet altijd zo te boteren.'

'Een geweldige kerel is het. Prima vent.'

'Mijn god, dan zul je ook wel een moeder hebben.'

'Nou, mijn vader was geen amoebe; hij kon zich niet in tweeën splitsen en pats, daar was ik.'

'O, mijn god,' zei ze zachtjes, met zeker respect. 'Hoe heet je moeder?'

'O, mijn god, ze heet Mary.'

'Mary,' zei ze, alsof het een naam was die ze nooit eerder had gehoord, alsof het een melodieuze naam was en ze het woord op de tong proefde. 'Is dat ook een leuk mens?'

'Je zult haar heel leuk vinden.'

'En hoe heet je vader?'

'Walter.'

'Walter Carrier?'

'Dat lijkt me logisch, niet?'

'Heeft hij net zo'n grote kop als jij?'

'In mijn herinnering zeker niet kleiner.'

'Walter en Mary,' zei ze. 'O, mijn god.'

Verbijsterd keek hij opzij naar haar. 'Waarom zit je nou zo te grinniken?'

'Ik vond je een exotisch oord.'

'Een exotisch oord?'

'Een vreemd land, een exotisch oord waar ik van alles over te weten wilde komen, dat ik wilde verkennen. Maar je bent geen exotisch oord.'

'Nee?'

'Je bent een complete wereld op zich.'

'Gaat dit weer over mijn grote kop?'

'Heb je broers of zussen?'

Terwijl ze bij het autobedrijf wegreden, zei Tim: 'Geen zussen. Eén broer. Zach. Hij is vijf jaar ouder dan ik, en hij heeft een normale kop.'

'Walter, Mary, Zach en Tim,' zei ze verheugd. 'Walter, Mary, Zach en Tim.'

'Ik weet niet of het ertoe doet, maar ik heb ineens het idee dat alles ertoe doet, dus ik zal er ook nog bij vermelden dat Zach getrouwd is met Laura en dat ze een dochtertje hebben dat Naomi heet.'

Linda's ogen glommen, alsof ze haar tranen nauwelijks kon bedwingen, al leek het er helemaal niet op dat ze in huilen zou uitbarsten. Integendeel.

Hij stelde haar een vraag, hoewel hij wist dat hij zich misschien op glad ijs begaf: 'En jouw vader en moeder dan?'

Het wegwerpmobieltje ging over. Ze drukte op de aantoets, zei 'Ja' toen haar iets gevraagd werd, daarna nog een keer 'Ja' en vervolgens 'Bedankt.' Het mobieltje was geactiveerd.

42

Toen Krait zag wat er zoal in het bureautje van Teresa Mendez zat, merkte hij dat er veel dingen van haar waren die hij afkeurde. Ze hanteerde totaal foute normen en waarden. Uit de agenda die ze had achtergelaten, haalde Krait dat ze een tweeëndertigjarige weduwe was, dat ze als doktersassistente werkte en dat ze op dit moment op vakantie in New York was, met vrouwen die Gloria Nguyen en Joan Applewhite heetten. Ze was afgelopen zondag vertrokken. Het was nu dinsdag. Ze zou zondag terugkomen.

In het gootsteenkastje hing een theedoek. De doek was vochtig. Op de vloer van de twee badkamers lagen waterdruppels, en de voegen tussen de tegeltjes waren donker door het vocht.

In de woonkamer stond een nep open haard die op gas werkte en die onlangs nog aan geweest was, want het bakstenen muurtje was nog een beetje warm.

De garage, waar met gemak twee auto's in pasten, was leeg. Het zou kunnen dat de weduwe de auto had genomen om naar het vliegveld te gaan. Maar als ze een tweede auto had, was het aannemelijk dat Carrier en de vrouw daar nu in rondreden.

Hij stuurde een sms'je naar de ondersteunende unit met het verzoek uit te vissen welke auto's op haar naam geregistreerd stonden. Even later, toen hij de inhoud van de vriezer aan het inspecteren was, kreeg hij een tekstberichtje waarin stond dat Mendez alleen een Honda Accord bezat. Er stond een kentekennummer bij, maar daar had hij niet veel aan omdat de legale kanalen niet voor hem openstonden. Krait kon geen opsporingsbevel uitvaardigen.

Voorlopig was hij zijn doelwit even kwijt. Daar maakte hij zich niet al te veel zorgen over. Het onderdak dat die twee gevonden hadden, was van tijdelijke aard. Dit was Kraits wereld. Hij was een koning, en zij waren zijn onderdanen. Op den duur zou hij ze wel te pakken krijgen.

Hij had al zestien uur niet geslapen en beschouwde de situatie als iets wat hem misschien door het lot was aangereikt. Hij had nu de mogelijkheid zich op te frissen voordat het moment suprême zich aandiende.

Eerst zette hij een pot groene thee. In de krappe voorraadkast vond hij een pak biscuitjes. Hij legde er zes op een schoteltje.

In een keukenkastje aan de muur ontdekte hij een kleine thermoskan met een leuk motiefje, blauw met zwartwitte clowntjes aan de boven- en onderkant. Toen de thee getrokken was, vulde hij de thermoskan.

De welverdiende rust die hij in het huis van Bethany en Jim had hopen te vinden, trof hij hier aan, in het eenvoudige onderkomen van de weduwe Mendez.

Hij droeg de thermoskan, een beker, het schoteltje met de biscuitjes en twee papieren servetjes de trap op naar de grote slaapkamer en zette alles op het nachtkastje. Nadat hij zich had uitgekleed en zijn kleren keurig had opgevouwen zodat er geen kreukels in zouden komen, vond hij twee badjassen in de kleerkast, die onmogelijk van de overleden echtgenoot geweest konden zijn. De eerste was een roze gewatteerd gewaad met bloemetjes, totaal smakeloos. In een van de zakken trof hij verfrommelde papieren zakdoekjes en een half rolletje keelpastilles aan.

De tweede badjas, een blauwe zijden, was weliswaar aan de krappe kant maar zat toch lekker en voelde heerlijk zacht aan.

Nadat hij het bed in de laagste stand had gezet en vier grote kussens aan het hoofdeinde had gelegd, ontdekte Krait ongewassen kleren in een mandje in haar kast. Het was haar blijkbaar niet gelukt het huis aan kant te krijgen voordat ze naar New York ging.

Tussen de vuile was vond hij een stretch-bh zonder beugels, twee T-shirts en drie slipjes. Hij legde de kledingstukken op de kussens, zodat hij er straks heerlijk tegenaan kon gaan zitten onder het genot van een kopje thee, en later kon hij met zijn gezicht op de kleren gaan liggen wanneer het tijd werd te gaan slapen.

Het enige leesvoer dat hij in de slaapkamer kon vinden, waren tijdschriften die hij oninteressant vond. Hij herinnerde zich dat hij op haar werkkamer boeken had zien staan, en in zijn ruisende zijden badjas liep hij naar beneden om een kijkje te gaan nemen. Teresa was blijkbaar geen fervente lezer. Op haar boekenplank stonden boeken over populaire psychologie, zelfhulp, spiritualiteit en gezondheid. Krait zag er niets interessants bij. De enige boeken die hem eventueel wel wat leken waren zes romans, dat wil zeggen: de rugtitels spraken hem aan. *Wanhoop*, *De hopelozen en de doden*, *Hartworm*, *Verrot*... Vooral de titel *Kanker knaagt* sprak Krait aan. Hij pakte het boek van de plank.

De naam van de schrijver, Toni Zero, klonk aangenaam nihilistisch. Het was natuurlijk een pseudoniem; met zo'n naam wilde je zeggen: *Je bent gek als je hier geld voor neertelt, lezer, al zul je dat uiteindelijk toch doen.* Hij vond de omslag subtiel, hard en deprimerend. Op het omslag stond dat het boek een ontnuchterend beeld van de mensheid schetste als een waardeloze, leugenachtige bende.

Toen hij het boek omdraaide om de achterkant te lezen, herkende hij tot zijn verrassing de foto van de schrijver. Toni Zero bleek Linda Paquette te zijn.

43

Toen Tim de auto bij een winkelcentrum op een verlaten parkeerplaats neerzette, meer dan een uur voordat de winkels opengingen, belde Linda de telefonische informatiedienst om het nummer van Santiago Jalisco op te vragen, het restaurant van de neef van Pete Santo, alias Shrek.

Toen ze de receptionist van het restaurant aan de lijn kreeg en Tims naam noemde, werd ze onmiddellijk doorverbonden met het kantoortje van Santiago Santo en kreeg Pete aan de lijn. Het verbaasde hem dat hij haar in plaats van Tim hoorde.

'Ik zal je op de luidsprekerstand zetten,' zei ze.

'Wacht even, ik wil het even van jou horen.'

'Wat wil je horen?'

'Wat vind je?'

'Wat ik vind?'

'Ja, van hem. Wat vind je van hem?'

'Wat heb jij daarmee te maken?'

'Helemaal niets, je hebt gelijk, maar ik ben zo nieuwsgierig.'

Tim wenkte haar, trok zijn wenkbrauwen op en keek haar niet-begrijpend aan.

'Ik vind,' zei ze tegen Pete, 'dat hij een lekkere kop heeft.'

'Een lekkere kop? Dan hebben we het vast niet over dezelfde zandhaas.'

'Zandhaas. Wat betekent dat eigenlijk?'

'Luidsprekerstand,' zei Tim ongeduldig. 'Luidsprekerstand.'

Ze toetste een knop in en zei tegen Pete: 'Je bent nu in de lucht.'

Tim zei: 'Ik begin nu langzamerhand te snappen waarom die opgezette vis het enige is wat je aan je huwelijk hebt overgehouden.'

'Het kan zijn dat ik er alleen maar een dooie vis en een schuwe hond aan heb overgehouden, maar ze zitten me gelukkig niet voortdurend op de huid.'

'Dus dat heb je er allemaal aan overgehouden, arme donder. Maar wat heb je voor ons?'

'Kun je je het Cream & Sugar Coffeehouse in Laguna nog herinneren?'

'Zegt me niets,' zei Tim.

'Die tent ken ik. Kende ik,' zei Linda. 'Daar kwam ik wel eens. Was bij mij in de buurt. Leuk terrasje hadden ze daar.'

'Heerlijke appelcake,' zei Pete.

'Met amandeltjes.'

'Ik moet er haast van kwijlen. Maar goed, anderhalf jaar geleden,' zei Pete, 'voordat de Cream & Sugar openging, is de hele tent tot op de grond afgebrand.'

'Een enorme vlammenzee,' wist Linda nog.

'De brandweer vermoedde dat de brand was aangestoken, maar niet met de gebruikelijke rotzooi maar met geavanceerde spullen. Lastig om een chemisch profiel samen te stellen.'

Tim zei: 'Ja, nou weet ik het weer. Ben er nooit binnen geweest. Maar ik ben er volgens mij wel eens langsgereden.'

'Toen ze het vuur onder controle hadden,' zei Pete, 'troffen ze vier verkoolde lijken aan.'

'Charlie Wen-tsjing, zo heette de eigenaar,' zei Linda. 'Een ontzettend lieve man, kende iedereen bij naam, behandelde iedereen alsof ze familie van hem waren.'

'In het echt heette hij Tsjou Wen-tsjing,' zei Pete, 'maar hij liet zich al dertig jaar Charlie noemen. Kwam uit Taiwan. Slimme zakenman, aardige vent.'

'Zijn twee zonen zijn toen ook omgekomen,' zei Linda. 'Michael en Joseph. Familiebedrijf. Het vierde slachtoffer was een nichtje, Valerie.'

Hoewel ze op een totaal verlaten parkeerplaats stonden, bleef Tim om zich heen kijken en tuurde hij voortdurend in de spiegeltjes. Er stond bijna geen wind, hoog boven hen joegen losse wolkenflarden naar het oosten, waardoor de schaduwen van spookachtige galjoenen over het asfalt gleden.

Pete zei: 'Ze zijn dood aangetroffen in de koelruimte waar ze de melk en het gebak bewaarden. Uiteindelijk heeft de lijkschouwer vastgesteld dat ze eerst zijn doodgeschoten en daarna in brand zijn gestoken.'

'Dit is nu precies waarom ik niet naar het journaal kijk,' zei Tim. 'Precies de reden waarom ik elke dag gewoon maar muurtjes wil bouwen en verder niets.'

'Het restaurant stond in een tamelijk drukke zakenwijk, en toch heeft niemand een schot gehoord.'

'Hij is een professional,' zei Tim. 'Hij beschikt over de juiste spullen.'

'Maar er waren wel twee getuigen die iemand bij de Cream & Sugar naar buiten hebben zien komen, tien minuten voordat het pand in lichterlaaie kwam te staan. Die persoon is naar een motel gegaan aan de overkant van de straat, heeft zijn kamersleutel ingeleverd en is weggereden. Hij was daar één nacht geweest, in kamer 14. Zijn naam was Roy Kutter.'

'Die initialen,' zei Linda. 'Een van Kravets schuilnamen.'

'Ik heb een kopie van zijn rijbewijs. Adres in San Francisco. Dezelfde glimlach, dezelfde klootzak.'

Tim zei: 'Maar als iemand hem gezien heeft...'

'Achtenveertig uur lang heeft hij op de lijst van verdachten gestaan. De politie wilde graag eens een woordje met hem wisselen. Ze sporen hem op, en vervolgens zegt hij dat de getuigen het niet goed hebben gezien. Het kan niet waar zijn dat ze hem uit de Cream & Sugar hebben zien komen omdat hij er nooit naar binnen is gegaan. Hij zegt dat hij er wel naartoe was gegaan om een beker koffie te halen maar dat de deur toen op slot zat. Hij had geen zin om twintig minuten te wachten tot ze opengingen omdat hij een belangrijke afspraak had.'

'Wat voor afspraak had hij dan? Wat voor werk doet hij?' vroeg Tim.

'Crisismanagement.'

'Wat mag dat betekenen?'

'Zeg het maar. Hij zei dat hij voor een of andere federale organisatie werkte.'

'Welke organisatie dan?'

'In de pers gaan ze daar nooit dieper op in.'

'Maar kwam hij overtuigend over?' vroeg Linda. 'Hebben ze hem zomaar weer laten gaan?'

'Nou, op dit punt ben ik een beetje tussen de regels door gaan lezen,' zei Pete. 'Ik vermoed dat de betrokken rechercheur, en ook de commissaris, die Kutter een beetje onder druk wilden zetten, hem graag wilden vasthouden.'

'Waarom is dat dan niet gebeurd?'

'Tja, misschien lees ik hier iets te veel tussen de regels, maar ik heb de indruk dat zij op hun beurt flink onder druk zijn gezet.'

'Zoals Hitch Lombard ook onder druk is gezet,' zei Tim.

'Precies. Al snel werd Roy Kutter afgevoerd van de lijst van verdachten.'

Inmiddels stonden er al een paar auto's op de parkeerplaats, verspreid over het uitgestrekte terrein. De mensen die uitstapten en naar het winkelcentrum liepen, waren waarschijnlijk verkopers, managers misschien, die een uur voordat de winkels opengingen op hun werk verschenen. Geen van hen had oog voor de Honda.

'Maar goed,' zei Linda. 'Wat maakt het uit dat ik daar wel eens kwam? Op de dag van de brand ben ik daar niet geweest. En volgens mij de hele week daarvoor ook niet. Waarom wil iemand me dood hebben omdat ik toevallig wel eens in de Cream & Sugar kwam?'

Vanuit de eenvoudige keuken van Santiago Jalisco, waar de wereld veel minder chaotisch leek te zijn dan bij hen, waar Kravet waarschijnlijk pogingen deed de locatie van Teresa's Honda te achterhalen, zei Pete: 'Probeer je me op de kast te jagen, meid, of was dat serieus bedoeld en wil iemand je inderdaad dood hebben?'

'Misschien is dit een goed moment om je even op de hoogte te stellen van wat er gaande is,' opperde Tim.

'Ja. Lijkt me wel.'

In het kort vertelde Tim wat er in de kroeg was voorgevallen, de twee mannen die hem elk voor een ander hadden gehouden.

'Jezus Christus, Deurman.'

'Daarom zitten we nu hier,' zei Tim. 'We hebben geen enkel bewijs dat er iets gebeurd is, en ook al hadden we op video dat hij op ons geschoten heeft, dan nog is het de vraag of iemand hem een strobreed in de weg kan leggen.'

'Blijkbaar is er heel wat gebeurd,' gokte Pete.

'Ja. Heel wat.'

'Mag ik dat ook weten?'

'Ik ben te moe om alles in detail te vertellen. Laten we zeggen dat Linda en ik blij zijn dat we nog in leven zijn. Want dat mag een wonder heten.'

'Stel dat je geluk hebt en je weet die vent te pakken te krijgen, dan ben je nog nergens als je niet weet wie zijn opdrachtgever was. Maar daar was je zelf natuurlijk ook al opgekomen.'

'Ik heb zo'n idee dat ze zich niet makkelijk zullen laten pakken.'

'En wat doen we nu dan?' vroeg Linda. 'We zijn net twee muizen die op een kale vlakte staan, en de havik komt op ons af.' Ze sprak op rustige toon en leek niet bang te zijn.

Tim vroeg zich af hoe het kwam dat ze haar emoties zo goed onder controle had.

'Ik heb nog iets,' zei Pete. 'Misschien heb je er iets aan. Ik heb een maatje die bij de politie van Laguna zit, Paco heet hij, echt zo betrouwbaar als de neten. Ik had hem een halfuurtje geleden aan de lijn, om te horen wat hij van de Cream & Sugarzaak af weet. Ik weet dat het onderzoek nog niet is afgesloten, zeg ik, maar zit er nog iemand op? Hij zegt nee, zit niemand meer op. Vervolgens hoor ik van hem dat Lily Wen-tsjing, die er nog steeds helemaal ondersteboven van is, denkt dat dit niet einde verhaal is. Ze denkt dat degene die haar gezin heeft uitgemoord, nog steeds aan de gang is.'

'Lily is de vrouw van Charlie,' zei Linda tegen Tim. 'Zijn weduwe.'

'Wat bedoel je met dat hij nog steeds aan de gang is?' vroeg Tim.

'Ze is ervan overtuigd dat bepaalde klanten van de Cream & Sugar in de afgelopen anderhalf jaar na de brand onder verdachte omstandigheden om het leven zijn gekomen.'

Linda sloeg haar armen om zich heen en huiverde, alsof het door een sprongetje in de tijd ineens herfst was geworden.

'Onder verdachte omstandigheden om het leven gekomen?' vroeg Tim. 'Wie dan allemaal?'

'Dat zei Paco niet, en ik heb er niet verder naar gevraagd omdat ik bang was dat hij anders argwaan zou krijgen. Maar wat duidelijk is, is dat ze Lily totaal niet serieus nemen. Ze heeft natuurlijk zo'n klap te verwerken gehad dat het logisch is om aan te nemen dat ze daardoor de zaken niet allemaal op een rijtje heeft. Maar het kan misschien geen kwaad om eens bij haar langs te gaan.'

'Doen we,' zei Linda. 'Ik weet waar het gezin woonde. Als ze daar nog steeds zit.'

'Volgens Paco wel. Ze wil alles bij het oude houden. Alsof ze haar gezin weer terugkrijgt als ze daar maar koppig genoeg in volhardt.'

Toen Tim in haar expressieve groene ogen keek, zag hij dat

de ellende die Pete net had beschreven, haar niet onberoerd liet.

'Geef me je nieuwe mobiele nummer maar even,' zei Pete. 'Ik ga ook zo'n wegwerpdingetje kopen; daarna neem ik wel contact met jullie op. Bel hier maar niet meer naartoe. Ik had Santiago hier eigenlijk niet bij moeten betrekken, ook niet zijdelings.'

Tim zei: 'Ik zie niet in wat je nog meer voor ons kan betekenen.'

'Als ik niet meer kan doen dan ik nu heb gedaan, is het droevig met me gesteld. Geef dat nieuwe nummer maar.'

Linda las het nummer op.

'En nog iets wat handig is om te weten, hoewel je daar zelf waarschijnlijk al achter zult zijn gekomen.'

'En dat is?' vroeg Tim.

'Ik heb het niet tegen jou, Deurman. Ik heb het tegen het knappe ding. Hoor je me, knap ding?'

'Met beide oren, heilig ding.'

'Je zult het al wel weten: je kunt je niet in betere handen wensen dan in de handen waar je je nu in bevindt.'

Terwijl ze Tim aankeek, zei ze tegen Pete: 'Daar kwam ik gisteravond al achter, toen hij bij me aanbelde en zei dat hij niets van moderne kunst begreep.'

'Dat je thuis was, heeft misschien zo moeten zijn,' zei Pete.

'Het punt is,' verduidelijkte ze zichzelf, 'dat als hij iets anders gezegd zou hebben, of helemaal niets, dat ik dan nog steeds had geweten dat ik bij hem veilig was.'

44

Toen Krait rechtop in bed in Toni Zero's *Kanker knaagt* zat te lezen, vergat hij zijn groene thee en zijn biscuitjes helemaal.

Ze had een sterke verhaallijn en haar manier van schrijven was helder en zelfverzekerd. Ze kende het belang van understatements maar ook de waarde van de hyperbool. Hij genoot vooral van de verleidelijke wanhoop, de diepgewortelde hopeloosheid, de amorele bitterheid. Ze leek geen boodschap te hebben aan alle optimisten die bij dit somber wereldbeeld vraagtekens wilden zetten.

Uit het boek van Zero zou die demon-in-de-dop Wormwood nog heel wat hebben kunnen opsteken over hoe je onschuldige zieltjes bij het licht weg kan lokken. En zelfs die ouwe Screwtape zou er nog wat van hebben kunnen leren.

Ook haar woede kon zijn goedkeuring wegdragen. De woede die uit het boek sprak, was niet zo intens als de wanhoop, maar ze diende het in kleine doseringen op, met een heerlijk kwaadaardige en wraakzuchtige ondertoon.

Even dacht hij dat hij een briljant schrijfster had ontdekt, of althans dat ze zijn favoriet kon worden. Maar langzaamaan legde ze een frustratie aan de dag over de moedwillige domheid die in alle mensen aanwezig is, een verontwaardiging over de wreedheid waarmee mensen elkaar behandelen. Misschien zag ze de wereld als een hopeloze bende, maar ze vond blijkbaar niet dat dat zo moest blijven. En wat erger was, ze verlangde naar een wereld waarin iedereen zich aan zijn beloftes hield, waarin vertrouwen niet beschaamd werd, waarin er nog plaats was voor eergevoel, en waarin mensen elkaar inspireerden tot moedige daden. Een dergelijke visie stuitte Krait tegen de borst.

Het werd hem duidelijk dat de wanhoop die van de bladzijden droop, niet werkelijk door haar gedeeld werd maar meer een houding was die was ingegeven door vervelende ervaringen of een bekwame professor. De woede kwam wel als echt over, maar die was naar zijn smaak niet heftig genoeg. Bovendien speelde woede een ondergeschikte rol in het boek.

Toen hij het huis van Paquette had geïnspecteerd, waren de boekenplanken in haar woonkamer hem niet ontgaan maar had hij de Toni Zero-boeken niet zien staan. Het feit dat ze de boeken in een dichte kast had gelegd of ze in een doos op zolder had geplaatst, deed vermoeden dat ze ook zelf van mening was dat haar boeken niet overtuigend genoeg waren.

Sterker nog: uit haar Ford coupé van 1939, uit de romans van andere schrijvers die ze op de plank had staan en uit de manier waarop ze haar huis had ingericht, sprak een afschuwelijk hoopvolle visie.

Hij liep met haar boek naar de badkamer, gooide het in de wc en ledigde zijn blaas. Hij spoelde niet door maar deed het deksel erop zodat zijn urine in het boek kon trekken. Deze daad was in strijd met zijn hang naar properheid, maar het was nu eenmaal nodig.

Eenmaal weer in bed merkte hij dat de thee in de thermoskan nog warm was. En de biscuitjes waren lekker.

Toen hij ging liggen om een paar uur te slapen, legde hij de Glock bij zich onder de dekens en hield hij het mobieltje losjes in zijn hand. Hij werd altijd wakker in precies dezelfde houding waarin hij was gaan slapen, met zijn mobieltje in de hand. Hij droomde nooit en lag nooit te woelen. Hij sliep echt als de doden.

45

Linda zat achter het stuur terwijl Tim zijn nieuwe elektrische scheerapparaat in de aanstekeraansluiting plugde en zich zonder spiegel schoor. Toen hij klaar was, zei hij: 'Dat vind ik altijd heel vervelend.'

'Wat vind je vervelend?'

'Een stoppelbaard. Dat kriebelt altijd zo. Kijk, kleren die zo stijf staan van het zweet dat je het gevoel krijgt in een pan met koolsoep terecht te zijn gekomen, daar heb ik geen last van.'

'Misschien is dat wel een beetje raar.'

'Luizen, of lippen die zo gebarsten zijn dat ze zijn gaan bloeden, snikhitte, schimmelinfectie, kakkerlakken in allerlei soorten en maten – daar kies ik voor als ik maar niet zo'n jeukende stoppelbaard hoef.'

'Er zijn maar weinig mannen die meteen op het eerste afspraakje hun voorliefde voor een schimmelinfectie durven opbiechten.'

Hij deed het scheerapparaat terug in het reistasje. 'De meeste eerste afspraakjes duren meestal niet zo lang.'

'Kakkerlakken in allerlei soorten en maten?'

'Dat wil je niet weten. Wat is mevrouw Wen-tsjing eigenlijk voor iemand?'

'Een klein vrouwtje vol pit. Net als de rest van het gezin werkte ze in de Cream & Sugar, meestal vanaf de lunch tot vroeg in de avond. Die ochtend dat het gebeurde, was ze er niet.'

Het huis van de famlie Wen-tsjing was gebouwd in een strakke, moderne stijl en lag in de heuvels van Laguna, met uitzicht op een canyon. Langs de met flagstones geplaveide oprit stonden koninginnenpalmen, die met hun grote bladeren schaduwen wierpen op de bont geschakeerde tegels.

Lily Wen-tsjing deed zelf de deur open toen ze hadden aangebeld. Ze was een slanke vrouw van in de vijftig. Ze had een perzikhuidje dat de tint van oud ivoor had, en ze droeg een zwarte zijden broek en een dito blouse met hoge kraag. Ze was ongeveer 1,50 meter lang maar straalde veel gezag uit, ondanks haar geringe afmetingen. Ze nam het woord voordat de anderen de kans kregen zich voor te stellen: 'Jij bent volgens mij... Linda. Dubbele espresso met een schijfje citroen, was het niet?'

'Inderdaad,' zei Linda. 'Hoe weet u dat nog, na al die tijd?'

'Ons werk was ons leven, en wij genoten als we zagen dat de klanten tevreden waren.' Ze had een zoetgevooisde stem, en zelfs alledaagse woorden kregen bij haar een muzikale klank.

'U bent niet vaak bij ons geweest,' zei ze tegen Tim. 'Want bij een reus als u zou ik wel hebben onthouden wat u had besteld. Hoe wilt u uw koffie?'

'Zwart of espresso, of intraveneus.'

Lily Wen-tsjing lachte en zei tegen Linda: 'Hem zou ik wel onthouden hebben, ook al zou hij maar een paar keer zijn geweest.'

Linda zei: 'Hij maakt dezelfde indruk als een geruisloos vallende steen.'

'Mooi gezegd,' zei Lily.

Linda stelde Tim aan Lily voor en zei toen: 'Mevrouw Wentsjing...'

'Zeg maar Lily en je en jij, hoor.'

'Graag. Lily, ik ga je zo vertellen waarom we hier zijn, en dan hoop ik niet dat je denkt dat we geschift zijn. Wat eigenlijk wel logisch zou zijn. Ik heb het vermoeden dat iemand me om het leven wil brengen, en dat alleen omdat ik ooit koffie in de Cream & Sugar heb gehad.'

De weduwe, die donkere, heldere ogen had, als versgezette Jamaicakoffie, leek er niet van op te kijken. 'Ja. Die mogelijkheid bestaat.' Ze liep voor de anderen uit naar een woonkamer waar het verlaagd plafond een tint lichter was dan de glimmende abrikooskleurige muren. Glanzende bronskleurige gordijnen flankeerden een glazen wand die uitzicht bood op de purperen zee en Catalina Island. Er dreven slechts enkele wolkjes in de lucht.

Linda en Tim namen plaats in donkere rotanhouten stoelen met rode kussens en pioenvormige medaillons in de rugleuning.

Hun gastvrouw verontschuldigde zichzelf zonder verdere uitleg. Geruisloos liep ze in haar slippers over de tapijten en de houten vloer.

Linda en Tim keken uit het raam en zagen een havik, die in steeds grotere kringen boven de canyon cirkelde.

In de kamer leken twee uit steen gehouwen chimaera op hoge zuilen Tim in de gaten te houden terwijl hij naar de havik keek. Er viel een drukkende stilte in het huis, en Tim kreeg het gevoel dat het onbeleefd was, bot zelfs, om de stilte te verbreken.

Lily kwam al heel snel weer terug met drie dubbele espresso's in witte kopjes op een glimmend rood dienblad, dat ze neerzette op een rotanhouten tafel met kunstig versierde randen. Met haar rug naar de glaswand gekeerd ging ze tegenover Tim en Linda zitten, op een Chinees bedbankje met dezelfde kussens als op de stoelen. In de houten rug- en armleuningen was een ongehoornde draak uitgesneden. Nadat ze een slokje espresso had genomen, zei ze: 'Onze geliefde dr. Avarkian kwam vaak bij ons.'

'Ik heb een paar keer met hem gesproken, toen we naast elkaar op het terras zaten,' wist Linda zich nog te herinneren.

'Hij was professor aan de UCI,' zei Linda tegen Tim. 'Hij was een van de stamgasten, is op jonge leeftijd overleden aan een hartaanval.'

'Hoe oud is hij geworden?' vroeg Tim.

'Zesenveertig. Drie maanden na de brand.'

'Dat is inderdaad nog jong, maar het komt wel vaker voor dat mensen van die leeftijd aan een hartaanval overlijden.'

'Evelyn Nakamoto, de schat.'

'Haar kende ik ook,' zei Linda. Ze boog zich naar voren. 'Ze had een kunstgalerie aan Forest Avenue.'

'Vijf maanden na de brand,' zei Lily, 'toen ze een paar dagen in Seattle was. Evelyn werd op het zebrapad geschept door een automobilist, die is doorgereden.'

'Maar dat was in Seattle,' zei Tim. Hij speelde de advocaat van de duivel en suggereerde dat alleen de mensen meetelden die in of rond Laguna Beach waren overleden.

'Wanneer iemand elders komt te overlijden,' zei Linda, 'lijkt het of dat niets te maken heeft met de sterfgevallen hier. Dat zou juist een reden kunnen zijn waarom ze haar in Seattle te grazen hebben genomen.'

'Die lieve Jenny Nakamoto,' zei Lily Wen-tsjing.

'Evelyn had een dochter met wie ze vaak koffie ging drinken,' zei Linda. 'Een mooi meisje.'

'Inderdaad. Jenny. Altijd zo aardig, en zo intelligent. Studeerde in Los Angeles. Woonde in een appartementje boven een garage in Westwood. Iemand heeft haar in haar woning opgewacht en heeft haar bij thuiskomst verkracht. En toen vermoord.'

'Afschuwelijk. Dat wist ik nog niet,' zei Linda. 'Wanneer is dat gebeurd?'

'Acht maanden geleden, vijf maanden nadat haar moeder in Seattle was overleden.'

De krachtige espresso met zijn volle aroma begon Tim bitter te smaken.

Nadat Lily haar kopje op het glanzend gelakte dienblad had gezet en weer ging zitten, met haar handen in haar schoot, zei ze: 'Nog een afschuwelijk detail over de moord op Jenny.'

De havik dook de canyon in en verdween uit het zicht.

Lily staarde naar haar handen en zei: 'Ze is gestikt in kwartjes.'

Tim dacht dat hij het niet goed verstaan had. 'Kwartjes?'

Lily bleef naar haar handen kijken, alsof ze hen niet aan durfde kijken wanneer ze over deze gruwel vertelde. 'Hij heeft haar handen op haar rug gebonden, en ook haar voeten vastgebonden, heeft haar op bed geduwd en haar gedwongen een rolletje kwartjes door te slikken.'

'O, god,' zei Linda.

Tim was er heilig van overtuigd dat het laatste wat Jenny Nakamoto gezien had, die verwijde pupillen waren geweest, verlangend naar licht, alle licht, haar licht.

'Een hartaanval, een verkeersongeluk en een lustmoord,' zei Tim. 'De politie ziet het verband misschien niet, maar ik denk dat je gelijk hebt, Lily.'

Ze sloeg haar ogen op en keek hem aan. 'Niet alleen die drie. Nog twee. Die aardige meneer Shotsky, de advocaat, en zijn vrouw. Ze kwamen vaak samen in de Cream & Sugar.'

'Die mensen kende ik niet,' zei Linda, 'maar ik heb het verhaal in de krant gelezen. Hij heeft haar doodgeschoten en heeft vervolgens de hand aan zichzelf geslagen.'

'Dat gaat er bij mij niet in,' zei Lily Wen-tsjing. 'Meneer Shotsky had een briefje achtergelaten waarin stond dat hij haar met een man in bed had aangetroffen. Er is... sorry, maar dat moet ik erbij vertellen... er is sperma op haar lichaam aangetroffen dat volgens de politie niet van haar man afkomstig was. Maar als meneer Shotsky zijn vrouw heeft doodgeschoten, waarom dan ook niet die man? Waarom zou hij die man hebben laten gaan? En waar is die man dan gebleven?'

Tim zei: 'Je had rechercheur moeten worden, Lily.'

'Ik was echtgenote en moeder, maar nu niet meer.' Er lag een lichte trilling in haar stem, maar haar gezicht en donkere ogen vertoonden geen enkele emotie. De stilte in huis werd niet alleen gevoed door het verdriet dat er heerste maar ook door haar stoïcijnse acceptatie van het keiharde noodlot.

De oren van de chimaera stonden recht omhoog, alsof ze luisterden naar de voetstappen van de man met de grote donkere ogen.

46

In een veld vol goudkleurig gras, tussen zwarte bamboestengels, stonden kraanvogels op dunne zwarte poten, met zwarte halzen en zwarte snavels. Op het zesdelige kamerscherm prijkten tal van goudtinten, en de zwarte lijnen waren met bijna kalligrafische precisie aangebracht, naast de witte veren en de witte koppen van de kraanvogels. Het geheel straalde iets vredigs uit.

'De politie ziet geen verband tussen deze vijf sterfgevallen,' zei Lily. 'Een agent zei tegen me: "Dat heeft allemaal niets met elkaar te maken, Lily. Zo gaat het nu eenmaal in het leven." Hoe komen ze daarbij, dat de dood hetzelfde is als het leven?'

Tim vroeg: 'Hoe verloopt het onderzoek naar de moord op je gezin?'

'Je zult de beer nooit vangen als je alleen maar achter de herten aangaat. Ze zijn op zoek naar een dief, maar er was helemaal geen dief.'

'Was er geen geld ontvreemd?' vroeg Linda.

'Alles is in vlammen opgegaan. Er zat maar weinig geld in de kas omdat we elke dag beginnen met niet meer dan wat wisselgeld. Wie vermoordt er nu vier mensen voor veertig dollar?'

'Er zijn mensen voor minder geld om het leven gebracht. Uit haat. Uit jaloezie. Of nergens om. Gewoon voor de lol,' zei Tim.

'En vervolgens steken ze de boel nauwgezet in brand? En doen de deur op slot, zodat de brand pas begint als ze allang weg zijn?'

'Heeft de politie een tijdmechanisme gevonden waarmee de

brand is aangestoken?' vroeg Linda.

'De hitte was zo intens dat er nauwelijks een spoor van zo'n mechanisme gevonden is. En dat leidt dan weer tot onderlinge meningsverschillen – welles, nietes.'

Buiten loste het laatste wolkje op in de blauwe lucht.

Lily zei: 'Waarom denk je dat iemand jou wil vermoorden?'

Linda keek eerst naar Tim en zei toen: 'Iemand heeft geprobeerd me te overrijden. En later heeft hij op ons geschoten.'

'Zijn jullie naar de politie gegaan?'

Tim zei: 'We hebben redenen om aan te nemen dat hij op de een of andere manier bij de politie betrokken is. We hebben meer informatie nodig voor we zoiets zouden doen.'

Ze boog zich naar voren en zei: 'Hebben jullie zijn naam?'

'We hebben een naam, maar die is vals. Zijn echte naam hebben we niet.'

'Hoe zijn jullie bij mij terechtgekomen, met al mijn wantrouwen in de zaak?'

'Die man heeft op de lijst van verdachten gestaan in het onderzoek naar de moord op je gezin.'

'Roy Kutter.'

'Ja.'

'Maar hij bestond echt, Roy Kutter. Ze hebben hem later laten gaan.'

'Klopt,' zei Linda. 'Maar dat bleek ook zijn echte naam niet te zijn.'

'Weet de politie dat?'

'Nee,' zei Tim. 'Maar ik moet je dringend verzoeken dat niet met hen te bespreken. Ons leven hangt van jouw discretie af.'

'Ze luisteren toch niet naar mij,' zei ze. 'Ze denken dat ik door alle verdriet niet meer goed bij mijn hoofd ben.'

'Dat hebben we gehoord, ja,' zei Tim. 'We hoorden dat je naar de politie was gegaan vanwege die vijf klanten die waren overleden. Daarom zijn we nu hier.'

'Het verdriet heeft me niet beroofd van alle werkelijkheidszin,' verzekerde ze hen. 'Het verdriet heeft me boos gemaakt en ongeduldig en vastberaden. Ik wil gerechtigheid. Ik wil dat de waarheid boven tafel komt.'

'Als we geluk hebben, kunnen we in elk geval de waarheid boven tafel krijgen,' zei Tim. 'Maar gerechtigheid is tegenwoordig een lastige zaak.'

Lily stond op en zei: 'Elke avond en elke ochtend bid ik voor mijn lief die mij ontvallen is, voor mijn zoontjes en mijn nichtje. Ik zal ook voor jullie bidden.'

Tim liep achter de twee vrouwen aan en keek nog een keer naar het kamerscherm met de sierlijke kraanvogels en de zwarte bamboestengels. Hij zag nu iets wat hem nog niet eerder was opgevallen: verborgen in het gras zat een goudkleurige tijger.

Bij de voordeur omhelsde hij Lily Wen-tsjing, hoewel hij niet zeker wist of dat wel gepast was. Blijkbaar vond ze het niet erg, want ze ging op haar tenen staan om hem een zoen te geven. 'Tijdens ons gesprek zag ik je naar het kamerscherm kijken.'

'Inderdaad. En net heb ik ook nog even gekeken. Ik vind het een prachtig scherm.'

'Wat vind je er zo mooi aan? De kraanvogels?'

'Eerst wel, ja. Ik was erg onder de indruk van de rust die van de kraanvogels uitgaat, ondanks het feit dat er een tijger op de loer ligt.'

'Niet iedereen ziet die tijger,' zei ze. 'Maar hij is er wel degelijk. Hij is er altijd.'

Toen ze weer in de Honda zaten, zei Linda: 'Na die brand zijn er vijf mensen vermoord. En dat alleen maar omdat ze iets wisten maar zich daar niet eens van bewust waren?'

'Er is op die plek iets gebeurd, en jullie waren erbij. Jullie zaten toen op het terras koffie te drinken.'

'Maar op het terras gebeurt nooit iets,' zei ze verontwaardigd. 'Niets bijzonders, althans. We dronken koffie, aten een broodje, een pasteitje. Koffiedrinken, de krant lezen, lekker van de zon genieten. En daarna zijn we naar huis gegaan.'

Tim trok op en zei: 'De tijger was er wel, maar niemand heeft hem gezien.'

Toen ze door de heuvels in de richting van de kust reden, vroeg ze: 'Wat nu?'

'Dat weet ik nog niet.'

'We hebben maar twee uur slaap gehad. Misschien kunnen we naar een motel gaan waar ze niet raar opkijken als je contant betaalt.'

'Ik denk niet dat ik een oog dicht zou kunnen doen.'

'Ik ook niet. Nou, dan kunnen we misschien wel even koffie gaan drinken. Lekker in de zon op een terrasje. Wie weet komen er dan wel herinneringen bij me boven.'

47

Om 10.44 uur, toen hij nog maar twee uur sliep, werd Krait uit een droomloze slaap gewekt doordat zijn mobieltje, dat hij nog steeds in zijn hand had, begon te trillen. Hij was op slag wakker, gooide de dekens van zich af en ging op de rand van het bed zitten om te zien wat voor sms'je hij van de ondersteunende unit had gekregen. Het bleek een zuur berichtje te zijn.

Ze vroegen om opheldering over twee zaken. Allereerst wilden ze weten waarom er drie slachtoffers waren gevallen in het huis van Bethany en Jim. Nog nooit eerder was hij op deze manier ter verantwoording geroepen. Hij stoorde zich eraan, want de vraag suggereerde dat hij onnodig slachtoffers zou hebben gemaakt.

Zijn eerste reactie was om te antwoorden dat de drie dood beter af waren, dat iedereen die nu nog in leven was, beter dood kon zijn, omdat dat veel beter voor de wereld was. Bovendien moesten ze hem niet vragen waarom hij Cynthia en Malcolm en Nora uit de weg had geruimd maar waarom hij niet iederéén had vermoord.

Ook wilden ze weten waarom hij in zijn zoektocht naar Linda Paquette bij dat huis terecht was gekomen. Op die vraag weigerde hij antwoord te geven omdat het een schandalige inbreuk op zijn privacy was. Ze sméékten hem of hij hun een bepaalde gunst wilde verlenen. Hij was hun slaaf niet. Hij leefde zijn eigen leven, een goed leven dat gewijd was aan de kunst van de dood.

Zolang ze de gunst kregen die ze zochten – de dood van Linda Paquette – hadden ze het recht niet hem voor zijn daden ter verantwoording te roepen. Niet acceptabel. Bovendien wilde Krait hun niet vertellen waarom hij dat huis was binnengegaan omdat ze niet wisten dat hij geen vast woonadres had. Ze dachten dat hij dat geheim wilde houden, iets wat wel logisch was voor een man met zijn bloederige roeping. Natuurlijk kon hij proberen uit te leggen dat hij nergens woonde, maar dat zouden ze toch niet begrijpen. Dan zouden ze de banden met hem verbreken. Want ze waren per slot van rekening slechts stervelingen, gewone mensen. Geen van hen was een prins van de wereld, zoals hij.

In plaats van één huis had hij miljoenen huizen. Gewoonlijk nam hij zijn intrek in huizen waar op dat moment niemand was, en hij probeerde dat zo te doen dat de bewoners ook achteraf niet in de gaten kregen dat hij bij hen te gast was geweest. Zo nu en dan belandde hij in een situatie waar hij zich niet uit kon praten. Dan loste hij het probleem op door de betrokkenen dood te maken.

In het verleden had de Herenclub geen enkele interesse getoond in dergelijke kwesties. Misschien kwam het door de kwantiteit dat ze er deze keer anders tegenaan keken: drie onbedoelde slachtoffers op één adres.

Hij besloot beide vragen te negeren en stuurde als reactie een dichtregel van Wallace Stevens, een dichter die hij zeer waardeerde, al doorgrondde hij de poëzie niet: THE ONLY EMPEROR IS THE EMPEROR OF ICE-CREAM.

Soms, als hij Wallace Stevens las, wilde hij hij niet alleen alle anderen op de wereld vermoorden maar ook zichzelf. Dit leek hem het ultieme criterium voor goede poëzie.

THE ONLY EMPEROR IS THE EMPEROR OF ICE-CREAM.

Daar moesten ze maar eens goed over nadenken, en als ze de hersens ervoor hadden, zouden ze concluderen dat ze met hun vragen nu een stapje te ver waren gegaan.

Krait hield er nu rekening mee dat de Herenclub toch misschien iets met de huidige missie te maken had. Misschien riepen ze hem vanwege die drie extra slachtoffers tot de orde omdat ze zich zorgen begonnen te maken. Per slot van rekening was zijn doelwit hem meer dan eens ontkomen, iets wat in zijn carrière nog niet eerder was gebeurd. Als hij snel handelde en de vrouw opspoorde en vermoordde, zou de Club niet meer zo moeilijk doen. Als Linda Paquette dood was, zou de moord op Cynthia en Malcolm en Nora door de vingers gezien worden en zou alles vergeven en vergeten zijn.

Hij stopte het ondergoed van Teresa terug in de wasmand in de kast en maakte het bed op. Hij pakte de beker, de thermoskan en het schoteltje met biscuitjes en bracht ze naar de keuken, waar hij alles schoonmaakte en op de juiste plaats terugzette. Daarna liep hij weer naar de slaapkamer en kleedde zich aan. Omdat de reproductie die hij uit het huis van Paquette had meegenomen, door alle regen nat was geworden, had hij het papier op de vloer opengevouwen. Toen hij zag dat het papier was opgedroogd, vouwde hij het op en stopte hij het in zijn binnenzak. Met de Glock in zijn hand liep hij naar Teresa's werkkamer, zette haar computer aan en ging online.

Krait had nooit iets over zijn slachtoffers willen weten, en dat beviel hem wel. Hoe minder hij van hen afwist, hoe beter. Want als hij wist waarom die mensen dood moesten, zou hij te veel te weten komen. Hij had in de loop der jaren genoeg ervaring opgedaan om te weten wat er met mensen gebeurde – misschien zelfs ook met prinsen – die te veel wisten.

Hoewel hij de opdracht had gekregen alleen de vrouw te vermoorden, niet Carrier, leek het hem verstandig ook over hem niet al te veel te weten te komen. Maar omdat Carrier hem nu al meer dan eens te slim af was geweest, en omdat de Herenclub nu moeilijk begon te doen, besloot Krait zijn strategie aan te passen. Hij toetste een paar woorden in op Google om te zien wat er over Carrier op internet te vinden was. Eigenlijk verwachtte hij niet veel wijzer te worden dan hij al was. Maar dat had hij verkeerd ingeschat.

48

De brede takken van de grote Nieuw-Zeelandse kerstboom hingen over een deel van het terras heen, het deel dat het dichtst bij de straat lag. De gigantische takken droegen in dit jaargetijde niet de kenmerkende rode bloemen.

Tim en Linda zaten aan een tafeltje in de zon, helemaal achteraan op het terras, naast een gepleisterde muur waar een bloeiende trompetplant tegenaan groeide. Ze dronken espresso en aten geurige chocoladekoekjes met pistachenootjes die op een schoteltje lagen. Ze hadden het over de trompetbloemen toen Linda na een korte stilte zei: 'Mijn vader heette Benedict. Iedereen noemde hem Benny.'

Tim merkte op dat ze in de verleden tijd sprak en wachtte tot ze verder zou gaan.

'Hij was kinderpsycholoog.'

'Hij heeft jou goed afgeleverd.'

Een dun lachje verscheen en verdween. 'Mijn moeder heette Renee.'

In een opwelling zei hij: 'Heb je foto's van ze bij je?'

Ze haalde haar portemonnee uit haar tas en liet de foto's zien die in een plastic hoesje zaten.

'Vriendelijke mensen.'

'Ze waren heel aardig en lief, en ze hadden veel humor.'

'Je lijkt op haar.'

'Ze had pedagogiek gestudeerd.'

'Zat ze in het onderwijs?'

'Ze werkten allebei in de kinderopvang en hadden een kleuterschool opgericht.'

'Dat is hun vast goed afgegaan.'

'Uiteindelijk hadden ze drie scholen onder hun hoede.'

Ze draaide haar gezicht naar de zon en deed haar ogen dicht.

Een zoemende kolibrie was op zoek naar de nectar van een trompetbloem.

'Er was een meisje van vijf. Chloe heette ze.'

Op een foto stond Benny met een raar hoedje op. Hij zat achter Linda aan.

'Chloe kreeg Ritalin van haar moeder.'

Linda, op dezelfde foto, gierde het uit van het lachen.

'Mijn ouders adviseerden haar met de Ritalin te stoppen.'

Door de lentezon leek het of ze een doorzichtig huidje had.

'Chloe was een druk kind. Daarom wilde de moeder dat ze Ritalin bleef slikken.'

'De helft van alle kinderen krijgt het tegenwoordig, heb ik gehoord.'

'Misschien begon Chloe's moeder zich schuldig te voelen door wat mijn ouders zeiden.'

'Misschien voelde ze zich al schuldig.'

'Hoe dan ook, ze vond het niet fijn wat mijn ouders haar adviseerden.'

De kolibrie was felgroen, de vleugeltjes niet meer dan een waas.

'Op een dag kwam Chloe op het schoolplein ten val en schaafde ze haar knie.'

De foto's leken nu iets verdrietigs te hebben. Souvenirs van wat ooit geweest was.

'Mijn ouders hebben de wond toen ontsmet.'

Tim stopte de foto's terug in haar portemonnee.

'Ze hebben er jodium op gedaan. Chloe moest huilen en zei dat het prikte.'

De kolibrie vloog naar een andere bloem: *zrrr-zjika-zjika*.

'Ze ging bij haar moeder klagen en zei dat mijn ouders haar pijn hadden gedaan.'

Tim zei: 'Die moeder zal toch wel begrepen hebben dat ze de jodium bedoelde?'

'Misschien begreep ze haar dochter verkeerd. Maar misschien *wilde* ze haar dochter verkeerd begrijpen.' De zon scheen fel, maar Linda's gezicht betrok. 'Chloe's moeder is naar de politie gestapt.'

De vleugeltjes van de kolibrie produceerden een zachte, gedragen klaagzang.

'De politie heeft mijn ouders ondervraagd, en daarna mochten ze weer gaan.'

'Maar dat was niet het eind van het verhaal?'

'De openbare aanklager wilde per se opnieuw verkozen worden.'

'Dus de politiek begon een rol te spelen.'

Ze keerde haar gezicht van de zon af maar hield haar ogen dicht. 'Hij huurde een psychiater in, die met de kinderen ging praten.'

'Alle kinderen, niet alleen Chloe?'

'Alle kinderen. En toen begonnen de wilde verhalen.'

'En dan is er natuurlijk geen houden meer aan,' wist hij.

'Spelletjes doen zonder kleren aan. Dansen zonder kleren aan. Dieren die in de klas werden doodgemaakt.'

'Dieren die werden geofferd? Geloofde men dat?'

'Honden en katten die werden doodgemaakt om de kinderen het zwijgen op te leggen.'

'Mijn god.'

'Twee kinderen beweerden zelfs dat er een jongetje in mootjes was gehakt.'

'En dat hadden ze nooit tegen hun ouders gezegd?'

'Onderdrukte herinneringen. In mootjes gehakt en op het schoolplein begraven.'

'Opgraven dus, kijken of er iets gevonden kan worden.'

'Hebben ze gedaan. Niets gevonden.'

'Maar dat was nog steeds niet het eind van het verhaal?'

'Ze hebben de muren van de school opengebroken om te zien of er ergens kinderporno verstopt was.'

'En weer niets gevonden,' nam hij aan.

'Inderdaad. Ook zochten ze naar voorwerpen die bij satanische rituelen gebruikt konden zijn.'

'Klinkt als een moderne versie van de heksenprocessen van Salem.'

'Kinderen zeiden dat ze plaatjes van de duivel hadden moeten kussen.'

'En kinderen liegen nooit,' zei hij.

'Ik neem het die kinderen niet kwalijk, want ze waren nog jong en dus gemakkelijk te manipuleren.'

'Soms kan een psychiater zo op mensen inpraten, ook met de beste bedoelingen, dat ze zich ineens dingen kunnen herinneren die nooit gebeurd zijn.'

'Misschien had hij niet altijd de beste bedoelingen. Plafonds werden gesloopt.'

'En dat allemaal vanwege een geschaafde knie.'

'Vloeren werden opengebroken, om te zien of er misschien geheime kelders onder zaten.'

'En nooit is er iets gevonden,' zei hij.

'Nee. Maar toch zijn mijn ouders veroordeeld, op basis van getuigenverklaringen.' Ze deed haar ogen open en keek in het verleden.

'Dit soort dingen waren destijds toch schering en inslag?'

'O ja. Tientallen soortgelijke gevallen. In heel Amerika heerste een massale hysterie.'

'Daar moet toch iets van waar geweest zijn.'

'Vijfennegentig procent bleek uiteindelijk uit de duim te zijn gezogen, misschien wel meer.'

'Maar mensen werden kapotgemaakt, moesten naar de gevangenis.'

Na een stilte zei ze: 'Ik moest ook naar de psychiater toe.'

'Dezelfde man die met die kinderen had gepraat?'

'Ja. Dat moest van de openbare aanklager. En van de kinderbescherming.'

'Hadden ze je bij je ouders vandaan gehaald?'

'Dat waren ze wel van plan, ja. De psychiater zei dat hij me wel kon helpen.'

'Waarmee?'

'Te weten komen waarom ik van die nare dromen had.'

'Had je nare dromen?'

'Elk kind heeft toch wel nare dromen? Ik was tien. Hij had een ontzettend overwicht op me.'

'Die psychiater?'

'Een krachtige persoonlijkheid, een onweerstaanbare stem. Hij deed heel aardig.'

De koffiekopjes wierpen steeds langere schaduwen op het tafeltje. 'Als je met hem sprak, wilde je wel bepaalde dingen gaan geloven. Dingen die je had weggestopt, die in je geheugen waren weggezakt.' Ze vouwde haar handen om het kleine espressokopje. 'Zacht licht. Hij had alle geduld. Een zachte stem.' Ze tilde het kopje op maar dronk niet. 'Ik moest hem altijd recht in de ogen kijken.'

Tim voelde zweetdruppeltjes langs zijn nek glijden.

'Hij had van die mooie, droevige ogen. En zachte handen.'

'In hoeverre heb je je dingen herinnerd die nooit gebeurd zijn?'

'Misschien meer dan ik wil toegeven.' Ze dronk het laatste restje espresso op. 'In ons vierde gesprek deed hij zijn broek naar beneden.' Ze zette haar kopje kletterend terug op het schoteltje.

Met een papieren zakdoekje depte Tim het klamme zweet uit zijn nek.

Ze zei: 'Hij vroeg of ik zijn dinges wilde aanraken. Of ik er een kusje op wilde geven. Maar dat wilde ik niet.'

'Grote genade, zeg. Heb je dat aan iemand verteld?'

'Niemand wilde me geloven. Ze dachten dat ik dat van mijn ouders moest zeggen.'

'Om hem zwart te maken.'

'Ik ben meteen bij mijn ouders weggehaald en werd bij Angelina in huis geplaatst.'

'Wie was dat?'

'De tante van mijn moeder. Molly en ik, mijn hond Molly – we moesten naar Angelina.' Ze keek naar de rug van haar handen. Daarna naar haar handpalmen. 'Op de avond dat ik wegging, hebben ze bij ons huis de ramen ingegooid.'

'Wie?'

'Iemand die geloofde dat het waar was van die geheime ruimtes en duivelspraktijken.' Ze legde haar handen op elkaar op tafel. Nog steeds straalde ze een grote innerlijke rust uit. 'Ik heb hier de afgelopen vijftien jaar met niemand over gepraat.'

'Je hoeft het er niet verder over te hebben als je dat niet wilt, hoor.'

'Jawel, dat wil ik juist wel. Maar ik kan daar nog wel wat cafeïne bij gebruiken.'

'Ik haal nog wel twee espresso.'

'Graag.'

Hij liep met hun kopjes tussen de tafeltjes door. Bij de deur keek hij nog eens naar haar.

De goedgeluimde zon leek zijn stralen speciaal op haar te richten. Als je haar zo zag zitten, zou je zeggen dat ze enkel geluk had gekend, dat haar nooit onrecht was aangedaan en dat haar gezicht daarom die onschuldige schoonheid uitstraalde die haast betoverend werkte.

49

Toen Krait weer achter het stuur zat, voelde hij zich volmaakt gelukkig. Uit de loop der dingen was wel duidelijk dat hij niet alleen een prins maar een heuse koning van de wereld was.

Misschien was Timothy Carrier een tegenstander van formaat. Maar de metselaar had een zwak punt dat uiteindelijk tot zijn ondergang zou leiden. Krait hoefde de twee niet meer achterna te zitten. Hij kon ze beter naar hem toe laten komen.

Op weg naar Laguna Niguel kreeg hij een idee waar hij helemaal enthousiast over raakte. Misschien dat de omgekeerde wereld die hij in spiegels zag en die hij zo graag eens verkennen zou, zijn echte wereld was, de wereld waaruit hij afkomstig was. Als hij geen moeder had – want hij kon zich niet heugen er een gehad te hebben – en als zijn leven plotseling op zijn achttiende was begonnen, en als zijn leven voor die tijd in een waas gehuld bleef, dan was het niet onlogisch om aan te nemen dat hij niet via de moederschoot ter wereld was gekomen maar via een spiegel. Misschien was zijn fascinatie voor spiegels in feite een fascinatie voor zijn werkelijke afkomst. Dat zou ook verklaren waarom hij nooit een huis had gekocht, want onbewust wist hij natuurlijk dat hij aan deze zijde van de spiegel nooit gelukkig zou kunnen worden omdat hij hier altijd als een vreemdeling in een onbekend land zou rondlopen. Hij stond boven de mensen uit deze achterlijke wereld omdat hij uit een land kwam waar alles was zoals het hoorde, waar alles bekend was, een wereld die niet constant veranderde, waar alles schoon was, waar niemand om het leven gebracht hoefde te worden omdat iedereen doodgeboren was.

In Laguna Niguel reed hij door een welvarende middenklassebuurt, waar de mooie huizen goed onderhouden werden, waar mensen meer auto's bezaten dan er in hun garage pasten. Bij een paar huizen hing een basketbalring boven de garagedeur, met een netje eraan, zodat er na schooltijd een wedstrijdje gespeeld kon worden. Bij ongeveer evenveel huizen hing de vlag buiten, niet wapperend in de wind maar statig neerhangend. De *stars* en *stripes* hingen roerloos tegen elkaar aan. Uit alles sprak een grote liefde voor het eigen honk, en voor de hang naar orde: keurig bijgehouden gazonnetjes, borders met rode en paarse vlijtige liesjes, klimrozen die langs latwerk werden geleid.

Krait kende het hier niet en wenste iedereen in deze omgeving dood, iedereen in elke straat, kilometers lang, miljoenen doden, en hij wenste dat hun huizen in de as werden gelegd, en dat alle gazons verschroeiden. Misschien was hij in deze wereld niet op zijn plaats, maar in elk geval was hij hier op het juiste moment. Want dit was een tijdperk vol geweld en massamoorden.

Hij vond het huis waar het hem om te doen was. Twee verdiepingen, de muren botergeel met wit. Dakkapel. Spanen op het dak. Erker. Geraniums op de veranda.

Hij zette de auto aan de stoeprand, draaide het raampje van het rechterportier naar beneden en zette een koptelefoon op. Daarna pakte hij een langwerpig apparaat dat op de stoel naast hem lag en richtte dat op een van de ramen op de bovenverdieping. Hij had de geavanceerde richtmicrofoon in de koffer in de achterbak gevonden. Het was een van de spullen waar hij om gevraagd had nadat hij zijn eerste auto in de prak had gereden. Met de richtmicrofoon kon je binnen een straal van vijftig meter gesprekken opvangen, zelfs als het raam dichtzat. Als er wind stond, werd het een stuk moeilijker, en als het flink regende, had je er helemaal niets aan. Maar nu was er geen wolkje aan de lucht, en ook stond er totaal geen wind. Hij zocht alle ramen op de bovenverdieping af, maar nergens pikte hij geluid op.

Op de benedenverdieping hoorde hij een vrouw zingen. Ze had een mooie heldere stem. Ze zong tamelijk zacht en ontspannen, en hij vermoedde dat ze ondertussen met het huishouden bezig was. Ze zong 'I'll Be Seeing You', een Amerikaanse classic.

Krait hoorde getik, een ratelend geluid. Misschien was de vrouw in de keuken bezig.

Haar stem was het enige dat hij opving. Blijkbaar was er verder niemand thuis, wat hij verwacht had, gezien hetgeen hij te weten was gekomen.

Nadat hij de richtmicrofoon had uitgeschakeld en het raampje weer had dichtgedaan, reed hij verder en zette hij de auto twee straten verderop neer. Met een kleine stoffen tas in de hand liep hij terug naar het geelwitte huis.

De straat lag er loom bij: bijen die traag op de gele lantanabloemen vlogen, het glimmende gebladerte van de Californische peperbomen die in de warme zon stonden, een lapjeskat die vredig op het trapje van een veranda lag te slapen, drie leeuweriken die op de rand van een vogelbadje zaten alsof ze zichzelf in het water wilden bewonderen...

Het pad voor het betreffende huis was geplaveid met tegels van kwartsiet die in een mooi, complex patroon waren gelegd. De voordeur zat niet op het nachtslot; hij kreeg hem met de LockAid ogenblikkelijk open, bijna geruisloos. Hij borg zijn LockAid op en kwam in een klein halletje. Zachtjes deed hij de deur achter zich dicht. Van achteren klonk de heldere stem van de vrouw. Nu zong ze 'I Only Have Eyes For You'. Krait bleef een ogenblik staan luisteren en genoot.

50

De kolibrie bleef rond de trompetbloemen vliegen. Op de tafel stonden hagelwitte kopjes met verse espresso.

'Hoeveel kinderen zaten er op dat kinderdagverblijf?' vroeg Tim.

'Tweeënvijftig.'

'Hoeveel van hen konden zich dingen herinneren als spelen zonder kleren aan?'

'Zeventien. De saillante details zijn naar de pers uitgelekt, via het kantoor van de openbare aanklager.'

'Zijn die kinderen ook lichamelijk onderzocht?'

'Eerst zei de psychiater dat een lichamelijk onderzoek traumatiserend zou werken.'

'Als de openbare aanklager daarin meeging, had hij waarschijnlijk zo'n vermoeden dat het allemaal gebakken lucht was.'

'Misschien was hij van plan de hele zaak te vergeten als hij eenmaal herkozen was.'

'Maar toen werd er vast ontzettend veel aandacht in de pers aan geschonken,' gokte Tim.

Zonnestralen vielen op de espressokopjes.

'De psychiater heeft maandenlang met die zeventien kinderen gepraat.'

'Dezelfde vent die bij jou zijn broek liet zakken.'

'Uiteindelijk gaf hij toestemming tot een lichamelijk onderzoek.'

Een hond trok zijn fluitende baasje voort langs het terras.

Linda keek naar het kwispelende beestje tot het uit het zicht was verdwenen.

'Bij twee meisjes werden sporen van lichamelijk geweld aangetroffen.' Aan een ander tafeltje schraapten stoelpoten over de tegels. 'Littekens op de huid,' zei ze. 'Een van hen was Chloe.'

'Haar moeder had alles in gang gezet.'

'Tegen die tijd kreeg Chloe wel meer dan alleen Ritalin.'

'Hoe bedoel je?'

'Haar ouders stuurden haar naar die psychiater om haar voor langere termijn te laten behandelen.'

'Mijn god.'

De rode bloemen wiegden in de zachte wind. 'Hij heeft Chloe medicijnen gegeven. Als onderdeel van de therapie.'

'Die meisjes hadden het over meer dingen dan spelletjes zonder kleren aan?'

'Uitvoerige beschrijvingen van handtastelijkheden.'

Bij een tafeltje onder de boom zaten een paar jonge vrouwen vrolijk te kletsen en te lachen.

'Ze beweerden dat ze door mijn moeder in bedwang waren gehouden zodat mijn vader...'

Een van de vrouwen had een tinkelende lach, de anderen lachten hoog en doordringend. Drie musjes vlogen verschrikt op.

'De openbare aanklager heeft de getuigenis van de meisjes opgenomen.'

De musjes vlogen omhoog, uit het zicht.

'Die psychiater was daarbij aanwezig,' zei ze.

'Zijn dergelijke opnamen rechtsgeldig?'

'Eigenlijk niet, maar de rechter vond van wel.'

'Hoger beroep dan?'

'Zou niets opleveren, bleek later.'

Een bruin veertje sneed als een kromzwaard door de lucht.

'Mijn vader kreeg twintig jaar. Hij ging naar San Quentin.'

'Hoe oud was je toen?'

'Tien toen het begon. Bijna twaalf toen het vonnis werd geveld.'

'En je moeder?'

'Die kreeg acht tot tien jaar. Een vrouwengevangenis in Corona.'

Ze dronk haar espresso zonder iets te zeggen. Tim zou haar het liefst willen aanraken, maar hij voelde aan dat ze niet getroost wilde worden. De wrange onrechtvaardigheid had haar al die tijd op de been gehouden. Woede was haar enige troost.

'Papa had vijf maanden gezeten toen hij door een medegevangene werd vermoord.' Haar verhaal was zo deprimerend dat Tim zijn hoofd boog. 'Hij werd vier keer in zijn buik gestoken, twee keer in zijn gezicht.' Tim deed zijn ogen dicht maar hield niet van de duisternis. 'Mijn moeder kreeg kanker aan haar alvleesklier. In de gevangenis werd een foute diagnose gesteld.'

Toen hij opkeek, zag hij dat ze naar het vogelveertje op tafel keek.

'Ze was zo zwak dat ze in het ziekenhuis mijn hand niet eens meer kon vasthouden.'

Een jongeman met een boeket rozen liep het terras op.

'Ik hield haar hand met beide handen vast, maar nog gleed ze weg.'

De man met de bloemen liep naar de lachende vrouwen toe.

'De rechtsbijstand kostte zoveel dat mijn ouders op het laatst geen cent meer hadden. Ook Angelina had weinig geld.'

Een vrouw kwam overeind en zoende de jongeman. Hij straalde van oor tot oor.

'Onze achternaam was toen nog Locadio, maar inmiddels was dat een besmette naam geworden.'

Die naam kwam Tim bekend voor. 'Ik was toen nog niet zo oud, maar die naam zegt me wel iets.'

'Door andere kinderen werd ik de dochter van de monsters genoemd. Sommige jongens riepen obscene dingen naar me.'

'Heet Angelina wel Paquette van haar achternaam?'

'Ja. Ik heb mijn naam veranderd en die naam aangenomen, ben naar een andere school gegaan. Maar dat hielp niets.'

De kolibrie, die eerst was verdwenen, kwam nu weer terug.

'Daarom heeft Angelina me lesgegeven.'

'Daar heb je blijkbaar veel van geleerd.'

'Ik wilde alles weten. Vooral het waarom.'

'Maar er bestaat geen waarom,' zei hij. 'Het leven is gewoon gemeen.'

'Het tweede meisje dat misbruikt was, heeft me twee jaar geleden opgespoord.'

'Was ze erachtergekomen dat haar herinneringen niet klopten?'

'Ze had nooit valse herinneringen gehad. Ze had over mijn vader gelogen, omdat dat moest.'

'Van wie? Van die psychiater? Was ze bang voor hem?'

'Doodsbang. Hij heeft haar tijdens een van de sessies misbruikt.'

'De littekens.'

'Ze leed er erg onder. De schaamte. De angst. Schuldgevoel over de dood van mijn vader.'

'Wat heb je tegen haar gezegd?'

'Dat ik het erg op prijs stelde dat ze naar me op zoek was gegaan.'

'Heeft ze een klacht tegen die vent ingediend?'

'Ja. Hij heeft gezegd dat hij haar zal aanklagen wegens smaad.'

'En Chloe? Heeft Chloe de kant van dat meisje gekozen?'

'Toen Chloe veertien was, heeft ze zelfmoord gepleegd.'

Ondanks het heerlijke zonnetje, de kolibrie en de rode bloemen, de kwispelende hond en zijn fluitende baasje, de jongeman met de rozen en de lachende vrouwen, ondanks alle schoonheid en plezier van het leven blijft de wereld een slagveld.

51

Terwijl de vrouw in de keuken stond te zingen, inspecteerde Krait de woonkamer. De gele pastelkleur van de buitenmuren kwam binnen terug op de muren, en alle plinten en deuren waren glanzend wit geverfd. Op de roodachtige mahoniehouten vloer die erg goed bij de rest van het interieur paste, lag een geel-met-auberginekleurig kleed met palmtakken en bladeren, een goedkope moderne variant op het Perzisch tapijt.

Het meubilair was niet heel bijzonder maar ook niet afzichtelijk. Het interieur was niet opgetut met bloemetjesbehang en ruches en gehaakte kleedjes, maar straalde desondanks iets warms en vrouwelijks uit. Veel mensen zouden dit een gezinsvriendelijk huis vinden, maar omdat Krait zelf nooit een gezin had gekend, had hij daar geen oordeel over.

De vrouw hield op met zingen.

Krait legde de tas op een stoel, trok de rits open en haalde een apparaat tevoorschijn waarmee hij haar onmiddellijk uit kon schakelen. Hij luisterde of hij voetstappen kon horen en vermoedde dat de vrouw ook stond te luisteren of ze iets hoorde, maar na een tijdje begon ze weer te zingen. Ze zong 'Someone to watch over me'.

Boven de open haard hing een schilderij van kinderen in zwemkleding die uitgelaten over het strand renden. Een grote golf werd door de zon goudomrand. Krait had niets met kinderen, maar hij vond het schilderij zo weerzinwekkend dat hij er vreemd genoeg naartoe getrokken werd. De stijl kon niet gekunsteld genoemd worden, en ook niet sentimenteel. De kunstenaar had een goed gevoel voor vorm en proporties en detail, maar ook voor lichtval. Hoe langer Krait naar het schilderij keek, hoe meer hij er een hekel aan kreeg. Maar hij snapte niet waarom het schilderij zulke sterke gevoelens bij hem teweegbracht. Intuïtief voelde hij dat dit schilderij over iets ging waar hij zich altijd tegen zou verzetten, waartegen hij met elke vezel van zijn wezen zou strijden en waar hij enkel met genadeloos geweld op kon reageren.

In de keuken was de vrouw overgegaan op 'These Foolish Things'. Krait besloot het schilderij te negeren om weer in zijn gebruikelijke onverstoorbare doen te komen, want dat paste iemand van zijn talenten en zijn kaliber beter.

Hij liep naar de boekenkast. Geen van de titels die Krait kende, konden zijn goedkeuring wegdragen. Behalve boeken stonden er in de kast ook ingelijste foto's van het gezin, zowel groepsfoto's als portretten. De meeste foto's waren van de kinderen, Timothy en Zachary; slechts hier en daar stonden de ouders er ook bij. De foto's waren genomen toen de kinderen drie of vier waren, tot ongeveer twintig. Soms stonden ze er keurig bij en keken ze braaf naar de fotograaf, soms waren het kiekjes die genomen waren toen de kinderen er geen erg in hadden.

Krait kon zich niet heugen ooit zo veel lachende gezichten bij elkaar te hebben gezien, zo veel plezier dat op de foto's was vastgelegd. Bij de familie Carrier was het blijkbaar altijd een vrolijke boel. Nou, daar zou snel verandering in komen.

Deel drie

De verkeerde plek
op het
verkeerde moment

52

Krait liep door het gangetje naar de keuken en bleef in de deuropening staan. Bij het aanrecht stond een vrouw met de rug naar hem toe. Ze was appels aan het schillen. Ze zong 'These Foolish Things', zeer verdienstelijk, heel langzaam, bijna pratend, waardoor het liedje de juiste melancholieke toon kreeg.

Tussen de open keuken en de eetkamer stond een grote grenen tafel met zes stoelen met hoge rugleuning. In gedachten zag hij Tim al aan die tafel zitten. Als jongen had Tim natuurlijk flink zitten bunkeren, omdat hij zo fors gebouwd was. Dat zouden zijn ouders wel in de portemonnee gevoeld hebben.

Boven de tafel hing een mooie koperen kroonluchter. Gestileerde vogeltjes vlogen in een kring om acht vlamvormige peertjes met bruinrode lampenkappen met een verenpatroon erop. Toen de vrouw een appel had geschild, pakte ze een ander mesje om er partjes van te maken en ze in een metalen kom te doen die op het aanrecht stond. Ze had lange, lenige vingers. Hij vond dat ze mooie handen had.

Toen het liedje ten einde was, zei Krait: 'Mary?'

Hij dacht dat ze zou schrikken. Maar ze draaide zich rustig om en keek hem met enigszins vergrote ogen aan.

Ze was halverwege de vijftig en had Kraits moeder kunnen zijn, als hij ooit een moeder had gehad. Ze was een slanke, aantrekkelijke vrouw.

'Ken je "As time goes by" uit *Casablanca*?' vroeg hij.

Ze vroeg niet wie hij was of wat hij in haar huis deed maar keek hem alleen maar aan.

'Die film heb ik tweeënveertig keer gezien,' zei Krait. 'Ik vind het leuk steeds weer naar dezelfde film te kijken. Dan weet je altijd wat er komen gaat.'

Hij kon haar bijna horen nadenken over het mes dat ze in haar hand had. Ook schatte ze de afstand naar de achterdeur, hoewel ze haar ogen niet van hem afhield. Voordat ze de kans kreeg de boel in de war te schoppen, schoot Krait haar met zijn luchtbuks neer. Met een zacht geluidje plopte er een injectienaaldje uit de loop, dat haar in de rechterborst trof. Ze droeg een geel met blauw geblokte blouse, en waarschijnlijk ook een bh. Geen kleren waar de naald niet doorheen kon komen. Toen ze het naaldje voelde, siste Mary van de pijn. Ze trok het ding uit haar borst en gooide het op de grond, maar het verdovingsmiddel zat al in haar lichaam en werkte supersnel.

'Misschien kun je straks nog "As time goes by" zingen,' zei hij. 'Je kent de woorden vast nog wel.'

Ze pakte de appelboor van het aanrecht en gooide die naar hem. Helemaal mis. Met het mes nog in de hand draaide ze zich om naar de achterdeur, maar haar enkels knikten en haar benen konden haar niet meer dragen. Ze probeerde zich aan het aanrecht vast te klampen.

Krait liep om het kookeiland heen naar haar toe. Ze stond half onderuitgezakt te knikkebollen maar probeerde haar hoofd nog rechtop te houden. Haar blik was al troebel. Het mes gleed uit haar hand en viel kletterend op de tegelvloer.

Krait schopte het mes weg. Toen Mary helemaal door haar benen zakte, ving hij haar op voordat ze met haar hoofd op de grond viel. Hij droeg de bewusteloze vrouw naar de grote grenen tafel. Ze was zo slap dat ze niet rechtop op een stoel kon blijven zitten. Krait duwde haar naar voren, vouwde haar armen op de tafel en legde haar hoofd erop. In die positie leek ze uit zichzelf te kunnen blijven zitten.

Hij deed de gordijnen van de woonkamer dicht en pakte zijn tas. Nadat hij de deur op het nachtslot had gedaan, liep hij terug naar de keuken en legde zijn tas op de tafel. Omdat Krait er rekening mee hield dat er net als bij Bethany en Jim zomaar buren konden binnenvallen, deed hij de luiken voor de keukenramen en trok hij de gordijnen in de eetkamer dicht. Uit de tas haalde hij twee paar handboeien en bond Mary's linkerpols aan de armleuning van haar stoel vast. Ze zat nog steeds voorovergebogen met haar hoofd op haar armen en begon nu te snurken. Met het tweede paar handboeien maakte hij een stoelpoot aan de tafel vast.

Snel inspecteerde hij het huis, niet om een idee te krijgen wat voor mensen hier woonden maar om er zeker van te zijn dat er niet nog iemand in huis was. Hij zag zichzelf een paar keer in een paar spiegels maar kwam verder niemand tegen. Hij knipoogde in de spiegel en stak zijn duim op.

Er stonden twee auto's op naam van de Carriers: een zes jaar oude Suburban en een nieuwere Ford Expedition. Walter was waarschijnlijk met de Suburban naar zijn werk gegaan, want in de garage stond alleen de Expedition.

In de keuken pakte hij een appelpartje. Lekker stevig, heerlijke smaak. Hij pakte nog een stukje.

Mary maakte een geluid alsof ze stikte. Ze hield op met snurken.

Het kon voorkomen dat het slaapmiddel een allergische reactie teweegbracht waardoor het slachtoffer in een anafylactische shock terechtkwam en doodging.

Toen hij haar onderzocht, merkte hij dat ze nog steeds ademde. Ze had een trage, regelmatige pols.

Hij zette haar rechtop. Deze keer zakte ze niet weg, alleen haar hoofd hing scheef. Hij ging naast haar zitten en streek haar haar uit haar gezicht. Ze had een gave huid; alleen bij haar ogen waren een paar plooitjes te zien.

Hij deed haar oogleden open. Ze had grijze ogen met groene vlekjes. Toen hij de oogleden losliet, bleven ze even openstaan en zakten toen langzaam dicht. Haar kaak hing open, haar lippen weken van elkaar. Ze had volle lippen. Krait streek er met zijn vingertoppen langs, maar ze reageerde niet.

Uit de tas haalde hij een rubberen slangetje en een blauw plastic hoesje, waarin twee injectiespuiten zaten, plus ampullen die een geelbruine oplossing bevatten. Hij haalde het beschermdopje van een van de naalden, stak hem in de ampul, vulde de spuit en spoot een beetje op de grond om er zeker van te zijn dat er geen lucht in de naald zat. Vervolgens draaide hij de binnenkant van haar rechterarm naar zich toe en bond met het slangetje haar bovenarm af zodat de aders goed zichtbaar werden. Vervolgens stak hij de naald in een ader en maakte het slangetje los. De geelbruine vloeistof stroomde uit de spuit in haar lichaam.

Hij had geen alcohol gebruikt om haar huid te desinfecteren. Als Mary een infectie kreeg, zou dat pas na een paar dagen een probleem worden, en tegen die tijd zou hij haar allang van kant hebben gemaakt.

Ze had mooie vrouwelijke armen, en haar huid was niet slap. Ze had stevige spieren.

Toen hij de naald uit haar arm haalde, verscheen er een druppeltje bloed. Hij keek er gefascineerd naar. Dit was bloed van de moeder van de meest geduchte tegenstander die hij ooit was tegengekomen. Hij boog zich naar haar toe, rook de geur van haar huid en likte het bloed op. Hij wist niet goed waarom hij zo'n aandrang had dit rode vocht te proeven, maar toen hij het gedaan had, wist hij dat hij er goed aan gedaan had.

De geelbruine vloeistof was een antidotum dat de werking van het slaapmiddel neutraliseerde. Met dit spul zou ze niet alleen sneller bij kennis komen maar zou ze ook niet zo lang suf blijven.

Krait leunde achterover en zag dat haar ogen onder haar oogleden heen en weer schoten.

Ze vertrok haar gezicht alsof ze een nare smaak in haar mond had. Haar tong gleed over haar lippen. Toen ze haar ogen opendeed, keek ze erg suf. Al snel sloot ze haar ogen. Daarna deed ze haar ogen weer open, en weer dicht.

'Speel maar geen spelletje,' zei hij. 'Ik weet dat je nu bij je positieven bent.'

Mary ging rechterop zitten en keek naar haar linkerpols die met handboeien aan de stoelpoot vastzat. Vervolgens keek ze naar haar rechterarm en naar de gebruikte spuit die op tafel lag. Toen ze Krait uiteindelijk aankeek, verwachtte hij dat ze zou vragen wat hij met haar gedaan had, maar ze zei niets. Ze keek alleen maar naar hem en wachtte tot hij iets zou zeggen.

Hij was ervan onder de indruk en keek Mary glimlachend aan. 'Meid, ik moet zeggen: je bent een lekker diertje.'

'Ik ben geen dier,' zei ze.

53

De aanstormende golven sloegen spetterend op de rotsen kapot. Het ritmische gebeuk en het geluid van het terugtrekkende water tussendoor klonken als gefluister in verschillende talen, alsof alle slachtoffers die de zee had geëist, allemaal door elkaar heen praatten.

Het park liep een flink eind door langs de kust. Kantoorbedienden die tijdens de lunchpauze aan de picknicktafels onder de palmbomen waren gaan zitten, deden hun lunchtrommeltjes open, en fanatieke joggers liepen hijgend langs de paadjes.

Tim en Linda liepen van het ene mooie uitzichtpunt naar het andere, leunden tegen de balustrade en keken naar de kust die de zee ontving, de zee die de kust besteeg.

Ze stonden stijf van de cafeïne, en hij dacht na over alles wat ze had verteld. Zij probeerde te wennen aan het idee dat ze voor het eerst in meer dan vijftien jaar over de treurige kwestie van haar ouders had gepraat.

'Grappig,' zei ze, 'dat iemand me wil vermoorden, uitgerekend nu ik weer zin heb om te gaan leven, écht te gaan leven.'

'Misschien vindt hij ons wel, maar hij gaat je niet vermoorden.'

'Hoe kun je dat zo zelfverzekerd zeggen?' vroeg ze.

Hij hield de tas met de laatste chocoladekoekjes omhoog, die ze mee hadden genomen en waar ze ondertussen van hadden gegeten.

'Suiker,' zei hij.

'Ik meen het, Tim.'

Hij keek naar de golven. Hoewel ze niet verder aandrong, zei hij uiteindelijk: 'Ik weet nu al meer dan zeven jaar dat er iets op mijn pad zou komen waar ik niet onderuit kon.'

'Iets op je pad?'

'Noodlot vond ik te zwaar klinken.'

'We moeten ons allemaal naar het noodlot schikken.'

'Ik bedoel meer iets wat je in het bloed zit.'

'Wat zit er dan in je bloed?'

'Niet iets waar ik trots op ben. Ik heb er niet hard voor hoeven werken. Het was er altijd al.'

Ze wachtte zwijgend tot hij verderging.

'Ik schrok me te pletter toen ik erachter kwam,' zei hij. 'En nog steeds. En dan heb je ook nog de manier waarop anderen erop reageren. Dat kan ook heel gênant zijn.'

Zeemeeuwen schoten krijsend door de lucht. Een vogel dook naar beneden en werd door de zee opgeslokt.

'Ik maakte mezelf wijs dat metselen een mooi vak is, een eerlijk vak ook, en dat metselaar precies mijn stiel was, en dat vind ik eigenlijk nog steeds.'

De vogel vloog op uit het water en had een vis te pakken.

'Maar op een gegeven moment heb je te lang een deel van jezelf weggedrukt, een deel dat zich niet langer laat wegdrukken. Het zit je in het bloed en kan dan niet langer genegeerd worden, denk ik.'

Twee mannen en een vrouw liepen iets lager over de keien, vlak bij de golven zonder dat ze natte voeten kregen. Ze waren krabben aan het zoeken en stopten ze in felgele plastic emmers.

'En bovendien loopt het leven nu eenmaal vaak zodanig dat je niet anders kunt dan worden wie je in wezen bent.'

Het wegwerpmobieltje ging.

'Niet opnemen,' zei ze. 'Maak je verhaal eerst af.'

'Maar het is waarschijnlijk Pete.' Inderdaad.

'Ik heb nu ook een wegwerpmobieltje,' zei Pete. 'Kun je het nummer noteren?'

'Pen en papier?' vroeg Tim aan Linda. Ze haalde schrijfgerei uit haar tas, waarna Tim tegen Pete zei: 'Ga je gang.'

Nadat Pete het nummer ter controle herhaald had, zei hij: 'Zijn jullie al bij Lily Wen-tsjing geweest?'

'Inderdaad. Dat leverde wel wat op.'

'Dat wil ik dan graag horen. Maar niet over de telefoon.'

'Ik moet echt je benen breken, wil ik jou hierbuiten houden, niet?'

'Dat zou niets helpen. Ik ben op turnen geweest. Ik kan op mijn handen lopen.'

'Waar wil je afspreken?'

Pete vroeg waar ze nu waren. 'Dan kom ik wel naar jullie toe. Halfuurtje.'

'We wachten bij de picknicktafel op je.'

Hij stopte het wegwerpmobieltje in zijn zak en liep verder.

Linda zei: 'Hé, groothoofd, je zou me nog iets vertellen.'

'Ja, maar ik kan maar niet op de juiste woorden komen.'

'Ik heb mijn muren geslecht,' zei ze.

'Ik weet hoe moeilijk dat voor je was. Maar mijn muren zijn van gewapend beton. Laten we een eindje gaan lopen, dan zal ik erover nadenken.'

Ze liep met hem mee.

Hij zei: 'Ik wil niet dat je een ander beeld van me krijgt.'

Ze liep met hem mee. De zon begon te zakken, en de schaduwen van de bomen schoven in oostelijke richting op. Ze liep met hem mee.

54

'Je hebt een flinke zoon,' zei Krait.

Mary gaf geen antwoord. Haar lippen leken minder vol dan eerst; ze had ze op elkaar geperst.

'Zachary is vast ook een flinke zoon,' zei Krait. 'Maar ik bedoel Tim.'

Mensen die zich lieten inpakken door Kraits glimlach en zijn amicale manier van doen, durfden hem vaak niet recht in de ogen te kijken, alsof ze onbewust aanvoelden dat ze zichzelf voor de gek hielden en zijn blik vermeden om in die waan te blijven. Wanneer iemand hem wel durfde aankijken, was dat meestal niet voor heel lang.

Mary had de onderzoekende blik van een oogarts. Steeds wanneer ze met haar ogen knipperde, kreeg Krait het idee dat ze weer iets dieper in hem was doorgedrongen.

'Schat, dat ik je nu op een pijnloze manier tijdelijk heb uitgeschakeld, wil nog niet zeggen dat ik je geen pijn durf te doen als dat nodig is.'

Geen reactie.

'Als je zo koppig blijft doen, kan ik je helse pijnen bezorgen, en dan piep je wel anders.'

Ze bleef hem recht aankijken.

'Alleen idioten zijn niet bang,' zei hij, 'en idioten leggen altijd het loodje.'

'Ik ben bang,' gaf ze toe.

'Mooi. Fijn om te horen.'

'Maar angst is niet het enige wat ik voel.'

'Laten we maar eens kijken of we daar iets mee kunnen.'

Ze had hem nog steeds niet gevraagd wie hij was of wat hij wilde, omdat ze dacht dat ze daar toch geen antwoord op zou krijgen, of dat hij daar juist uit zichzelf wel over zou beginnen.

'Ik ben Robert Kessler, maar jij mag me Bob noemen. En weet je, Mary, schat, die zoon van je, die Tim, die heeft iets wat ik wil hebben, maar hij wil het me niet geven.'

'Dan zul je er wel geen recht op hebben.'

Hij glimlachte. 'Ik durf te wedden dat je het in zijn jeugd altijd voor hem opnam als een leraar iets op hem aan te merken had.'

'Nou, eigenlijk niet.'

'En als ik je nu vertel dat hij een grote hoeveelheid cocaïne van mij achterover heeft gedrukt?'

'Als je stom genoeg was om dat tegen me te zeggen, zou ik weten dat het niet waar was.'

'Mary, Mary, volgens mij ben jij helemaal geen naïef vrouwtje.'

'Behandel me dan ook niet zo.'

Krait liet zich niet van zijn stuk brengen. 'Iedereen heeft geheimen die hij voor zichzelf houdt. Zelfs een moeder weet niet altijd wat er in haar zoon omgaat.'

'Deze moeder wel.'

'Dus het verbaast je niets dat hij in staat is gebleken mensen te vermoorden?'

Ze keek hem minachtend aan en zei: 'Doe niet zo belachelijk. Mensen vermoorden? Wat is dit voor sofistische kletspraat?'

Hij haalde zijn wenkbrauwen op. 'Sofistische kletspraat? Een duur woord voor een metselaarsvrouw en een metselaarsmoeder.'

'We proberen echt als domme arbeiders over te komen, maar dan spelen onze hersenen toch weer op.'

'Mary, ik heb het gevoel dat we in andere omstandigheden

best goede vrienden zouden kunnen worden.'

'Die omstandigheden kan ik me niet voorstellen.'

Hij keek haar een tijdje zwijgend aan.

'Je moet niet proberen me over mijn zoon aan het twijfelen te brengen. Hoe meer je dat doet, hoe minder serieus ik je neem.'

'Dat kan dan nog interessant worden.' Hij liep naar de keuken, pakte de kom met appelpartjes en ging weer bij haar aan tafel zitten. Nadat hij een stukje appel had gegeten, zei hij: 'Waar zijn die appels eigenlijk voor?'

'Je bent hier niet gekomen om over appels te praten.'

'Maar het is wel wat me op dit moment interesseert, schat. Wilde je een appeltaart gaan maken?'

'Twee.'

Hij pakte nog een partje en vroeg: 'Maak je het deeg zelf of neem je zo'n pak uit de supermarkt?'

'Ik maak het deeg zelf.'

'Zelf probeer ik ook altijd zoveel mogelijk vers spul te eten,' zei Krait. 'Dat is gezonder en heeft meer smaak dan eten uit een restaurant of uit de diepvries, en wanneer je net als ik steeds ergens anders woont, kun je eindeloos variëren.'

Hij nam een derde partje uit de kom en gooide dat naar haar gezicht.

Ze schrok. De appel bleef even op haar voorhoofd zitten, gleed ervan af en viel op haar blouse.

Hij gooide nog een partje naar haar, dat tegen haar wang kwam en op haar rechterarm viel. Ze gooide het op de grond.

'Probeer deze maar met je mond op te vangen,' zei hij.

Het appelpartje kwam tegen haar opeengeperste lippen aan.

'Kom op, zeg. Doe niet zo flauw.'

Omdat ze haar mond dichthield en net haar rug rechtte, kwam het volgende stukje appel tegen haar kin aan.

'Dit heeft totaal geen zin,' zei ze, 'want je krijgt zo toch niet waar het je om te doen is.'

'Misschien niet, schat. Maar ik vind het leuk.'

Hij at nog een partje en gooide er weer twee tegen haar gezicht aan. 'Hoe laat komt Walter thuis van zijn werk?'

Ze gaf geen antwoord.

'Mary, Mary. Misschien vind je het helemaal niet erg als ik je gezicht met een scheermesje ga bewerken.' Hij haalde zijn Glock uit zijn schouderholster en legde dat op tafel. 'Maar als Walter hier onverwacht binnen komt vallen, zal ik hem wel dood moeten schieten, en dat is dan jouw schuld.'

Ze keek ontzet naar het wapen.

'Er zit een geluiddemper op,' zei Krait. 'En het is een mitrailleur. Van dichtbij zou ik met één vingerbeweging vier, vijf, zes kogels in zijn nek kunnen pompen.'

Met tegenzin zei ze: 'Meestal tussen vier en halfvijf.'

De snelste manier om ergens te komen was blijkbaar via degenen die ze liefhad.

Krait zei: 'Komt hij ook wel eens eerder thuis?'

'Alleen als het slecht weer wordt.'

'Verwacht je nog meer mensen?'

'Nee.'

'Goed. Prima. Tegen de tijd dat het vier uur is, zitten wij allang ergens anders.'

Hij zag dat ze schrok toen ze snapte dat hij haar naar een andere plek wilde brengen, maar ze zei niets.

'Ik ga Tim opbellen,' zei hij. 'Timmy. Noem je hem Timmy?'

'Nee.'

'Ook niet toen hij klein was?'

'We hebben hem altijd Tim genoemd.'

'Oké. Maar in elk geval geen Timmetje dus. Ik ga Tim opbellen om hem een ruil voor te stellen. Ik wil dat je met hem praat.'

'Wat voor ruil?'

'Ah, eindelijk nieuwsgierig.'

'Vertel me de waarheid. Niet die flauwekul over cocaïne en zo.'

'Ik ben ingehuurd om die slet te vermoorden, die schrijfster. Als het kan, ga ik haar eerst verkrachten. Hij is met haar op de vlucht geslagen.'

Ze keek hem vertwijfeld aan en richtte haar blik vervolgens op het wapen dat op tafel lag.

'Ik moest het doen voorkomen alsof ze me bij een inbraak in haar huis had betrapt, maar waarschijnlijk gaat dat nu niet meer lukken. Maar als het even kan, ga ik haar nog wel verkrachten, want ze heeft me lang genoeg laten wachten.'

Mary deed haar ogen dicht.

'Vind je dit ook flauwekul, Mary?'

'Nee. Het is gestoord, maar het zou goed kunnen dat het waar is.'

'Wanneer Tim hier komt, zal hij je het hele avontuur in geuren en kleuren kunnen vertellen. Het was best wel spannend. Een spectaculaire achtervolging.' Hij gooide een appelpartje naar haar omdat hij wilde dat ze haar ogen opendeed. Hij schoof zijn stoel dichterbij en zei: 'Luister goed, Mary. Er zijn een paar dingen die je goed moet begrijpen.'

'Ik luister.'

'Straks ga ik je vastbinden en dan breng ik je naar de Expedition die in de garage staat. Met die auto gaan we dan weg. Ik leg je dan achter in de laadruimte, op je rug. Ben je bang voor injecties, Mary?'

'Nee.'

'Mooi. Want je krijgt van mij een ingenieus intraveneus infuuspompje. Weet je wat dat is?'

'Nee.'

'Dat is net als een infuus in het ziekenhuis maar dan heel compact, en het werkt niet op zwaartekracht maar op batterijen. Op die manier krijg je constant een gedoseerde hoeveelheid slaapmiddel binnen. Ben je allergisch voor medicijnen, schat?'

'Allergisch? Nee.'

'Dan kan er niets misgaan. Je blijft onder zeil tot dit allemaal achter de rug is. Dat is voor ons allebei wel net zo prettig. Ik zal een deken over je heen doen en nog wat andere spullen achter in de auto leggen, zodat iemand die toevallig door het raampje kijkt, niet zal vermoeden dat jij daar ligt. Maar er is één klein probleempje. Kijk me aan, schat.'

Ze had niet meer de behoefte hem diep in zijn ogen te kijken omdat ze inmiddels wel wist wat voor iemand hij was. Ze wist dat hij totaal niet vatbaar was voor de smeekbedes van een moeder.

'Nadat ik dat pijltje in je had geschoten, heb ik een antidotum toegediend zodat we even gezellig met elkaar konden babbelen. Dat spul zit nog steeds in je lichaam, en daarom zal ik – hij keek op zijn horloge – vijf kwartier of anderhalf uur moeten wachten voor ik je weer de volgende dosis geef. Daarom moeten we nog even geduld hebben. Snap je dat?'

'Ja.'

'Wanneer we Tim zometeen gaan bellen, zal ik hem vertellen dat ik je ontvoerd heb. En dan geef ik hem bepaalde instructies. Dat spelletje moet jij meespelen. Je bent op van de zenuwen en het enige wat je wilt, is weer naar huis gaan. Dus je vraagt hem of hij alsjeblieft wil doen wat die nare meneer Kessler van hem vraagt.'

Eerst had ze van alle gebeurtenissen rode wangen gekregen, maar nu trok ze wit weg.

'Dat kan ik niet,' zei ze.

'Natuurlijk wel, schat.'

'O, god.'

'Je bent geweldig.'

'Ik kan hem niet met die keuze confronteren.'

'Welke keuze?'

'Wie moet sterven.'

'Meen je dat nou?'

'Wat afschuwelijk voor hem.'

'Je meent het dus.'

'Dat kan ik niet.'

'Mary, hij heeft die slet gisteren pas voor het eerst ontmoet.'

'Dat maakt niet uit.'

'Gisteren pas! Je bent toch zijn moeder? Dan lijkt het me voor hem niet zo'n moeilijke keus.'

'Maar hij zal met die keus moeten leven. Waarom zou hij een dergelijke keus moeten maken?'

'Wat krijgen we nou? Ben je bang dat hij voor die slet kiest?' Krait merkte dat hij zijn opkomende woede niet geheel kon wegdrukken.

'Ik ken Tim. Ik weet dat hij de juiste beslissing zal nemen. Maar wat hij ook doet, er zit altijd iets naars aan vast.'

Krait haalde diep adem. En nog eens. Rustig. Hij moest rustig blijven. Hij kwam overeind. Rekte zich uit. Keek Mary glimlachend aan.

'En als hij voor mij kiest,' zei ze, 'zal ik de dood van dat meisje op mijn geweten hebben, toch?'

'Ja, nou, het leven is nou eenmaal niet altijd rozengeur en maneschijn, Mary. En toch verkiezen de meeste mensen het leven boven de dood. Zelf kijk ik daar anders tegenaan. Ik denk dat jullie allemaal beter af zijn als jullie dood zijn, maar dat is misschien persoonlijk.'

Ze keek hem verbijsterd aan.

Hij pakte de Glock en liep langzaam om de tafel. 'Ik moet je even wat vertellen, schat. Als je dit niet voor me doet, zal ik je moeten doodmaken. Dan zal Walter je wel vinden. Geloof je me?'

'Ja.'

'En daarna ga ik naar die andere zoon van je. Zachary. Dan stel ik Tim voor de keus: zijn broer of die slet. Geloof je me?'

Ze zweeg.

'Gelóóf je me?'

'Ja.'

'Als Zachary dan ook van die belachelijke morele bedenkingen heeft, maak ik hem dood. Is dat waar je last van hebt, Mary? Van morele bedenkingen?'

'Ik hou gewoon van mijn zoon.'

'Als ik Zachary heb doodgemaakt, pak ik zijn vrouw. Laura heet ze toch?'

Uiteindelijk vroeg Mary: 'Wie ben je?' Ze bedoelde eigenlijk: Wát ben je?

'Robert Kessler, weet je nog? Zeg maar Bob. Of Bobby, als je dat leuker vindt. Als je me maar geen Rob noemt, want dat vind ik geen leuke naam.'

De vrouw had haar emoties nog onder controle, maar ze kwam steeds meer in de greep van de angst.

'En als Laura ook zo moeilijk doet, als zij er ook van die belachelijke ideeën op nahoudt, dan verkracht ik haar eerst en maak ik haar daarna dood. En dan pak ik Naomi. Hoe oud is Naomi?'

Mary gaf geen antwoord.

'Schat, ik weet dat het moeilijk voor je is. Het ene moment stond je nog appeltaarten te bakken en liedjes te zingen en er een mooie dag van te maken en dan ineens dit. Maar vertel me nou maar hoe oud Naomi is, anders schiet ik je kop meteen van je romp.'

'Zeven. Ze is zeven jaar.'

'Als ik een zevenjarig meisje zeg dat ze aan haar oom Tim moet vragen of hij haar leven wil sparen, denk je dat ze dat dan doet? Volgens mij wel, Mary. Volgens mij gaat ze dan huilen en smeken, net zo lang tot haar oom door de knieën gaat. Dan geeft hij die slet op, of misschien maakt hij haar zelf wel dood, om zijn kleine nichtje te sparen.'

'Oké,' zei ze.

'Moet ik het hele rijtje afwerken om uiteindelijk bij Naomi uit te komen?'

'Nee.'

Hij liep naar het aanrecht, pakte wat keukenpapier, bevochtigde het en ging terug naar de tafel.

Hij lachte naar haar, veegde de appelresten van haar gezicht en haalde de partjes weg die op haar kleren terecht waren gekomen. Ze bleef stoïcijns voor zich uit kijken. Hij raapte de appelstukjes op die op de grond waren gevallen en gooide alles in de afvalbak.

Toen hij weer naast haar zat, zei hij: 'Je hebt een leuk huis, Mary. Ik zou hier graag een paar dagen blijven, maar dan zou ik eerst dat schilderij in de woonkamer moeten wegdoen, van die kinderen die over het strand hollen. Dat wil ik in stukken scheuren en in de open haard verbranden, want anders ben ik bang dat ik 's nachts gillend wakker word, alleen al vanwege het feit dat dat schilderij daar zou hangen.'

55

Er werd wel eens gezegd dat de jeugd van tegenwoordig slecht opgeleid was en niet bereid was de handen uit de mouwen te steken, maar een van hen had het bestaansrecht van zijn generatie willen benadrukken door veel tijd en moeite te steken in het krassen van een obsceen woord in de betonnen picknicktafel. En het woord was correct gespeld.

Tim en Linda zaten op een bank, met hun rug naar de tafel toe, en keken naar jongeren die aan het skaten waren, naar honden en hun baasjes, naar stelletjes die hand in hand liepen, naar een priester die al lopend in een brevier las, en een man van in de vijftig die stoned was en fluisterend een gesprekje met de palmbomen probeerde aan te knopen.

Tim wist niet goed hoe hij haar zijn verhaal moest vertellen, het verhaal waar ze geduldig op zat te wachten. Uiteindelijk zei hij: 'Nou, ik zal het vertellen. Ik zeg het maar één keer, zonder al te veel details. Misschien heb je hier en daar wat te vragen, en dat is prima, maar als we het er eenmaal over gehad hebben, hebben we het er niet meer over. Dus niet als we jaren later nieuwe mensen tegenkomen, dat je dan zegt: *Tim, vertel nog eens van toen*. Want dat vertik ik.'

'"Jaren later." Dat vind ik mooi. Goed. Alleen deze ene keer. Je weet wel hoe je de spanning moet opvoeren, zeg. Misschien kun je wel boeken gaan schrijven. Dan neem ik het metselwerk wel voor mijn rekening.'

'Ik meen het, Linda.'

'Ik ook.'

Hij haalde diep adem, liet de lucht uit zijn longen stromen, haalde nog eens diep adem... en toen ging zijn mobieltje.

Ze kreunde.

Het was zijn eigen mobieltje dat ging, niet zijn wegwerpapparaatje. Op het display stond niet wie hem belde.

'Dat moet hij haast wel zijn,' zei Tim. Hij nam op.

'Hoe gaat het met mijn meisje?' vroeg de huurmoordenaar.

Tim tuurde naar de bomenfluisteraar en zweeg.

'Ben je al over haar heen geweest, Tim?'

'Ik hang op voordat je me kunt traceren,' zei Tim. 'Dus zeg wat je te zeggen hebt.'

'Ik heb niet veel te zeggen, Tim. Heb je hem op luidsprekerstand staan?'

'Nee.'

'Mooi. Want die slet moet nu maar even niet meeluisteren. Maar wij hebben hem wel op de luidsprekerstand gezet, en nu wil Mary even iets zeggen.'

'Welke Mary?'

Zijn moeder zei: 'Tim?'

'O, mijn god.'

De zon was hem ineens te fel, hij had moeite met ademhalen en kwam overeind.

'Blijf goed bij jezelf, lieverd.'

'Mam. O, god.'

'Blijf goed bij jezelf, oké? Hoor je me?'

Hij kon geen woord uitbrengen. Ook Linda was overeind gekomen en kwam naast hem staan. Hij durfde haar niet aan te kijken.

'Blijf bij jezelf,' zei zijn moeder, 'dan komt het allemaal goed.'

'Als hij je ook maar iets aandoet...'

'Met mij gaat het goed. Ik ben niet bang. En weet je waarom niet?'

'Ik hou van je,' zei hij.

'Weet je waarom ik niet bang ben, lieverd?'

Blijkbaar probeerde ze hem iets duidelijk te maken. 'Nou?'

'Omdat ik steeds aan jou en Michelle moet denken.'

Tim zweeg.

'Ik wil je trouwerij nog meemaken, lieverd.'

'Dat gebeurt ook wel,' zei hij. 'Dat gebeurt ook wel.'

'Ze is zo'n lieverdje. Ze past precies bij je.'

'Ze doet me aan jou denken,' zei hij.

'Ik vind het een heel mooie ring die ze voor je gemaakt heeft.'

De moordenaar zei ongedurig: 'Nu moet je het zeggen, Mary.'

'Ik zie de ring hier voor me, lieverd. Ik put er hoop uit.'

'Mary,' zei de moordenaar dreigend.

'Tim, alsjeblieft, Tim, ik wil zo graag naar huis.'

'Wat heeft hij gedaan? Waar heeft hij je mee naartoe genomen?'

'Hij wil een ruil voorstellen.'

'Ja, ik weet wat hij wil.'

'Lieverd, ik weet niet wie die vrouw is die hij moet hebben.'

'Ik heb een fout gemaakt, mam. Een grote fout.'

'Denk aan mij en aan Michelle. Ik hou van je.'

'Het komt allemaal goed, mam.'

'Blijf bij jezelf. Doe maar wat je denkt dat goed is.'

'Ik zorg wel dat je weer naar huis kunt. Dat beloof ik.'

De moordenaar zei: 'Ik heb hem nu van de luidsprekerstand gedaan, Tim.'

'Als je maar van mijn moeder afblijft.'

'Ik doe gewoon wat ik wil met je moeder. We zitten op een afgelegen plek, dus er is niemand die haar kan horen gillen.'

Er kwamen allerlei verwensingen bij Tim naar boven, die hij binnenhield omdat ze niets zouden opleveren.

De moordenaar zei: 'Dus je gaat trouwen.'

'Zeg maar wat ik moet doen.'

'Hoe heet Michelle van haar achternaam, Tim?'

‘Dat gaat jou helemaal niets aan.’

‘Ik zou je moeder kunnen martelen, dan kom ik het zo te weten.’

‘Jefferson,’ zei Tim. Het was de meisjesnaam van Michelle Rooney. ‘Michelle Jefferson.’

‘Wat moet Michelle wel niet denken als je alles voor die slet op het spel zet?’

‘Laat Michelle hierbuiten.’

‘Dat ligt helemaal aan jou, Tim.’

Tim zag dat Pete Santo eraankwam, lachend en zwaaiend. Hij had Zoey aan de riem bij zich. Tim wist dat hij niet al te snel aan de eisen van de moordenaar kon toegeven, want dat zou niet geloofwaardig overkomen. Dan zou de man argwaan kunnen krijgen. Hij moest weerstand bieden. Hij moest een alternatief bedenken. Hij moest zijn hersens gebruiken.

‘Hoe kan ik op die ruil ingaan? Hoe zou dat kunnen?’

‘Je hebt een zwak punt, Tim.’

‘Dan zou ik het gevoel hebben dat ik zelf een van de twee om het leven breng.’

‘Je bent een goed mens, Tim. Dat is je zwakke punt.’

‘Ik ben geen goed mens. Ik rommel maar wat aan.’

‘Goede mensen komen altijd als laatste aan, Tim.’

‘Misschien niet als ze in de wedstrijd blijven. Hoor eens, we moeten een andere oplossing verzinnen. Want dit kan ik niet.’

‘Jawel, je kunt het wel.’

‘Nee. Dit niet.’

‘Je hebt wel voor hetere vuren gestaan.’

‘Nee. Niet voor zoiets. Goede genade. Ik kan het gewoon niet.’

‘Dan gaat je moeder eraan.’

‘Ik kan dit niet! Geef me een minuutje bedenktijd.’

‘Die familie van jou kan beter op de kermis gaan staan.’

‘Ik kan dit niet. Laat me even nadenken.’

‘In een glazen pot in het museum,’ zei de moordenaar.

Toen Pete eraankwam, liep Linda hem tegemoet om ervoor

te zorgen dat hij niets zou zeggen wat via het mobieltje opgevangen kon worden.

'Tim, doe nou niet zo stom. Anders moet ik haar vermoorden. Dat weet je.'

'Je kunt ook gewoon niets doen en weggaan.'

'Nee, Tim. Ik moet aan mijn imago denken.'

'Heb ik een deuk in je imago geslagen?'

'Mocht je willen.'

'Heb je zo'n hekel aan me?'

'O, Tim, dat wil je niet weten.'

'Vermoord mij dan in haar plaats.'

Dat hoorde Linda, en ze draaide zich om naar Tim. Haar ogen waren zo helder als geslepen smaragd.

'Vermoord mij maar in haar plaats,' zei hij nog eens.

'En hoe zie je dat voor je?'

'Jij kiest de plek uit. Dan kom ik daar ongewapend naartoe.'

'Ik heb al een plek voor de ruil uitgekozen.'

'Mijn moeder loopt van je weg, naar een auto die staat te wachten, en dan kom ik naar jou toe. Als zij is ingestapt en de auto vertrekt, kom ik binnen je schootsveld.'

'Je wilt het op een vuurgevecht laten aankomen.'

'Nee.'

'Je hebt dan vast een wapen bij je.'

'Nee. Dan kom ik wel in mijn onderbroek en verder niets, zodat ik nergens een wapen kan verbergen. Ik neem een vriend mee die achter het stuur zal zitten. Maar hij blijft buiten jouw schootsveld.'

'Ben je niet bang voor de dood, Tim?'

'Jazeker wel. Maar het staat niet boven aan mijn lijstje.'

'Je bent een rare, Tim. Nooit iemand als jij meegemaakt.'

'Je laat mijn moeder gaan. Linda krijgt een voorsprong op je, zodat ze kan proberen weg te komen, en meer kan ik niet voor haar doen. Als ik geluk heb, en als Linda geluk heeft, kan ik zo beide levens sparen.'

'Zonder jou komt ze niet ver.'

'Misschien verder dan je denkt. Het is een taaie, hoor. Spreken we dit zo af?'

Verderop was een jongen met zijn vader aan het vliegeren. De vlieger had de vorm van een woeste draak en stond te trillen aan de hemel, brullend in stilte. Ook aan de andere kant van de lijn bleef het even stil. Uiteindelijk zei de huurmoordenaar: 'Ik heb over je gelezen, Tim.'

'Je moet niet alles geloven wat je leest.'

'Maar ik geloof het wél. Daarom denk ik dat je dit serieus meent.'

'Het is het enige wat ik kan doen. Echt. Het enige wat ik kan doen.'

'Volgens mij heb je te veel wilde verhalen gelezen, Tim. Je bent niet goed bij je hoofd. Je bent een rare.'

'Prima. Is dit afgesproken? Maak mij maar dood in plaats van iemand anders.'

'Oké, daar kan ik me wel in vinden.'

'En nu?' vroeg Tim.

'Ken je Fashion Island in Newport Beach?'

'Dat winkelcentrum. Dat kent iedereen. Daar is het veel te druk.'

'Het is niet voor de ruil, alleen voor de eerste stap. Kom over drie kwartier naar de grote koivijver.'

'Oké. Dat red ik wel.'

'Er staat iemand op de uitkijk. Die moet jou over drie kwartier bij de koivijver zien. Daar blijf je keurig wachten. Dan bel ik wel wat de volgende stap is.'

'Oké.'

'Je moet daar wel komen opdagen, Tim.'

'Doe ik.'

'Als je niet komt opdagen, snij ik de keel van je moeder open.'

De man verbrak de verbinding. Tim stopte zijn telefoon weer weg.

De bomenfluisteraar hief zijn armen naar de draak die aan de hemel stond, alsof het felgekleurde beest speciaal voor hem was gekomen. En het ding dat na al die jaren speciaal voor Tim was gekomen, was nu ook verschenen.

56

Aan haar linkerhand droeg Mary een verlovingsring en een trouwring. Het was de hand waarmee ze nog steeds aan de eetkamerstoel geketend zat.

'Die diamantjes stellen niet veel voor, schat.'

'Walter had niet veel geld toen we trouwden.'

Aan haar rechterhand droeg ze een ring met een grote heldere donkerrode edelsteen in het midden en kleinere steentjes van dezelfde soort eromheen.

'Wat is dat voor edelsteen?' vroeg hij.

'Opaliet. Is heel zeldzaam.'

'Nooit van gehoord. Dus Tims verloofde heeft dit gemaakt?'

'Ja. Ze maakt sieraden. Daar is ze heel goed in.'

'Hoe heet Michelle van haar achternaam?'

'Heeft Tim je dat niet verteld?'

'Jawel. Maar ik wil het nu van jou horen.'

Ze aarzelde.

'Ik kan die ring van je afpakken,' zei Krait. 'Neem ik die vinger gelijk mee.'

'Jefferson,' zei Mary.

'Wanneer is de trouwerij?'

'In augustus.'

'Ik dacht dat alle vrouwen altijd in juni wilden trouwen.'

'De meesten wel. Daarom konden ze nergens meer terecht voor een receptie en hebben ze de bruiloft naar augustus moeten doorschuiven.'

'Je bent zeer op Michelle gesteld, hè?'

'Ik vind haar een schat. Je gaat haar hier toch niet bij betrekken, wel?'

'Nee, schat. Dat is niet nodig. Misschien heb ik iets met Tim afgesproken. Ik moet er nog even over nadenken. Wil je horen wat het is?'

'Nee,' zei ze. Toen: 'Jawel. Oké.'

Kraits mobieltje begon te trillen. 'Een momentje, Mary.'

Hij bleef aan de tafel zitten en zag dat hij een tekstbericht van de ondersteunende unit had ontvangen. BEN JE BIJ FAM CARRIER THUIS? WAAROM IS FAM BETROKKEN BIJ MISSIE? VERKLARING VEREIST.

Krait werd zo overdonderd door deze inmenging in zijn werkwijze dat hij het SMS'je nog een keer las. Zo bont hadden ze het nog nooit gemaakt.

Hij vond dat ook de ondersteunende unit zich moest houden aan de ongeschreven regel dat er geen navraag werd gedaan. In elk geval was het nu duidelijk dat de Herenclub de opdracht tot de moord had gegeven.

Ze hadden blijkbaar het gore lef om zijn strategie en tactieken in twijfel te trekken, en wat erger was: ze hielden hem in de gaten. Ze wisten waar hij zich bevond. Ze keken over zijn schouder mee. Totaal onacceptabel.

Blijkbaar zat er in de nieuwe blauwe auto een zendertje. Toen hij de auto had stilgezet en de richtmicrofoon had gebruikt, hadden ze natuurlijk het adres opgespoord, en daarna hadden ze gezien dat hij de auto twee straten verderop had neergezet. Krait kon maar één verklaring voor deze belachelijke gang van zaken bedenken. Waarschijnlijk was er in opdracht van de Herenclub een of ander snotneus aan de ondersteunende unit toegevoegd, die te werk was gegaan met een voortvarendheid die misschien niet helemaal in lijn met het beleid van zijn bazen was.

Krait wilde zich niet laten kennen en stuurde een berichtje

terug, met een zelfbeheersing waar hij tamelijk trots op was: MISSIE BIJNA VOLTOOID. BRENG OVER PAAR UUR VERSLAG UIT. En om ze te laten merken dat ze met iemand van doen hadden die in intelligentie boven hen stond en zich niets hoefde aan te trekken van een zootje bureaucratische onbenullen, voegde hij er vier regeltjes van Wallace Stevens aan toe: YOU HAVE A BLUE GUITAR/YOU DO NOT PLAY THINGS AS THEY ARE./THE MAN REPLIED, THINGS AS THEY ARE/ARE CHANGED UPON THE BLUE GUITAR.

Nadat hij het bericht verzonden had en zijn mobieltje had weggeborgen, merkte hij dat Mary hem zat aan te kijken.

'Is er iets mis?' vroeg ze.

'Niets waar jij je zorgen om hoeft te maken.'

'Die afspraak?' zei ze. 'Die afspraak die je met Tim had gemaakt?'

Hij kwam overeind en zei: 'Hij gaat ergens naartoe, met alleen een onderbroek aan, om te laten zien dat hij geen wapen bij zich heeft. Wanneer hij in zicht komt, loop jij naar een gereedstaande auto.'

Ze keek hem verbijsterd aan. 'Dat begrijp ik niet.'

'Als jij naar de auto loopt, komt hij in mijn schootsveld. En terwijl jij wegrijdt, schiet ik hem dood.'

De angst en wanhoop waren van haar gezicht af te lezen.

Krait zei: 'Hij ruilt jouw leven voor het zijne, en ook krijgt die slet een kans om weg te rennen. Herken je daar je zoon in?'

'Ja.' De tranen sprongen in haar ogen.

'Wat ben je nou voor moeder, Mary, dat je een zoon hebt opgevoed die bereid is zijn leven voor jou te geven? Wat voor verwrongen waarden heb je hem bijgebracht? Je moet wel een heel dominante moeder zijn geweest.'

57

Ze liepen naar de zuidelijke uitgang van het park, waar zowel Tim als Pete zijn auto had neergezet. Zoey trok aan de riem en liep voorop.

'Michelle heeft mijn ouders een kroonluchter gegeven. Koperen vogeltjes die in een kringetje rondvliegen. Een kringetje, oftewel een ring. Ze zei: "Ik zie de ring hier voor me, lieverd. Ik put er hoop uit." Ze is nog thuis.'

'Misschien niet lang meer,' zei Pete.

Ze staken het gazon over om de skaters en wandelaars op de paadjes te ontwijken.

'Ik kan er in twintig minuten zijn,' zei Tim. 'Vijfentwintig.'

'Maar als ze daar nou niet is,' zei Linda op bezorgde toon.

'Ze is er wel.'

'Misschien. Maar als ze weg is tegen de tijd dat jij daar aankomt, zijn we nooit op tijd in Fashion Island als hij opbelt.'

'Fashion Island is flauwekul. Een vals spoor. Om me bezig te houden en me op het verkeerde been te zetten. Het is daar veel te druk. Er staat niemand die koivijver in de gaten te houden.'

'Zoiets had ik zelf ook bedacht,' zei Pete.

'En als jullie het nu allebei mis hebben?'

'Hij gaat haar echt niet vermoorden enkel en alleen omdat ik te laat bij Fashion Island ben. Zonder haar heeft hij geen enkele troef meer in handen.'

'Wat een kille constatering,' zei Linda.

Tim onderkende de stemming waarin hij verkeerde. Angst

en woede speelden daarin een belangrijke rol, maar dat was niet het enige. Door zijn angst groeide zijn zelfbeheersing, waardoor hij nog vastberadener werd, en doordat hij zo woedend was, verlangde hij naar vergelding, wat eigenlijk meer een hang naar wraak was dan naar gerechtigheid, al zat dat laatste er natuurlijk wel bij. Zijn emoties kregen bijna de overhand, met het risico dat hij geestelijk en lichamelijk in elkaar stortte, maar naarmate de angst en de woede steeds puurder en intenser werden, werd hij helderder in zijn hoofd en werd hij zich steeds meer bewust van zijn lichamelijke kracht en de mogelijkheden die hij had. Het zat in zijn bloed, deze helderheid in crisissituaties, deze doelgerichtheid wanneer het water hem naar de lippen steeg. Het was niet iets waar hij trots op was of waar hij iets aan kon veranderen.

De Mountaineer stond iets dichterbij dan de Honda, en Pete zei: 'We kunnen mijn auto wel nemen.'

'Ik ga alleen,' zei Tim.

Linda deed de achterklep van de suv open en zei: 'Dat had je gedacht.'

'Het gaat om míjn moeder.'

'We gaan nu geen territoria zitten afbakenen, groothoofd. Ik heb geen moeder en ik denk dat ik die van jou best wel aardig zal vinden. Dus heb ik er recht op.'

Zoey sprong achter in de auto. Tim zei: 'Doe niet zo moeilijk. Je kunt gewoon niet mee.'

'Jezus, zeg. Ik ga echt niet dat huis binnen, hoor. Ik zou niet weten wat ik er moest doen, in tegenstelling tot jou, maar ik blijf dus mooi niet in dit stomme park zitten wachten tot je terugkomt. Want ik zál me daar zeker een beetje naar die leipe hasjkikker gaan zitten kijken die de hele dag tegen de bomen staat te praten.'

'Omdat we allebei weten wat we in dat huis moeten doen,' zei Pete, 'ga ik met je mee.'

'Het huis van mijn ouders, een vent met een mitrailleur, dat kan knap gevaarlijk worden.'

'Kan het niet altijd knap gevaarlijk worden, Deurman?'

Linda sloeg de achterklep dicht en zei: 'We staan hier onze tijd te verdoen.' Ze stapte achterin.

Pete hield de autosleuteltjes omhoog en zei: 'Wil jij rijden?'

'Jij kent de weg.'

Pete trok onmiddellijk op toen Tim naast hem was ingestapt.

Tim vroeg Linda om haar pistool. Ze haalde het wapen uit haar tas en reikte het hem aan.

'Is dat een damespistool?' vroeg Pete aarzelend.

'Het is een krachtig wapen,' verzekerde Tim hem.

Vanaf de achterbank zei Linda: 'Dat pistool heeft een zeer lage loop, dus de loopterugslag is minimaal. Er zitten 147-grain JHP's in. Daar moet je het wel mee kunnen doen.'

Tim hoefde niet aan Pete te vragen of hij een wapen bij zich had. Of hij nu dienst had of niet, Pete was altijd gewapend. 'Ik wil liever niet dat het tot een vuurgevecht komt,' zei hij. 'Niet in die beperkte ruimte in huis, met mijn moeder daar.'

'Als we binnen kunnen komen zonder dat hij weet dat we daar zijn, kunnen we hem misschien van achteren besluipen en hem neerschieten,' zei Pete.

'Een andere keuze hebben we niet. Maar laten we hopen dat we hem levend in handen krijgen. We moeten erachter zien te komen wie hem heeft ingehuurd.'

Linda zei: 'Denken jullie niet dat het nu te gevaarlijk wordt en dat we de politie er beter bij kunnen halen, of een SWAT-team of zo?'

'Nee,' zeiden Tim en Pete gelijktijdig. Pete zei: 'Een huurmoordenaar plant meestal geen gevangenisstraf in zijn carrière in.'

'En zeker deze vent niet,' zei Tim. 'Hij laat zich door niets tegenhouden. Hij speelt op alles of niets, hij zal alles en iedereen overhoop schieten.'

'SWAT-teams werken altijd met een onderhandelaar,' zei Pete.

'Mary is in dit geval een blok aan zijn been. Hij weet dat hij met haar nooit een vrije aftocht zal krijgen. Dus zo gauw hij een megafoon hoort, weet hij dat hij het wel kan schudden. Het is iemand die zich snel wil kunnen verplaatsen.'

'Over snel gesproken,' zei Tim, 'trap dat gaspedaal eens wat dieper in.'

58

Heerlijk, die tranen die over haar gezicht biggelden. Heerlijk ook dat gesnik dat ze probeerde in te houden, zodat het net was of ze geen adem kon halen. Haar lijf schokte steeds heftig.

Krait stopte de Glock terug in zijn holster en zette zijn tas, de tourniquet, de injectienaalden en de kom met appelpartjes op het aanrecht. Alles in de buurt van Mary's vrije rechterarm zette hij buiten haar bereik.

Hij ging naast haar staan en keek op haar neer. Ze veegde haar vochtige wangen droog.

'Tranen sieren een vrouw,' zei hij.

Ze leek het zichzelf kwalijk te nemen dat ze huilde en balde haar vochtige hand tot een vuist, die ze tegen haar slaap drukte, alsof ze haar verdriet met wilskracht de baas kon worden.

'Ik vind het altijd heerlijk om het zout van tranen in een kus te proeven.'

Haar lippen weken van angst uiteen.

'Ik zou je graag willen zoenen, Mary.'

Ze draaide haar gezicht van hem weg.

'Je zult versteld staan hoe lekker het is.'

Fel draaide ze haar gezicht naar hem toe en keek hem ziedend aan. 'Dan bijt ik je lip kapot. Moet je eens kijken hoe lekker dat is.'

Een man van minder kaliber zou door deze botte afwijzing misschien op haar in hebben geslagen. Maar hij keek alleen maar naar haar en hervond uiteindelijk zijn glimlach.

'Ik moet even iets doen, Mary. Maar dat zal ik hiernaast doen, in de andere kamer. Als je om hulp gaat schreeuwen, zal ik de enige zijn die je hoort, en dan zal ik een prop in je mond moeten doen en je lippen met tape dicht moeten plakken. En dat wil je toch niet?'

Toen ze de moordzuchtige blik in zijn ogen zag, droogden haar tranen subiet op.

'Je bent me er eentje, schat.'

Even dacht hij dat ze naar hem zou spugen, maar dat deed ze niet.

'Een zoon opvoeden die bereid is zijn leven voor je te geven,' zei hij hoofdschuddend. 'Ik vraag me af wat je echtgenoot voor iemand is.'

Ze keek hem aan alsof ze hem iets vernietigends wilde toebijten, en hij wachtte tot ze iets zou zeggen, maar ze verkoos te zwijgen.

'Ik ben zo weer terug, en dan zal ik je achter in de Expedition leggen. Kun je lekker slaapjes doen. Blijf ondertussen maar rustig zitten, Mary, en bedenk hoe goed het is dat je hebt besloten jou en Zachary en zijn gezin hierbuiten te laten.' Hij liep de keuken uit en bleef in het halletje staan luisteren.

Mary maakte geen geluid. Krait had verwacht dat ze aan de handboeien zou gaan trekken, maar ze bleef roerloos zitten.

In de woonkamer haalde hij het olieverfschilderij van de spelende kinderen van de muur. Hij legde het op de grond en knielde erbij neer. Uit zijn broekzak haalde hij een stiletto, klikte het mes open en sneed het doek uit de lijst. Vervolgens sneed hij het schilderij aan flarden. Even overwoog hij alle foto's uit de lijstjes te nemen waar Tim op stond, om ook die kapot te snijden. Maar omdat het niet lang meer zou duren voor hij de echte Tim zou vermoorden, kon hij de resterende tijd in het huis van de familie Carrier beter anders besteden, op een meer aangename wijze.

59

Pete Santo reed langs het huis van de Carriers zonder vaart te minderen. Het huis zag er nog hetzelfde uit, met dit verschil dat de gordijnen op de bovenverdieping dichtzaten. Tims moeder hield ze altijd open.

Aan het eind van de straat zei Tim: 'Zet hem hier maar neer.'

Pete parkeerde de auto aan de stoeprand, achter een rijtje bomen. Vanuit het huis was de auto niet te zien. Hij deed de raampjes van de achterste portieren open en zette de motor uit. Zoey was naar de achterbank geklommen en had haar hoofd in de schoot van Linda gelegd.

Linda zei: 'Hoe weet ik of er iets misgaat?'

'Als je veel schoten hoort,' zei Tim.

'Maar hoe lang?'

Hij draaide zich om en keek haar aan. 'Als we hem niet binnen tien minuten te pakken hebben, zit het niet goed.'

'Wacht maar een kwartiertje,' zei Pete. 'Rij dan maar weg.'

'En jullie zeker achterlaten?' zei ze. 'Dat kan ik niet.'

'Dat kun je wel,' zei Tim stellig. 'Na een kwartiertje weggaan.'

'Maar waar moet ik dan heen?'

Hij besefte dat ze letterlijk nergens heen kon. Hij pakte het wegwerpmobieltje en zei: 'Neem deze maar. Rij de wijk uit. Zet de auto ergens neer. Als een van ons je niet binnen een paar uur belt, zijn we allebei dood.'

Ze hield zijn hand krampachtig vast voordat ze de telefoon van hem aannam.

Pete stapte uit.

'Je hebt al dat geld nog,' zei Tim. 'Misschien wil je wel terug naar huis om die gouden munten op te halen. Ik geloof niet dat ik het zou doen als ik jou was, maar dat moet je natuurlijk zelf weten. Je kunt dan een nieuw leven beginnen, onder een nieuwe naam.'

'Ik vind het zo ontzettend klote, Tim.'

'Je hoeft het helemaal niet klote te vinden. Als ik van tevoren had geweten hoe het zou lopen, zou ik het toch gedaan hebben.' Hij stapte uit en keek of het pistool, dat hij onder zijn broekriem had gestopt, niet onder zijn Hawaï-shirt uit kwam.

Ze zat bij het open raampje. Nog nooit in zijn leven had hij iemand gezien met zo'n lief gezicht.

Hij en Pete wilden niet via de voordeur proberen binnen te komen. De huizen in deze wijk stonden met de achterkant tegen elkaar aan, zonder dat er een brandgangetje tussen liep. Ze wilden omlopen en via de achtertuin van de buren in het huis van zijn ouders zien te komen. Toen Tim naar de hoek van de straat liep, wilde hij nog één keer achteromkijken, om haar een laatste keer te zien. Dat verlangen was bijna ondraaglijk, maar hij gaf er niet aan toe. Nu kwam het eropaan. Dit was het uur U.

Hij liep achter Pete aan, de hoek om, het zijstraatje in, en botste bijna tegen een oude man op die zijn broek zo hoog had opgehesen dat hij zijn horloge op zijn borst kon voelen tikken als hij het uurwerk in zijn broekzak had gedaan.

'Tim! Een goedemorgen zonder zorgen, als dat onze Tim niet is!'

'Hai, Mickey. Wat zie je er nog kras uit.'

Mickey McCready was de overbuurman van Tims ouders. Hij liep tegen de tachtig; uit zijn oren groeiden grote plukken witte haren. Hij droeg een felgele broek en een oogverblindend rood shirt. 'Dit zijn mijn wandelkleren. Zo kunnen ze me goed zien als ik de straat oversteek. Hoe is het met jou, Tim? Hoe is het op het werk? Heb je al een vriendinnetje op het oog?'

'Jazeker, Mickey. Een heel bijzonder meisje.'

'Maar jij bent ook een bijzondere jongen, Tim. Hoe heet ze?'

'Ik moet echt gaan, Mickey. Afspraak. Ben je straks thuis?'

'Wanneer ben ik er ooit niet?'

'Dan kom ik straks wel langs. Kan even duren, oké?'

'Ik wil alles over dat vriendinnetje horen.'

'Je ziet me wel verschijnen,' beloofde Tim.

Mickey legde een hand op zijn arm. 'Zeg, ik ben mijn videobanden op DVD aan het overzetten. Jij staat er ook nog op, Tim, toen je nog in de luiers liep.'

'Ontzettend leuk, Mickey. Maar nu moet ik gaan. Ik kom nog wel langs.' Hij maakte zich los en liep snel achter Pete aan.

'Hoe komt hij aan shirts die maar twintig centimeter lang zijn?' vroeg Pete.

'Hij is heel aardig. Iedereen beschouwt hem als een soort lievelingsoom.'

Bij de volgende hoek sloegen ze rechts af. Nu bevonden ze zich in de straat die parallel liep aan de straat waar Tims ouders woonden. Voor het zesde huis stond een bord bij het paadje naar de voordeur, waarop FAM. SAPERSTEIN stond, met twee beertjes erbij, een mannetjes- en een vrouwtjesbeer, die een overal droegen met de namen NORMAN en JUDY erop.

'Die zullen allebei wel naar hun werk zijn,' zei Tim. 'Hun kinderen zijn al het huis uit, dus er is niemand thuis.' Hij liep voor Pete uit, een hekje door, naar de achterkant van het huis. De zon scheen op de kleine golfjes van een zwembad, en een poes die op de stenen veranda had liggen slapen, stoof ervandoor en verdween in het struikgewas. Achter in de tuin stond een muur van één meter tachtig die bijna geheel schuilging achter paars bloeiende trompetbomen.

Pete zei: 'Deurman, heb ik je ooit verteld dat je de lelijkste vent bent die ik ken?'

'Heb ik jou ooit verteld dat jij de stomste vent ben die ik ken?'

'Zijn we er klaar voor?'

'Als we moeten wachten tot we er klaar voor zijn, zijn we straks net zo oud als Mickey.'

De takken van de trompetbomen waren stevig en dik en waren zo vergroeid met de gestuukte betonblokken dat ze heel goed als ladder konden dienen. Tim klom ongeveer dertig centimeter omhoog en tuurde over de muur de tuin van zijn ouders in. De luiken zaten voor de keukenramen en de achterdeur. Voor de andere kamers op de begane grond waren de gordijnen dichtgetrokken. Op de bovenverdieping zaten de gordijnen niet dicht. Tim zag niemand op de uitkijk staan.

Beheerste angst, gekanaliseerde woede, dat gesuis in het bloed dat hij kon horen zonder dat het andere geluiden wegdrukte, aan alles merkte hij dat dit zijn kans was.

Samen met Pete klom hij langs de muur omhoog, waardoor er een regen van paarse bloemen viel, en liet zich aan de andere kant op het gras vallen. Hij trok het pistool tevoorschijn, rende naar het huis, naar de muur naast de keukendeur.

Pete had zijn dienstpistool getrokken en ging aan de andere kant van de deur staan. Ze keken elkaar aan en luisterden. In huis leek het stil, maar dat hoefde nog niets te betekenen. Mensen die op eendenjacht waren, hielden zich ook stil. Mortuaria waren ook stil.

Uit zijn broekzak haalde Tim een kleine sleutelring, met de sleutel van zijn appartement en die van de gereedschapskist van het werk. Ook hing er een sleutel van zijn ouderlijk huis aan omdat hij altijd voor de post en de planten zorgde wanneer ze weg waren. Het metaal gleed bijna geruisloos in het slot. Zijn vader smeerde alle sloten geregeld. Het Schlage-slot klikte met een zachte tik open.

Dit was het moment waarop je een kogel door je kop kon krijgen, of een hele serie, dwars door de deur. Deuren waren altijd lastig, maar hij had er een gevoel voor, wist meestal welke deuren veilig waren en welke misschien niet, achter welke deuren de hel kon losbarsten.

Deze deur vond hij moeilijk, misschien omdat het hier niet om een willekeurig pand ging maar om het huis waar zijn moeder in zat, zijn moeder en die vent met de gretige ogen. Er was nog minder ruimte voor vergissingen dan anders.

Hij merkte dat zijn hart sneller begon te kloppen, al probeerde hij langzaam en rustig door te ademen. Zijn handen waren lekker droog, en hij was nu op het punt aangekomen waarop er een beslissing moest worden genomen: wel of niet, want verder uitstel leidde nergens toe. Hij duwde de deur open en glipte snel naar binnen, in gebukte houding, zijn pistool in beide handen. Hij vond het jammer dat het wapen niet groter was, want het voelde nu te klein voor zijn grote handen. Niemand stond hem in de keuken op te wachten.

Hij richtte de loop naar links en naar rechts, van de keuken naar de eetkamer. Hij zag injectiespuiten op het aanrecht liggen, en iets wat op een verdovingspistool leek, en toen zag hij zijn moeder zitten, aan tafel, gewoon aan tafel, in het koperkleurige licht van de kroonluchter met de vogeltjes. Ze keek op omdat ze had gemerkt dat er iemand was binnengekomen. Die blik waarmee ze hem aankeek...

60

Omdat Krait vermoedde dat hij via een spiegel ter wereld was gekomen, vroeg hij zich af of het mogelijk was via een dergelijke weg terug te gaan naar de plek waar hij vandaan kwam. Hij stond in de slaapkamer voor een grote spiegel die aan de binnenkant van de openstaande kastdeur was gemonteerd. Hij legde zijn rechterhand op zijn spiegelbeeld en verwachtte bijna dat het zilveren oppervlak ging trillen en vervolgens zou meegeven, net als het wateroppervlak van een vijver. Het glas voelde koel aan maar gaf niet mee. Hij stak ook zijn linkerhand uit en drukte die tegen de uitgestoken hand van de andere Krait die hem in de spiegel aankeek.

Misschien liep de tijd in de omgekeerde spiegelwereld achteruit. Misschien werd je dan juist jonger, steeds jonger, tot hij achttien was, de leeftijd waarop zijn geheugen begon te werken. Daarna zouden zijn jeugdjaren beginnen en zou hij misschien ontdekken waar hij was opgegroeid en hoe hij ter wereld was gekomen. Hij stond oog in oog met zichzelf en tuurde in zijn eigen duisternis. Wat hij zag, beviel hem wel.

Hij dacht dat hij niet hard tegen de spiegel drukte, maar het glazen oppervlak spleet, van boven naar beneden, hoewel het wel op zijn plaats bleef zitten. De twee helften van zijn spiegelbeeld weken nu licht van elkaar. Zijn ene oog stond iets hoger dan zijn andere, en zijn neus werd vervormd. Zijn mond hing scheef, alsof hij een beroerte gehad had.

Met deze andere Krait, deze verwrongen Krait, was hij niet

blij. Het was een gebroken, imperfecte Krait, een onbekende Krait wiens glimlach geen glimlach meer was. Hij haalde zijn handen van de spiegel en sloot de andere Krait snel op in de kast. Hij merkte dat hij was geschrokken, hoewel hij niet goed wist waarom. Om tot rust te komen, trok hij laatjes open om te kijken wat erin zat. Hij wilde in het leven van de bewoners van dit huis duiken en geheimen ontdekken die licht in de duisternis zouden werpen.

61

De deur tussen de keuken en het halletje stond open. Pete nam de deuropening voor zijn rekening.

Tim legde een vinger op zijn lippen om aan te geven dat zijn moeder stil moest zijn en fluisterde: 'Waar is hij?'

Ze schudde haar hoofd. Ze wist het niet.

Toen ze met haar rechterhand zijn gezicht streelde, drukte hij er een zoen op. De stoelpoot zat aan de tafelpoot vastgeketend. Een steunbalkje tussen de stoelpoten zorgde ervoor dat de handboeien er niet afgleden. En de onderkant van de tafelpoot bestond uit een grote leeuwenklauw waar de handboeien niet overheen pasten. Ze zat met haar linkerhand aan de armleuning vast. Het slot met een paperclip of zo openmaken duurde veel te lang. Tussen de armleuning en de zitting van de grenen stoel zaten steunspijlen. De spijl aan het eind was dikker dan de andere en zorgde ervoor dat de handboeien niet van de leuning geschoven konden worden.

Hoewel Tim liever niet wilde dat de hal niet in de gaten gehouden werd, siste hij naar Pete en wenkte hem. Ze moesten allebei hun wapen neerleggen. Tim wilde liever niet met de stoel gaan slepen om te voorkomen dat de poten lawaaiig over de houten vloer schraapten.

Pete legde een hand op de rechter armleuning van de stoel, pakte met de andere de ronde rugspijl vast en drukte er zijn volle gewicht op.

Tim pakte de linker armleuning en de voorste spijl vast en

zette er kracht op, alle kracht die hij in zich had. De spijl was als een deuvel in de boorgaten van de zitting en de armleuning gelijmd. De plek waar de spijl in het hout zat, vormde theoretisch de zwakste plek; de spijl zou uit de boorgaten kunnen knappen als er genoeg druk op werd gezet. Tims rechterarm leek door de krachtsinspanning op te zwellen, en hij voelde zijn spieren tot in zijn nek trillen. Zijn slapen bonkten.

Het was minstens dertig jaar geleden dat zijn ouders deze grenen eethoek hadden gekocht, in een tijd die nu bijna niet meer voor te stellen was, toen meubels nog uit oorden als Noord-Carolina kwamen en een leven lang meegingen.

Dat hij met zijn rug naar de hal stond, die nu niet in de gaten gehouden werd, zinde hem niets, maar hij mocht er niet te veel bij stil blijven staan en moest zich op de stoel concentreren, die stoel, die verdomde veel te degelijk gefabriceerde stoel.

Zweetdruppels verschenen bij zijn haarlijn. De spijl brak met een onvermijdelijk gekraak, dat hooguit in de kamer ernaast te horen was geweest.

Pete griste zijn pistool van de tafel en liep snel terug om de hal te bewaken.

Tim pakte zijn 9-mm, legde een arm om zijn moeder en wachtte op een teken van Pete dat de kust veilig was. Pete knikte, waarna Tim met haar naar de achterdeur liep. Buiten liep hij snel met haar in de volle zon naar het paadje dat naar de noordkant van het huis voerde. Hij fluisterde: 'Naar de straat, daar rechtsaf...'

'Maar jij...'

'... de auto van Pete, om de hoek...'

'... jij gaat niet...'

'... een vrouw, met een hond. Blijf bij haar wachten.'

'Maar de politie...'

'Wij alleen.'

'Tim...'

'Ga maar,' zei hij.

Een andere moeder was misschien tegen hem ingegaan of had zich aan hem vastgeklampt, maar dit was *zijn* moeder. Ze keek hem nog even liefdevol aan en liep toen snel om het huis naar de voorkant.

Tim liep terug naar de keuken, waar Pete de hal nog steeds in de gaten hield. Pete schudde zijn hoofd. Het gekraak van de stoel had hen niet verraden.

Tim liet de achterdeur openstaan. Als de boel scheef liep, moesten ze snel weg kunnen komen.

Links van de hal lag de keuken met de eetkamer, daarna was er een kastdeur, en dan begon de trap. Rechts van de trap bevonden zich een badkamertje, een kleine werkkamer en de woonkamer.

Pete was hier vaak geweest sinds ze vanaf hun achttiende samen hadden opgetrokken, en daarna toen ze op hun drieëntwintigste uit dienst waren gekomen. Hij kende dit huis bijna net zo goed als Tim.

Ze bleven staan luisteren. In het huis hing een dreigende stilte, het blinde noodlot, en toen deden ze wat ze samen zo vaak gedaan hadden, hoewel de laatste keer al weer een tijdje geleden was: ze liepen geruisloos de stilte in, deur voor deur, kamer voor kamer, terwijl het bloed in hun oren suisde en elke spier in hun lichaam gespannen stond. Ze waren tot het uiterste geconcentreerd.

62

Krait had in de laatjes niets verheffends gevonden en richtte zich op een veelbelovende hoge ladekast. Toen hij langs het raam liep, zag hij Mary over het gazon lopen, aan de voorkant van het huis.

Ze rende naar het trottoir, sloeg rechts af en verdween achter de bomen in de straat. Aan haar linkerpols bungelden handboeien.

Hoe ze ook van de stoel los was gekomen, zeker was dat ze dat niet op eigen kracht had gedaan. Er liep niemand met haar mee, maar Krait had een idee wie haar losgemaakt zou kunnen hebben. Tim was thuisgekomen.

Het waarom en hoe kon wel tot later wachten. Dit was nu niet het moment om vragen te gaan stellen, dit was het moment om het probleem van de metselaar uit de weg te ruimen. Krait haalde zijn Glock uit zijn holster, liep door de slaapkamer, deed de deur aarzelend open en liep zijwaarts over de gang.

Als Tim al de trap op was gekomen en Krait had gezien, zou hij hem allang hebben neergeschoten.

Krait kon alleen de bovenste treden van de trap zien; de rest viel buiten zijn gezichtsveld. Hij richtte zijn mitrailleur op het punt waar hij een hoofd om de hoek verwachtte, een gezicht waar hij dan meteen een salvo in kon pompen.

Er heerste een drukkende stilte, een bulderende, klamme stilte, als een stilte voor de storm.

Krait verwachtte niet dat Tim zonder een uitgedachte strategie en een beproefde tactiek naar boven zou komen. Hij had ongetwijfeld ervaring in dit soort dingen.

Krait stond vlak bij de trap, schijnbaar een superieure positie. Maar hij voelde dat hij ook kwetsbaar was. Voorzichtig liep hij achteruit tot hij de trap niet meer kon zien en ook niet meer vanaf de trap gezien kon worden. Hij keek naar de deuren die op de gang uitkwamen. Naast de ouderslaapkamer bevonden zich nog vijf deuren. Een ervan was natuurlijk de badkamer, en waarschijnlijk was er ook nog een inbouwkast, want een huis als dit had hooguit vier slaapkamers.

Hoewel Krait nooit moeite had gehad met het nemen van beslissingen, bleef hij nu aarzelend staan.

De stilte zwol aan als een overweldigende vloedgolf; dit was geen stilte die erop wees dat er niets gebeurde. Want Krait voelde dat er een roofdier in huis was, een tegenstander van ongekend formaat.

Tim en Pete stonden in de hal, elk aan een kant, zodat ze niet in elkaars vuurlijn stonden. Deuren die op een kiertje stonden, duwden ze voorzichtig met een voet open. Ze inspecteerden de vertrekken, de eetkamer, de woonkamer, en kwamen uiteindelijk bij de trap uit.

Als de moordenaar dacht dat hij het huis voor zich alleen had, zou hij nooit zo stil doen. Ook als hij tegen zichzelf zat te schaken, zou hij geluid maken, bijvoorbeeld als hij een pion sloeg. En als hij aan het patiencen was, zou te horen moeten zijn dat hij de kaarten weglegde.

Ze hadden diverse tactieken tot hun beschikking om langs een trap omhoog te gaan, hoewel ze niet de juiste wapens hadden. In het verleden hadden ze dit al veel vaker gedaan, maar deze keer aarzelde Tim. Bij deze trap had hij het gevoel een hele reeks gevaarlijke deuren te moeten nemen.

Met gebaren maakte hij aan Pete duidelijk wat hij wilde gaan doen. Pete knikte dat hij de boodschap had begrepen.

Pete bleef aan de voet van de trap staan, terwijl Tim achterom zou lopen.

Krait stond in de ouderslaapkamer en liep naar het schuifraam, hetzelfde raam waar hij door naar buiten had gekeken toen Mary ervandoor was gegaan. Hij schoof het onderste deel van het raam omhoog, wat een licht gepiep tot gevolg had.

Hij klom door het raam en stapte op het dak van de veranda. Meteen stapte hij bij het raam vandaan, om niet de kans te lopen in zijn rug te worden geschoten. Er kwamen twee auto's voorbij, maar niemand zag dat er een gewapende man op het dak van de veranda stond. Krait liep naar de rand, keek naar beneden en sprong naar voren om niet in de struiken terecht te komen. Hij tuimelde op het gras.

Pete pakte een kussentje van de bank in de woonkamer, plus een groter kussen uit de zitting van een leunstoel, en liep snel weer naar de voet van de trap. Tim was al door de openstaande achterdeur verdwenen.

Op de trap lag een loper. Hij vroeg zich af of er treden waren die kraakten.

Nog steeds was het boven muisstil. Misschien was die vent zo zeker van zijn zaak dat hij even een dutje deed. Of misschien had hij de best getimede hartaanval van de eeuw gekregen.

Pete hield zijn pistool in zijn rechterhand, klemde het stoelkussen onder zijn linkerarm en pakte het kleine kussentje met zijn linkerhand beet. Voorzichtig zette hij zijn voet op de eerste tree. Hij hoorde geen gekraak, en ook de tweede tree kraakte niet.

Aan één kant van de veranda stond een hekwerk dat Tim gemaakt had, met latjes van twee bij twee in de lengte en twee bij vier in de breedte. Speelse patronen waren niet aan zijn moeder besteed.

De klimrozen – Joseph's Coat – stonden nog niet in bloei, maar er zaten al wel veel doornen aan, zodat hij blij was dat hij flink wat eelt op zijn vingers had. De horizontale latten waren stevig genoeg om zijn gewicht te dragen, maar de verticale latten kraakten heviger dan hij wenselijk achtte.

Toen hij op het dak was geklommen, trok hij zijn pistool vanonder zijn broekriem vandaan en liep naar het dichtstbijzijnde raam, het raam van zijn vroegere slaapkamer, waar hij nog steeds sliep wanneer hij een nachtje bleef logeren of wanneer hij op het huis paste.

Hij zag niemand in de kamer. Als kleine jongen had hij in de avond talloze malen op dit dak gelegen, op zijn rug, om naar de sterren te kijken. Hij wilde altijd met het raam open slapen en had het nooit op slot gedaan. Zo'n vijftien jaar geleden bleek het slot verroest te zijn en het was sindsdien nooit meer gebruikt.

De laatste keer dat hij hier een nachtje geslapen had, had hij gezien dat zijn vader het verroeste slot nog steeds niet had vervangen. Hij hoopte vurig dat het slot niet alsnog gemaakt was. Gelukkig bleek zijn vader de traditie in ere te hebben gehouden, want het raam ging met gemak open.

Als een insluiper klom hij zijn slaapkamer in. Hij wist precies waar de vloer kraakte. De deur stond op een kiertje. Hij bleef staan luisteren maar hoorde geen enkel geluid. Hij deed de deur verder open en tuurde voorzichtig om het hoekje. Hij had gedacht dat de moordenaar op de gang zou staan, vlak bij de trap, maar er was niemand te zien.

Pete bleef halverwege de trap staan, tot hij dacht dat Tim door een raam naar binnen was geklommen. Toen gooide hij het kleine kussentje omhoog, op de overloop. Een nerveuze schutter zou bij elke onverwachte beweging gaan schieten, maar er werd niet geschoten. Hij telde tot vijf en gooide ook het grote kussen. Een zenuwachtige schutter had zich bij het kleine kussentje misschien nog kunnen inhouden, maar bij een volgende onverwachte beweging zou hij vast wel hebben geschoten, zeker als het om iets groters ging. Misschien was die vent helemaal niet zenuwachtig.

Tim ging van zijn eigen slaapkamer naar de volgende, inspecteerde de kast, daarna weer een slaapkamer en de badkamer, maar trof niemand aan. Toen hij bij de slaapkamer van zijn ouders kwam, hoorde hij het zware kussen op de overloop vallen. Hij griste een kussentje van de overloop en gooide dat van de trap.

Pete had al zo vaak met Tim samengewerkt dat hij wist wat dat gebaar betekende: de kust is veilig. Snel maar geruisloos, nog steeds op zijn hoede, liep hij verder naar boven, met zijn pistool in de aanslag. De zon scheen door het hoge ronde raam boven aan de trap en verwarmde zijn rug.

Tim wees naar de slaapkamer van zijn ouders. Ze gingen aan weerszijden van de halfopen deur staan, Pete aan de scharnierkant. Dit was het dan. Die vent moest hier zitten. Nu werd het link.

Ze duwden de deur open, stormden naar binnen, hun pistool in de aanslag. Tim nam rechts voor zijn rekening, Pete links, niemand bij het bed.

Het raam stond open, de gordijnen hingen slap, geen zuchtje wind, niet goed, het raam stond open, niet goed als die vent bij het raam had gestaan op het verkeerde moment, toen ze voorlangs was weggerend.

Of misschien was het een valstrik. Als ze naar het raam liepen, stonden ze met hun rug naar de aangrenzende badkamer, waarvan de deur op een kiertje stond, en ook met hun rug naar de kastdeur, die dichtzat.

Hij koos voor het raam, hij wist dat hij het raam moest hebben, maar toch was het goed om alles volgens het boekje te doen, want op die manier bleef je langer in leven. Als die vent niet meer in huis was maar achter haar was aangegaan, telde elke seconde. Toch moesten ze eerst de deuren veiligstellen.

Pete nam de kast. Hij ging naast de deur staan, pakte de knop, gooide de deur wijd open, maar er volgde geen salvo. Via de kast kon je naar de zolder. Maar het luik zat dicht, zoals altijd. Bovendien zou die vent niet naar de zolder zijn gegaan.

Tim gooide de badkamerdeur open, liep snel naar binnen, kleine ruimte, er viel net genoeg licht door het raampje om te zien dat er niemand was.

Met bonkend hart liep Tim terug naar de slaapkamer. Hij had een metalige smaak in zijn mond, misschien de smaak van rampspoed. Hij zei tegen Pete: 'Hij is vast achter mijn moeder aangegaan, en dan vindt hij Linda ook.'

Via het dak kwam hij sneller beneden dan via de trap, dus daarom liep hij naar het openstaande raam, samen met Pete, maar vanuit een ooghoek zag hij iets bewegen. Hij draaide zich om.

De zon viel door het hoge ronde raam boven de trap, waardoor er op de muur van de overloop een groot goudkleurig ovaal vlak was verschenen. Er gleed een schaduw langs, een verwrongen schaduw van een demon, als in een nachtmerrie.

Hij was dus niet achter Mary en Linda aangegaan maar was uit het raam geklommen, was via de keukendeur weer naar binnen gegaan, de trap op, en nu stond hij op de overloop en kon hen elk moment aanvallen. Door de openstaande deur zou hij de hele kamer vol lood pompen. Nergens om je achter te verschuilen. Ze zouden morsdood zijn, of ze hem daarbij nu uitschakelden of niet.

Tim liet zijn pistool vallen en pakte de hoge ladekast. Hij wist niet waar hij de kracht ineens vandaan haalde. Hij was groot, maar de ladekast ook, vol opgevouwen truien en reservedekens en god mocht weten wat voor spullen er nog meer in zaten, maar toch lukte het hem om de kast op te tillen en hem te draaien. De kogels boorden zich al in het hout, nog voor hij het ding had neergezet, tussen hen en de deur in. De kogels tikten tegen de kast, kletterden tegen het hout, en één kogel ging dwars door de kast en kwam er bij een laatje weer uit, vijf centimeter van zijn hoofd. Een houtsplinter boorde zich in zijn wang.

Pete lag op de grond, misschien gewond, nee, hij vuurde terug onder de kast door, want er zaten vijftien centimeter hoge poten onder. Onmogelijke hoek, kon je niet op trainen, hij schoot zonder goed te richten, maar soms heb je geluk, zoals je soms ook pech hebt, en de man op de overloop schreeuwde het uit.

Het wapen met de geluiddemper had weinig geluid gemaakt, maar de rondvliegende kogels hadden zich diep in het hout geboord en hadden een pokdalig patroon op de muur achtergelaten. Lampen waren aan diggelen geschoten. Alles viel stil, enkel de schreeuw was te horen, de schreeuw die overging in een zacht iel gejammer.

Misschien was het een trucje, misschien pakte die vent nu wel een nieuw magazijn, maar wanneer je niet volgens het boekje kunt handelen omdat de desbetreffende situatie er niet in staat, moet je op je gevoel afgaan. Tim raapte zijn pistool op. Hij kwam achter de kast vandaan en zag niemand. Hij liep naar de deuropening.

Het stonk naar kruitdamp. Overal lagen lege patroonhulzen. Bloed op het kleed. De haai op schoenen die hij in de kroeg had gezien, was in zijn linkerbeen getroffen en was naar de trap gelopen. Hij kon nog staan maar zocht steun bij de trapleuning. De harde klik van een nieuw magazijn dat in de mitrailleur werd gestopt. De man richtte zich op, en de donkere ogen vonden Tim. Ondanks het iele gejammer verscheen er een glimlach om zijn mond. Tim schoot twee keer. Eén kogel trof doel en raakte de man in zijn linkerschouder, maar zijn rechterarm bleef ongedeerd, en de mitrailleur kwam omhoog, de loop leek wat te zwabberen maar het uiteinde was zo donker als de verwijde pupillen in de gretige ogen. Tim wilde de man levend in handen krijgen en dook op hem af, omdat je altijd recht op dingen af moet gaan waar je niet van weg durft te rennen. De loop schokte fel, een vuurtong gleed langs zijn hoofd, en hij voelde een vlammende pijn.

Het tweede schot trof geen doel omdat de haai met één hand niet goed kon richten. Tim was al bij hem, griste de mitrailleur uit zijn hand en voelde de loop in zijn eeltige hand branden. De man viel achterover van de trap en kwam met zijn rug op de kussens terecht, halverwege, niet dood maar ook niet meer in staat om de marathon te lopen.

Tim bracht een hand naar zijn rechterslaap, die pijnlijk bonkte, en hij voelde dat hij daar nat was van het bloed. Er was iets mis met zijn oor. Hij kon nog wel horen, maar er stroomde bloed in zijn gehoorgang.

Tim wilde van hem te weten komen wie de man was die met Larry de hond een parachutesprong had gemaakt, de man die de opdracht tot de moord op Linda had gegeven. Hij liep de trap af, hurkte naast de huurmoordenaar neer en strekte zijn arm om het hoofd van de man aan zijn haar op te tillen.

Een stiletto werd opengeknipt, de man haalde uit, Tim voelde een zwakke tinteling in de palm van zijn uitgestoken hand, de haai probeerde op zijn ongedeerde been overeind te krabbelen, hij wist niet van ophouden, dus daarom schoot Tim hem twee keer in zijn keel, en dat was dat.

Krait viel terug in een oneindig doolhof van spiegels vol vaag geel licht. Onbekenden liepen in een oneindige reeks van zilveren panelen. Ze keken naar hem, kwamen op hem af en liepen om hem heen, van de ene spiegel naar de andere. Hij kneep zijn ogen toe om ze beter te kunnen zien, maar hoe meer hij zich inspande, hoe zwakker het licht werd, tot hij op het laatst in een haast tastbare duisternis lag, in een woestenij van spiegels.

De stiletto had zijn linkerhandpalm niet vol geraakt. De huid was geschaafd, maar het vlees eronder was nog intact. Met zijn rechteroor had hij minder geluk gehad.

'Er is een stukje af,' zei Pete.

'Veel?'

'Niet zo veel. Je kop zal er niet scheef van gaan hangen, maar je moet wel even naar de dokter toe.'

'Nu niet.' Tim zat op de overloop, op de grond, met zijn rug tegen de muur. 'Zo veel bloed stroomt er niet uit een oor.'

Hij haalde zijn mobieltje tevoorschijn en toetste het nummer in van het wegwerpmobieltje dat hij aan Linda had gegeven. Onnadenkend drukte hij het mobieltje tegen zijn gewonde oor en voelde onmiddellijk een pijnscheut, waarna hij het apparaatje naar zijn linkeroor bracht. Toen ze opnam, zei Tim: 'Hij is dood, wij niet.'

Ze vloekte van opluchting. 'Ik heb je niet eens gezoend.'

'Dat kunnen we nog wel doen als je wilt.'

'Tim, ze willen dat we uit de auto stappen. Je moeder en ik hebben de raampjes dichtgedaan, alle portieren op slot, maar ze proberen ons eruit te krijgen.'

Hij snapte er niets van en vroeg: 'Wie? Wat?'

'Ineens waren ze daar, ze hebben de straat afgezet, net nadat we hadden horen schieten. Kijk maar eens uit het raam.'

'Wacht even.' Hij kwam overeind en zei tegen Pete: 'We hebben blijkbaar gezelschap gekregen.'

Ze liepen naar het openstaande raam in de ouderlijke slaapkamer. De straat stond vol zwarte SUV's, met FBI in grote witte letters op de daken en portieren. Gewapende mannen hadden zich achter de auto's verschanst.

'Probeer ze twee minuten bezig te houden,' zei Tim tegen Linda, 'dan mag je ze zeggen dat het voorbij is, en dan komen we naar buiten.'

'Wat krijgen we nou?' zei Pete.

'Geen idee,' zei Tim toen hij het gesprek beëindigd had.

'Heb jij hier een goed gevoel over?'

'Niet helemaal.'

Hij stapte bij het raam vandaan en toetste het nummer van de telefonische informatiedienst in. Toen hij iemand aan de lijn kreeg, vroeg hij om het nummer van Michael McCready. De telefoniste bood aan hem direct door te schakelen, al zei ze erbij dat het gesprek dan wel iets duurder zou worden. Het was geen dag om zuinig te doen.

Toen Mickey aan de lijn kwam, zei Tim: 'Hai, Mickey, ik denk dat ik voorlopig niet bij je langs kan komen.'

'Goede genade, Tim, wat is er buiten allemaal gaande?'

'Heb je je videocamera al ingeschakeld?'

'Dit is nog mooier dan die verjaardagspartijtjes van jou vroeger, jongen.'

'Ze mogen je niet zien met die camera, Mickey. Dus blijf filmen vanuit je huis. Zoom zoveel mogelijk in en probeer er zoveel mogelijk gezichten op te krijgen, en zo scherp mogelijk.'

Mickey zweeg even. Toen zei hij: 'Zijn het een stelletje klootzakken, Tim?'

'Zou kunnen.'

63

Hij zei dat hij Steve Wentworth heette, wat heel goed zijn echte naam zou kunnen zijn, of een van de vele die hij tot zijn beschikking had. Op zijn legitimatiebewijs, waar een hologram van zijn foto op prijkte, stond FEDERAL BUREAU OF INVESTIGATION.

Hij was lang, had een atletisch postuur, een gemillimeterde kop en de ascetische gelaatstrekken van een knappe monnik. Allemaal overtuigend. Misschien iets te overtuigend. Hij sprak met een licht zuidelijk accent dat door een academische opleiding grotendeels was weggeschaafd.

Wentworth wilde Tim onder vier ogen spreken, in de kleine werkkamer beneden. Tim stond erop dat ook Linda bij het gesprek aanwezig zou zijn. Met tegenzin zei Wentworth: 'Dat is een gunst die ik alleen bij hoge uitzondering kan verlenen.'

'Zij en ik zijn één,' zei Tim, die niet van plan was zich te laten ompraten.

Ze haalden haar uit de eetkamer, waar ze haar zolang hadden vastgehouden, ogenschijnlijk om haar te verhoren.

Het stikte in het huis van de agenten. Als het al agenten waren.

Tim vond ze meer iets hebben van orcs, zoals in *The Fellowship of the Ring*.

Toen Linda de werkkamer binnenkwam, zei ze tegen Wentworth: 'Hij moet met zijn oor naar de dokter.'

'We hebben medisch personeel paraat,' zei Wentworth. 'Maar

hij weigert zich te laten behandelen.'

'Het bloedt al bijna niet meer,' verzekerde Tim haar.

'Omdat het één grote korst is geworden. Mijn god, Tim.'

'Het doet geen pijn,' zei hij, hoewel dat niet waar was. 'Ik heb twee asperientjes genomen.'

Zijn moeder en Pete werden in de eetkamer vastgehouden. Blijkbaar wilde iemand verklaringen van hen afnemen.

Zijn moeder dacht nu waarschijnlijk dat ze veilig waren. Misschien was dat inderdaad zo. Het lijk van de moordenaar was in een lijkenzak gedaan en op een brancard weggevoerd. Er waren geen foto's genomen voordat het lijk verplaatst was.

Als er al CSI-achtige types aanwezig waren, hadden ze hun spullen niet bij zich. Er werd blijkbaar geen sporenonderzoek uitgevoerd.

Toen Wentworth de deur van de werkkamer dichtdeed, gingen Tim en Linda naast elkaar op de bank zitten.

De agent nam in een leunstoel plaats en sloeg zijn benen over elkaar. Hij zat er zeer ontspannen bij, alsof hij over hemel en aarde regeerde.

'Het is me een genoegen u te ontmoeten, meneer Carrier.'

Tim merkte dat Linda naar hem zat te kijken. Hij zei tegen Wentworth: 'Ik heb geen zin in dat soort dingen.'

'Dat begrijp ik. Maar het is wel waar. Als u er niet geweest was, zou ik hier nu niet zitten, en dan was dit voor u en mevrouw Paquette nog niet acher de rug.'

'Dat verbaast me,' zei Tim.

'Waarom? Denkt u dat we niet aan dezelfde kant staan?'

'Is dat dan wel zo?'

Wentworth glimlachte. 'Los van de vraag of dat inderdaad zo is, moeten we constateren dat er in deze immer veranderende wereld zaken bestaan die boven alle geschillen uitstijgen. In het belang van onze principeherziening moeten we soms respect betrachten, ook naar mensen zoals u.'

'Principeherziening?'

Wentworth haalde zijn schouders op. 'Dat is jargon.'

'Ik kan dit even niet volgen,' zei Linda.

'Hij wil ons iets duidelijk maken,' zei Tim.

'Iets?'

'Zo weinig mogelijk, denk ik.'

'Het liefst zou ik jullie helemaal niets vertellen,' zei Wentworth, 'maar jullie... jullie houden pas op tot je alles weet.'

'U bent niet van de FBI, wel?' vroeg Linda.

'We zijn wat we moeten zijn, mevrouw Paquette.'

Zo te zien had hij een maatpak aan, en zijn horloge kostte waarschijnlijk een bedrag waar een gewone agent een jaar voor moest werken.

'Ons land, Tim, moet soms bepaalde concessies doen.'

'Concessies?'

'We kunnen niet meer de rol spelen die we vroeger hadden. Om de welvaart zeker te stellen, moeten we de broekriem aanhalen. Te veel vrijheid betekent minder vrede.'

'Probeer dat de kiezer maar eens duidelijk te maken.'

'Dat doen we al, Tim. Door valse angsten te implementeren. Kun je je de millenniumbug nog herinneren? Alle computers zouden klokslag middernacht gaan crashen! De ineenstorting van onze technologische maatschappij! Kernraketten zouden automatisch worden gelanceerd zonder dat we er iets tegen konden doen! Op tv werden er duizenden uren zendtijd aan besteed. De kranten stonden er vol van: de angst voor de millenniumbug.'

'Maar dat gebeurde niet.'

'Dat bedoel ik. Kijk naar het nieuws. Het is een en al verdoemenis. Denk je dat dat toeval is? Elektriciteitsdraden veroorzaken kanker! Natuurlijk niet. Aan bijna alles wat je eet, ga je dood. Bestrijdingsmiddelen zus, chemische troep zo! Maar ondertussen leven we steeds gezonder en worden we steeds ouder. Je kunt mensen gemakkelijk bang maken, en wanneer ze er dan uiteindelijk van overtuigd zijn dat hun bestaan aan een dun draadje hangt, is het niet moeilijk ze te krijgen waar we ze hebben willen.'

'En dat is?'

'Op weg naar een verantwoordelijke toekomst in een wereld die op de juiste wijze gerund wordt.'

Wentworth was iemand die helemaal geen gebaren gebruikte om zijn woorden kracht bij te zetten. Zijn handen bleven roerloos op de armleuningen van de stoel liggen. Zijn gemanicuurde nagels glommen alsof er transparante nagellak op zat.

Tim herhaalde twee woorden: 'Verantwoordelijke toekomst.'

'Mensen stemmen vooral op idioten en fraudeurs. Als politici een beleid voorstaan dat leidt tot de hoognodige reconstructie van alle maatschappelijke systemen in dit land, kunnen ze onze steun krijgen, maar als ze een slecht beleid voeren, moeten ze van binnenuit worden tegengehouden, bij elke stap die ze doen.'

Tim keek naar het dunne bloedkorstje in zijn handpalm, het gevolg van de stiletto-aanval.

'Wacht maar af,' zei Wentworth, 'tot bijvoorbeeld de dreiging van een botsende asteroïde de komende jaren steeds meer voelbaar wordt. Dan zal iedereen plotseling tot bovenmenselijke offers in staat blijken te zijn zodat we een gigantisch asteroïdeafweersysteem in de ruimte kunnen bouwen.'

'Komt er een asteroïde op de aarde af?' vroeg Linda.

'Zou kunnen,' zei Wentworth.

Tim keek nog steeds naar het opgedroogde bloed in zijn hand en zei: 'Waarom hebben jullie iemand op Linda afgestuurd?'

'Tweeënhalf jaar geleden hebben twee mannen een uur lang met elkaar zitten praten op het terrasje van de Cream & Sugar.'

'Wat voor mannen?'

'De een werkte in het geheim voor een Amerikaanse senator en fungeerde als contactpersoon voor buitenlandse belanghebbenden met wie de senator liever niet gezien wilde worden.'

'Buitenlandse belanghebbenden.'

'Eigenlijk mag ik het hier niet eens over hebben, meneer Carrier. De andere man was een undercoveragent die voor een van die buitenlandse belanghebbenden werkte.'

'En ze zaten bij de Cream & Sugar koffie te drinken.'

'Ze wilden allebei een veilige ontmoetingsplek waar veel mensen kwamen.'

'En daar was ik toen ook?' vroeg Linda.

'Inderdaad.'

'Maar ik weet niet eens meer of ik ze toen gezien heb,' sprak ze verontwaardigd. 'En ik heb in elk geval niets gehoord van wat ze zeiden.'

Tim had Wentworth eerst op veertig geschat, maar bij nader inzien moest de man toch al halverwege de vijftig zijn. Door zijn gebotoxte voorhoofd en zijn plooiloze ogen zag hij er minstens vijftien jaar jonger uit dan hij in werkelijkheid moest zijn.

'Charlie Wen-tsjing,' zei Wentworth, 'was trots op zijn *wall of fame*.'

Linda keek hem fronsend aan. 'Bedoelt u al die foto's van zijn klanten?'

'Hij was voortdurend met zijn digitale camera in de weer om steeds weer nieuwe foto's aan de verzameling toe te voegen. Ook die dag heeft hij foto's gemaakt, onder andere van u.'

'Hij heeft wel vaker een foto van me genomen,' zei Linda, 'maar nu u dat zo zegt, weet ik, geloof ik, welke dag u bedoelt.'

'De geheime medewerker van de senator en de buitenlandse agent behoorden niet tot de vaste klantenkring en werden daarom niet door Charlie op de foto gezet. Het viel hen nauwelijks op dat hij wat kiekjes aan het maken was.'

'Maar ze stonden er wel op, op de achtergrond,' zei Tim.

'Nou en?' zei Linda. 'Niemand wist toch wie ze waren?'

'Maar in het jaar daarna gebeurden er vier dingen,' zei Wentworth.

'Eerst,' gokte Tim, 'werd in politieke kringen maar ook in de pers bekend dat de betreffende persoon in het geheim voor de senator werkte.'

'Inderdaad. En de buitenlandse agent werd in de pers geïdentificeerd als de belangrijkste strateeg van een grote terroristische organisatie.'

'En wat nog meer?' vroeg Linda.

Wentworth ging verzitten en sloeg zijn benen weer over elkaar. Hij droeg exclusieve sokken met een blauw-rood motiefje.

'Michael en Joseph, de zonen van Charlie, maakten een website. Heel professioneel. Een eerste stap naar de oprichting van een keten van Cream & Sugars.'

'In de vakbladen werd er aandacht aan geschonken,' wist Linda zich nog te herinneren.

'En er kwamen mensen op hun website kijken. Ze hadden er tweehonderd foto's op gezet die Charlie had uitgekozen. En op een paar daarvan stonden de geheime medewerker en de agent op de achtergrond, goed herkenbaar.'

'Een medewerker van de senator die een geheime ontmoeting had met het equivalent van Osama bin Laden – voldoende aanleiding om een politieke carrière om zeep te helpen,' zei Tim.

'Zelfs een complete politieke partij,' zei Wentworth.

'Maar jullie hebben toch wel de mogelijkheden om de site te hacken en de foto's te bewerken?' zei Linda.

'We hebben ons best gedaan. Maar als het eenmaal op internet staat, blijft het er ook wel op circuleren. Bovendien had Charlie alle foto's op cd-roms staan die hij in de kluis van de Cream & Sugar bewaarde.'

'Breek daar dan in. Steel ze.'

'Vaak gaf hij de klanten een kopie van de foto's waar ze opstonden.'

'Breek dan ook bij hen in. Waarom moesten al die mensen dood?'

'Als een openbare aanklager met ambitie of een kwaadwillende journalist een van die foto's in handen kreeg, wie weet wat ze zich dan ineens zouden kunnen herinneren, al dan niet geveinsd. "O ja, ik heb ze toen horen praten over een aanslag op een ambassade, en een paar maanden later gebeurde dat echt." Sommige mensen staan graag in het middelpunt van de belangstelling, om alle aandacht te krijgen.'

'Dus er werd besloten,' zei Tim, 'om iedereen te liquideren die mogelijk iets had opgevangen op dat terrasje.'

Wentworth trommelde met zijn slanke vingers op de armleuningen; het was voor het eerst dat hij zijn handen bewoog sinds hij was gaan zitten.

'Er staat veel op het spel, meneer Carrier. Want wat er ook nog gebeurde, was dat de senator een rijzende ster aan het politieke firmament werd. Misschien wordt hij wel onze nieuwe president. Wat mooi zou zijn. De senator kent ons al twintig jaar, vanaf het moment dat we begonnen.'

'U bedoelt die schaduwregering van u.'

'Klopt. We hebben op diverse plekken een stevige vinger in de pap: bij de ambtenaren, bij de politie, bij de inlichtingendiensten, bij het Congres. Maar nu hebben we de mogelijkheid gekregen om onze invloed tot in het Witte Huis uit te breiden.'

Wentworth keek op zijn horloge en kwam overeind.

'En de man die ik uitgeschakeld heb?' vroeg Tim.

'Iemand die voor ons werkte. Leverde altijd prima werk af. Maar blijkbaar is er bij hem een draadje los gaan zitten.'

'Hoe heette hij echt?'

'Dat is van geen belang. Er lopen tallozen zoals hij rond.'

'Tallozen,' mompelde Linda.

Wentworth liet zijn vingers kraken en zei: 'Toen we erachter kwamen dat hij het ook op u en uw familie gemunt had, meneer Carrier, vonden we dat we moesten ingrijpen. Want zoals ik net al zei: soms moet men respect betrachten, in het belang van de principeherziening.'

'Maar dat is alleen maar jargon.'

'Ja, klopt, maar dat jargon is gebaseerd op een filosofie waarin we wel degelijk geloven en waarnaar we proberen te handelen. De mannen en vrouwen in onze organisatie leven naar onze principes.'

Toen Tim en Linda van de bank opstonden, trok Wentworth zijn das en zijn manchetten recht. Hij keek hen glimlachend aan. 'Want als mannen als u ons land niet zo moedig hadden verdedigd, zouden we niets hebben om te herzien.' Het waren woorden waarmee Wentworth Tim niet alleen respect betuigde maar hem ook op zijn plaats zette.

Met zijn hand op de deurknop zei Wentworth: 'Als u ooit openbaar wilt maken wat ik net heb gezegd, zal iedereen denken dat u geschift bent. En anders hebben we altijd nog onze opiniemakers in de media die u kunnen zwartmaken. En op een dag draait u dan helemaal door, meneer Carrier, en dan vermoordt u mevrouw Paquette en uw hele familie, om vervolgens de hand aan uzelf te slaan.'

Linda nam het voor Tim op. 'Niemand zou geloven dat hij dat zou doen.'

Wentworth haalde zijn wenkbrauwen op. 'Een oorlogsheld die afschuwelijke dingen heeft meegemaakt, die lijdt aan een posttraumatisch stress-syndroom en die uiteindelijk doordraait en een bloedbad aanricht? Mevrouw Paquette, vergeleken met de onmogelijke dingen waar de mensen tegenwoordig met enige sturing in kunnen geloven, zal dit er als zoete koek in gaan.' Hij verliet de kamer.

Linda zei: 'Tim? Oorlogsheld?'

'Nu niet,' zei hij. Hij liep voor haar uit naar de hal.

Wentworth liep naar buiten maar liet de voordeur open. Tim deed de deur achter hem dicht.

Alle orcs leken te zijn verdwenen.

Tims moeder en Pete stonden in de keuken. Ze keek angstig uit haar ogen. Pete zei: 'Wat had dat te betekenen?'

'Neem mijn moeder en Linda maar mee naar jouw huis.'

'Ik blijf,' zei ze. 'En je moet met je oor naar de dokter.'

'Vertrouw me nu maar. Ga maar met Pete mee. Ik moet hier nog wat dingetjes doen. Ik zal pa wel vragen of hij naar huis wil komen om me naar de eerste hulp te brengen. Dan komen we later wel naar Petes huis toe.'

'En dan?' vroeg ze.

'Dan gaan we gewoon verder met ons leven.'

De telefoon en de bel van de voordeur gingen tegelijkertijd.

'Buren,' zei Tim. 'We praten met niemand tot we onderling hebben afgesproken met welk verhaal we naar buiten treden.'

Toen Pete met Linda en Mary was weggegaan, liep Tim naar de garage en haalde een stanleymes uit de gereedschapskist van zijn vader. Hij sneed de bebloede delen uit de traploper en het kleed op de overloop, deed alles in een vuilniszak in de afvalcontainer. Zo nu en dan hoorde hij de bel en de telefoon gaan, maar niet meer zo vaak als eerst. Wonder boven wonder was er geen bloed op het kleine kussentje en het grote kussen gekomen. Hij legde ze op hun plek in de woonkamer. Daarna raapte hij het in flarden gesneden schilderij op, en boven verzamelde hij alle lege patroonhulzen en gooide alles in de afvalcontainer.

Met enige moeite schoof hij de hoge ladekast terug tegen de muur. De kapotgeschoten lampen raapte hij op, hij pakte de stofzuiger en zoog het kleed in de slaapkamer schoon. Over een paar dagen zou hij de kogelgaten in de muur dichtmaken en de kamer een nieuw verfje geven.

Hij deed het openstaande raam dicht en deed het slot erop, deed ook het raam in zijn slaapkamer dicht, uiteraard zonder dit op slot te doen. De *orcs* hadden alle spullen van de moordenaar meegenomen die op het aanrecht hadden gelegen, ook de handboeien waarmee de stoel aan de tafel was vastgemaakt. De appelpartjes waren bruin geworden. Hij deed ze in de afvalbak, samen met de schillen die nog in de gootsteen lagen. Hij waste de kom en de appelboor en het mesje af en legde ze op hun plek. Later zou hij wel tijd hebben om de kapotte stoel te repareren. Dit was zijn thuis, de plek waar hij was opgegroeid, een heilige plek voor hem. Hij zou alles weer in orde maken.

Nadat hij zijn vader had gebeld, liep hij naar buiten om even bij Mickey McCready langs te gaan.

64

Petes kabelverbinding deed het weer, en zijn computer bleek niet gestolen te zijn. Hij zette het apparaat aan, nodigde Linda uit achter het toetsenbord plaats te nemen, gaf haar het benodigde internetadres en verliet de kamer.

Op de website las ze de volgende tekst nadat ze Tims naam had ingetypt:

Sergeant Timothy Eugene Carrier, voor opmerkelijke moed en onverschrokkenheid betoond tijdens gevechtshandelingen, met gevaar voor eigen leven. Een peloton van de compagnie van sergeant Carrier ontdekte tijdens een verkenningsoperatie een pakhuis waarin voorbereidingen werden getroffen om massa-executies uit te voeren op burgers die sympathiseerden met de democratische beweging. Toen het peloton probeerde het gebouw in handen te krijgen teneinde de daarin gevangengehouden burgers – waaronder veel vrouwen en kinderen – te bevrijden, werden ze van achteren aangevallen en omsingeld door een grote vijandelijke strijdmacht. Toen sergeant Carrier begreep dat er zoveel gewonden waren gevallen dat het peloton zonder leiding zat en hij hoorde dat het peloton onder vuur lag, is hij er met acht manschappen in een helikopter op afgegaan, om het belegerde peloton te ondersteunen. De helikopter werd neergehaald, en onder vijandelijk vuur heeft sergeant Carrier zijn manschappen en de helikopterpiloot naar het belegerde peloton geleid, waar alle leidinggevende officieren inderdaad waren gesneuveld. Gedurende de daaropvolgende vijf uur verplaatste hij zich onverschrokken van de ene naar de andere positie en gaf hij leiding aan het peloton en zijn man-

schappen. Hoewel hij door granaatscherven in zijn been en zijn rug werd geraakt, bleef sergeant Carrier zijn troepen aanvoeren en wist hij herhaalde vijandelijke aanvallen af te slaan. Sergeant Carrier heeft het hoofdkwartier op de hoogte gesteld van de penibele situatie waarin het peloton verkeerde. Toen het pakhuis door vijandelijke troepen werd bestormd, heeft hij de aanval veertig afschuwelijke minuten lang bij de cruciale deur tegengehouden en gaf pas toe aan zijn talloze verwondingen toen de gevraagde versterking arriveerde en de vijand zich terugtrok. Door sergeant Carrier is het peloton niet in handen van de vijand gevallen en is het aantal slachtoffers tot een minimum beperkt gebleven. Bij nadere inspectie bleken er in het pakhuis honderdzesenveertig onthoofde en in stukken gehakte burgers te liggen, waaronder drieëntwintig vrouwen en vierenzestig kinderen. Door de onverschrokken moed en de plichtsgetrouwe inzet van sergeant Carrier zijn driehonderdzesenzestig burgers voor de dood gespaard gebleven, waaronder honderdtwaalf vrouwen en tweehonderdtwintig kinderen en baby's. Met zijn leiderscapaciteiten en zijn grote persoonlijke inzet heeft hij weerstand geboden aan een grote vijandelijke overmacht, wat niet alleen hem tot eer strekt maar wat ook geheel in de geest van het Amerikaanse corps mariniers is.

Deze man met zijn grote lieve hoofd en zijn liefhebbende hart was onderscheiden met de Congressional Medal of Honor.

Ze las het stuk hoofdschuddend door. Daarna las ze het nog een keer, met tranen in haar ogen. En toen nog een keer.

Toen Pete dacht dat ze nu niet meer alleen hoefde te zijn, liep hij naar haar toe, ging op de rand van zijn bureau zitten en pakte haar hand.

'Mijn god, Pete. Mijn god.'

'Ik zat bij dat peloton toen hij met acht manschappen kwam opdagen.'

'Jullie kenden elkaar uit je jeugd.'

'Vanavond bij het eten komt Liam Rooney ook, een van de acht mariniers die Tim bij zich had. En Liams vrouw Michelle ook; zij was de piloot van de neergehaalde helikopter. Heb je gelezen dat hij zijn manschappen en de helikopterpiloot onder vijandelijk vuur naar het peloton heeft geleid?'

Ze knikte.

'Wat er niet staat, is dat hij eerst een tourniquet om Michelles arm heeft gedaan. En toen ze probeerden bij het peloton te komen, ondanks de beschietingen, heeft hij haar ondersteund en beschermd met zijn lichaam.'

Een tijdje kon ze geen woord uitbrengen. Uiteindelijk zei ze: 'Elke idioot in Amerika weet wie Paris Hilton is, maar wie weet nou helemaal wie *híj* is?'

'Een op de vijftigduizend?' gokte Pete. 'Maar hij wil het ook niet anders. Hij maakt deel uit van een klein clubje, Linda. Ik ken diverse mensen die ook die onderscheiding hebben gekregen. Ze verschillen stuk voor stuk van elkaar, ook in leeftijd, want sommigen hebben nog in de Tweede Wereldoorlog gediend, maar op een bepaalde manier zijn ze allemaal gelijk. Het is echt heel bijzonder om met ze te praten, maar er is één ding waar ze het niet over willen hebben, en dat is wat ze destijds meegemaakt hebben, en als je aandringt, merk je dat ze er moeite mee hebben om als held aangemerkt te worden. Ze tonen een zekere bescheidenheid, misschien aangeboren of misschien iets wat ze aan hun oorlogservaringen hebben overgehouden, maar het is in elk geval een bescheidenheid die ik nooit zal bezitten.'

Ze liepen naar de keuken.

Mary stond bij het aanrecht. Ze schilde appels om een taart te maken.

Linda zei: 'Mevrouw Carrier?'

'Ja?'

'Dank u wel.'

'Waarvoor, lieverd?'

'Voor uw zoon.'

65

De hemel leek oneindig, net als de vlakte en de groene akkers met jonge maïsplanten, en er hing een intense stilte boven het land.

Tim was bij de afslag van de snelweg een tijdje opgehouden, en daarna had hij het pad naar de boerderij genomen, enkele honderden meters lang.

Het huis telde twee verdiepingen en was niet overdreven ruim. Eromheen liep een veranda. De witte houten muren waren goed onderhouden; nergens bladderde verf af, en ondanks het feit dat de zon vol op het huis stond, waren er nergens verweerde plekken te zien.

Hij had foto's van het huis gezien maar was er nog niet eerder geweest.

Hij had het enige pak aangedaan dat hij bezat, en een van de twee witte shirts die hij had, plus een nieuwe stropdas die hij speciaal voor de gelegenheid had aangeschaft. Toen hij uit zijn huurauto stapte, had hij zijn das rechtgetrokken en zijn jas afgeklopt, voor de zekerheid. Ook had hij gekeken of zijn schoenen niet dof waren, anders zou hij ze aan de achterkant van zijn broekspijpen opwrijven.

Een vriendelijk ogende jongeman in wat minder officiële kledij was hem tegemoet gelopen en liep met hem naar de voordeur. Hij bood Tim een glas ijsthee aan.

Nu zat Tim in een mooie schommelstoel op de veranda, met een glas heerlijke koude thee. Hij voelde zich een veel te grote, onhandige, aangeklede aap, al was hij wel op zijn gemak. Op de veranda stonden veel schommelstoelen, rotanstoelen, rotanbanken en kleine rotantafeltjes, alsof alle buren in de omtrek 's avonds langskwamen om op de veranda gezellig te zitten kletsen.

Ze liet hem niet lang wachten en droeg een hagelwite blouse op een vale spijkerbroek met laarzen, veel minder stijf gekleed dan bij de vorige gelegenheid dat hij haar had getroffen. Hij zei dat hij het fijn vond haar weer te zien, en zij zei dat het genoegen geheel aan haar kant was. Hij kreeg de indruk dat ze meende wat ze zei.

Ze was vijfenzeventig, lang en slank, met kort, grijs haar. Met haar helderblauwe ogen keek ze hem recht aan.

Toen ze elkaar een hand gaven, merkte hij dat ze een stevige hand gaf, net als eerst. Haar handen waren sterk en zongebruind. Echte werkhanden.

Ze dronken thee en praatten over de maïs en over paarden, waar ze veel van hield, en over de geneugten van de zomer in de Midwest, dit gedeelte van Amerika waar ze was geboren en getogen en waar ze altijd wilde blijven. Toen zei hij: 'Mevrouw, ik ben hiernaartoe gekomen omdat ik u om een grote gunst wil vragen.'

'Vraag maar raak, sergeant Carrier, dan zal ik zien wat ik kan doen.'

'Ik wil graag een gesprek onder vier ogen met uw zoon, en het is van het allergrootste belang dat u dat verzoek hoogstpersoonlijk overbrengt.'

Ze keek hem glimlachend aan. 'Gelukkig hebben mijn zoon en ik altijd uitstekend met elkaar overweg gekund, behalve één maand, toen hij bij de marine zat en per se met een meisje wilde trouwen waarvan ik zo wel kon zeggen dat ze niets voor hem was.'

'En hoe is dat afgelopen, mevrouw?'

'Tot mijn opluchting en onuitsprekelijk genoegen kwam hij

erachter dat ze geen enkele behoefte had om met hem te trouwen.'

'Ik ga zelf over een maand trouwen,' zei Tim.

'Gefeliciteerd, sergeant.'

'En ik kan u zo wel zeggen dat ze de ware voor me is.'

'Nou, u bent ouder dan mijn zoon destijds, en heel wat verstandiger.'

Ze praatten nog wat over Linda, en daarna over de ontmoeting waar hij op gedoeld had, en de achterliggende reden, en hij vertelde niet alles maar wel meer dan hij zich had voorgenomen.

66

De avondlucht kleurde rood, en het geurende naaldbos was als een verstilde kathedraal waarin zo nu en dan een uil krijste en een enkel woord naar de hemel zond.

Het grote huis met het houten dak stond op de heuvel tussen de bomen en keek uit over een langgerekt meer waarin de brandende lucht weerspiegeld werd.

Samen met een medewerker liep Tim een trap af in de richting van het water, naar een steiger die ongeveer dertig meter het water in liep.

'Nu zult u het verder alleen moeten doen,' zei de man.

Tims voetstappen klonken hol op de houten steiger. Golfjes kabbelden tegen de palen, en ergens rechts van hem sprong een vis op uit het donkere water. Aan het eind van de steiger stond een open gebouwtje dat groot genoeg was om plaats te bieden aan acht mensen. Maar nu stond er alleen maar een kleine tafel met twee stoelen, die naar de ondergaande zon leken te kijken. Op de tafel stond een schaal met sandwiches, afgedekt met een glazen stolp, plus een kleine verzilverde emmer met ijsschaafsel en vier flesjes bier.

Tims gastheer stond op om hem te begroeten. Ze schudden elkaar de hand, waarna zijn gastheer twee flesjes bier openmaakte. Ze gingen zitten en dronken in de schemering hun biertje.

Het rood verschoof naar dieppaars, en toen het paars steeds zwarter werd, verschenen de sterren aan de hemel.

Eerst voelde Tim zich opgelaten. Hij vond het moeilijk om luchtig te converseren. Als er maar metselwerk in de buurt was geweest, dan had hij daar nog iets leuks over kunnen zeggen, maar nergens was een steen te bekennen. Toch voelde hij zich bij zijn gastheer al snel op zijn gemak.

Er brandde geen licht in het huisje, maar omdat de maan scheen, was het licht genoeg. Ze hadden het onder andere over hun moeder en kwamen allebei met grappige, ontroerende verhalen.

Toen ze aan hun tweede flesje zaten en er een paar sandwiches bij namen, vertelde Tim over de moordenaar met de gretige ogen, over Wentworth en over alles wat er was voorgevallen. Er werden veel vragen gesteld, die hij keurig beantwoordde, en daarna kreeg hij nog meer vragen te beantwoorden, want deze zoon van de *Midwest* was iemand die zich graag grondig liet informeren.

Tim legde de dvd van Mickey McCready op tafel en zei: 'Wat ik u wil vragen, ook voor het welzijn van mijn familie, is dat u ze op zo'n manier aanpakt dat het niet lijkt of u het van mij hebt.'

Dat beloofde de man. Tim had er alle vertrouwen in.

In zekere zin was dit een deur die hij opendeed. Hij had een goed gevoel voor deuren, en nu had hij het gevoel dat hij deze deur zonder gevaar kon opendoen.

'Op die dvd staan twintig mannen, hun gezichten zijn duidelijk te zien, ook dat van Wentworth, als dat al zijn echte naam is. Ze werken allemaal bij de politie of bij overheidsinstanties, dus ze moeten ergens in dossiers te vinden zijn, met hun foto erbij. Als u de beelden door een databank met gezicht herkennende software haalt, moeten die mannen op te sporen zijn. Ik denk dat elk van die twintig weer naar twintig anderen leidt, enzovoort. Maar u zult zelf veel beter weten hoe u dit aan moet pakken.'

Even later kwam er iemand over de steiger aangelopen. De

man begroette Tim met een hoofdknikje en zei tegen zijn baas: 'Meneer de president, dat telefoongesprek dat u had aangevraagd, komt over vijf minuten binnen.'

Tim kwam tegelijkertijd met zijn gastheer overeind. Ze gaven elkaar een hand.

De president zei: 'We hebben hier een hele tijd gezeten. Mijn tax ligt altijd bij twee, maar wilt u misschien nog een biertje voor u vertrekt?'

Tim keek even naar het donkere meer, de golfjes in het zilveren maanlicht, de duistere bomen op de oever en de zwarte hemel met duizenden witte stipjes, en zei: 'Heel graag, meneer de president. Daar zeg ik geen nee tegen.'

Hij bleef staan tot de president was teruggelopen en ging toen weer zitten.

Een medewerkster bracht hem een dienblad met daarop een flesje bier en een ijskoud glas en liet hem toen alleen. Hij gebruikte het glas niet en dronk zijn biertje zonder enige haast op.

Van verre klonk de betoverende roep van een fuut. De echo klonk net zo betoverend.

Tim was nu net zo ver van huis als toen in die witte boerderij op de vlakte, maar toch voelde hij een diepe rust vanbinnen, want eigenlijk was je overal thuis, waar je ook was op de wereld.

67

Een huis in het zuiden of in San Francisco konden ze niet betalen, dus daarom keken ze rond in een klein kustplaatsje dat ze leuk vonden. Omdat de huizen met uitzicht op zee ook nog te duur waren, kochten ze een huis uit de jaren dertig waar het een en ander aan gebeuren moest.

Ze knapten het huis op en lieten de oorspronkelijke bouwstijl zo veel mogelijk intact. Tijdens de verbouwing woonden ze in een trailer naast het huis. Ze deden de meeste klussen zelf. Zijn familie, waartoe hij ook Pete, Zoey, Liam en Michelle rekende, kwam speciaal naar hen toe om het huis in te wijden, tussen Thanksgiving en Kerstmis. Van Michelle kregen ze de inmiddels voltooide kroonluchter met de leeuwtjes. Linda moest huilen toen ze de lamp zag, en nog een keer toen Michelle vertelde dat ze zwanger was.

Hij nam een klus aan waarbij hij een muurtje moest bouwen, en daarna een veranda, en zo leidde het ene project naar het volgende, tot hij bekend raakte bij de mensen in het dorp: Tim de metselaar, iemand die goed werk levert.

Tegen de tijd dat het huis af was, ging Linda weer schrijven. Een verhaal dat niet stijf stond van woede, een verhaal waarin de verbitterdheid niet van elke zin afspatte.

'Hier zit wat in,' zei hij toen ze hem de eerste hoofdstukken te lezen had gegeven. 'Dit is het echte werk. Hier herken ik jou in.'

'Welnee, groothoofd,' zei ze, terwijl ze met de opgerolde vellen tekst naar hem wees. 'Hier herken je niet alleen mij in, maar óns.'

Ze hadden geen tv maar kochten soms een krant.

In februari, negen maanden nadat Tim de huurmoordenaar had uitgeschakeld, stonden de media vol van complotten en beschuldigingen. Twee vooraanstaande politici pleegden zelfmoord, Washington schudde op zijn grondvesten en tal van politieke bolwerken vielen.

Ze volgden het nieuws een week lang, daarna niet meer.

's Avonds luisterden ze naar swingmuziek en oude radioprogramma's – Jack Benny, Phil Harris, Burns en Allen.

Ze hadden haar oude Ford verkocht, de auto waarin de moordenaar een aandenken had achtergelaten, en dachten erover een nieuwe te kopen als haar boek goed ging lopen.

Net als Pete had Tim vroeger soms gedroomd van afgehakte babyhoofdjes en van een verdrietige maar dankbare moeder die weliswaar een kind had verloren maar haar andere twee kinderen niet, en die ten einde raad haar haar had uitgerukt om er kleine presentjes van te maken omdat ze arm was en niets anders had om haar dankbaarheid te tonen. Van dat soort dingen droomde hij niet.

De wereld bleef een duister oord, en een nog diepere duisternis lag op de loer. Maar hij en Linda hadden een plek gevonden waar de duisternis door het licht verdrongen werd, omdat zij wist hoe ze moest volharden, en omdat hij wist hoe hij moest vechten, en samen vormden ze een geheel.